4

臺灣文學論——從現代到當代

許俊雅著◉國立編譯館主編

臺灣文學論

——從現代到當代

南天書局出版

臺灣文學論　目錄

自序

三萬六千方公里的臺灣島，在世界地圖上，雖是毫不起眼的一點，但卻是兩千多萬臺灣人生存之所繫。在近代的世界舞臺上，臺灣也一直扮演着舉足輕重的角色。觀諸歷史現實，歐亞二洲之殖民強權，都曾經在這蕞爾小島上展開過貪婪而粗暴的掠奪，歷經了葡萄牙、荷蘭（1624－1662）、明鄭（1662－1683）、滿清（1683－1895）、日本（1895－1945）此消彼長的統治。這使得臺灣歷史、文化永遠只扮演「逗點」的進行式，前文不對後語，鄉音混雜洋腔，組構成臺灣歷史獨一無二的拼貼原文。

近年隨着臺灣歷史由晦暗中走出，蒙了五十年面紗的日據時代文學，正逐步地綻露臉龐。自一八九五年臺灣割讓給日本之後，整個社會、文化、教育、經濟……層面也隨之遽變。五十年的殖民統治，是時代傷痕的眞實見證，也是歷史長河中的慘痛記憶。就無終無始的廣宇長宙來說，五十年不過是一彈指頃，但對身受日本殖民統治的臺灣人而言，那已將近是人的一生，人的一生能有幾個五十年呢？這樣的生命情境、歷史情懷，使人不忍面對。然而一旦透過文學的閱讀，面對的卻是更鮮明的血肉與生命肌理，令人無法棄之不顧。這十年來藏修息游於花團錦簇的臺灣文學世界裡，我得以進入那個世代臺灣人的生活記憶與歷史空間，當臺灣作家、作品一一從沈埋的歷史隧道走來，與我照面時，我總是深刻感受到延續追索他們的足跡，是多麼重要的事，因此這幾年我凌波越過日據來到當代，深情孕育了《臺灣文學論——從現代到當代》這本書，期望勾勒出曲折繁複的臺灣文學風貌。

本書內容代表我個人這兩、三年關心、思考臺灣文學的重心所在。討論的作品始自日據時期（現代），迄於當代（依西方用法，「現代」泛指世紀初至第二次大戰終結，「當代」則從戰後開始；在中文學界，「現代」泛指新文學運動至一九四九年，「當代」則是一九四九年後至今。）所討論的文類主要以小說為主，並兼及新詩、文學的發展現象等。個人有意將原住民、閩南、客家、外省人種種關係位置加以呈現，因此照顧到每一族群之作家、作品，他們眞實抒寫了臺灣人歷史、文化、鄉愁及族群的共同記憶。身為臺灣人，理應熟悉臺灣本土的文學、文化，進而掌握其脈搏和趨勢。如果說臺灣文學之所以有樂趣，正在於它給我們一個傾聽別人、傾聽異聲的機會，更重要的是，讓我們得以進入曲折繁複、衆聲喧嘩的歷史與社會。透過臺灣文學，我們想像逝去了的社會，透過文學，我們進入各族群的內心世界，傾聽他們的聲音，較諸歷史政治論述中的臺灣，文學反映的臺灣或許更眞實親切些。

本書凡十二篇，三十餘萬言，諸篇雖有其獨立性，但亦有其內在的聯繫，我希望在月旦現當代臺灣文學之際，能以客觀態度，對之作比較完整、公平的描述。日據時代的臺灣文學以六篇論文敍述。〈文化傳統與歷史選擇——談日據時期臺灣小說的文化內涵〉一文，說明了日據時期臺灣新文化和新文學的關係至爲密切。對於臺灣新文學來說，無論是歷史學者還是文學批評家，都難以截然切割新文化和新文學的關係。其時新文學誠然負載了過重的歷史負荷，至三〇年代初期，左翼政治、文化運動復受到日本當局的壓制，新文學頗有成爲新文化的主體之意味。在異族統治下，對民族文化的自我反省、改善，俾臺灣免於日本文化的侵凌取代，尤爲關注重點。在文學諸多體裁中，小說無疑提供了最好的訊息——文化內涵豐碩廣闊。本文即以臺灣民族性格的解剖、傳統文化的批判，及風俗文化意識三方面探討其時小說的文化內涵。民俗、文化，體現了人民處於特定時空中的精神、心理因素，以及初民對人生、自然、社會的思考和想像。它也常是批判傳統文化的一個切入點，及批評臺灣民族性的獨特文化視角，有時爲了藝術的需要，塑造人物的特殊效用、描寫環境的深刻功能，鄉風民俗、宗教信仰、節慶迎往、孝道思想內涵……等描繪成了關鍵處。在這些描述中，群體的共同信仰、或文化的愚昧……成了小說的高潮，人民於此得到了最大的滿足，但也令人感受到文化的黑洞。皇民化運動之前，其時小說多以批判之姿出現，及至日本當局對臺灣人民箝制日緊，對臺灣文化風俗破壞益烈，小說遂轉化爲宣揚傳統美德、盡可能描繪臺灣人民生活（由生活帶出文化之承續）之情節。此一轉向值得吾人注目。

〈日據時期臺灣小說中的婦女問題〉一文以女性問題爲終極關懷，對作家性別的不同，而產生的弔詭性，尤令人關注。本文指出男作家大多爲社會運動改革者，他們把婦女解放看作是社會改革的一部分，所以女性題材大都被納入更大的社會性、民族性主題，是被當作表現其他思想的一種工具和符號。或許可以說，他們關注婦女問題，並不是出於女性主義者的考慮，而是出於對社會問題的關切：婦女問題依附在社會問題上，亦即女權思想淹沒、合併於社會問題之中。因之其所塑造的婦女形象多陷於孤立無援的絕境，她們大多缺乏自主自信，沒有獨立的思想、人格，此與女性作家迥異。

〈楊守愚的小說及其相關的幾個問題〉一文可看出楊守愚的小說，觀照、反映了當年臺灣社會的各種風貌及問題。本文除探討其小說的精神、內容外，另一處理重點在於考察其小說語言的風貌。楊氏小說作品之語言風貌可分兩種：一爲中國白話文；一爲臺灣話文，這兩種現象在一九三一年臺灣話文興起以前即時見，然則楊氏一九三一年之後的作品以閩南話爲創作基調的情形，並不如一般人想像中之多，這或者透露了楊氏使用臺灣話文創作的困境。

此外，本文以統計分析處理楊氏小說慣用的閩南詞彙，其目的之一是希冀能考證出爲數若干筆名的歸屬，當時小說尙處於使用方言詞彙的搖籃期，頗多用法皆作者隨意創撰，並未約定俗成，每位作者都有一些慣用的擬音漢字、閩南詞彙，而這些慣用語彙亦成考訂作者的旁證。如守愚習用「漸時」（暫時）、「一壁兒」（一面、一邊），本文即據此將署名「瘦鶴」所作之〈出走的前一夜〉、〈沒有兒子的爸爸〉二篇，歸屬於守愚。守愚的小說人物，在故事中往往以死亡或瘋狂爲悲劇敍述手法，此一處理方式，絕不僅是人生現象——生老病死的描寫，而是與時代、社會的脈動息息相關。

〈光復前臺灣小說的中國形象〉一文描述在日本殖民地的統治下，臺灣與中國的關係是曖昧不明的。日本政府既有意斷絕兩者之往來、溝通，亦刻意醜化中國形象。當時臺灣作家未赴中國大陸之前，中國形象之形塑，大抵來自文化、文學、血緣之關係，在想像中不斷加入理想化成分。此一中國是想像的原鄉，然而故國文化想像與現實中的故國是有落差的。臺灣人尋找的中國，在戰前小說中展現的情況如何？這是本文處理的要點，戰前臺灣小說裡的中國形象，大抵出自具有中國經驗的作家，如張我軍、吳濁流、鍾理和等人。由於個人面臨的經驗、意識形態、文化背景……等因素，他們對中國之觀感，容或有情感上的差異，雖然中國形象大抵呈現出官僚腐敗、封建守舊、無知、骯髒、懶惰、自私自利、猥瑣的人性……

等黑暗面，作家們表現出來的情感或慨歎或深惡痛絕或批判質疑。但在建構的文化母國落空之後，他們對於「中國」，有的處於渴盼又疏離的矛盾，有的仍然抱著中國的抗戰勝利，能解救臺灣脫離日本殖民的希冀，而投入中國的懷抱；有的在理想幻滅之後，相對於中國意識的臺灣意識加強，更認識了臺灣才是眞正的原鄉。解讀戰前的中國形象，更能使我們了解中國民族性、中國悲運的形成，及臺灣意識於戰前戰後消長的情形。

〈再議三〇年代臺灣的鄉土文學論爭〉主要論述黃石輝、郭秋生等人對鄉土文學和臺灣話文的提倡，臺灣話文派和鄉土話文派的論戰，以及臺灣話文內部的論爭，同時論述鄉土話文運動對臺灣文藝界所產生的影響。〈日據時期臺灣白話詩的起步〉探討臺灣白話詩是否爲中國文學之支流？本文說明了臺灣的白話詩並非僅受中國白話詩的影響。從其起步期，可以看到各式詩體在臺灣發展的情形，一九二七年以後因國際局勢、中國國共內戰諸多因素，用臺灣話（方言、新造字等）入詩，配合臺灣特殊的處境，漸發展出臺灣新詩獨自的特色。當代的臺灣文學亦以六篇論文敘述。〈光復後臺灣小說的階段性變化〉一文探討臺灣五十年來小說發展的脈絡、軌跡，臺灣小說發展的進程雖與西方不同，當西方自現實主義走出，進入現代主義之後，臺灣卻從現代主義返回現實主義之路子，然如此之發展，實呼應著臺灣在社會、政治和經濟方面不同階段的生態環境。如從宏觀角度視之，臺灣作家其實頗富革新求變、多元實驗的精神，他們不憚其煩地做各種實驗性創作；自文學思潮的遞嬗——反共戰鬥文學、現代主義文學、鄉土寫實文學、後現代思潮文學等，每隔數年即躍入文壇，作家積極介入的現象觀之，其不斷求新求變之精神，實值得吾人肯定。唯求變亦蘊含冒險、試驗之本質，且帶來之負面作用，亦不得不注意。

〈小說·歷史·自傳——談《無花果》、《臺灣連翹》及禁書現象〉，思考自傳·小說·歷史三者之間夾雜難理之處，及此二書因牽涉二二八事件，遭警總查禁之命運。〈從楊青矗小說看光復後臺灣社會的變遷〉一文說明楊氏作品呈顯了臺灣社會由農業到工業轉型的訊息，記錄了臺灣勞工者的心聲及勞資爭議諸問題。尤其農民、工人、女性處於社會轉型期中的衝突或鬱悶苦痛。易言之，他的小說如實地反映了轉型期的臺灣生態。〈誰是臺灣的主人——我看王幼華的小說《土地與靈魂》〉一文研探王氏該作品企圖透過一個十九世紀的世界，來證明、討論臺灣族群和臺灣主體的存在問題。該作顛覆了以漢人爲中心的歷史·文化論述，其論述語言與發言立場截然不同於過去的歷史小說，自有其詮釋族群的策略，白璧之瑕，在於小說藝術性稍嫌不足。

〈山林的悲歌——布農族田雅各的小說「最後的獵人」〉一文，說明原住民文學作品有其特殊的文學意義，有助於臺灣文學想像空間的伸展，並呈顯臺灣文學素來所忽略的「山海經驗」。但是，原住民文學之整理、創作，要到八〇年代，才漸展露於學界、文壇，可說爲時已晚，加上面對今日時空的流變，其文化資產面臨相繼快速流失的命運，筆者深覺身爲漢民族的一員，應及時從事文學的疏通整理。透過對其文學的介紹，能讓我們重新思考人與自然的關係，學習尊重他族的語言文化，建立一個和諧相依的生存空間。原住民作家田雅各的小說，描述了布農族的傳統生活觀與資本主義、現代文明的矛盾衝突，及對他們的生活所引起的不安，自有其獨特的反省觀點及探討的層面。本文即以其小說〈最後的獵人〉爲論述依據。最後論其寫作藝術，期望在九〇年代原住民的文學創作，能有更寬闊的主題，在立論、視野上較從前更爲細密，也讓臺灣文學有更多元化的樣貌。〈從困境、求索到新生——談臺灣新詩中的二二八〉，從文學的角度來反省、觀察二二八事件之作品，探討戰後第一代作家的二二八經歷與未親身經歷目睹的新世代作家之作品，他們對該事件的立場、態度、思想動向之差異，及原因所在，並論述詩作之藝術性。本系張素貞老師評價拙著，謂論文關涉層面：「有原始史料的彙整釐清，有民俗文化的研究批判，有社會變遷的歷史觀察，有文學發展的觀察解析，有文學體裁的剖析質疑（見〈小說．歷史．自傳〉），有文學策略的深刻解讀（〈誰是臺灣的主人〉），有文學技巧的賞析論評（見〈山林的悲歌〉、〈從困境、求索到新生〉）。此中牽連雖廣，但由文學的周邊問題處理，再深入核心研討；從文學史的相關理解，再深入作家別集的討論。」爲本書內容做了精簡扼要的結論。本書如果錯誤能減至最低，這都需感謝張老師的逐字細讀。其爲學極篤實，觀察極細膩，因此提供了我個人相當多的疏漏之處，其提攜、誘導後進之胸懷，讓人感佩；業師陳萬益教授多年來的鼓勵、教導，深自感懷，借此一隅，謹致個人最深的謝忱與敬意。

本書泰半是散步中或入睡前，多次孕思而成。散步的經驗，使我深深體會到唯有遊走於古典與現代、臺灣與世界之間，生命才是一條有去路，也是有返回現實的雙向道。諸篇內容，其時間大致從一九二〇年起到一九九六年，儘管臺灣文學的發展路途坎坷不平，但也累積相當豐富的文學作品，雖然到了九〇年代，有人迫不急待要宣布文學的死亡，但也有人更投入了心力去閱讀、研究文學。面臨此一轉變，我個人衷心希望留下的隻鱗半爪痕跡，能有助文學的疏鑿源流，讓我們一起保持開闊的心情面對「我們的」文學。

一九九七年三月廿九日於臺北　　蘆洲

文化傳統與歷史選擇

——談日據時期臺灣小說的文化內涵

一、前　言

無論在臺灣的文化史，或中國的文化史上，新文化運動與新文學的關係都是頗爲奇特的。熟諳中國五四時期的歷史學家或文學批評家，都很淸楚要在新文化和新文學的「屬」、「類」關係上作截然切割是很困難的。臺灣的情形亦復如此。日據時期的作家，無論是賴和、張深切、楊守愚、王詩琅，還是謝春木、楊逵、王白淵，都往往不僅是文學作家，同時也是文化啓蒙者，社會運動家等等。因此，在他們的文學世界裡處處可見社會學的視野、民俗學的觀照、倫理學的思辨……。

二、臺灣新文化運動的展開

臺灣的新文化革新運動，濫觴於日據時期。當時有許多知識分子對於日本殖民的文化，臺灣陋劣的習俗、民族文化傳統之中非理性的思想觀念，從事深廣的省思，甚者且奔走呼籲，加以反抗。甘文芳曾撰文述及此一現象：「資本主義的流入，使半開的殖民地放棄了手工藝的時代，而匍匐在先進國的經濟組織的下面，因此遂起了舊社會一切思想制度的改變，而激起了舊社會秩序的崩壞」①。溯自第一次世界大戰後，世界新思潮漸被臺灣，臺灣知識分子眼界亦大開展，動輒瞻眺寰宇，而益感文化競爭之壓力，此一文化壓力對他們所造成的恐慌，尤甚於因殖民者的政治壓力而生的恐懼。誠以殖民者至多能奪其物質而已，而世界文明之競賽，卻可將臺民拋入「野蠻人」之境地，甚者且喪失做人的資格。因而在新舊交替，亟思突破困境的過程中，知識分子常揮其如椽之筆，忠實詳盡的反映現實之醜陋濁溷，而對其民族文化檢點、批判。然而日本當局統治臺灣之目的只是一味的征取剝削經濟利益；為了鞏固其優勢地位，決無幫助臺人提升文化之理；於是面對世界文化和異族淩逼，知識分子唯有振奮其志氣，維持其尊嚴，憑藉自身之力量，提升文化水準，以為對抗殖民統治者之憑藉，林仲輝曾說：

> 倘同胞能合群策群力，以謀發展，各以啓牖民智爲己任，文化向上爲前提，闡其精英，恰乎民治，亦何難與之對壘周旋，抗議差別對待乎?……，設吾輩能以思想克復強權，智力打勝蠻野，彼爲政者雖欲以武力政治加諸於我，亦有所不能②。

可見此一文化運動之目的，在於啓迪同胞、提昇文化、改造社會，以爲政治運動奠基。

以客觀情勢衡之，臺灣新文化運動應以一九二〇年一月十一日由留日知識分子於東京成立之「新民會」爲權輿。（該會之前，雖有「聲應會」、「啓發會」之組織，但缺乏實際成績）。其所刊行之《臺灣青年》雜誌，尤爲推動新文化運動之核心。創刊號〈卷頭之辭〉中說：

> 覺醒了討厭黑暗，追慕光明；覺醒了反抗橫暴，服從正義；覺醒了擯除利己的、排他的、獨尊的野蠻生活；企圖共存的、犧牲的文化運動。你看，國際聯盟的成立，民族自決的尊重，男女同權的實現，勞資協調的運動等，沒有一項不是大覺醒所賜與的結果。臺灣的青年呀！高砂島的健兒呀！還可以不奮起嗎③？

而其發刊辭亦特別強調：「我臺灣在地理上位於偏陬的絕海，面積也很狹小，因此吾人在這世界文化大潮流中已經成爲落伍者。」其後革新派爲翼贊新文化運動，而於一九二一年十月組織「臺灣文化協會」，該會對外界之聲明，亦往往觸及臺灣文化勢窮力蹙，處於困境等問題。東京大學法學博士吉野作造相當同情臺人之處境，他不但參與文化運動還提出自主性的觀點：

> 戰後世界各國，文化運動之潮流，正在澎湃流行之際，臺灣諸君，亦不能晏如坐視以逆此潮流者，固不足怪矣。惟此種之運動，若就個人之意識，或民族之意識而言，苟非出於自主的，決非眞正之運動也。……，夫欲見文化運動之眞正成功，必根源于古來之歷史及民族性，……甚盼臺灣人諸君之開發文化④！

凡此同情、關懷之言論，皆有助於臺灣地區文化水準之提升。當時鼓吹臺灣新文化運動的知識分子，其心態正如王敏川於《臺灣青年》漢文欄之發刊旨趣中，所謂「今日世界改造之秋，國民之榮辱，不在乎國力之強弱，而在乎文化程度之高低」⑤。

當時文士深感臺灣文化與世界文化相較遠不相侔，難免憂心不已，滿懷危機意識，由是而以文化低落爲恥辱，且亟思喚起臺人之自覺，庶幾臺灣之前途因文化之昌明而希望無窮。

林呈祿所撰寫的《臺灣民報》中之〈創刊詞〉表露無遺。該文謂：「……小小孤島（按即指臺灣），也不得不提供做東西交通的公路，開放做東洋貿易的根據地了。你看歷史上，有演出幾番的生存競爭，經過了數次的人爲淘汰，這豈不是理所使然嗎？請問同胞諸君，現在我們臺灣人甘自認做劣敗者麼？願受人淘汰麼？我們不得不再想一想……我們先祖雖是來自中國，居在美島，然而我們現在的生活，還不能算做安定，社會的文化，還沒有普及，若不趕快想個法子，來啓發文化，來振起民氣，恐怕到了日暮途窮的時候，不欲自認做劣敗者，也不可得，不願受人淘汰，也不可得了。」⑥蒿目時艱，充滿憂患意識，其眼光不可謂不深遠。與林氏之見解相契相應者，頗不乏人，於是吸收新知，研討新學，自立自強，提升文化水準之呼聲不絕於耳，延續十餘年的「臺灣新文化運動」，於焉展開。而新文學則擔負著弘揚文化之職責，《臺灣青年》創刊號刊載陳炘〈文學與職務〉一文，該文云：「文學者，乃文化之先驅也」、「文學者，不可不以啓發文化，振興民族爲其職務。」此類呼籲，屢見不鮮，可見新文學之創作在臺灣新文化運動中扮演著舉足輕重的角色。

三、小說中的文化內涵

傳統並非歷史的凝固，它流注於人們的血脈裡，湧動於可感可觸的現實世界中，它使文學成爲既是傳統文化的產物，同時也是革新傳統文化的產物。作家、作品往往在新舊文化風潮之交替下發榮滋長。任何傳統文化與外來文化都通過彼時文化之中介對作家發生實際的影響，因此，若離開新文化、新文學運動來研討日據時期的臺灣文學，無疑將在時空上失去最起碼的觀察支點。日據時期臺灣作家的文化價值系統是由於世界思潮之影響而形成，當其運用此一價值系統去衡量傳統，並扮演文化啓蒙之角色時，其批判「臺灣文化」的強烈觀點乃瀰漫於初期新文學作品。

(一)對民族性格的剖析

臺灣數百年來舊有之社會文化所形成之意識型態與心理結構，由於長期積澱而日益僵化，剖析民族性即對於傳統文化從事深廣的省思，對於臺灣早年農業社會中陳陳相因、遲滯老舊之積習，反省之，批判之，從而推陳出新，使臺灣文化氣象一新。

賴和小說即從傳統農業社會出發，剖析臺灣人的性格，一九三一年元旦，賴和撰寫〈隨筆〉，診斷臺人通性說：「我們島人，眞有一個被評定的共通性，受到強權者的凌虐，總不忍摒棄這弱小的生命，正正堂堂，和他對抗，所謂文人者，藉了文字，發表一襲牢騷，就已滿足，一般的人士，不能借文字來洩憤，只在暗地裡咒詛，也就舒暢，天大的怨憤，海樣的冤恨，是這樣容易消亡。」這樣的性格，是以農業爲主要生活的漢民族的特性。在另一作品〈不如意的過年〉裡，他描寫日本人推行的陽曆新年，雖冷清無節日氣息，但是「島民」最先想到的就是賭錢，賴和藉此批判「嗜賭的習性，在我們這樣下賤的人種，已經成爲構造性格的重要部分。」賴和這番話眞是沈痛已極，其字裏行間充滿著焦慮和失落感是可以體會出來的，在日本統治之下，他急切的對中國人的愚昧落後與劣根性提出批判；另一方面，他也承受著批判之餘，來自民族情感的隱痛。

日據時期臺灣小說裡的主角不乏中下階層的投機分子，他們的世界呈現出一特殊的、文化沈澱的世界。陳虛谷〈榮歸〉寫再福留學日本，考取高等文官，於返鄉車上內心有著無比的優越感，在慶祝會上更是捨棄母語，而使用日語以炫耀於鄉親。陳氏這部小說對於人性、民族性、文化心理等層面皆有深刻描述，使該作之藝術性爲之大增。楊雲萍小說〈光臨〉中的保正林通靈是個奴性甚強、甘於當狗的人，他一點也不通靈，他邀請伊田警部大人到家用餐，爲了款待伊田，他四處張羅，忙得不亦樂乎。不幸伊田根本不把他的邀請當一回事，結果是自討沒趣，空忙一場。楊雲萍對林通靈的描寫，實際上是具體而微的揭露殖民統治者諂諛的關係學、裙帶風和奴隸性，而一些較深層的文化心理也稍微觸及。

陳虛谷、楊雲萍對文化心理之析陳，其自覺性頗高，這實在是由於陳、楊二氏深入的人生體驗、敏銳的眼力和充分的勇氣有以致之。除此之外，剖析臺灣民性、文化心理層次的小說，尚有朱點人、賴賢穎、曙人等人的創作。泗笙於《臺灣民報》曾發表〈臺灣人的幾個特性〉一文，沈痛指出臺灣人的「貪財性」，「個個都頭殼削尖尖，見有錢孔便鑽，那些仁、義、廉、恥都置之度外。」⑦其實求利並非罪過，然而若得之不以正道，自然要陷入貪欲的無底洞了。

當時處於半傳統、半資本社會形態中的臺灣衆庶，其性格一方面是牛步化的守舊、愚昧、迂腐、迷信，另一方面又貪財拜金、諂媚阿諛、自私自利。那些新知識分子，尤其是文學工作者，目擊世變，內心自有無限感觸，因而將目睹耳聞者筆之於小說。對臺人性格加以省察創作，以朱點人的小說爲多，此外呂赫若所撰小說也不時對吝嗇貪婪地主加以描寫。

朱點人〈長壽會〉主人翁阿河哥喜好附庸風雅，有錢時乃組「雅頌閣」湊熱鬧，任意揮霍，導致家庭淪落，但當生病住院時，便趁機牟利，病癒之後，故態復萌，大擺酒席。他平素常耍手段，如「他的母親之死，是在六月暑天的時候，在街市的衛生規則，只許停棺一個月，但他因怕他的朋友不能周知，而又不願發出訃音，致把一個月的許可延滯二個月，及至出殯之日，那棺裡洩出一種惡臭，令人都要掩著鼻子走。」這與他病癒不辦理退院的手段是一樣的，無非希望借機牟利罷了！

朱氏另作〈安息之日〉諷刺臺灣人視錢如命的劣根性。屠戶李大粒因爲愛錢如命，對兄弟、親人、寡婦恩斷義絕，鄰人因而咀咒他「豬刀利利，賺錢不過代」：他死後出葬，八人扛棺，「薄板仔裡有二雙（隻）手向左右分著倒垂下來」，有一副輓聯是「生不帶來」、「死不帶去」，在衆人吵嚷的喪禮中，對此見利忘義、衆叛親離的唯利是圖者，極盡諷刺之能事。

賴賢穎〈姊妹〉一篇描述姊妹爭奪家產，彼此詈罵，出手互毆之事。曙人〈商人〉則刻劃奸商可憎之嘴臉，他連自己兄弟都要榨取。呂赫若〈風水〉中弟弟周長坤「爲了滿足眼前的私利慾望，而犧牲了祖先。」任憑父親墳墓敗壞；讓未完全腐爛的母親遺骸暴露荒野，善良的哥哥周長乾一想到現在的人卑鄙無恥，不禁淚水奪眶而出。在〈財子壽〉一作裡，也對吝嗇貪財的海文頻加諷刺。母親過世、妻子生病，海文皆無動於衷，他只是忙著注意自己是否吃了什麼虧。當葬禮才剛結束，他毫不顧衆人連日來的悲傷、失眠、忙碌，用傲慢的口氣說：

> 葬事已辦妥了，你們必須馬上還錢給我。我代墊的部分，照理應該加算利息。但利息可以免，條件是我所墊的款項，今天要全部還清。

弟弟海山較窮，不能立支款項，他亦不准暫緩償還，反說要將兄弟倆還留著兩甲左右的祭祀公業共有田地中，把海山的部分拿過來抵充。這眞是利字當頭，人性泯滅了。李泰國〈分家〉也敍述了來成伯三個兒子爲分家，斤斤計較，絲毫無骨肉之情，對體弱多病，沒有利用價值的老父，子媳皆不願承受撫養。

臺灣新文學工作者，在求好心切，積極改革之意識驅使下，對此類唯利是圖、諂媚阿諛之輩嚴加批判，對此非理性傳統之蒙昧落後不免憂心忡忡，希望喚醒民衆知所反省，以求進步。

(二) 對風土民俗的描繪

風土民俗之描述，其目的並非展示奇風異俗，而是借以呈顯其背後文化哲學、生活哲學的意蘊。藉著對風俗描述，如實突顯在風俗影響下人民的眞實生活（生活本來的面目）。此一態度，表現出作者對風俗的理解、對文化心理的理解，從而激發讀者提問反思。

風俗是一特殊的文化儀式，任何風俗禮儀背後都有複雜的文化心態，裏藏著各式複雜的生命形態或經濟文化形態的結構。日據時期，臺灣地區養女習俗的普遍，實由於複雜的文化、經濟形態所使然。一方面，養女、童養媳可以幫助做家事；另一方面，可以省去男子成婚時聘金的開支，解決貧困家庭兒子成婚不易的問題。養女習俗提高了女嬰存活率，然而卻害慘了僥倖活下來的女嬰。多半童養媳掙脫不出被夫家虐待的噩運，甚或被輾轉販賣，充作性商品，被迫操賤業。在此一風俗盛行的社會中，婦女的處境眞是險惡萬分。日據時期臺灣小說裡的媳婦仔大多是命運多舛，若非本身家破子散，即發瘋、自殺終其生。在父權社會裡，婦女的柔順懦弱固無濟於事，即使是反抗，也因勢單力孤，而難以成功。

重男輕女的社會中，女性往往是最大的受害者。當時大多數人可以容忍丈夫娶小老婆，男子這些劣行無須接受多少道德、風俗的制裁，龍瑛宗在〈植有木瓜樹的小鎭〉借雷德之口說出當時社會普遍現象：「買小妾在本島人社會並不須強迫作任何道德上的反省。」⑧如不能容忍、屈就，而走上離婚之路，芸芸衆生也多以異樣眼光看待女子，欲尋生命的第二春，往往難上加難。呂赫若在〈月夜〉這篇小說裡就說：「結婚對於女人一生的重大影響，使我重新得到了認識。不幸的婚姻……若是女性的話，在社會上，道德上，都會使得她不得不屈就更不好的婚姻，……或者才過了二十五歲，就只能被當作後妻的對象。」⑨婦女不僅是劣俗的犧牲品，甚至可說是整個非理性傳統文化下的犧牲品。

風俗文化下最大的犧牲者往往是婦女，她們犧牲了青春、愛情、平等，乃至生命。呂赫若〈財子壽〉中的玉梅，賢慧善良，但先生貪淫鄙吝，玉梅最後落得精神失常，被送進瘋人院。陋劣的風俗常是批判傳統文化的一個切入點，在民間風習的描繪中映現出民情民性，在一系列對風習民俗的描述中，我們不難感受到作家相當強烈的焦灼感。

臺灣傳統社會的宗教信仰、生活習俗，多半具有根深柢固的保守力，緊密的融入民間的生活與信念中。一九二〇年代的民族自覺與新文化的提倡，一方面反抗日本殖民主義，一方面也企圖改善舊社會。當時的知識菁英，看到「物慾旺盛、精神生活貧瘠」的社會病症，多憂心忡忡，亟思有以改造。加上清代以來，社會大眾崇尚功利；在日本殖民統治下，功利主義仍然甚囂塵上⑩，功利的觀念固然對發展經濟活動不無助益，但過分追求功利，將使缺乏文化精神的社會，日趨浮靡，每況愈下，迎神賽會之鋪張、婚喪禮俗之奢侈，幾可使中下階層的人，傾家蕩產。本來很多民俗都帶有理想民族性格的象徵色彩，如祭拜媽祖、王爺有其感激謝恩之思，但禮儀習俗成了模糊是非的天然氛圍，民族性格中的某些劣質（如好面子、講究排場……），在此一風俗中得到延續、繁衍的機緣。因而改造奢靡之風，遂成爲新文化運動者抨擊和勸導的目標。作家將民間風習寫入小說，希望引起讀者注意，並從而改正陋俗。

賴和第一篇小說〈鬥鬧熱〉就是以近代知識分子的觀點，批評舊社會迎神賽會無謂的鋪張。朱點人〈島都〉中史明的父親，因廟寺建醮，被地方頭兄強迫樂捐，由於無力繳納，只好忍痛賣子來給付，最後在羞愧憤恨中，精神失常，投河自盡。做醮本在祈求世人平安和樂，而今卻弄得家破人亡，不啻一大諷刺。這樣的情節，突顯了迎神賽會所帶來的勞民傷財之苦痛。借著酬神、做醮的風俗描寫，人心的貪欲也揭露無遺。謝萬安的〈五谷王〉敍述了一個假借五谷王—神農聖帝名義以建廟牟利的流氓。蔡秋桐的〈保正伯〉述說了保正，爲了蓋房子，便利用村民的迷信，斂財修繕土地公廟，廟貌是煥然一新了，他的官舍也堂堂落成了。

信仰神明，不僅爲了祈求平安幸福，治療病痛，也一樣乞靈於神明的法力無邊，而透過乩童一類的靈媒，取得藥方。在吳希聖的小說〈豚〉的情節中，可以看到乩童藉由神靈的附身，替人診斷病情，開具藥方的經過。

日據時期臺灣新文學運動，初期固受五四運動之影響，其反帝、反非理性傳統之精神一如五四運動之所強調者，而五四運動鍥而不捨所追求之自由、民主、科學等精神，在臺灣新文學作品中則清晰可見，其追求科學精神反映在小說中者厥爲極力反對迷信，以求理信。日據時期臺灣小說描寫求神治病之情節，並諷刺此習俗之不當者有：龍瑛宗〈黃家〉、吳希聖〈豚〉、楊逵〈無醫村〉……等作。如果我們能有一同情的了解，則對此一習俗或者不致於僅視之爲迷信而已。溯自明末清初，大陸東南沿海，旱災頻仍，倭寇屢犯，居民生活極爲困苦，閩、粵諸地跨海移民來臺，墾荒拓地者，先後相繼，更僕難數。他們離鄉背井，孤注一擲橫渡臺灣海峽，面對颶風狂濤，身處茫茫大海，其無依無助之感，盈臆塞懷。除了信仰宗教，祈禱神明在精神上給予慰藉外，別無更好的方法，來安撫驚濤駭浪中膽寒心懼的無助衆生。做爲海上保護神的天上聖母——媽祖，便成當地最轟動、熱鬧的事，北港媽祖廟香火尤爲鼎盛。賴和爲彰化人氏，信徒於北港天后宮、鹿港新祖宮及大甲媽祖廟進香之盛況，自爲其所熟悉，賴氏〈鬥鬧熱〉、〈赴會〉皆記載了香火鼎盛之情況、宗教本在淨化人心，藉著齋戒祭祀的活動，冥冥中堅定了民衆奮鬥進取的信念，撫慰了民衆其忐忑不安的心靈。但由於爲廣大群衆所信奉，其庸俗化與迷信化，遂爲不可避免的趨勢。賴和在〈赴會〉一作中有一段話足以令人省思：

我靠近車窗坐下，把眼光放開去無目的地瞻望沿途風景，心裡卻在想適才所見的事實。會議時將用何種題目提出？迷信的破除嗎？這是屬於過去的標語。啊過去，過去不是議決有許多提案，設定有許多標語嗎？實在有那一種付之實現？只就迷信來講，不僅不見得有破除，反轉有興盛的趨勢。啊，這過去使我不敢回憶。而且，迷信破除也不切實際，假使迷信眞已破除了，我們將提那一種慰安，給一般信仰的民衆，像這些燒金客呢？這樣想來，我不覺茫然自失，憯然地感到了悲哀⑪。

迷信的觀念或行爲，的確須加以破除，但在低水準的生活、農業爲主的社會、教育不普及的情況下，民間所建立的生活秩序、社會倫理、道德行爲……即以神教觀念爲基礎，它仍有溫暖民衆心靈，淨化人們精神生活的作用。一味的破除其信仰行爲、斥責其迷信觀念，我們將如何去安慰他們在浩劫、挫敗與空虛中的生命？如何提昇他們在平安快樂中對人生的滿足與感激？

除了上述媽祖信仰之外，臺民所膜拜的王爺公、城隍爺、五谷王，以及由此衍生而出的建醮、送王爺慶典及卜卦、乩童等行爲，小說中再三述及。此皆緣於臺灣地處亞熱帶，溫濕氣候，致早期瘴癘充斥，瘟疫猖獗，加上醫療設備亦復闕如，多數居民皆屬文盲，缺乏醫學知識，而務農力作，勞苦過度，極易染患疾病，他們習於依傳統經驗，自行採擷草藥，煎服或塗敷，其藥效不弘，可想而知。早期居民因之年幼夭折、或經年纏綿病榻者，時有所聞，似此生不如死，死又悲絕之困境，自亦趨使人們對冥冥中神力之求庇。人們一有病痛，即奔赴寺廟，求神、乞籤，或請神歸家驅邪壓煞於廳堂，以求早日痊癒。〈移溪〉中的農村，因溪水氾濫而危害全村生計，在王爺顯靈欲遷移河道的消息傳出，農民雀躍之際，年輕人以邏輯判斷發出疑問，卻遭如是喝斥：「少年懂得什麼……王爺公大神大道，法力無邊，那有移不動的？」可見篤信神明的傳統觀念，在人們心中的地位。

臺灣民間祭祀之神，其所以能普獲廣大之信徒信奉，誠由於早期臺灣的社會經濟景觀之現實背景，反映出臺灣早期民間生活之艱苦與困難，人們祈求能藉乎超人力的神來慰藉靈魂，安撫身心，或引導其精神，使不再空虛，增進其求生本能的潛在力量。假若信仰的本質，可以提昇人們生活的希望與善良的心志，則信神的行爲，就早期臺灣先民來說，固有其特殊意義。他們虔誠而隆重的禮神，甚至不惜犧牲個人的財富，毫不吝惜的獻給神明，以求達成願望。他們誠然有不得不然的現實困境。

民俗是民間文化智慧的結晶，反映初民對人生、自然、宇宙的思考和想像。在節日的喜慶熱鬧中，呈現著人們對傳統文化根深的認同。以漢民族最重視的農曆過年爲例，每逢一元復始萬象更新之際，老百姓無不繁忙而興奮，但是由於日據時期的農村社會，貧富極度不均，造成了如蔡秋桐的作品〈四兩仔土〉中天壤之別的貧富對比。

貧苦人家總是在年關將近時，湊足些許金錢，以因應過年的額外開銷，所以蒸年糕的時間，往往晚於富有人家。此外，縫製、添購新衣，闔家團聚，甚至過年前催討債務等事物，皆是漢民族過農曆年的傳統風習。小說主角「土哥」，取了微薄的救濟金之後，也破例設法買了春聯，儘管房舍破舊，「壁攏用肥料袋遮的，廳門柱也灰落了，任糊不粘了，連紅箋也粘不著了」，也要張貼楹聯，除舊布新。可見得傳統觀念深植人心。蔡秋桐借著描繪風俗，把土哥困窘的境遇襯托出來。

又如楊守愚的《過年》寫臺灣鄉鎮的除夕風俗，「花開富貴，竹報平安」之類的嶄新紅豔的對聯，正廳神桌上方懸掛著的「福祿壽三星拱照」一類的吉利語，以及品年糕、燒金紙、放爆竹一類的辭年餞歲的儀式，無不洋溢喜樂氣氛。作品在描繪這種喜慶的風俗之後，寫一個失業者的年關之苦，債主上門索債，兒女哭鬧要吃年糕、穿新衣，在眷戀風俗之餘，對殖民統治者戕剝臺民的酷行，表達了激憤抗議的怒火。賴和〈不如意的過年〉、〈一桿「秤仔」〉，皆於過春節和過元旦的節目氣氛下安排悲劇情節，可說善用風俗來強化悲喜對比的藝術效果。在〈辱〉這篇短篇小說則安排了鄉村民眾喜觀賞野臺歌仔戲的情節，控訴了日警的橫虐。戲中演「俠義英雄傳」，遊俠出神入化的為小老百姓伸冤出氣，臺下的小販卻因日警取締攤販而四處逃竄。歌仔戲中除暴安良的故事，變成現實生活中一大反諷。藉著風俗的描繪，小老百姓連看戲此一小小的慰藉都不可得，小說的藝術力量由是更形加強。同時，風俗小說的描繪常有其塑造人物的獨特效用。呂赫若〈風水〉裏周長坤堅決不讓兄長為父親洗骨（聽任地理師風水之說，以保住自己家的榮華富貴），十足表現了他的凶殘不孝，即是一例。此外，龍瑛宗〈黃家〉之主角若麗為受過新式教育的知識分子，因不能如願留學東瀛，鎮日借酒消愁。他頗有知識，頭腦清醒時也明知是非；無奈個性懦弱，遇事不夠堅毅。他的兒子卓尉罹腎臟炎，他勸母親讓孩子到醫院診治，但是他的母親除了求神問卜，吃香灰、乞靈於秘方外，硬是不能接受西醫診治，若麗雖知母親迷信，然以凡事不能積極，也只有屈從母志，任由卓尉病勢惡化，最後死去。龍氏此作藉此描述了那一時期知識分子的蒼白無力。龍氏另一作〈貘〉藉著神案桌裙上所繡的麒麟（也是貘）代表吞掉惡夢的動物，同時象徵主人翁就像被貘吞噬夢似的，既沒有夢想，也缺乏積極樂觀的人生態度，甚至連感情都漠然不存，徒似一空洞的軀骸。

傳統的風習，也反映於婚姻嫁娶之事。重視生辰八字，也是男女婚配合宜與否的最大因素。如〈謀生〉中的佃農夫婦，對於準媳婦的各種條件均甚滿意，然而在女方不收聘金的情況下，仍然憂慮著：

可是查某囝仔的生時日月和英兒的生時日月能得和合否，咱們也要去給算命先（算命先生）算一算才好⑫。

傳統婚姻，表現在納采、問名、及至請期、親迎等階段的繁文褥節，不遑多論，而臺灣農村社會中，也大多保有此項傳統，甚至結婚過後的歸寧，新郎必偕新娘回娘家作客，凡此都顯現出民俗文化的細緻風格。如新郎在歸寧作客的宴席上，不能吃桌上的包子，這樣的風俗，楊守愚在其作品〈新郎的禮數〉中，有所說明：

這當然爲的是「怕嘴給岳母包去」的禁忌，以爲吃了包子就會一輩子不敢和妻子拌嘴，而祇顧一味聽從妻子管轄⑬。

避諱、禁忌，在傳統習俗中比比皆是，婚嫁過程中的許多禁忌一旦觸犯，大家都認爲將使婚姻或家族蒙受不幸，如蔡秋桐的作品〈興兄〉，就述及迎娶新娘入門，不可踏及門檻的忌諱：

户枋（門檻）講是乾官（即公公），新娘初入門不可踏著户枋，若失誤踏著户枋，乾官不利……⑭。

由此可見，許多風俗習慣，似乎並未受到日本的統治，以及農村普遍貧窮等影響而式微，反映農民生活的小說，當然也不免記錄了「收驚」之事。臺灣民間習慣上認爲小孩有夜啼難眠或惡夢驚醒等異狀，是妖魔纏身所致，必須收驚，以神力鎮壓之。如〈羅漢腳〉中，主角遭受驚嚇，即由母親爲其收驚：

> 他母親就從米缸掏出碗米，用一條廚巾連碗帶米都包住，然後用它在羅漢腳的頭部、腹部和身體各部按壓起來，嘴巴同時呢呢喃喃地唸著，……⑮。

此一現象，如今依然普及臺灣各鄉鎮。在風俗描寫中，展示了農村階層的日常生活。

小說作品反映了當時農村社會中，舉足輕重的風俗習慣和民間信仰，並未受異民族的高壓統治而湮沒，其主要原因是傳統習俗、觀念，早已和日常生活相融爲一，不易改變；另一方面，或許是與東洋思想、文化的入侵作抗爭，以反對殖民者同化之政策，而在意識上不願失去傳統文化的一種堅持。當然，在許多地方，描寫民風習俗也可藉以鉤勒環境，突顯人物性格，或是企圖由之批判封建的文化傳統。

易言之，文藝思潮的變遷常在無形中制約著作家的創作思路。在臺灣話文與鄉土文學的影響下，作家從記憶中的家鄉生活取材，繪製一幅幅充滿傳統特徵的世態相與風俗畫。「用臺灣話做小說，……描寫臺灣的事物。」「建設鄉土文學」⑯，寫自己熟悉的臺灣人、事之創作原則，遂形成一種流行的選材角度，而揭露殖民統治之不當，對低下階層生活之關懷，尖銳的社會批判內容也成為社會主義思想作家美學風格或審美趣味的主流。在那種熾熱的民族、階級意識上，我們看到了農村社會的世態風俗，及呼之欲出、掩卷難忘的風俗畫——迎神賽會、春節喜慶、婚喪嫁娶、收驚、耙砂……無不引出文化的深層意義。

四、風土習俗描繪方向的逆轉

由於日本統治者對臺民思想箝制日緊、壓迫愈甚，皇民化運動對臺灣文化風俗之破壞，臺灣新文學遂產生與以前不同，且明顯之轉變，當異族一再摧毀臺灣傳統之風俗與文化時，小說內容不再動出豪語，要反傳統，要解放傳統對個人的束縛，由於此時思想箝制日益嚴厲，在作品裡，正面反抗日本殖民統治已成不可能，於是，作家著力描寫臺灣人之現實生活，民族固有之風俗習慣，生動描述市井人物、風土習俗，強調傳統之道德理念，注重孝道之發揚。

在「皇民化」政策下，臺灣總督府加強推動諸多事項：如「國語運動」（普及日語）—

普設「國語講習所」，強迫臺地耆老以暮夜之時學習日語，嚴禁報章雜誌之漢文欄，查禁漢文書房，削減臺灣寺廟，禁演臺灣戲劇，戲劇節目概用日語（即所謂「改良戲」）。禁以臺語廣播，頒定「國語家庭」、獎勵改日姓，要求臺人祀「伊勢大神宮」之「大麻」以代傳統先祖之祀；推行「寺廟神昇天」運動，焚毀各廟宇所奉祀之神像。一九四一年四月十九日設「皇民奉公會」（同年十二月太平洋戰爭爆發），翌年復頒「陸軍特別志願兵」制，徵調臺籍青年赴大陸、南洋各地充軍伕。一九四三年「日本文學報國會臺灣支部」成立，翌年實施「徵兵制度」，驅使年滿二十歲的臺灣子弟，赴各戰區爲炮灰。「皇民化」之內容無所不包，要之，改造臺灣人而爲「眞正的日本人」以效忠「天皇」。

有一些作家開始省思臺灣人特殊之處境，如以呂赫若一九三七年前後作品細加觀察，便可發現呂氏早期作品〈牛車〉，受外界力量之影響相當大，易言之，此一現象乃殖民地臺灣人民之苦難，來自於外界經濟衰退和現代化影響所造成。然而呂氏一九三七年後之作品如〈財子壽〉、〈風水〉、〈合家平安〉、〈柘榴〉等，故事之中心已轉至家庭內部，外界之力量幾乎已非重點。而傳統孝道的強調，則頻頻出現於小說之中。〈風水〉整個故事繞著孝道與個人利益的衝突緊張運轉；〈合家平安〉敍述了一個不被善待的養子，不顧個人需要，承擔起供養父母的責任，盡人子該有的孝順美德。又如〈玉蘭花〉主角的父親瞞住小祖母讓其叔叔到東京，事後父親每叨唸著「那一次眞是大不孝」，〈女人心〉裡的雙美爲無法盡力治療母親的病而讓她死去，爲此流淚自責，〈萍蹤小記〉裡的淑眉當藝妓後，孤伶伶一個人忍受寂寞而盡可能地孝敬她的母親，〈柘榴〉中的大哥金生對父母臨終前託付照顧弟弟之事，耿耿於懷，〈清秋〉裡的耀動爲了孝順父母毅然從日本返鄉，雖然他內心充滿了矛盾，但孝道之思固存於他心中，凡此皆透顯一訊息，即：臺灣文學思想已從反傳統、爭個人自由、抵抗殖民統治，轉化爲宣揚家庭倫理，強調個人責任，提倡孝道之內涵。呂氏小說中對風土習俗之描繪，更不在少數。〈財子壽〉記述「耙砂」過程，凄凄感人，歷歷在目：

在院子中央堆著小砂堆，遺族穿著麻衫坐在鋪著稻草的周圍。在砂堆上擱著兩個蛋做爲眼睛，再點上蠟燭。遺族屏息看著。兩個扮著牛頭和馬面的道士隔著砂堆對罵、旋轉。他們退下之後，胸部繫著白布的道士出來，帶領遺族巡繞著砂堆哀哭。他一步一駐足，一哭泣，以便白布擦眼。遺族也出聲哀哭。道士一邊哭，一邊唱著「十二月懷胎」悲哀文句，感念母親養育之恩的哀切聲音，伴著遺族思念母親的慟哭，使參觀的人深受感動，女人更是哭腫了眼睛。現在，他們追思著母親，自懷孕、生產、以至於養育，受盡了無數的苦楚，而今卻要和母親永訣，一想到此，就不禁陪著欷欷地哭了起來⑰。

呂氏〈柘榴〉一篇敍及另一習俗——合爐、過房。小說述及金生爲人招贅，其祖先牌位不得與女方祖先牌位同奉大廳，只能將祖先牌位奉於吊籠中，懸掛於脫穀機房，實爲委曲。再如〈玉蘭花〉一篇，述及時人多厭攝影，誠以一旦照相，人影即爲相機奪卻一層，人亦漸趨消瘦矣。類此想法，以今日觀之誠屬無稽。民智未開之窮鄉僻壤亦存若干禁忌，而此禁忌爲民族學之，寶者又輒賴小說以保存之。該作又敍述小祖母於河畔爲鈴木招魂一事，亦極詳細記載了臺灣民俗。

張文環小說亦同樣完整呈現了臺灣民衆生活方式和多彩多姿的風俗習慣。張恆豪氏曾說：

> 張氏小說中，除在反映做人的條件，發揚守鄉護土的意識外，對於臺灣農業社會的風俗習慣，民間傳說、生活方式，及四季遞移的描繪，也佔了相當比例，呈現了臺灣社會的生活面貌，頗富有民俗學的價值⑱。

張氏小說風格頗近自然主義的寫實，從仔細描寫臺民風俗習慣中，肯定說明臺灣民族傳統文化與日本文化極難融合，且間接暗示「皇民化運動」之不當。張氏小說中，直接反抗或批判的筆墨相當罕見，他不像日據時代許多作家，尖銳地抗議日本人的壓制與暴橫，他只是隱微、間接地傳達他對同胞的關懷、對人性的觀照。他所編的《臺灣文學》第三卷第四號且因所刊作品皆是描寫風俗民情、地方掌故，對當時戰爭毫無「鼓勵」作用而遭禁。足見風俗民情運用在小說自有一定的作用。

五、結語

臺灣新文化和新文學的出現，自是吸收外來文化的影響和批判封建文化與傳統的結果。在新舊兩種異質文化的最初交替期的作家們，歷史的侷限與個人的缺陷自是在所難免。寫於二〇年代中期的作品，有一些作品中的形象常常是超載的觀念負荷物，洩露的社會運動抗爭壓倒了藝術的架構。即使是臺灣新文學之父—賴和的作品，對於臺灣文化、民情、民族性，藉習俗文化的呈現而有深刻的藝術效果，但是數段冗長的理性批判也不免使其作品的藝術氛圍顯得不很和諧。其作品時參雜一些批判、反思的議論文字，如一九三一年元旦的〈隨筆〉，藉一塊刻著「受勢庄李公」的墓碑，診斷臺民的通性，〈不如意的過年〉有一百多字批評漢民族的習性等等。隨著時間的進展，作品之藝術日益成熟，三〇年代日文作品則較能藉著習俗的自然呈現，烘托人物形象、性格或命運。傳統的風俗常常是比正規的新教育有著更大的塑造臺灣人性格的力量，可說民風習俗雖然無一字一句的明文規定，但它卻由世代傳承中的仿效產生了廣泛的法約力量，及教育功能。

同時在小說中展現的風俗民情，又有很高的民俗美的價值。無論是〈羅漢腳〉中膜拜大樹、領墓粿、收驚、對玩水的禁忌之描寫；或是〈財子壽〉描述「耙砂」過程，〈柘榴〉中合爐、過房的細節；〈藝旦之家〉、〈夜猿〉等作提及之民俗風情（深山養鵝，除夕點燈等）；〈富戶人的歷史〉對轎夫行話的記述等等，都可以在民俗學乃至歷史文獻學的意義上，成爲游離出文學世界的另一種獨立的審美價值而存在。

【註釋】

① 甘文芳，〈新臺灣建設上的問題和臺灣青年的覺悟〉，《臺灣民報》第六七號，頁一四。

② 林中輝，〈訪代議士永井柳太郎氏有感〉，《臺灣青年》第一卷第二號，漢文之部，頁廿一。

③ 《臺灣青年》創刊號〈卷頭之辭〉，頁一。此處採用黃得時之譯文，見〈臺灣新文學運動概觀〉（上）〉，《臺北文物》三卷二期，頁一四。

④ 吉野作造〈祝辭〉，《臺灣青年》創刊號，漢文之部，頁一七。

⑤ 王敏川〈「臺灣青年」發刊之旨趣〉，見前揭書，頁四〇。

⑥ 慈舟，〈創刊詞〉，《臺灣民報》第一號，頁一。

⑦ 泗筌，〈臺灣人的幾個特性〉，《臺灣民報》第九七、九八號，一九二六年三月廿一、廿八日。

⑧ 原刊《改造》第十九卷第四號，一九三七年，譯文見《光復前臺灣文學全集》第七卷《植有木瓜樹的小鎮》，遠景出版社。

⑨ 呂赫若〈月夜〉，《臺灣文學》第三卷第一號，一九四三年一月。見臺北：《牛車》，遠景出版社，林鍾隆譯文。

⑩ 溫振華〈日本殖民統治下臺北社會文化的變遷〉，《臺灣風物》第三七卷第四期，頁三五。

⑪ 賴和遺稿，創作日期不詳，見《賴和先生全集》，頁三一〇，臺北：明潭出版社。

⑫ 徐玉書，〈謀生〉，《光復前臺灣文學全集》第六卷《送報伕》，頁一三二。

⑬ 楊守愚，〈新郎的禮數〉，《臺灣作家全集·楊守愚集》，頁三七九，臺北：前衛出版社。說另參吳瀛濤《臺灣民俗》中對婚嫁忌諱之記載。

⑭ 蔡秋桐〈興兄〉，《臺灣作家全集—楊雲萍、張我軍、蔡秋桐合集》，臺北：前衛出版社，頁二一三。

⑮ 翁鬧，〈羅漢腳〉，《臺灣作家全集—翁鬧、巫永福、王昶雄合集》，臺北：前衛出版社，頁八四。

⑯ 黃石輝〈怎麼不提倡鄉土文學〉，原刊《伍人報》九至十一期，該報今日難覓。此處引自廖毓文〈臺灣文字改革運動史略〉，《臺北文物》四卷一期，一九九五年五月。

⑰ 呂赫若，〈財子壽〉，《光復前臺灣文學全集・牛車》，臺北：遠景出版社。

⑱ 張恆豪，〈張文環的思想與精神〉，《臺灣文藝》第八十一期，一九八三年三月，頁六四。

日據時期臺灣小說中的婦女問題

一、前　言

十九世紀以來影響歐洲的兩股重要潮流—人道的個人主義和浪漫的民主主義，隨著西方政治力量的擴張，在二十世紀初期深深改變了亞洲現代文明追求者的精神外貌。新的世界思潮在一九二〇年代大量湧入臺灣：一九一一年中國辛亥革命；一九一六年日人吉野作造提倡「民本主義運動」；一九一七年俄國十月革命、一九一八年威爾遜戰後提出「民族自決」原則，以及芬蘭的勞動革命；一九一九年愛爾蘭獨立、朝鮮三一獨立，以及中國五四運動等，這些政治、文化情勢的劇變，深深刺激了從臺灣赴東京留學的學生，他們因而積極倡導個人解放和社會改造的觀念，並試圖在臺灣擴大其影響，而蔚成風氣。除了統治改良之目標外，要求全面新文化解放的呼聲更是甚囂塵上，反封建、反傳統、反陋俗、反殖民的文化意識，形成一股極爲強勁的力量。可說臺灣的社會運動起先即是以文化變革之姿出現於歷史舞臺。這些文化運動基本上涵蓋了兩個層面：一是具有政治意義的反殖民主義運動，另一是具有社會意義的批評舊制度運動①，亦即包含了「抗日」和「啓蒙」兩個重點。

一九二〇年七月，「臺灣新文化運動」甫一展開，爲其喉舌的機關雜誌《臺灣青年》創刊號，即已刊載抨擊傳統的文章，主張破除不合理之舊制度、舊習慣。該雜誌之第二號中，彭華英發表了〈臺灣に婦人問題があるか〉一文，對傳統社會中婦女地位不平等與婚姻不自由的現象，加以抨擊。其後，《臺灣青年》、《臺灣》、《臺灣民報》刊登了一系列檢討婦女地位和婚姻制度的文章。從封建意識形態的桎梏下解放個性、解放婦女成爲那個時代的精神價值與目標，對民族歷史與現狀有所反省的臺灣知識分子，在此一目標之引導下遂產生婦女解放的思想。觀諸此一時期勒成專文探討婦女問題者多屬男性，可見思想較通達之男性在婦解運動歷程中扮演著不可輕忽的角色。他們本身未必已完全揚棄以男性爲中心的文化秩序，也未必徹底調整父權社會之思維模式，然而早期臺灣女性之萌生自覺、解放之意識，這些主張兩性平等、關懷女性命運的男性啓蒙者，固有其傳播、啓蒙之功。

日據時期，臺灣婦女問題，由於舊有父系體制之根深柢固，與殖民環境之重重束縛，而日益繁複、嚴重。囿於聘金傳統劣俗的買賣式婚姻，對媳婦仔（童養媳）、娼妓、查某嫺（女佣人）……等女子人身的買賣、折辱，使女性在家族之間與婚姻之途皆深具難以翻轉的附屬性格。至於資本主義經由殖民政權，將婦女自家庭納入生產線上，此時婦女所受正面肯定之作爲，卻往往只是將婦女之才智、勞力奉獻於資本主義的生產行列中；當時有些婦解言論，其目的只是企圖「改造」婦女以便吸納其勞力與智力，以遂行其進一步的剝削。「解放婦女」只是一個幌子而已，這其中陷阱重重，吾人檢視這類言論時，不可不留意。

二、自殺與瘋狂——挫敗的臺灣女性命運

新文學運動是新文化運動的支流；新文化運動，則是熱烈而全面的改革運動，當一個社會感覺到本身的文化是造成其受侮並阻礙其進步的罪魁禍首時，這社會中的成員必將對其文化產生深刻之反思或非理性之痛恨。臺灣新文化運動之質疑傳統，亟謀改良，其用心自然可知。改造青年、解放婦女、提倡白話文學等等，莫不追隨五四運動，甚至亦步亦趨，其時有很多論述常大量轉載或引用五四人物之意見。《臺灣民報》實爲臺灣婦女解放運動的先驅，該報譯介、轉載了頗多大陸新文學作品，對女性地位的提昇、自由戀愛的宣導，不遺餘力。

其轉載胡適作品，多屬探討女性、婚姻問題之作，胡適一九一九年在《新潮》所發表的〈李超傳〉，《臺灣民報》一九二三年七月十五日即加以轉載，表揚爲抗議舊家族制度而不幸病逝的李超。李超是北京女高師學生，家產豐厚，姐妹三人，無兄弟。爲了家產有人繼承，其父從遠房親戚中過繼了一個兒子。這個過繼的兄長爲了獨呑家產，連李超的婚姻也一手包辦。李超遂由家鄉廣西梧州逃婚北上，考入北京女高師，但是生活之資卻被其堂兄斷絕，於是貧病交加，無以爲繼，一九一九年八月病逝。此作暴露了「父死子繼」的父權社會對婦女的殘酷與不公，並涉及「不孝有三，無後爲大」等封建意識問題。另有〈終身大事〉一劇刊載於一九一九年三月的《新青年》，《臺灣民報》於一九二三年四月十五日、五月一日加以轉載。〈終身大事〉登場人物有田家夫婦及女兒田亞梅、傭人李媽、算命先生（瞎子）等五人。女兒田亞梅希望與留學日本時相識的陳先生結婚，但田太太向觀音菩薩求卦，又請算命先生卜算，結果都是兩人八字相犯，不宜嫁娶。女兒寄望於堅決反對迷信的父親能明智決斷。不料回家吃午飯的父親，儘管斥責母親迷信，卻翻出代代相傳的家譜，說田、陳在二千五百年前即同姓，依同姓不婚的風俗，不能同意這樁婚事。在傭人李媽的幫助下，田亞梅與停車在街頭等待的陳先生取得聯繫，離家出走。留下一封信，寫道：「這是孩兒的終身大事，孩兒應該自己決斷，孩兒現在坐了陳先生的汽車去了。」此劇對迷信加以批判，並鼓舞青年男女爭取婚姻自由。此外《臺灣民報》尚轉載魯迅、冰心等人同類的創作，爲數不少。

從《臺灣民報》轉載、登錄的大量有關婦女問題的專文、小說來看，婦女解放運動，一直是當時文化運動的重要議題。其時有不少男性作家受此啓示，擺脫男性本位的思想，期盼婦女能從傳統婚姻枷鎖及男性附屬地位中解放出來。

撰寫〈臺娘悲史〉寓言小說的男性作家施文杞於《臺灣民報》第二卷第一號中，曾向讀者引介女詩人周綺湘及其詩作，此在當時 誠爲不可多得之事 （周氏及其作品與臺灣並無關聯），其所呈顯之重要意義爲：女作家的出現，甚受矚目與期待，婦女得以發揮雋才，嶄露頭角，令人欽羨，自然應當揄揚且予以牽成。施氏並於《臺灣民報》卷二號二中批判臺灣的男性，贊美女子吳瑣雲之提倡漢學，爲婦女界之曙光②。點燃臺灣新舊文學論戰導火線的張我軍，則大聲呼籲有識者合力拆下舊文學這座「敗草叢中的破舊殿堂」，他同時是自由戀愛的倡導者，他推崇眞誠的戀愛是「至上最高的道德」，指出聘金劣俗必須根本廢止，其關懷婦解的文章屢見於《臺灣民報》。總之，男性作家撰文探討婦女問題，爲婦女爭取權益，其於「婦解」思想之啓迪，「婦解」運動之發展，固有其一定影響。

新文學運動發軔伊始，不乏探討婦女問題的作品，而其作者幾乎都是男性，原因是那個年代，受過相當教育而且知書達禮的女子眞如鳳毛麟角。男性作者關懷婦女問題，固屬難能可貴，遺憾的是他們對於婦女的問題往往體認得不夠深切，他們常就人道的關懷，人格的尊嚴等課題著文立說，此類作品如賴和〈可憐她死了〉、楊華〈薄命〉、郭秋生〈死麼？〉……等，都是揭露寒門女子所受非理性的待遇和無辜悲苦的命途之作，充分掌握了當時婦女在環境壓迫下無可言喻的挫敗感（frustrations）。在她們那個事事皆以男性爲中心的年代裡，賴和等作家能寫出這種關懷婦女的作品，誠非易事。然而在牢不可破的保守觀念囿限之下，他們的努力與貢獻也僅止於此，不能再作突破。

此外，反抗「父母之命、媒妁之言」，索聘金、談買賣的婚姻，追求自由戀愛，婚姻自主……等問題，也是新文學運動經常觸及的課題。楊逵與二哥楊趁的愛情觀，足爲那個時代新知識的表率。楊逵十二歲時，父母親爲他找了一個童養媳，此事一直困擾著他，爲了多讀些書，增廣見聞並反對缺乏愛情基礎的婚姻，楊逵以行動展開他未來的追尋，他逃到東京，且數度要求解除婚約，終於如願以償。其二哥楊趁深知缺乏愛情的婚姻，註定成爲悲劇，因而賣了小提琴資助弟弟前往東京，不久之後，卻自殺身亡。

在「沒有愛的結合是一種罪惡」的思想大纛下，當時知識青年奮力爭取自主的婚姻情愛。蘭谷〈一個年少的寡婦〉③，少年反對與家中媳婦仔結婚，他說「沒有愛情，沒有先經過自由戀愛的生活的結婚，是所謂盲目的結婚，那是多麼罪惡呀！」他想到了死，可是「死了後，她呢？她呢？將如何收拾？」吳天賞〈龍〉④一作，敍說了一個戀愛至上主義的青年，爲了追求心中理想的女子，拋棄了家人爲他選擇的未婚妻，但受不了良心譴責又與原來的未婚妻結婚，婚後一個月，雙雙自殺。情感問題不得解決，青年男女的命運，便無可避免地要走入絕境。楊守愚〈瘋女〉中的女主角紫鳳雖略識詩書，然而一旦家人爲她婚配，她便認爲「水潑落地」，已難收拾，沒有勇氣解除婚約，終致發瘋。這幾篇小說中的女性都只因名義上已許了人，便有著嫁雞隨雞，從一而終的觀念，不管雙方是否眞心相愛。當時這種情形甚爲普遍，楊逵〈再婚者手記〉⑤即自述此一眞實經驗，他到東京後寫信給父母和女孩的雙親，希望雙方能解除婚約，結果女孩說：「無論什麼時候，我都會等他衣錦還鄉。」經過數個月的糾纏，楊逵總算如願解除婚約，可是，女孩的精神卻變成半瘋狂狀態。

婦女精神失常，甚至瘋狂的案例（現象）所在多有，由此亦可略窺舊時社會中婦女的地位、處境與命運。雖然導致精神失常、瘋狂，或許和婦女敏銳的感性、纖柔的心靈不無關聯，然而婦女周遭環境之惡劣，傳統社會之以非理性的態度對待婦女……等因素，亦未嘗非逼使婦女精神崩潰的禍首元凶。長久以來，精神病患之比例，總是女多於男，即使時至今日，文明愈進，各精神療養機構所收容的病患或精神科醫生所診治的患者，也往往以婦女居多。新文學運動時代的小說作者每藉「瘋女」意象突顯諸多問題。

楊守愚〈瘋女〉裡的紫鳳，呂赫若〈財子壽〉中的玉梅，楊華〈薄命〉中的愛娥，皆呈現了女子在傳統不合理的婚姻習俗壓迫下，喪失自我的辛酸與無奈，及在傳統婚姻定位下不能活出自我的女子所可能走上的絕路。楊守愚〈凶年不免於死亡〉中至貧的妻，周定山〈旋風〉中臭萬的妻，賴賢穎〈稻熱病〉中黃芋頭的妻，皆因生活困苦，不得不賣女售子，終因日夜思子，而精神渙散，成爲瘋女。以女人瘋狂爲結局的小說固然爲數甚多，除此之外，以婦女自殺身亡終篇的小說，更是不乏其例：楊雲萍〈秋菊的半生〉中秋菊爲養父姦辱，投河自殺；吳希聖〈豚〉阿秀被玩弄後投環身亡；呂赫若〈暴風雨的故事〉罔市遭地主姦逼，後上吊自殺，皆屬此類作品。這些悲劇雖大多緣於作者對傳統劣俗的質疑，對殖民統治者的抨擊，但是小說中的女子飽受各種惡勢力折辱之後，紛紛自裁而死。這種普遍的現象說明了在舊社會中，只有自殺才是女子可以自己決定的，只有在此時她們才能「做自己的主人」！

三、父權情結

臺灣的父權社會，由於歷史的特殊性，而極度重男輕女，使得婦女的命運愈益悲慘。移民原須拓殖新土，因而年輕力壯的男子就格外受到重視，在此一限制及清廷「三禁三弛」治臺政策下，男多於女的人口結構，自然而然在臺灣形成。這也造成成年男子求偶的壓力。「分媳婦仔」、「分查某囝仔」的需要，便逐漸形成。養女風俗的形成，除這些婚姻壓力外，尚有其他複雜原因（如「壓青」、「哭腳尾」、「扞水米」……），從這些風俗，我們可以發現，養女本身只是備娶親、幫傭、傳宗接代、招弟、哭喪女……之用，養女的身分只是依附者，她們孤獨無助，自然倍遭剝削。而奴婢買賣與逼女爲娼尤爲殘酷可悲。

大部分關注婦女問題的作品往往偏重於指控童養媳習俗、買賣婚姻、重男輕女、封建家庭等主題之探討，除此之外，尚有一些作品以生命之尊嚴與價值爲思考重點，並對女人被當作商品販賣或生產工具之荒謬現象予以否定。王詩琅〈老婊頭〉中的老鴇母，經營「人的買賣」，她刻薄自私，毫無感情。她對所賴以維生的女子，視之爲商品，只要一天沒有生意，她便焦躁難安。秀仔的病換來一頓叱罵，阿月的身價剩到只有一角銀和一包煙時，她說：「不要緊，一角和煙拿起來也好，一角銀也是賺。」⑥那副唯利是圖的嘴臉，眞令人髮指。朱點人〈紀念樹〉⑦中女主角梅在丈夫家遭數落，回娘家養病，前途相當黯淡。丈夫帶她去照X光，確定爲肺結核，丈夫瞞著她，並不是設身處地爲她著想，而是便於讓她繼續任教小學以掙錢，婆婆還說她裝病、偷懶。婆家所有人對她的存在價值是以能否工作賺錢來衡量。她的存在只是成爲生產工具，其心靈的苦悶顯然由婆家造成，女性心靈的問題在當時封建家庭中經常是得不到重視的。

王白淵〈偶像之家〉⑧於鋪敍自覺要做一個「人」的「新女性」時，亦充斥著傳統父權試圖爲女性定位的權威之聲：「你們女人聽男人的話默默生活就好，……默默順從，男人就會對你們親切就會幸福啦。」要女人謹守本分照丈夫的要求「達成做妻子、做爲母親的任務即可」。此等父權傳統潛藏的「物化」女性的企圖於小說中隱然可見，不過，小說中的女主人翁顯然是一新女性，不願再懵懂生活下去。

在父權封建體制裡，最簡明的口號，表現在要求婦女的「三從四德」的意識型態裡。「三從」規範了婦女未嫁從父、既嫁從夫、夫死從子的道德觀，使婦女永遠淪於從屬的地位。對女人的性道德要求亦表現出雙重標準：在婚姻制度內，她必須遵守婦道，緊抱貞節牌坊；可是在婚姻制度外，迫於經濟的依賴，她不得不對男人縱慾的舉動，視若無睹。有時男人的性暴力也被合法地制度化。

陳華培〈王萬之妻〉⑨述及王萬的朋友林士屋的老婆，曾遭受先生在外面和女人廝混的不幸，但對先生此等行徑，她倒以「男人哪！是一點辦法也沒有」的態度認了命，她還爲王萬說勸阿香讓小妾進門，她說：「他（王萬）畢竟還是忠厚的，玩歸玩，可沒忘了照顧家庭。」說明了男人在外面玩玩根本不算什麼。

至於婆媳問題，在楊華〈薄命〉裡的童養媳愛娥，過的是「差不多每天給公婆詈罵」的生活，後來產後發瘋，不久死掉。呂赫若的〈廟庭〉、〈月夜〉⑩描寫翠竹所處的環境令人驚心動魄，娘家無可依靠，爲了面子，爲了三百元的陪嫁錢、嫁粧握在對方的手裏，爲了再離婚不一定有幸福的理由，她活活被推入如火坑的婆家。丈夫是慣於玩弄女性，曾經出妻七次的男人，婆婆嫉妒兒子在媳婦房裡睡覺，小姑無法欣賞嫂嫂的女性幸福的婚姻生活。龍瑛宗〈不知道的幸福〉⑪裡的女主角二歲就被梁家抱去作媳婦仔，從小即早起做事，到了晚間疲倦不堪仍得工作，若是出了差錯，還得遭婆婆死勁地狠打，以致耳朵被打得聽力差了些，十六歲那年婆婆刻薄地跟她說：「做女人的要是嫌這家庭不好，乾脆說出來罷。……哼，我將你賣給娼家，讓你一生沈在苦海！」媳婦生病發燒，婆婆惡毒地說：「哼，好極了，外面的工作眞辛苦，這麼一來就可休息了。哼，我也要這樣害病呢！」朱點人〈紀念樹〉裡的婆婆也曾如是放風說媳婦裝病是故意藉機偷懶。這幾篇小說把齷齪的封建傳統和污穢的生存情境，以及腐化無情的人性緊緊結合在一起。楊千鶴〈女人的命運〉一文說：「臺灣的家庭，婆婆要媳婦仔像牛像馬般的工作，與指定的男人成婚，生許多孩子，還要求像機器般不斷的勞動，尙且得不到一起生活的伴侶的同情，不穩定的情緒自然發生。等到媳婦仔做了婆婆，她以同樣作法，『我們那時候都是這樣』盲目的強迫成婚，幾代下來週而復始一直流傳。」

⑫

傳統中國社會中，婆媳之間的敵對關係，反映的其實是整個社會中結構性對抗關係，一方代表的權力，是父權，是整個社會構成的原則，這是一完全被異化（Aliention）了的女性；另一方則是被整個權力結構所壓迫的「她性」。這或許也說明了過去女性爲未來生活繪製藍圖，爲自我爭取時，多建築在父權價值體系上，婆婆本是由媳婦熬出頭，一旦成了婆婆，便將自己投射到父系體制裡，成爲一家庭的主權者。

其實，臺灣的婦女不論在家庭或在社會，均扮演了二種不同而且相關的角色，一是父權制度下無力的參與者；一是維繫父權的製造者。楊千鶴〈女人的命運〉一文說：

> 我一位朋友，自己受養母的虐待，先生又沒出息，始終過著威脅不安的生活。等自己有女兒時，卻依樣把親生女兒送到別處，同時再由別的地方抱進來一個媳婦仔吃奶。我責難她這種做法，她卻理直氣壯的，以純眞的表情說：「像我們家生活這樣困難，知道將來兒子結婚要付出一筆可觀的聘金，女兒找不到理想的婆家，現在趁早送人免得心裡掛念，對方的家庭也有好處。」⑬

反映了婦女（母親）根深柢固的父權情結，婦女不知不覺被男性社會的價值觀、傳統的觀念所影響而不自知。瘦鶴〈出走的前一夜〉⑭中的母親「受了舊制度的遺毒感染太深」，認爲女子無需讀太多書，找個好婆家是最重要的，她說：「什麼？讀了書，有什麼用處呢？阿蔚曾讀過書麼？她前年嫁給阿吉舍，竟嫁了一千塊聘金，雖說是接後的，但她現在不富貴一世了麼？像阿鳳、麗華、標梅們，那一個不是高女出身的麼？你看，誰肯來和她議婚？」一般人認爲嫁出去的女兒有如潑出去的水，對女兒的教育投資在其出嫁後便血本無歸，實在不值得，再者，書讀得多、學歷高的女子反而不易找到婆家。因而即使身爲母親，也不知不覺成了男性社會的幫腔者。女人的愚昧經常是社會文化運動者反省與憐憫的對象，因而當時小說家筆下這類女子不少。朱點人〈長壽會〉阿河哥的老婆以爲「丈夫若不嫖女人，無論什麼事情，都贊成他使用。」蔡德音〈補運〉裡的母親對兒子溺愛，「要什麼就什麼，要怎麼就怎麼，就任他去嫖，就任他去賭，……有時他不出門，媽就招他抽大煙。」呂赫若〈合家平安〉裡的母親玉鳳，對丈夫抽鴉片，「反而深怕鴉片供應不足，而失去丈夫的面子，竟大量購存鴉片備用」「還暗中慶幸讓他們抽鴉片」，她們誤以爲在家抽鴉片既顯示自己家裡的財富，也可避免丈夫到外頭胡天胡地，殊不知，如此一來，反而把家產耗盡了。

女性本身不自覺，甚且還爲父權意識型態推波助瀾，實在值得警惕。在處理婦女與性之間的糾葛時，其與繁衍後代幾無直接必然的因果關係，多只是床第之樂而已，小說中涉及情愛和淫欲時，對女性的摹寫則不夠客觀，馬木櫪〈私奔〉[15]一作，對麵包老闆娘的描寫，充其量只是把自己淪於墮落慾海的女人，是一非道德性的性慾滿足，而非爲了對愛情意義的探索，小說中看不出她是在追求愛情，純粹只是「慾」的滿足，此作實流露了男性作家進一步地滿足讀者觀淫癖（voyeurism）的欲望。尚未央〈老雞母〉⑯的女主角爲一寡婦，爲了滿足情欲，卻懷了孕，只得悄悄生子，送人撫養；賴明弘〈結婚男人的悲哀〉女主角素英不遵婦道，紅杏出牆，丈夫不堪忍受，自殺身亡，對女性形象之解構，並無正面意義。同時因貧窮所帶來的人性扭曲道德脫序，價值觀變異，也在女性身上豁顯。當時農場監督對於略具姿色的女工，時以提高工資爲誘惑，而女工亦有惑於金錢，而自甘獻身的情形。郭水潭〈某個男人的手記〉⑰一作中敍及：

> 在農場作工的女工中，有人暗中把貞操賣給領班，那是每天下班時，領班交給女工的傳票被揭穿的，所以領高額工錢的女工，必定會給別的女工講閒話。

歪風所趨，女工在上班時竟也化粧打扮，因爲「聽說農場的女工越漂亮，領班就給她越高的工錢。」⑱蔡秋桐〈四兩仔土〉⑲中對此有更爲露骨的描述：

> 農場是野合之鄉，是監督和女工的歡樂場。容貌好點，工資自然能夠多點。他們的野合之巧妙，

> 是尋常人所想像不到。「阿笑！你可拿這張片單去陳梘崙腳交給秉狗仔樣。」這就是計啦！……秉狗仔好空了。陳梘崙腳的蔗畑就成了他們的愛之巢了。
>
> 蔗葉掃來做眠床，蔗草牽來做房門。
>
> 有時我爲你作媒，有時你爲我作媒，愛這個就這個。如此滿足他的獸慾，工課也可以寬點，又是工賃有加分。

此一描述，突顯了四兩仔土的悲運，但對女性之陳述則偏頗不當，因其中只讓讀者看到浮於檯面上的現象，而未究女工之所以如此的箇中原因。

女性自我認知覺醒的過程，在男作家筆下出現得不多。龍瑛宗〈不知道的幸福〉一作，其「幸福」在小說一開始即是一個重要關鍵詞。「幸福」在女性追求的意義上，不是嫁給一個家道富有的男士，而是擁有一知心關心相扶持的丈夫，她自同鄉朋友身上得到了印證。從小說裡可看到家庭長者如何以傳統思想來爲下一代界定「幸福」的標準，初時女主角的父母親對她第二度婚約加以反對，主因之一即是男方太窮。一般人總以物質生活之豐嗇作爲衡量幸福的天平，而忽略個人感情因素的重要性。這篇小說肯定了女性在自我確認中所達到的成就，由「服從命運是女性的義務」的風氣下，逆來順受，完全服從（total submission），到自我要求離婚，拒絕忍受非理性的待遇，至頑強抵抗（determined rebellion）的反對聲浪，她主動積極的爭取自身幸福，展開了人生嶄新的契機。此作亦間接批評了傳統社會對婦女的限制和發展（女人不需讀書，只要默默地工作，出了社會則因是女人的緣故而成悲劇）。說明了婦女如果能積極爭取生計獨立，謀求個人幸福，則可避免成爲舊秩序的犧牲品。不過，該作仍擺脫不了男作家根深柢固的觀念，認爲婦女一生的幸福來自幸福的婚姻，兒子可取代丈夫，成爲女人的希望、生命的寄託。

四、果敢堅忍、有自主意識的臺灣女性

臺灣爲一移民社會，早期遠渡重洋、冒險犯難的拓墾者，基本上是具有陽剛、征服傾向的，但歷經數次被殖民的慘痛經驗，臺灣男性在挫敗的命途裡，使其男性意識（manhood）日漸斲裂。臺灣的黑暗期（無論在社會、家庭裡），通常便由女性來撐持，臺灣女性在斷垣殘瓦、三餐不繼的生活中堅強地與醜陋的現實生活掙扎，小說中不斷塑造此類婦女也就不難理解。相對的，在日據時期臺灣小說中的父親，往往不是一充滿威權的角色，即是扮演一渾身挫敗的角色。

在男性作家筆下的女性勞工，可說是臺灣農民中被剝削、被犧牲得最徹底的一群人。女工進入農場，多半是家境不佳，傳統觀念中女性的自我犧牲、順從，使得女性勞工遠較男性更加孤立無援，她們是參與了社會生產的「現代女性」，但卻是權力結構下被壓迫的「傳統女性」。楊守愚〈誰害了她〉中的阿妍不時受到農場監督的調戲和騷擾，以齷齪的手段—「下晡較晏返去，工錢即多算一點給你」加以引誘，阿妍不堪其擾，走投無路，只好投水自盡。然而縱使農場比戰場還要可怖（楊守愚意），有著如惡狼般的監督，爲了生計，女性依然不得不忍氣吞聲：「爲了飯碗，爲了獨腳的丈夫和幼弱的小毛，她是不得不忍辱，不得不隱瞞著丈夫，仍然若無其事似的到農場來勞動。」[20]此一對女性勞工的陳述具體呈顯了女子的困境。

這些臺灣婦女，往往都很堅強、都很勤儉耐勞。除了下田耕作、操持家務、侍奉公婆、哺育子女之外，有時還得出外謀生。邱富〈大妗婆〉中的媳婦金枝，她「一手操持所有的家事，幫助插秧、割稻自不用說，連挖蕃薯也幹，刻苦耐勞地工作。」賴和〈一桿「秤仔」〉中秦得參的母親，因爲丈夫早死，又失去耕地，但她「耐勞苦，會打算，自己織草鞋、畜雞鴨、養豬，辛辛苦苦。」獨力將得參撫養長大。周定山〈乳母〉中的母親，爲了賺取生活所需，只得受僱爲富有人家的奶媽。吳濁流〈水月〉中仁吉的太太蘭英，任勞任怨，每天四點就起床燒飯、餵豬、飼雞、餵鴨，然後下田工作，人在農場，心中卻牽掛著孩子，勞累一天回家之後，仍忙得團團轉，每夜編大甲帽到十一、二點才休息。可是她沒有說過一句抱怨話。楊逵〈送報伕〉中那位賢妻良母，辛苦籌錢供兒子赴日本讀書；張文環〈夜猿〉裡女主人翁阿娥，爲了趕赴街鎮照顧出事的丈夫石有諒，那攜帶著幼兒奔逃的影子，那猶如母猿護子的形影，令人動容。但此等對婦女形象的陳述，表面上肯定了她們的獨立，實際上有利父權的性別知識讓男人無後顧之憂，讓婦女確立相夫教子的責任，扛起家務重責，歸依到傳統家庭結構及價值觀，以穩定父系家庭結構，進而由家庭擴大到社會。

此一堅忍果敢的妻子或母親形象，說明了在中國（或臺灣）傳統社會，以至目前文化中的一個現象：母親形象（或婦女）在象徵意義上充分地男性化，成了徹頭徹尾的「長有陽物的母親」，扮演著一個既定的「父親形象」，她們之所以爲傳統所認可，寫進當時的文化歷史，完全是因爲她們克勤克儉，負擔起一家經濟重擔。父親形象在當時小說裡則相對顯得畏縮。日據時期的臺灣小說有不少男（女）主角都是無依靠的孤子（孤女），易言之，寡婦或無父的情況在當時似乎頗爲普遍，賴和〈一桿「秤仔」〉中，秦得參的母親獨立撫養孤兒，賴和〈惹事〉中不願被巡查大人調戲的寡婦，竟因大人一隻自投羅網的雞而惹上牢獄之災。張文環〈重荷〉裡的母親似乎也是寡婦，父親從未出現過；黃得時〈橄欖〉中德輝的父親在他中學時即去世；巫永福〈黑龍〉中的他升上小學二年級，父親即因感冒併發症死去；鐵濤〈阿凸舍〉，在乳哺時，他父親就去世了；這類情形觸目皆是。女性處此情境，不得不雙肩挑起重擔。小說中的男子多半軟弱無力，陳虛谷〈無處申冤〉中不碟的父親及其筆下諸多的男性形象，大多顯得猥瑣、卑微、軟弱，如地保兄弟、林老賊、老牛、劉天，全是敢怒不敢言，遇事畏縮的角色。龍瑛宗〈貘〉中徐青松的祖母是個能幹精明的女人，丈夫則相當無能；男性的木訥遲緩，與女性相較，更突顯出女性的果敢堅忍與精明凶悍。小說裡吃軟飯，甚或以色易食的軟骨人物，亦不乏其人，呂赫若〈女人心〉男子貪圖寡婦財產，爲了一己利益拋棄親生女兒及深愛他的女人；〈牛車〉裡妻子出賣肉體的錢，是一家生活的命脈；黃有才〈淒慘譜〉、迷鷗的〈夜深〉爲了生活、飯碗，不得不讓自己的女人被人蹂躪，在身體和精神的雙重煎熬中，度過漫漫長夜。楊華〈薄命〉中的父親愛賭博，爲還債賣女兒爲童養媳；王詩琅〈夜雨〉中的有德，在響應罷工之後，他的世界在經濟重壓下逐步崩解，最後犧牲女兒到風月場所當女招待來挽救這場危機。過去臺灣傳統的家庭，父親是家庭經濟的重心，是經濟的供應者與主導者，傳統又賦予背負家庭經濟重擔者以較多的威權，一旦這份威權因物質條件的喪失、現實的挫敗、性格的退縮等等，挫敗也就成爲父親的符號。

另外在毓文〈創痕〉㉑裡的T君，不甘心向傳統妥協而接受其束縛，但亦沒有勇氣與女友私奔，女友死了，只得常陷於苦悶、痛傷的情境中，借酒消愁，逃避現實。正如他自己所說：

> 倘然當時他能勇往擯除一切，同她雙宿雙飛，或者不至斷送她的生命，得如K君與惠容女士一樣，過著幸福的甜蜜的生活。

小說中的女主角素馨的表現，則遠較T君積極進取而勇敢，她有意識的（consciously）選擇自己認爲應走的路，不顧一切掙脫家庭的枷鎖。她曾把希望、幸福寄託在愛人T君身上，但當她發現T君沒有勇氣與她遠走他鄉，實現二人的美夢時，她沒有自憐自艾或呼天搶地，她反而責問他：

> 以前，你曾對我說過：戀愛是神聖的！爲戀愛當超越一切，怎樣到這時候，竟沒有毅力，果敢地履示你以前的話？……沒有這樣的勇氣，走你當走的路，也就吧（案，應作「罷」）了，怎麼，又要勸我從順父母之命，妄將寶貴的心身，委給於素無一面之識的人？……我問你：不是愛的結合，可以說是完善完美的家庭？而不同意的家庭形成的結婚，可以保障夫妻百年的幸福麼？……況且，我又不是物品，那可默認人家買賣？

T君的表現，讓她選擇了遠赴對岸投入革命。這篇小說男性姓名皆以T君、G君、K君稱之，女性則明顯提及名字，如惠容、素馨，這不同的待遇可說解構了以男性爲主的舊社會—女性身份是微不足道的。素馨堅不向傳統勢力低頭的態度，正是臺灣新女性的質素（qualities）。至此，男性作家對新女性的描述已能漸漸掌握核心（不過仍有其消極面，容後述），呂赫若在〈婚姻奇譚〉㉒裡塑造的新女性，對自己的婚姻亦採取了一積極的抗議行爲—離家出走，尋找新理想。這樣的婦女形象與舊時代迥然不同—如〈暴風雨的故事〉中的罔市最後只能用上吊來解決問題。琴琴則異於此，呂赫若說：

> 那時候，她是所謂的社會主義少女。經常出入於曾經給春木啓蒙的國棟家，在他們那一夥人裏面，經常以超越男性的熱忱跟尖銳的見解，讓人另眼相看，男士們也一致對她的前途看好。「臺灣的女性……」這是琴琴的口頭禪。「要是再不能自覺就再也沒救啦。女性知識分子要是還像以前，一心只想做布爾喬亞新娘，那是可笑的。眞正的女性解放，必需……。」國棟跟春木也常會加入辯論，這個時候，她一定會堅持自己的初衷跟他們奮戰到底。那樣雄辯滔滔、激昂熱烈的口吻，讓那些鼓如簧之舌，鬥志昂揚的男士們最後也不得不棄兵曳甲，對這位剛讀完六年公學校的年輕臺灣女性佩服得五體投地。

女主角琴琴是個激進女性主義信奉者，在男人的社會裡，討論先進思想，辯論婦女地位，頗爲當時男性所折服，在行爲、思想、意識型態上，她堅決反對媒妁之言，她所選擇的丈夫必須是對馬克斯有研究，能夠談社會改革理論的男士，紈袴子弟、沒有階級觀念的機會主義者、布爾喬登的作風都是她所痛罵的男性對象。這樣的新女性知識分子在當時的確成爲女性解放之先聲。當然，這樣的新女性，或者也是作者心目中理想的女性化身，僅是一滿足男性作家之欲願而已。

五、離家出走？——災難與死亡

挪威劇作家易卜生的名劇《娜拉》，對中國五四及臺灣新文學運動皆有深遠的影響。在人的覺醒與婦女的覺醒之思想潮流中，娜拉的形象可說是現代婦女文學的原型。她的離家出走，構成了當代人的行爲方式。從離家出走這一行爲方式上來看，臺灣的「娜拉」面前有兩道家門：父親的家門與丈夫的家門，無論是從那一道門出走，都要經過劇烈的內心掙扎，心理上、經濟上都要承受沈重的壓力，才能邁出一步或者半步。

在日據時期的小說中，有不少作品以主人翁的毅然出走作爲情節發展的高潮，如：瘦鶴

〈出走的前一夜〉，女子在情感痛楚的煎熬下，終於決定離家出走，自我主宰命運；吳濁流〈泥沼中的金鯉魚〉，女主角發現只有逃離家庭，才是逃出虎口的唯一有效方法；呂赫若〈婚約奇譚〉裡的琴琴，離家出走，準備考護士執照，毓文〈創痕〉裡的素馨逃婚遠赴神州投入革命等等皆其例。家庭本來應是溫馨的，但專制陰霾與媒妁婚姻的氛圍籠罩的舊式家庭，對於覺醒的青年男女來說，則不啻枷鎖鐵籠。要尋求出路，唯有奮力展翅掙脫這一牢籠。但脫離舊式家庭是否即意味著能獲得理想中的幸福？這倒也未必。吳濁流〈泥沼中的金鯉魚〉月桂原本是爲了追求自主的婚姻而離家出走的，但出走的結果並未帶給她幸福，反而是一場劫難—爲社長誘騙，而失貞。〈創痕〉裡的素馨最後也落得身亡的下場，這種種結局說明了覺醒的女子出走，不是一場災難即面臨死亡，根本就是一場悲劇。

除了離家出走，爭取自主權的婦女外，令人覺得諷刺的是男作家筆下這些覺醒後的婦女，大都沒有好的結果，楊守愚〈一個晚上〉的男女主角，是一對逃離大家庭的年輕夫婦，妻子染上肺病，不願拖累先生，上吊自殺。張文環〈閹雞〉中的月里，遇到阿凜之後，受到啓蒙，發現自我生命的眞諦，突破禮法，追尋眞愛，爲了愛，她願意背他走，背負整個村落的奚落，然而在無情的現實人生中，他們付出了寶貴的生命。吳希聖〈豚〉寫不甘被欺凌玩弄的女子阿秀覺醒後，卻只能用犧牲肉體來復仇，最後則懸梁自裁，這指出了婦女向男人復仇的結局終究是慘怛、悲愴的。也消極地警告當時的新女性：還是留在家裡爲妙，指出了女性自覺後的路途仍是坎坷的，如此駭人聽聞，怎能鼓舞婦女自覺自尊追求理性的自我實現呢？

王詩琅〈青春〉一作的女主角月雲是個受過高等教育的新女性，企圖以其音樂長才在臺灣男性社會中嶄露頭角，爲女子揚眉吐氣（一如呂赫若〈山川草木〉中的簡寶蓮），不意竟罹患肺結核病，其生命樂章譜上了悲愴絕望，她吶喊著「我也不希望長壽，只望做了平生之願，死了甘願瞑目！」她有奮發向上，實現理想的抱負，卻因不可抗拒的天命而倍增無奈與淒楚。雖然小說創作動機來自於對胞妹的關懷之情，也是其胞妹的親身經驗，但這樣的一個觀察角度，對婦女，尤其是受過較高等教育的婦女而言，至少並非正面、積極的呼喚或期許。

小說中的女性，在男性作家追求成爲時代的發言人中犧牲了。這些女性之悲慘結局—或面臨死亡，或自戕身亡，或瘋狂—莫不意味著在男作家作品內父權符號體系中女子的宿命，是女主角所無法擺脫的，她們竭盡心力的結果，只能換得抑鬱而終或更爲悲慘的下場！

六、結論

從歷史上來看，文學的素材至少有一半來自女性，然而歷史上女子們提供了建造文學殿堂的血肉，卻絕少自己成爲建構此殿堂的建築師。臺灣爲數不少帶有反封建意識的作品，多以婦女命運爲關懷的對象，執筆者十之八九爲男性，此中原因固緣於過去的父權社會，女性受教育之機會甚少，即使是才情洋溢的女性，也只能作爲男性的附庸，此外，婦女受封建禮教迫害較深，而傳統文學之士喜擬「女性聲音」（female persona）的習慣亦由來有自。楊義說：「在中國文化傳統中作家有一種習慣思路，在感到社會壓迫而降落到下層時，往往從下層婦女中尋找精神共鳴，如白居易落難時引琵琶女『同是天涯淪落人』在這裡找到了精神寄託。」㉓的確，傳統文學閨怨題材更僕難數，大都緣於蛾眉見嫉，紅顏爲累，一如才士之易遭排擯；在潦倒失志之餘，淪落天涯之際，許多才士會把自己比喻爲命途多舛、飄泊淪落的紅粉佳人，也就不難理解。史家陳寅恪晚年目盲體衰之際爲歌伎柳如是立傳，便是「以史家深微的筆觸鉤沈三百年前國士名姝的情緣和心理……在傳寫中涵蘊著三百年後史家的一顆詩心。」㉔這一現實悲劇不僅使小說寫作成了男子的專權，而且女性自身生活世界的藝術再現，也由男性作家來承擔，這使得傳統小說中的女性形象及其生存世界無論有著怎樣的眞實，都無一例外地閃現著異性的審視目光。

日據時期的臺灣文士面臨一個兩難的局面：一方面作家對封閉的社會制度，一般民衆之愚昧與無知深覺惋惜，爲了擺脫文化式微的困境，吸收世界文化，乃亟思開創獨特超絕的新文化，於是秉筆撰文，透過文學作品、演講、演劇等種種不同方式來啓迪民智。然而海桑幻劫、鯨氛益熾，同胞無知於內，殖民者阻撓於外，文士也只有自嘆無奈、徒呼負負、自憐自艾了。此外，男作家大多爲社會運動改革者，他們把婦女解放看作是社會改革的一部分，因而許多男作家假借女性之口，堂而皇之地爲受壓制的婦女「說話」。因而臺灣文學中出現的女性題材，大都被納入更大的社會性、民族性主題，是被當作表現其他思想的一種工具和符號。或許可以說，他們關注婦女問題，並不是出於女性主義者的考慮，而是出於對社會問題的關切；婦女問題依附在社會問題上，亦即女權思想淹沒、合併於社會問題之中。小說中的女性，也被他們儼然衛道者之面目下──「道貌岸然」的給犧牲了，作品中的女主角始終逃不出傳統非理性的囿限，即使僥倖逃出，也大多下場悲慘。郭秋生在《先發部隊》卷頭言及專輯文章屢言「建設的、創造的」文學，謂：「我們已不願再看查某嫺的悲憤而自殺，我們要看的是查某嫺能夠怎樣脫得強有力的魔手與獲得潑溂（辣）的生存權。……是故我們要看的，是只要能夠有熱烈的生活力，克服了冷遇的惡環境，以奏人生凱歌的新人物出現。」[25]由此可知大半男性作家的描述內容多屬憂鬱、消沈、沮喪、煩悶、焦燥等境況的人生，缺乏指引人生路向，開拓嶄新生活的啓示。我們細讀日據時期的臺灣小說，不難發現男作家塑造的婦女形象多陷於孤立無援的絕境，她們大多缺乏自主自信，沒有獨立的思想、人格。這些婦女形象之所以重要，不在於她們是女人，而在於她們是封建壓迫的象徵。

值得注意的是：婦女作家大多數非緣於社會運動和階層之爭，而是個人生活遭遇或親身經驗，以反封建的自由戀愛爲起點的，她們接受現代文明思維，關注社會、探索人生，對婦女間的關懷，又促使她們進而自覺地觀照自我。當時寥若晨星的女作家如楊千鶴、張碧華、黃寶桃等人就有這樣的作品，細心的讀者可以發現她們雖不一定出於女性意識的抬頭，但其作品之觀點或視角確實與男作家迥殊。她們筆下的女性形象，大都具有獨立的人格，不依附於男性。

楊、張二氏小說中的女主角，可稱爲「新女性」，她們不向傳統勢力低頭，不依照傳統社會之要求扮演其深閨淑女的角色，她們追求自我（self identity）實現和個性獨立（individualism）。張氏〈上弦月〉敘說傳統社會雙方家境貧富懸殊的男女愛情。女主角玉惠愛上家中傭工進原，說服母親支持她的抉擇。在新時代、新社會的思想潮流下，她截然不同於傳統的弱女子，而果敢堅決且以實際行動去爭取自身的幸福。此一堅毅剛強、獨立自主的女子形象，由女作家來塑造，具有特殊意義。

楊千鶴〈花開時節〉敍說了一高女畢業的女子惠英解脫婚姻束縛的故事。「不再顧慮鄰居的閒言閒語，而斷然尋求自己的生活方式。」對女性知識分子而言，若婚姻不夠水準，她們寧願離家出走以逃婚，即使年華老大，也甘心獨身，除非幸福來臨，否則她寧可不結婚。雖然女主角也曾在朋友一個個結婚的壓力下，感受到孤獨落寞，內心掙扎過，但她深深理解爲結婚而結婚，非出於自己眞心的選擇，就如其兄長所言，即使安慰家人於一時，然而婚姻若不能幸福，豈不加深父親的憂慮—屈從父母之成婚者，多的是婚後拋妻，遠走他鄉的例子（五四文人即不乏其例），而女子不忍拂逆父母家人之苦心勉爲應允者，其幸福多難以預料，張文環〈早凋的蓓蕾〉中的女主角最後男友傷心失望遠赴日本，原擬訂婚約的男方也退婚，結果兩頭落空。

考察臺灣二、三〇年代那些描寫女性生活的作品，吾人可以看到，男性作家對在其作品中每每展現出女性被現實傳統社會無情毀滅的悲劇。對其筆下的女性際遇有著深切的同情。然而，這同情在賴和、呂赫若等大家，又不僅僅是一般意義上的對弱小的同情；而是跳出了傳統文化圈的新男性作家，站在現代文明的立場，用時代的新眼光反觀這些被封建餘毒窒息了的靈魂，缺乏人之覺悟，所產生的一種深深的憐憫情緒。此亦是身處文化優勢和心理優勢的男作家，反觀一般人的可悲生存情境時，所必然產生的心態和情緒。正由於更多的是憐憫，所以在寫出傳統女性悲劇的社會原因外，又毫不掩飾地寫出了她們自身的愚昧和不覺悟所導致的悲劇。然而在女性作家的作品裡，目前可見之作，則並無此一心態的外化，其筆下的傳統女性，不僅往往不容人有絲毫憐憫之情，相反地卻只能由衷肅然起敬，而女作家本身既要對抗資本家、殖民者、父權體制的宰制，又得破解殖民者婦女解放的假像，她們能毫不依傍，有所自覺寫出與男性作家精神、風貌截然不同的作品，其正面意義是相當深刻的。

【註　釋】

① 日據時期臺灣新劇運動主要代表人張維賢在「北部新文學、新劇運動座談會」即有如是觀念，謂：「昔日封建時代識字的就是文化人，這種古老的社會到了日據時期才獲得了解放，才得新開眼界，青年們到了日本才看得見新鮮的世界。求自由的本能，使他們接受日本的新文化，而對臺灣的舊文化抱起不滿，反抗起來，反對臺灣的舊文物制度，這就釀成了新文化運動。」見《臺北文物》三卷二期，頁六。

②涙子，〈我讀民報時事短評欄的「女子與漢學的先聲」的一段後〉，《臺灣民報》第二卷第二號，一九二四年二月十一日，頁一二至一三。涙子即施文杞。楊翠《日據時期臺灣婦女解放運動》一書謂：「涙子究竟是男是女，從行文當中無法確認，姑且置疑。」（頁四六三）據《臺灣民報》第二卷第六號所刊〈是我的罪〉一文，可知涙子、施文杞爲同一人。該文署名爲「涙子」，文中略謂：「今天是接著第四號的臺灣民報讀著編輯餘談欄內的一條記事，才知道第二卷第二號的臺灣民報因爲發表了我做的一篇『臺娘痛史』（按，宜爲『臺娘悲史』）的小說，在臺灣被當局禁止發賣。」

③見《三六九小報》第一〇五～一一〇號，一九三一年八月廿九～九月十六日（逢三、六、九日發行）。

④刊《福爾摩沙》創刊號，一九三三年，中譯本據《光復前臺灣文學全集卷三：豚》，林妙鈴譯，頁二九九。

⑤林川夫主編，《民俗臺灣》第四輯（中譯本），武陵出版社，一九九〇年五月，頁八八。

⑥刊《臺灣文學》第一卷第六號，一九三六年七月。

⑦刊《先發部隊》創刊號，一九三四年七月。

⑧原文收入其詩集《蕀の道》，一九二六年。中譯文見《臺灣文藝》第一一五期，一九八九年，

巫永福譯。
⑨ 刊《臺灣新文學》第一卷六號，一九三六年七月。
⑩ 呂赫若〈廟庭〉，原載《臺灣時報》，一九四三年八月；〈月夜〉爲〈廟庭〉的續篇，原載《臺灣文學》三卷一號，一九四三年一月。遠景出版社錄，分別爲文心、林鍾隆中譯。
⑪ 原刊《文藝臺灣》四卷六號，一九四二年九月，此據遠景版陳添富氏譯文。
⑫ 見《民俗臺灣》第二輯，中文版林川夫主編，武陵出版社，一九九〇年二月，頁廿七。
⑬ 同註⑪。
⑭ 刊《臺灣新民報》第三四三—四四號，一九三〇年十二月。
⑮ 刊《先發部隊》創刊號，一九三四年七月。
⑯ 刊《臺灣新文學》第一卷十號，一九三六年二月。
⑰ 郭水潭〈某個男人的手記〉，原載《大阪朝日新聞》一九三五年六月，後收入《光復前臺灣文學全集》卷六《送報伕》一書。
⑱ 同前註。
⑲ 刊《臺灣新文學》一卷八號，一九三六年九月。
⑳ 〈鴛鴦〉，刊《臺灣民報》第三〇四—〇五號，一九三〇年三月。

㉑ 刊《先發部隊》創刊號，一九三四年七月。

㉒ 刊《臺灣文藝》第二卷第七號，一九三五年七月，中譯本據前衛出版社《呂赫若集》。

㉓ 楊義，〈光復前臺灣小說的文化歸屬〉，收入：《二十世紀中國小說與文化》一書，業強出版社，一九九三年一月，頁二四三。

㉔ 見劉夢溪，〈以詩證史，借傳修史，史蘊詩心—陳寅恪撰寫《柳如是別傳》的學術精神和文化意蘊及文體意義〉，刊《中國文化》，一九九〇年十二月，頁九九—一一一。

㉕ 郭秋生，〈解消發生期的觀念，行動的本格化建設化〉，刊《先發部隊》創刊號，一九三四年七月。

楊守愚的小說及其相關的幾個問題

一、前　言

對於日據時期臺灣新文學作家的研探，吾人很難僅拘囿於文學之一隅，而必須將他們放在動態的文化史、社會史等大背景下，進行多方位的審視，才能對他們有較全面、精確的認識。早期的新文學作家大都爲社會運動改革者及民智、文化啓蒙者，他們的思想型態、取向，往往與當時流行的社會主義思想有關，因而其小說作品大多含有反帝、反封建、反資本主義、反迷信等之內容。由於臺灣新文學運動對傳統文化以及時代、社會，甚至個人生命強烈的反省與自覺，小說創作開發出所謂「人道關懷」的主題，「反封建」，使人感受到做爲一個「人」的尊嚴，人不是禮教的奴隸。此時作家紛紛寫出「民生疾苦」，在鄉村裡，則寫出農村的破產、農民的流離困躓；在城市中最常寫的是失業的痛苦、資本家的剝削。不論寫城市、寫鄉村，他們共同的大主題，都是有具體明確的共識，以描寫「被壓迫、被凌虐、被侮辱」者來批判封建和帝國主義，向剝削者進行控訴、鬥爭。這爲弱小服務的理念，是作家寫作的基本思想和情感，用自己的語言寫自己熟悉的人事，也漸形成一種流行的選材角度。

在這爲數不少的新文學作家中，楊守愚無疑是重要作家之一。他對被壓迫者的人道關懷，對下層社會自然主義式的描繪，揭露了臺灣農村勞動者生命的輕賤，與剝削者無理的暴劣。他的作品取材相當廣泛，觸及日據下政治、經濟、社會、警察、法律、習俗等各個層面，反映了當年臺灣社會的各種風貌及問題，他所使用的語言形式有著濃烈的「臺灣味」，足以提供若干有趣訊息。語言是思維的工具，而思維與思想有所不同，思想是人們對現實世界的認識，思維則是認識現實世界時的運思過程。思維時須用語言，因此二者關係密切。當楊氏運用臺灣文化的運思型範來構思小說時，其思維過程中不可能不借助於臺灣語言，尤其是詞彙、句式等，考察楊守愚的小說作品，小說之取材與語言，這兩個重點可能是無法略而不談的。本文即擬就此方面，試鉤沈其小說、語言風貌，並就相關問題提出反省。此外，本文所據以論述的各篇作品，附錄已列作品發表之刊物，故不一一註明其出處。彰化地區於日據時期文風尤爲鼎盛，抗日意識高昂，時與殖民統治者相迎抗、敵對。楊守愚其人其事其作在當時的臺灣或彰化來說，他都是一位舉足輕重的作家，但過去在賴和、陳虛谷金光閃閃的光芒下，他一時顯得灰暗，不爲文評家所青睞，一九九二年磺溪文化學會，主辦一系列紀念臺灣文學家陳虛谷的活動，今年（一九九四年）也有紀念賴和先生百年冥誕的各種活動，對賴和及當時作家的文學活動、意義、影響、成就，多有所探討，唯獨對楊守愚未能給予相當關注，因此筆者希此文多少能引起迴響，讓楊守愚的作品得到正視與合理的定位。

二、楊守愚的身世背景及其寫作題材

(一) 生平簡述

楊守愚（一九〇五－一九五九），本名楊松茂，臺灣彰化市人，一九〇五年三月九日生，一九五九年四月八日過世。戰前臺灣小說家中，以他的筆名、作品爲數最多。筆名可考者有：守愚、村老、洋翔、Ｙ生、靜香軒主人、瘦鶴等，當時毓文就說：「在研究文藝的諸同好者，恐怕守愚先生的雅號，要算第一多了。」①

他出身於書香門第，父親爲前淸秀才，漢學根柢深厚，所以他幼承庭訓，自幼熟讀漢文書籍，又經名師郭克明先生指導，因此雖僅具國小學歷，但漢文根基相當厚實。他與賴和年紀相差十歲左右，二人私交甚篤，平時他常至賴和家借閱中國大陸書刊、雜誌，學習白話文。受賴和鼓勵，喜好文學作品，在賴和的指導和提攜下，於一九二七年開始嘗試寫作，守愚在〈赧顏閒話十年前〉曾回憶說：「記得民國十六年的一個歲末，是治警法案入獄的紀念日，這次恰輪值賴先生做東請客，還舉行遊獵。前一天，賴先生因腳痛，要我代理他參加，並告訴我，可以遊獵中順便找些寫作材料，因爲這時我已開始習作哩。結果，我創作了一個短篇獵兔，拿給他看，他也就把這一篇不成樣子的作品給送出去了。這就是拙作獻醜於讀者面前的頭一次。」又說：「因爲有懶雲先生在，彰化儼然成爲新文學運動的中樞，各誌的編輯先生，沒一個不問彰化要稿，這樣一來，直接間接的，或多或少的，賴先生與小弟也就不得不幫他們一點忙了。」②在〈小說與懶雲〉一文中，守愚提到賴先生由於醫務繁忙，在擔任《臺灣新民報》學藝欄編輯時，其編輯選稿工作，常是晚上十時以後的事。爲了潤改來稿，賴先生常工作到凌晨一、二點，有時甚至通宵不眠，他拚著老命，毫不珍惜體力地去一一刪修寄來的稿子，或爲自己創作而加班，「這一來，他也就挽出小弟來了。」（見〈赧顏閒話十年前〉）守愚爲之分勞，因而時有短篇小說、新詩問世，可謂日據時期以中文寫作的臺灣作家中，他是中文作品爲數最多的。毓文說「他的活動似乎最爲活潑，而他所發表的作品，也占第一多。」③。

守愚小說成就遠高於新詩，不過在萌芽時期，「中文創作的白話詩，由於楊守愚、楊華、虛谷的出現，始具規模，才奠定白話詩的傳統。」④這是相當中肯的評價，其新詩創作題材廣泛，對城鄉勞動人民困窘的境遇與婦女的不幸多所同情；對社會之不公不義則有所批判、反省；對洪水、地震、暴風的侵襲造成人民重大損失，則無限悲憫，與其小說展現的人道主義之關懷是一致的。在〈一個恐怖的早晨〉此有關震災之作品發表後，更得到衆人的贊譽⑤。一九三四年他加入「臺灣文藝聯盟」，他的小說作品過去都發表於《臺灣新民報》上，以加盟故，有〈難兄難弟〉一作發表於《臺灣文藝》二卷二號上，不久《臺灣新文學》於一九三五年年底創刊，賴和、楊守愚、賴明弘、葉榮鐘等人悉列編輯部，據王詩琅所述，該誌實則「間接對于『文聯』和『臺灣文藝』的主持人表示不滿。」⑥此時楊守愚有三篇小說發表在《臺灣新文學》上。

守愚小說的創作活動從一九二九年發表處女作〈獵兎〉，到一九三六年發表〈鴛鴦〉爲止，前後不到十年，這是當時普遍現象，凡從事小說創作之作者，其創作生命幾乎沒有超過十年的，即如賴和作品質高量多，創作生命自三十三歲迄四十二歲止，亦僅十年，主要原因在於臺灣新文學自一九二〇年發展至一九四五年，才短短二十五年，小說從文學理論、語文形式論戰至實際創作，在處於風盲雨晦之際，作家尚獻身小說創作，實已良能可貴。守愚創作這八年也是臺灣新文學運動由萌芽到成熟的階段。一九三七年中日蘆溝橋事變爆發後，日本總督府禁止使用中文，楊守愚與賴和、陳虛谷、楊笑儂、陳渭雄、楊雲鵬、楊石華、楊雪峰、吳蘅秋等人（稱應社九子或磺溪九老），遂於一九三九年同組「應社」，冀以傳統詩文維斯文於一線。守愚加入「應社」此一舊詩社組織，可說是基於延續漢文命脈，重振傳統文化，並以之消憂抒鬱。今有〈靜香軒詩存〉收錄於《應社詩薈》一書，當時彰化另有一傳統詩社「聲社」（一九四〇年成立），守愚時擔任詞宗（見附錄二：《詩報》書影），於此亦可見時人對他舊詩的造詣是相當推崇的。及至戰後才又有小說〈阿榮〉（即戰前〈鴛鴦〉一作）發表於《臺灣文化》。至於〈同樣是一個太陽〉，論者多謂爲戰後另一篇小說，實則該篇爲新詩，並非小說。基本上楊守愚在光復後偶與「應社」詩友吟唱外，就很少動筆寫作，我們從他在日據末〈小說與懶雲〉一文提到他自己「長時期沒有動筆過，且又時時爲病魔所纏」，加上他在一九五九年即過世的情形來看，戰後他很少再動筆寫作，身體狀況不佳應是要因之一。（此牽涉其小說〈慈母的心〉一作之種種問題，容後述。）

(二) 思想立場與寫作題材

至於守愚思想之傾向，必須先從文協談起。一九二一年十月十七日林獻堂、蔡培火、王敏川等人成立「臺灣文化協會」，希望由文化的啓蒙喚起臺灣人的民族意識，並謀求臺灣社會文化之提昇，此舉深深影響了當時的知識青年，促成各地讀書會及青年團體相繼成立，這些團體並多成立劇團，以演劇運動作爲啓迪民智，革除陋習的手段。當時（一九二五年）臺北與彰化無產青年即推行戲劇運動，想藉話劇傳播無政府主義及社會革命運動，楊守愚、陳崁等人正式在一九二五年一月成立了「鼎新社」。關於「鼎新社」之成立，據耐霜（即張維賢）所撰〈臺灣新劇運動述略〉一文之記載：

> 民國十二年（一九二三年）十二月，彰化鼎新社成立，係由廈門讀書歸來之陳崁、潘爐、謝樹元等爲中心組織的，他們因受一時之廈門通俗教育社的影響，於放假回臺時，糾合同志周天啓、楊松茂、郭炳榮、吳滄洲、蔡耀東、黃朝東、陳金懋、林朝輝、林清池組織而成，公演社會階級獨幕笑劇，《良心的戀愛》五幕社會劇爲發端。翌年又與留日的「學生聯盟」（留日學生）合作，利用暑假又公演《回家之後》（獨幕恐怕是歐陽予倩作）。自編《金色夜叉》、《父歸》（獨

幕，菊池寬作）、《黑白面》（獨幕），及《復活之玫瑰》（侯曜作）等[7]。

另據《警察沿革誌》記載：

> 住在彰化的無產青年伙伴，無政府主義者陳崁、周天啓、謝塗、楊松茂，爲了發動無政府主義思想，改善本島原有的戲劇，於大政十四年在彰化組成鼎新社劇團[8]。

呂訴上《臺灣新劇發展史》則又有更多篇幅之記述：

> 延至民國十四年一月由本省人組織成立「鼎新社」，這是臺灣最早含有政治運動性的文明戲劇團，由大陸留學生的彰化人周天啓、謝樹元、陳金懋、林朝輝、吳滄洲、林清池及已故的楊松茂、潘爐、郭炳榮、黃朝東、陳崁等十多人所組織，從廈門通俗教育帶來了劇本社會階級（獨幕笑劇）及《良心的戀愛》（五幕劇）等公開上演。該社起初成立的宗旨是爲提倡新藝術，促進新劇的實現。……另一目標是本省人爲著要抵抗日本帝國主義而藉此社教活動而做掩護，社址設置在周氏住宅。至於名稱由來，據主持人說：是郭克明想出來而定名的。該社的組織，倡始於謝樹元、周天啓兩君，由他倆下來「淡遠軒」找楊松茂和陳崁，提出創設劇社的意見，後聯合十多

人，一面抄寫劇本，一面排演，在短期內完成而試演。於民國十四年在彰化座登場，但是當時因遭受到日本當局的百般刁難，不得已藉用懇親會的名目，以一種餘興形式而演出。所演劇目《良心的戀愛》續演兩天，受林清池的慫恿，應了員林「文協」邀請演出，曾獲佳評⑨。

綜合來看，鼎新社之成立，其本身對戲劇之觀念即有「革故鼎新」之意，在思想上是屬於無政府主義之思想，反對日本殖民統治，改革社會與改善臺灣人民之生活，深具抗日意識與改革新劇之旨趣。一九二六年臺灣新劇運動盛行的同時，主導近代民族運動的「臺灣文化協會」因無產青年的大量加入而產生路線之爭。一九二七年一月三日文協臨時大會中，一三三名代表裡，左派青年佔了多數，這是因王萬得、陳炭、蔡禎祥、林朝輝、楊松茂（楊守愚）等無產青年的入會，使連（溫卿）王（敏川）等社會主義派占了優勢。林獻堂、蔡培火、蔣渭水因而退出文協，文協至此由資產階級的文化啓蒙團體開始轉變爲無產階級的思想啓蒙團體，「永遠爲農、工、小商人、小資產階級的戰鬥團體」。文協活動轉趨激進之後，文化劇運動也隨之興盛，各地劇團紛紛成立。由於無政府主義者之參與，文化協會方能執行其「改弊習，涵養高尚趣味」的戲劇路線，「鼎新社」及其相關劇團也因依附著文協，方能以新劇運動作爲政治宣傳的利益，兩者如影隨形，互爲表裡，無政府主義在文協的戲劇運動中所占的重要性，由此可見⑩。一九二七年二月一日臺灣黑色青年聯盟組織及臺北、彰化二處無產青年的內情均被揭發，發生「黑色青年聯盟」檢舉事件，日當局逮捕四十四人，藉故將新劇工作者二十餘人逮捕入獄，守愚亦爲其中之一，後在檢察局釋放。該事在楊氏小說中〈嫌疑〉有所披露。新劇在啓發民衆的意識上曾起了不小的作用。楊守愚此時年僅廿一，他對戲劇之重視自此未曾稍減，直至一九三四年他爲《先發部隊》創刊號所寫之文仍可看出，他說：「在臺灣的新劇運動漸次抬頭的今日，其實所需於戲曲，已不亞於小說啦。然而臺灣的作家們倒似乎忽略了它，而讓各新劇團去拿那不合於臺灣的外國戲曲勉勉強強來表演，這的確是很遺憾的一件事。」⑪又曾撰歌劇〈兩對摩登夫婦〉，誠演劇在啓蒙民智、文化上，較之小說有過之無不及，因小說限於識字者，而話劇之演出，則不論識與不識字，皆能搖蕩其感情。

守愚有深厚的中文素養，在賴和家中閱讀到頗多中國大陸之書刊，熟悉大陸文壇動態，受五四新文學運動的影響，加上前述無政府主義色彩的政治哲學思潮，在反抗社會黑暗上有其熱衷之處，守愚小說題材與此固有關係。社會主義思潮的漸次崛起，愈使左翼文學的潮流，氣勢磅礡，幾主宰著整個文壇的流向，以階級論爲核心的歷史意識也在文學中逐漸占據思維優勢。這些因素使得大部分臺灣新文學作家的小說帶有對「被壓迫、被剝削、被損害」

的文學特質，他希望透過文學喚醒被壓迫者之靈魂，他的小說建立了臺灣新文學的精神規模，具有時代見證的意義。

一九五四年，守愚在回顧他半生的文學生涯時，在〈赧顏閒話十年前〉一文中，對日據下臺灣新文學的創作，曾提及「小市民和農民的生活，成爲各作品的題材」。又說「作品中，大都充滿了自然主義的無力的揭露醜惡與貧乏的同情。」其實這也正是楊守愚的小說特質。根據目前得以寓目的楊氏作品，大約有三十七篇，取材範圍相當廣泛，或刻劃日本警察的殘暴掠奪，如〈十字街頭〉、〈顛倒死？〉、〈罰〉、〈斷水之後〉，或描寫地主欺壓佃農，如〈凶年不免於死亡〉、〈升租〉，或反映工人被剝削之苦，如〈赤土與鮮血〉、〈元宵〉，或陳述失業者的無奈悲苦，如〈一群失業的人〉，或訴說封建社會下女性的悲哀，如〈生命的價值〉、〈女丐〉、〈瘋女〉、〈冬夜〉、〈誰害了她〉、〈鴛鴦〉，或呈顯知識分子及思想問題，如〈退學的狂潮〉、〈夢〉、〈啊！稿費〉、〈嫌疑〉、〈決裂〉，莫不忠實刻劃出日據下臺灣同胞的淒楚、掙扎和反抗壓迫的實情。在《臺灣作家全集‧短篇小說卷‧日據時代—楊守愚集》（前衛出版社）一書中，尚可看到一類時代感較淡的民間故事，如〈十二錢又帶回來了〉，寫邱罔舍傳奇，〈難兄難弟〉寫一對吝嗇兄弟，〈美人照鏡〉處理風水迷信問題，〈新郎的禮數〉則表現民間習俗。對民間文學之重視，其實這也是賴和、楊守愚等文壇先進在從事新文學運動當時，所著重推動之事，這與其「新思想」並無矛盾與衝突之處。因為民間文學素為民眾所接受，具有強烈的鄉土色彩，在「文藝大眾化」命題的制約下，民間文學的整理、改寫與研究，顯得對庶民百姓、鄉土民情的關懷來得更真切。在鄉土、民間文學整理方面，幾為當時重要的工作，如王白淵、張文環等創辦的「臺灣藝術研究會」及其會刊《福爾摩沙》的發行，即是以鄉土傳說、歌謠的整理作為立會及會刊發刊的兩大目標。在《臺灣文藝》劉捷發表了〈民間文學的整理及其方法論〉，《第一線》「民間文學專輯」，收錄作家將口述形式的民間傳說寫定為文字的作品，一九三七年李獻璋經過多年搜羅，出版了《臺灣民間文學集》，這也說明了左翼的無產階級運動、強烈的階級意識並未吞沒臺灣本土意識。因為新文學運動家對民間文學抱持如斯的態度，因而民間文學在日據時期頗為蓬勃，而楊守愚亦以帶有啓蒙的姿態選擇了風水迷信、慳吝陋俗的題材撰文。從其作品數量的比例，可以看出楊守愚對農民、工人、婦女之關注，他寫作的重心凝聚在現實問題的揭露，可說完整地記錄了歷史的面影和社會的心態。

三、楊守愚小說蘊含的思想內容

(一) 對女性命運的關懷

對婦女之關心，是新文學作品之大宗，在楊守愚創作中，也同樣占了很大的比例。〈生命的價值〉是他最早發表有關婦女問題的一篇。這一篇作品透過一個小孩的觀點，敍述鄰居的小婢女秋菊的悲慘生活。故事發生於冬夜，小男孩被哀號聲驚醒時，正在甜美的睡夢中「脫離了肉的、污濁的人世間，魂遊於極自由、極美麗的天地」，相對於這夢境的是現實暴厲而洪亮的聲響，是天明後目睹婢女垂死的慘劇。小婢女秋菊不過是八歲的小女孩，由於家中貧窮，不得不賣人，但是奴婢制度和金錢世界虐殺了這尚稚齡的小女孩，她終日被打罵，皮開肉綻，過著魂飛魄散的生活，最後終被折磨致死。男孩追溯起她被賣以後的生活：

> 從今以後，她就像入籠之鳥似的，永遠地過著不如意的生活、不自由的生活，和非人的生活了。她那做小孩所應有的天眞爛漫的態度，和愉快的享樂，就被那青面獠牙的惡魔，掠奪了去，什麼娛樂呀！教育呀！她更加連做夢也想不到。她每晚都要過到十二句鐘才得睡覺，早上又須五點多鐘就要起來；她每天的工作，老實說，就是一個成人也還擔當不起。每早起床就要掃地、拭椅桌、換煙筒水、煎茶、排水、洗衣服、洗碗箸、買菜蔬、搥腰骨、清屎桶、當什差、守家門、還

要管顧小主人。這麼多的工作，都要她一個人擔當。萬一不提防、不小心、還要飽嘗那老拳、竹板、繩子的滋味呢！

秋菊悲慘的遭遇，正如朱自清在〈生命的價格——七毛錢〉一文所述，「我們所見的，十有六七是刻薄人！她若賣到這種人手裏，他們必椔榨她過量的勞力。供不應求時，便罵也來了，打也來了！」⑫生命本是莊嚴無比的，理應受到尊重，但在朱氏或楊氏的作品裡，生命都未曾受到尊重，可以任人販售，任人擺布，而且僅是區區七個小銀元或一個銀角就可以任人宰割，生命眞是太賤了，賤得令人膽寒！怪不得連小男孩都不免驚懼疑惑：「一個垂死的慘狀，和一個銀角的影子，永遠地，印象在我這脆弱的小心靈裡。唉！生命的價値—一個銀角！」作者藉著小男孩之口傳達了人道主義的理念，憐憫這一切被凌虐的生命。人的生活本應具有自由、娛樂、教育的，人的生命本是不能以價格來衡量的，然而在資本主義社會裡，卻無情凌虐了這人道主義的理想。這故事除了現實層面之意義外，其實也象徵了臺灣人民在封建、資本帝國主義下顚仆的處境。臺灣不也是無由自主的被清廷賤售了嗎？從此淪於被壓榨凌辱的處境嗎？一如施文杞的〈臺娘悲史〉中「臺娘」的遭遇令人扼腕！

對人道世界的希望、理想，是楊守愚創作的源泉，這精神是他寫作的基本思想和情感，也是他批判現實的標尺。繼〈生命的價值〉之後，楊守愚〈女丐〉、〈冬夜〉兩篇同樣探討了女性被拋售賤賣的悲慘命運。〈冬夜〉敍述伯父爲了買一條牛，狠心把七歲姪女梅香賣掉，不出幾個月牛犁田過度死後，伯父也死了，就用餘錢辦喪葬之事。在金錢世界裡，女人還不如一頭牛。〈女丐〉敍述十三歲的明珠被養母強迫賣淫，不斷接客，使她飽受摧殘。得到梅毒後，生意漸冷淡，養母竟連藥錢也捨不得，最後淪落到乞食爲生的悲慘之遇。她的一生，恐怕只有消磨於眼淚之中了。

〈誰害了她〉和〈鴛鴦〉二作控訴了農場監督者之淫虐，導致她們心懷羞憤，而家破人亡。〈誰害了她〉這篇小說的阿妍，自小喪母，父親又因工作時不愼砸斷了腿，爲了一家生活，她只好到農場當女工。農場的爪牙陳阿憨利用職權百般調戲她。她不甘受辱，寧可不要工錢就跑回家，不願再到農場上工。但她父親不知內情，以爲她偷懶，因此逼她再去農場，孰料又遭到監督陳阿憨更明目張膽的糾纏戲弄。阿妍驚恐萬狀丟掉手中的農具死命地跑，陳阿憨則拚命地在後面追趕。阿妍眼看災劫難逃，便一躍投河而亡。而家中殘廢斷炊的父親直到深夜還眼巴巴地望著女兒歸來，他怎知女兒是一去再也回不來了?農場監督陳阿憨爲了逞其獸慾，逼死了豆蔻年華的阿妍，也毀滅了一個家庭，斷絕了那殘廢父親的一切希望。〈鴛鴦〉這一篇同樣敍述了一幕人間慘劇。阿榮在糖廠做工，因爲蔗車輾斷了腿，於是被迫免職，爲了一家生計，只好讓太太鴛鴦到糖廠工作。日籍監督垂涎鴛鴦姿色，平時就調戲她，對她「吐出猥褻的言詞，弄著調戲的手段」。監督又以其妻子入院爲由，請鴛鴦幫忙煮飯，把她騙到家中，他則故意帶孩子到醫院探望妻子，拖到很晚才回來，在他哄騙硬勸之下，罕喝酒的鴛鴦空腹喝下幾杯便頭昏乏力，遂被監督加以強姦。鴛鴦在不得丈夫的諒解下，帶著還在吃奶的孩子，悄悄出走。阿榮則自慚形穢，滿懷氣憤而自殺了。中下層社會裡的一般世間女子，她們面對的是生活與生存，是外在的滔滔濁世，舉步維艱，甚至處處是陷阱、荊棘的險地惡境。這些女性被凌虐的故事，問題的關鍵就在於男性的絕對權威，加上女性只是附屬品的傳統社會價值觀。而這正是以反封建爲職志，追求人道主義理想的楊守愚所矜憐惋傷的，因此其小說對女子命運之怨毒不善，始終抱著焦慮與同情。

封建文化不僅摧殘婦女肉體，而且摧殘婦女的精神和心靈。〈瘋女〉、〈出走的前一夜〉描述了不自由的婚姻。〈瘋女〉中的女主角紫鳳略識詩書，性情溫純，品行端莊，祇要聽到人家說到「嫁」字，她就羞得臉紅。後來父母聽信媒婆巧言，誤將她匹配給吃喝嫖賭的無賴漢，她知道後，就像失了靈魂般，鎮日憂愁、納悶，她沒有勇氣提出解除婚約，以爲「水潑落地」，已難收拾，只有自恨命苦。恨苦已極，終致發瘋！小說寫道：

這一晚，當人家都往觀戲的時候，她的姨母秘密地在告訴她的母親——這時她原也不在那裡。誰知事有湊巧，竟被她在暗地裡，無意中聽見了呢！這一來，男家的底蘊，總算被她探出來了。原來她的那個未婚夫，卻是一個無賴漢，性情既很兇惡，又是一個全不講理的人；祇要你偶犯了他，或是不去迎合他的脾氣，你就活該受罪了，他不管三七二十一，更不管什麼是非曲直；一下手，就把你打罵交加起來；他雖不能力敵萬人，但是總還不愧爲一個「敢死隊」中的隊長。因此，人家都很畏犯他，不肯和他交遊，他天天祇是嫖、賭、吃，除此之外，正事一點也不肯辦，沒有錢了，就到店裡拿；人家不給與他，或者自己拿不著了，就不管什麼，總是大罵特罵起來，所以家裡的人，除掉他母親外，誰都厭惡他、痛恨他。就說這回親事吧，也是他的母親用心計較，硬替他爭來的；其餘家裡的人，都沒有一個人肯睬他。

這種不顧女子意願，無視女子幸福的婚姻習俗，毀了紫鳳。她的家人本可取消婚約，但卻沒有任何具體行動；她本也可力圖婚姻自主，但她沒有勇氣向習俗挑戰。這篇小說雖然控訴媒妁婚姻的殘酷，但同時也啓示我們，社會衆生的自我覺醒，蔚成理性之風，才是最重要的。

瘦鶴〈出走的前一夜〉，描述一位具有新思想的女子，踟躕在親情與理想，順從與反抗之間的心路歷程。若選擇親情，勢必屈從母親的安排，接受傳統的媒妁婚姻，從此枷鎖纏身；若抉擇理想，依自己意願到日本求學，則不免違拗母親的旨意，讓家人被恥笑。這種矛盾衝突在當時的確苦惱了不少女子。這篇小說最後以「女子在痛楚的煎熬下，終於決心離家出走，自我主宰命運」爲結，可見作者站在反對媒妁婚姻之立場，鼓勵女子勇於擺脫陋俗的牢籠。小說中反映了一般重男輕女、女子不需知識的觀念。女主角再三再四地向她母親要求繼續升學，她母親氣憤地說：

> 還說什麼？哼，你也太不知羞了，你的年紀多少了呢？還有面目踏出門限，前天泮池舍娘——你知道麼？住在東巷的大厝裡的泮舍娘，就是本地有名的紳士泮池舍的老婆，她昨天已叫阿古嬸來咱家裡說親，聽說她的兒子倒也不壞，雖只讀了幾年書，現在卻和他父親在自己的煙草中賣店裡辦事，算來也是一個好位置，這一門好親事，我正打算到定光佛廟抽支籤書看看，你總得規矩一點才是，什麼到日本留學，不是要給人家笑話麼？

又說：

> 什麼？讀了書，有什麼用處呢？阿蔚曾讀過書麼？她前年嫁給阿吉舍，竟嫁了一千塊聘金，雖說

是接後的D，但她現在不是富貴一世了麼？像阿鳳、麗華、標梅們，那一個不是高女出身的麼？你看，誰肯來和她議婚？還有最喪廉恥、敗門風的，就是芸英，竟和一個野漢私逃，唉！這還了得麼？

女子無需讀太多書，嫁個金龜婿富貴一世，就是好親事，這種觀念在當時普遍存在，（在今日又何嘗不然？）物質生活總是第一考慮，是深怕女兒嫁後生活困苦呢？還是可索取爲數可觀的聘金呢？她對母親說：「即使我的婚事，也自有我的主見，用不著你老人家擔憂」，她母親氣憤之餘，乾脆說：「書我偏不給你讀，親事我也硬要做主，怕你上天不成！」最令她失望悲哀的是她想起哥哥早先的來信也是思想守舊，與母親沆瀣一氣，言念及此，倍覺孤立無援。哥哥的信中有下列數語：

……這裡的女校，不見得怎麼好，又且到這裡來，費用很大，家裡一定不能支維，到那裡，反累了父母受苦，我看還是在家裡幫媽媽理家的好，女子老實無需乎這許多學問，像你這樣，已經夠了……。

幾經思索，她終於決定出走。楊守愚擺脫以男人爲本位的心態，啓示女子應有從男性附屬的地位中超拔出來的自覺，不該愚蠢懦弱地淪爲封建婚姻下的犧牲品，鼓勵女子追求婚姻自主，實具時代意義。同時作者也寫出女性命運常爲社會的制約所主宰，外在的力量，強勢威權的轄制，不僅是男性受影響，它更從思想、心靈上徹底改造女性，使她們的思想內心，絕大多數依循著社會的成規舊習來行事，因此不少女性常牢牢地被封鎖、被規約在社會制約中。只有勇於衝破家庭制約，顛覆社會威權制約的女性才有旋乾轉坤，扭轉自己命運的可能。

(二) 對農工階層的關懷

楊守愚曾於一九三四年感慨道：「最遺憾的，一般地言，就是很少看到描寫農民生活的作品，反而是兩性問題的作品倒是佔有全作品的十之七八，這從做一個農產地的臺灣看起來，不無多少叫人感到不足。」緣此，他以農民爲題材的作品不少，非唯勇於正視且仗義直言，如〈凶年不免於死亡〉、〈醉〉、〈升租〉、〈斷水之後〉等作皆是。在守愚這些小說中，人物大抵上都是作牛作馬，亦不得溫飽的。如〈醉〉最後幾段，吐露了佃農無奈的心聲：

「你不聽見俗語說：『早死早超生，慢死加無暇』，如果只有偷生苟活，不如死了乾淨。」鄭坤福悲憤之餘，好像看破世情似的說道。「老鄭的話，是多麼不錯呀！苟延殘喘，是不如死了爽快。以我的意見，也是不做田的好。」林該也同情地道。「對呀！要想不受地主的榨取、剝奪，只好大家把農具丟掉，把農具一齊丟掉……。」

他們三個人，快快樂樂地喝酒，爽爽快快地暢談，到現在已經將近要九點五十分鐘了。大家因了這半樽米酒的薰陶，也有些兒醉了，他們狂歌，他們高喊。鄭坤福竟幾乎發起瘋來了。兩腳蹣跚地顛倒著，口裡總是不住地罵著：「現在沿農民自絕了！」喊著：「把農具丟掉吧！不要做田。」他不住地總是把這幾句反覆高喊、狂罵。他醉瘋了，他把一切破壞，把一切毀滅！

從這段貧農的談話中，不難了解貧農的悲苦，明知耕田過活，比乞丐還苦，還不得不耕下去，雖然在悲苦已極之際，他們便藉酒以澆磊塊，使氣罵座，狂喊：「把農具丟掉吧！不要做田」（〈醉〉），但酒醒之後，他們只好重荷耒鍤，努力耕種，構成了一幅幅充滿悲情的殖民世界農村圖。至於有關勞工問題及反映失業悲苦之作，多集中於一九三〇年代，正好如實呈現一九三〇年以來的世界經濟恐慌，如〈一群失業的人〉、〈元宵〉、〈瑞生〉、

〈過年〉、〈十字街頭〉、〈顚倒死？〉勾勒出被日本警察取締凌逼的街頭小販之坎坷，及勞工災禍之連連，在這些小說中的人物，幾皆一波未平，一波又起的厄運，他們似乎註定了逢吉化凶，災星高照，使得一系列災難，令人「目不暇給」。〈一群失業的人〉中，這一群人離鄉背井，想找苦工做，卻一路找不到，最後盤纏用罄，迫於饑餓，偷挖別人的蕃薯，結果被主人發現，落荒而逃，最後卻連唯一的破包袱也丟了，而此時連天空也「故意降下雨來」。失業者遍尋工作無以餬口，可是大資本家、紈袴子弟，卻浪擲金錢，沉迷酒色。在〈元宵〉裡，守愚藉失業者宗澤的遭遇，訴說了社會之不公。突破困境之希望既渺茫，我們聽到的便只是弱者無力的嘆息。有時在嘆息聲外，也夾雜著被壓抑的怨恨、怒火：「現在的××世界，做生理、賣點心，實在比做賊過較艱苦。」（〈顚倒死？〉）這些小民大率未受教育，無知無識，一切隨貧窮而來的人性弱點，如：偏執固陋、迷信、多疑、眼光短淺……等，莫不具備，〈移溪〉中受洪水之害的村民，爲了防範水災，請王爺公移溪，結果河水無情，徒然吞噬幾許冤魂。他們懷疑進步的力量，如小販們抱怨「文化會做罪責，害死人！」「伊替散赤人出頭，咱大家即會過較死！」（〈顚倒死？〉），由於其眼光短淺，迷信多疑，只有任憑地主、資本家恣意宰制戕剝，喪失人之尊嚴與生命之意義。以農工爲描述題材之故事，大半也涉及到日本警察的淫虐、執法之偏頗，以及狐假虎威、凌辱自己同胞的

「三腳桶」。這些都完整犀利反映出臺灣人民生活的悲苦掙扎，並賦予深摯的關懷之意。

(三) 對知識分子的描述

相對於婦女、農工階層的人物是活躍於「臺灣文化協會」、「農民組合」的知識青年，及傳統書房的教書先生，他們都是有文化的知識分子。而在守愚筆下的知識分子，基本上都帶有烏托邦的理想。他們所學所思自具進步意義，他們極力反對非理性的傳統，也往往批判社會現狀。〈一個晚上〉中的穆生夫婦，脫離威權之下的大家庭，自組「新的、小的家庭」，致力建設理想的社會，但貧病交侵，妻子染上肺病自忖無法久活，「不願以這不死不活的身子拖累」先生，於是上吊，死前仍以「最後的愛與希望」鼓舞穆生繼續組織工會的事。在她生病時，她仍殷殷希望窮人家能生活在有個集團組織，如公共育兒院、公共食堂……等設備的理想社會裡。日據下的新文學作家，尤其具有社會主義思想者大都有對理想社會的嚮往，對保育院、集體部落（類人民公社）……一個屬於全人類、幸福的理想國度的到來，這是在普遍貧困的社會裡必然會有的憧憬。因而在守愚筆下那些知識分子一面對資本主義便加以唾棄，對「黃金的世界」、「商品化了的世間」，有著憎惡的仇視，另一方面時而去營造一個沒有欺騙、壓迫的夢土。〈啊！稿費〉中的主人翁由於新式學校與經濟蕭條的交相衝擊，所營書房之人問津，「孔子飯」亦無緣再享，於是煮字療飢，冀以稿費改善生活，然而「黃金的國土」既虛幻渺茫，第一次世界戰後，經濟復極不景氣，這位主人翁只有載憤載悲，強烈質問「世間的錢，又是歸到誰的手裡呢？」相對於這些具有期待、幻想的另一些知識分子，是將思想付諸行動，爲人群工作、獻給人群的進步青年。〈嫌疑〉、〈決裂〉中的主角即此類代表。〈嫌疑〉的主角曾啓宏，參加文化協會改組，又被指控爲無政府主義之「黑色青年」，日警冠以「治安維持法嫌疑」罪名，搜查、審問，並予囚禁。拘押後，他朝思暮想者則爲「不知要到那一天，再能回復了我的自由，再能與無時無地都（不）在活躍著，鬥爭的人類見面？」此作頗有自傳之味。〈決裂〉中的主角朱榮，爲農民組合之領袖，「日也運動，夜也運動」，因而從東京學成返國，爲官廳曲加尼阻而找不到工作。他對當時新人物之戀愛至上主義，頗覺不屑，亦不願囿縛於家庭、妻子，妻子與他的觀念全然不同，他不惜與之決裂，並說：

> 你既然反對我的主義，阻礙我的工作，那我倆當然是勢不兩立了。你的反動行爲，在我的眼中，也衹是我的一個仇敵……。

至此朱榮所專力追求者，乃是與群體有關「更有意義，更偉大的○○工作」。爲了理想的實現，愛情、家庭是不相干的事體，是可以割捨的，政治立場、階級意識的對立，使得彼此的矛盾愈加擴大，使得這個家庭無法挽救。這與家庭、階級決裂、脫離的知識分子，亦見於楊逵〈模範村〉中的阮新民。決裂得如此徹底的人物在小說中並不多，包括作者本人在內想必也很難做到，這知識青年顯然已被革命的熱情所取代或者說昇華，在荊天棘地的殖民世局裡，令人倍加感受到驚恐與震撼。

對「人」的關注同情，經常是小說家注目之處，日據下的新文學作家更常以深厚的人道主義情懷，廣泛描寫了臺灣人民的悲喜哀歡。他們大部分人都得面對「地主、資本家、統治者、習俗」等封建、帝國主義的雙重壓迫，致使他們現實生命總是拗拗折折，受盡驚恐，百般委曲、屈辱，而這些問題也正是守愚所關注之處。

四、守愚小說語言的風貌

日據時代的臺灣中文小說，在語言的型態上，呈現了兩種不同的風貌，一是以張我軍爲主的純粹中文式的小說語言，一是以賴和、楊守愚、蔡秋桐爲主的臺灣式中文（即臺灣話文）的小說語言，而用這兩種語言行文者，亦偶而雜用日語借詞。就文學本位言，始於一九二四年，止於一九三七年的臺灣白話小說，由於其特殊的歷史背景和語言傳統，使其小說語言之風貌獨具一格，爲了啓發民智及忠實反映當時的臺灣社會型態、人物在社會中活動的百態，小說創作者在語言的選擇上，自然使用臺灣民衆熟悉的語言——閩南語，爲其文學創作的語言。尤其方言詞彙的使用，使小說人物的性格，有了深度的刻劃。這種以方言來反映濃厚的地方色彩，或以方言來記錄特有的臺灣社會經驗，形成日據下臺灣白話文學獨特的風貌。

楊守愚小說作品之語言風貌，或者作品的風格傾向，一般人皆認爲他受到賴和極深的影響，也廣泛運用臺灣話語，來塑造小說的人物形象，及人物間多樣的微妙關係，眞實反映臺灣社會各階層的生活悲苦。然則考察楊氏三十七篇作品，從使用臺灣話文與中國白話文創作的比例來看，顯然後者佔了大部分，前者除了〈誰害了她〉、〈顚倒死？〉、〈女丐〉、〈斷水之後〉四篇外，我們很難找到大量使用臺灣話文創作的作品。甚至一九三一年八月臺灣話文論戰引起迴響後，守愚大都分創作仍以中國白話文爲主（除了〈斷水之後〉），這或許透露了他早期使用臺灣話爲創作基調的作品或許受賴和的影響，但後來他也面臨了使用臺灣話文創作的困境。

文學語言之內容本極爲廣泛，此處著重談其小說中的閩南方言詞彙之應用。爲了避免煩瑣，在〈附錄：楊守愚小說作品一覽表〉下，以ABC分臺灣話等級，A級代表出現頻率甚高，B級代表普通，C級代表有限的臺語詞彙，A級對不諳閩南語的讀者而言，閱讀起來就有些吃力。爲了呈現其小說語言之風貌，僅舉A、C級作品片段爲例說明。

(一)〈夢〉一九三一年十月

1. 開了好幾天的家庭會議，母親是以自己年老，不忍教兒子遠離膝下；妻子也以兒女幼小，乏人照料爲阻行的理由，……但連日卻又像爲領護照、治裝、赴餞別宴而忙碌。

2. 「簡陋得很，一切還整理不出一個頭緒，連這事務所也還是得到你來申的覆電，新近才租定的。不太魯莽麼？」樓雖不大，卻簡單而美術地佈置著。「王先生來了，同SA一塊兒的。」耳邊恍惚聽到這樣喊聲，唔！樓上早就有好些人在等看呢。

〈夢〉爲守愚碰壁四部作之一（其餘三部爲：〈開學的頭一天〉、〈就試試文學家生活的味道吧〉、〈啊！稿費〉）主人翁王先生由於遭受第一次世界大戰後經濟恐慌的波及，不得不走進教書一途以維生，豈料書房在新式時代及經濟凋弊的社會也難以餬口，只好藉寫作貼補家用。他做了一個夢將美夢寄託在名利雙收的寫作。覺得自己在「黃金時代的前頭」，後來雜誌多刊登了一些左翼作家的稿子，遂被查禁，自己也在上海公安局人員毆打，押解掙扎中，口喊「橫暴」醒了過來。小說取材跨越中、臺，以上海生活爲夢境一角，自然用北京話行文，但述及臺灣的部分，一仍沿用純粹的北京話行文。而夢境所呈現的，正好說明了殖民社會的恐怖壓制，是無所不在的，連做夢都難以逃避。它仍然與臺灣有關，不過其傳達的心聲嫌弱了些。

㈡〈誰害了她〉一九三〇年三月

1.「查某官！好那著這款拼勢？」……「哎呀！你總要這款交交纏！」……「哎啊！你這個人也太無款無式呀！走邊仔去，若是給別人看見，眞呆勢面；較緊走邊仔去！」阿妍嚇紅著臉，忙斜側著肩頭，想使阿爐的手溜下；誰知他的手卻越發拉緊。「你做親戚也未？生做眞妖嬌呀！」

㈢〈顚倒死？〉一九三〇年七月

1.「伊正走到那所在，不知是著驚、生狂，也是安怎，自己跌了一下，眞注死老彭！較慘命底帶官符，那個巡查也正走到，就搦去咯！」

2.「你這號人，無志無氣，雞屎落土，嗎有三寸煙。咱有法度無法度，都也不知；不過，乎人欺負，是不通看做無要緊！咱自己無才情，別人替咱出頭，怎麼顚倒怪恨人，那有這……。」

這兩篇小說爲了忠實呈現小說人物的身分，使用了口語化的鄉土語言，尤其在對話時，用小人物所操持的語言來描述，顯得逼眞傳神，如題目〈顚倒死？〉是反而糟糕的意思，用閩南話表達頗爲生動，如用「反而糟糕」就感受不出其心情了。不過對熟悉閩南語的人來說，很容易抓住方言的語氣，也能深刻感受到小說人物的鮮明性格。至於其詞彙因泰半自出機杼，以擬音爲主，初未深究字源、本義，因此不懂方言的讀者，可能不易了解。

上面引文，其詞彙意思如查某官，是「對女人的稱呼」；這款，是「這樣」；拚勢是「拚命工作」；交交纏是「糾纏」；無款無式是「太不像樣」；邊仔是「旁邊」；呆勢面是「不好意思」；較緊是「快點」；做親戚是「論婚嫁」；妖嬌是「嬌媚」；所在是「地方」；著驚是「受了驚嚇」；生狂是「慌張」；安怎是「怎麼了」；注死是「該死」；這號人是「這種人」，無志無氣是「無志氣」；雞屎落土，嗎有三寸煙是諺語，勸人要有志氣。

無法度是「沒辦法」；才情是「能力」……等，可說大量運用了臺灣話來寫作，甚至有此語彙迄今仍沿用呢！

綜上所述，可知楊守愚作品分爲兩類，一爲頗道地中國白話文之風貌，一爲閩南方言之風格。這兩種現象在一九三一年以前即已呈現。如〈生命的價值〉、〈捧了你的香爐〉、〈瘋女〉、〈十字街頭〉、〈冬夜〉、〈出走的前一夜〉等作，其詞彙句法皆罕見閩南語痕跡。〈誰害了她〉、〈顛倒死？〉二作則適相反，可列於A級方言出現頻率甚高之作。一九三一年八月臺灣話文論戰之後，楊氏之作品，並未因論戰之關係而以臺灣話文創撰，除了〈斷水之後〉一作，因多以對話行文，因而使用閩南詞彙、語法、三字經較多外，其餘如〈就試試文學家生活的味道吧！〉、〈夢〉、〈啊！稿費〉、〈爸爸！她在使你老人家生氣嗎？〉、〈退學的狂潮〉、〈決裂〉、〈鴛鴦〉則多屬第一類。筆者推測臺灣話文之試驗，欲將之書面語後用於小說之創作，其困難遠於新詩，因詩較「短」，小說則「長」，想要表達的愈多、愈複雜，寫作也就愈困難，因而其新詩之作仍多有臺灣話文之痕跡，而小說作品則自〈斷水之後〉則鮮見。此一現象，觀今「臺語文學」之試驗，詩遠多於小說，或可窺知一、二。

此外，守愚在臺灣話文創作方面，因爲當時小說尚處於使用方言詞彙的初期，頗多用法皆作者隨意創撰，如賴和慣以「永過」代之「以前」，而守愚個人習用之詞彙，如生目睭是「自從出生以來」；豆油膏是「醬油露」；煙腸是「香腸」；間壁是「隔壁」；老昨是「很早以前」或「大前天」；即暗是「這麼晚」；九句鐘是「九點鐘」；這擺是「這回」；散赤人是「貧窮的人」；漸時是「暫時」；此類用法皆守愚自創，與他人不同，如「即暗」，其他作家習用「這暗」、「這麼暗」。因每位作者有其慣用的詞彙，據此或可考證若干僅具筆名的作者眞實姓名。茲以守愚「漸時」（臺灣話文）、「一壁兒」（北京話）等詞說明之。

守愚於〈赧顏閒話十年前〉一文說：「拙作盗伐在曉鐘，新郎的禮數在明日，兩對摩登夫婦在臺灣文藝，……。」《明日》雜誌似已散佚，今不得見，然一九八四年八月時《文學界》（十一集）尙曾重刊〈新郎的禮數〉一文，一九九一年二月前衛出版社《臺灣作家全集—楊守愚集》收入該文。守愚小說作品頗多，其筆名亦多，〈新郎的禮數〉一作據葉石濤《臺灣文學史綱》之附錄，有林瑞明〈臺灣文學史年表〉一篇，上署「瘦鶴　新郎的禮數明日三」，據此可知守愚另一筆名爲「瘦鶴」。此外《文學界》十一集除重刊〈新郎的禮數〉一文外，又有〈慈母的心〉亦謂守愚作品。〈慈〉一作後收入《楊守愚集》（前衛出版社），編者於題下注曰：「本篇另名〈冬夜〉」，復於文末附識曰：「本篇作於一九二七年十一月六日，爲楊氏留存之手稿，後載於《文學界》第十一集，一九八四年八月出版。」然則〈慈〉作之內容早刊披於《臺灣新民報》第三一一—三一三號，其文題即署名〈冬夜〉，作者爲「瘦鶴」，可知「瘦鶴」確爲守愚另一筆名。而前衛出版社似宜將該文篇題作〈冬夜〉爲是，蓋《臺灣新民報》第三二二—三二四號已載貢三〈慈母的心〉一作，貢三之文刊於一九二八年，守愚可能考慮前人之作已具斯題，因而將手稿文字稍加刪潤，而以〈冬夜〉爲題。〈慈母的心（冬夜）〉此一手稿，筆者以爲應是戰前所寫，手稿本明顯記載著創作日期是一九二七年十一月六日，這一時間是目前可知最早的創作年代，甚至較〈獵兔〉的發表早一年多。筆者疑貢三之作，其篇題或爲守愚所加，其時守愚常爲賴和主編《臺灣民報》學藝欄分勞，極有可能將自己原先擬妥的篇名送給了貢三，因此才以〈冬夜〉爲題發表。

對「瘦鶴」筆名之推測，在《臺灣新文學》創刊號上，同時刊登四首新詩，而這四首詩的作者署名爲「守愚」、「翔」、「瘦鶴」，詩作又有一篇名爲〈冬夜〉，「守愚」、「翔」已可確定是同一人，另一篇瘦鶴所作的〈人是應該勞動的〉，有可能爲了避免同一人出現次數過多，所以多用筆名，從這些蛛絲馬跡大致可以推斷瘦鶴爲守愚另一筆名，殆無疑義。

除前三項證據外，吾人亦可從〈冬夜〉所使用之方言詞彙予以說明。「一壁兒」是北平語言，楊氏以之代「一面」，日據時期所有臺灣白話小說，除郭秋生用過一次外，未見其他作者也使用此詞，而楊氏對此詞似情有獨鍾。在〈捧了你的香爐〉中說：「新民先生一壁兒撿書，一壁兒答道。」〈生命的價值〉中，楊氏寫道：「老婆子一壁兒說，一壁兒拿了一條油炸給我。」在〈凶年不免於死亡〉中，楊氏寫道：「阿義聽完了這一段話，一壁兒搖頭，一壁兒說。」在〈元宵〉中寫道：「宗澤一壁兒跑，一壁兒想，越想越惱。」在〈決裂〉中寫道：「朱榮一壁兒向到達農民組合的那條路上走著，一壁兒把剛才同妻子的吵架回想一下。」同樣的在〈冬夜〉一文也說：「王先生一壁兒抽他的煙斗，一壁兒跑到內廳。」，同時署名瘦鶴所寫的〈沒有兒子的爸爸〉一文也有：「夫妻倆，一壁兒蹣跚著，一面交換著說。」緣此，吾人可據以推測瘦鶴殆守愚本人。又「漸時」亦楊氏專用之詞，在〈沒〉文中亦寫道：「老祖父沈吟著，像在思索，小寶也就漸時不再吵嚷了。」楊氏另二篇作品亦用之，如〈一群失業的人〉：「大家一面烤火，一面聽講故事，倒也漸時可以忘卻一切痛苦。」〈赤土與鮮血〉：「阿昆忙著取過另外一只箕兒，談話也就漸時停下去。」「漸時」一詞可謂楊氏所獨創。像這一類方言詞彙的使用，由於小說尚處萌芽階段，以臺灣話文行文，其用法尚未約定俗成，除了一些詞彙用法，諸作者略有共識外（如生理、下晡、敢會、眞聖……），每位作者都有一些個人慣用的擬音漢字、日文借字、閩南詞彙等，甚至如守愚熟讀中國古典小說，而以北平話「一壁兒」使用在他多篇小說中，而這些慣用語彙亦成考訂作者之旁證。

五、一些問題的澄清

守愚曾回顧其半生文學生涯，對日據下的臺灣新文學有這樣的批評：「大都充滿了自然主義無力的揭露醜惡與貧乏的同情」，而這其實也是他文學的主要特質（前文已述）。不過文學評論者對這「缺乏人生遠景的揭示」素來是感到遺憾的，也認爲這幾乎是日據時期大多數作家的共同缺憾。而這樣的體認，實則在日據時期，也有一些文學工作者提出了這樣的省思。在《先發部隊》宣言、卷頭言及專輯多篇文章裡屢言「建設的、創造的」文學，「轉向於創造當來的新生活樣式」，揚棄破壞性文學，突破往昔一味描述憂鬱、消沈、沮喪、煩悶、焦燥、死亡等境況的文學藩籬，認爲文學不僅是描寫生活的黑暗面，更進而要勾勒理想，照亮生命，指引人生路向，開拓嶄新生活。因此郭秋生說：

> 我們已不願再看查某嫺的悲憤而自殺，我們要看的是查某嫺能夠怎樣脫得強有力的魔手與獲得潑的生存權，在舊禮教下陷一生於不幸之淵的女性，我們也不願再看其不幸的姿態而終，要看的是

該女性能夠怎樣解消得不幸的壓力而到達了怎麼樣的幸福的境地，被環境的撥弄，一字一淚以詛咒人生，而殂喪了生活的意欲無遺的可憐的心境與景像，我們寧要恨他，雖然環境可以支配人生的鬥力與生活的意欲，也未嘗不可以變易環境，是故我們要看的，是只要能夠有熱烈的生活力，克服了冷遇的惡環境，以奏人生凱歌的新人物出現⑬。

一般評價基點可說如未曾爲陷入絕境的臺灣社會、人民指引出路，未曾擬出一個積極、建設的寫作方向，即是一缺失。徐玉書於〈臺灣新文學社創社及「新文學」第一、二、三期作品的批評〉謂〈乳母〉（周定山作品）「到結果絲毫都沒有帶暗示出路之力，只映出了弛緩的靜的疲乏的調子，與〈赤土與鮮血〉（守愚作品）同樣地失敗。」⑭然而個人在閱讀完守愚所有的短篇小說之後，卻認爲揭露現實黑暗面的作品，沒有必要一定要提出一個改造社會、人生的方案。在果戈理、法朗士、魯迅的作品中都沒有直接美好的人生遠景，但這並未降低作品的價值，也正因這些作者對罪惡和暴行的毫不妥協，使他們得以列入那個時代最偉大的人道主義者的行列。守愚作品中的人物，在故事中往往以死亡或瘋狂爲敘述手法，本來作品中以死亡、瘋狂交待人物的結局，原非上上之策，但此一不團圓的悲劇正揭示著：殖民統治下的社會是絕不可能讓一個毀滅中的勞動者有任何自救的機會。這樣的結局處理方式，不能說沒有作者個人有意的安排，因此他在〈比特先生〉這一篇作品亦提及某一個委員當面的批評：「你的那篇小說，描寫得倒還不錯，不過，末一段太散漫了，一篇普羅小說是該注全力於結尾的，在這裡該明白地指示給讀者一個出路才是，不可以祇留個啞謎兒去費人家的猜測。」守愚何嘗不知道一般人對文學有這樣的要求，不過正如比特先生所說的「他只知道社會上有什麼，他就寫什麼。」其小說人物的命運與外在環境的撥弄有密切的關係，他們的生命充滿了各式各樣的痛苦、艱難、屈辱和挫折，這種一敗塗地的悲劇，絕非僅是人生現象的描寫，而是與時代、社會的脈動息息相關。如果換一個時代，也許就可以不必以死亡或瘋狂來處理故事人物的結局。人生、社會本非如此絕望，充滿嘲弄，然而在當時殖民統治之下，人的努力，人的尊嚴，在巨大的、無可戰勝的諸般惡勢力之前，顯得何其渺小，何其脆弱！守愚這種灰暗、幻夢破滅的人生，正是作者對殖民統治的抨擊，對悲苦人生的觀照，對時代困厄無奈的悲情。

除此問題，在守愚小說中尙有一篇〈捧了你的香爐〉，敍及新舊知識分子對孔子、四書的態度。小說中主人翁尙古、新民先生之姓名，一如其思想。尙古先生—信而好古，祖述堯舜，堅持「凡是讀書人，非讀四書不可」；新民先生則將「四書撇到五里霧中去，心裏頭大不以爲然。」凡此描述，易啓人疑竇，以爲新知識分子批判傳統，廢棄儒家思想。實則當時新知識分子提倡「戀愛自由」，反對「父母之命、媒妁之言」，但尚不致於決裂得如此徹底，現實上一些新文學作家如楊華、楊守愚、周定山等人皆以私塾（子曰店）爲生。他們所反對的是不能眞正了解孔子精神的人。此一情形，甚似新知識分子對「孔教宣講團」的口誅筆伐，以爲他們反孔，實則細繹其言論，當時新知識分子所反對者並非「宣揚孔教」，實爲「他們（指公益會的人）的言行，本爲儒教所鄙斥，卻假稱儒教之徒，來說仁義。」⑮是「負了孔子的精神」⑯。可見反「孔教宣講團」不但不是反孔，反而是尊孔的功臣。就如甘文芳所說：「就是孔子也要還他本來的面孔，赤裸裸的排在俎上，和科學文明對比起來，該用則用，不該用則便捨了。」⑰此一精神與中國五四新文化運動有其差異。在中國孔子與儒家飽受五四人物口誅筆撻，斥爲「吃人禮教」、「文明改進之大阻力」、「專制體制之依據」⑱，而在臺灣新文化運動中，孔子和儒家則蒙推崇。陳獨秀在〈敬告青年〉中說：

> 舉凡殘民害理之妖言，率能徵之故訓，而不可謂誣，謬稱流傳，豈自今始！固有之倫理、法律、學術、禮俗無一非封建制度之遺，持較皙種之所爲，以並世之人，而思想差遲，幾及千載，尊重廿四朝之歷史性，而不作改進之國，則驅吾民於二十世紀之世界以外，納之奴隸牛馬黑暗溝中而已，復何說哉！於此而言保守，誠不知爲何項制度文物，可以適用生存於今世。吾寧忍過去國粹

> 之消亡，而不忍現在及將來之民族不適世界之生存而歸削滅也⑲。

若持陳獨秀誣蔑傳統文化之言論以與《臺灣青年》所載林獻堂之言論相較，則林氏護衛傳統文化之心，清晰可見。林獻堂說：

> 吾人之幸而不爲禽獸，賴有先聖人之教化存焉。而先聖人之道，又賴文字載之以傳，故曰漢學者，吾人文化之基礎也。今有一二研究漢學之人，衆莫不以守舊迂闊目之，是誠可悲。夫豈有捨基礎而能對樓閣者乎？今欲求新學若是之不易，而舊學又自塞其淵源，如是欲求進步其可得乎⑳？

正當五四運動中某些知識分子對傳統文化痛恨失望，欲「全盤西化」之時，爲何臺灣新文化運動之成員獨對聖人之教深具信心，尊奉不移，且以之爲「漢族的固有性」呢？這與雙方處境不同有關。民國初年，中國雖列強環伺，軍閥橫行，但仍爲一獨立自主的國家，因此，即使「打倒孔家店」，而全盤西化，亦只是一內部問題。在民族自尊飽受嚴重摧殘的情況下，他們認爲唯有廢除導致中國瀕於亡國的傳統文化，另尋西方新文化，才能挽救中國亡國的危機，才能再創造一新中國。至於淪於日本之手的臺灣，備受異族摧剝之餘，惟有保存民族文化方能培養民族意識，面對暴橫之殖民統治，中國文化無異臺灣知識分子之支柱，尤以日本民庶衆深受儒家影響，故擁護儒家乃成臺籍人士自保之資。從《臺灣青年》中吾人亦可發現知識分子藉四書形式譏諷六三法案、日人殖民統治之無道，當時頗不乏知識分子嫻熟四書並以之爲抗虜之利器。然而五四成員反儒之論甚囂塵上，臺灣知識分子於崇儒翼孔之餘，亦不免重新深省傳統，但無論如何，他們的批評是溫和含蓄且相當理性的。並未決裂得如此厲害，他們所反對的是那未掌握孔子眞精神的迂腐夫子，而非孔子與儒家本身。

此一情形，亦如有人好奇於思想激進的新式青年，何以會參加傳統的詩社？日據時期許多新文學作家其實也都熟諳古典詩作，如賴和、陳虛谷、周定山、楊華、楊守愚、吳濁流諸氏，其實，在新舊文學之間，他們的表現並無矛盾與衝突之處。因新文學作家對於舊詩之不滿，主要在於那些專重技巧賣弄、徒具形式而無內涵的「擊鉢吟」，並非反對舊詩本身，有眞精神、性情的詩作，他們仍是讚揚的，因而他們能悠遊於新舊文學之間，出乎內外於舊詩與社運之間，甚而以舊詩來發抒抗日精神，批判殖民的統治。在賴、楊諸氏的舊詩作中不就充滿著這類抗爭的鬥志和憐憫的人道關懷嗎？守愚〈天晴後米價續漲慨然有作〉：「……未容耕者無田土，肯聽豐年鬧米荒；側耳嗷嗷猶遍野，黯然俯首獨神傷。」其創作態度與小說相當一致，此即他們出入新舊文學之間，而能取得和諧的原因。

六、結　論

一個民族文化的生存，必須要有自我的批判，時時省思、矯正自己，方能免於任人宰割。在楊守愚的思想理念裡，他深知要免於被日本殖民的宰制，光是有政治、經濟的變革是不夠的，更重要的是要進行一場精神與心理的改革，然文化啓蒙運動者艱難與卓絕之處，卻在於它必須在每位臺灣人心中完成。在現實上，楊守愚雖然具有社會主義思想，但他畢竟不是專門的文化史家、社會運動家，他所進行的揭露、控訴、批判，有時只能從小說家的觀察角度進行，然而處於新文學初期的小說，其敍述手法不免較乏呈現、蘊藉或象徵、伏筆，結構亦偶有不均勻之處，甚至在作品中常常超載了不必要的負荷物，以致壓倒了藝術的架構，使其人物有不少是一眼就能在新文學的形象長廊裡找到血緣近親的。這急於改造的心情，使得他急切表白自己的思想，因而多少影響了作品的深邃感。然而新文學歷史本極短暫，在初時處於晨光和黑暗交替的破曉之際，必然會呈現出乍晴還暗的現象，這不僅是楊守愚個人的，也是時代的，在當時臺灣、中國大陸的文學發展歷程中，這都是在所難免的。今日我們不論其小說藝術成就如何，守愚的努力是值得令人喝采的，由於他及一些人的努力，小說一躍而爲「文學之最上乘」，也使古典傳統的章回小說過渡到新小說，詩文不再是文學結構中心的至尊，小說這一文類受到新知識分子的重視，它不再只是娛樂大衆的工具，而是啓發民衆、改良群治的利器。就文學史的角度著眼，他們的努力仍是相當有意義的。藉由他們的努力，我們更淸晰把握當年臺灣人民所走過的路途，在時代、文化、社會上有著更好的見證。如果小說作品不論好壞，皆足傳世，其意義往往也就在此。

附錄一　楊守愚小說作品一覽表

篇名	署名	發表刊物	刊行時間	年齡	等級
獵兔	守愚	臺灣民報第241－242號	1929・1	25	C
生命的價值	守愚	臺灣民報第254－256號	1929・3－4	25	B
凶年不免於死	守愚	臺灣民報第257－259號	1929・4－5	25	B
捧了你的香爐	守愚	臺灣民報第273－274號	1929・8	25	C
瘋女	守愚	臺灣民報第291號	1929・2	25	C
醉	守愚	臺灣民報第294號	1930・1	26	C
誰害了她	守愚	臺灣民報第304－305號	1930・3	26	A
十字街頭	靜香軒主人	臺灣民報第306－307號	1930・3－4	26	C
冬夜	瘦鶴	臺灣民報第311－313號	1930・5	26	C
顛倒死？	守愚	臺灣民報第321號	1930・7	26	A

小學時代的回憶	瘦鶴	臺灣民報第324－328號	1930・8	26	C
新郎的禮數	瘦鶴	臺灣民報第324－328號	1930・8	26	C
出走的前一夜	瘦鶴	臺灣民報第343－344號	1931・12	26	C
過年	守愚	臺灣民報第345－346號	1931・1	27	A
女丐	翔	臺灣民報第346－347號	1931・1	27	C
比特先生	翔	臺灣民報第350號	1931・2	27	C
一個晚上	村老	臺灣民報第354－355號	1931・1	27	C
元宵	守愚	臺灣民報第357－358號	1931・1	27	B
一群失業的人	守愚	臺灣民報第360－362號	1931・3	27	B
嫌疑	翔	臺灣民報第363－375號	1931・5	27	B
沒有兒子的爸爸	瘦鶴	臺灣新民報368－370號	1931・6	27	C
升祖	洋	臺灣新民報371－373號	1931・7	27	B
開學的頭一天	Y	臺灣新民報375－376號	1931・8	27	C
就試試文學家生活	Y	臺灣新民報382－383號	1931・9	27	C

夢	Y	臺灣新民報386－388號	1931・10	27	C
啊！稿費	Y	臺灣新民報389－391號	1931・11	27	C
爸爸！她在使你老人家生氣嗎？	守愚	臺灣新民報392－394號	1931・11	27	C
退學的狂潮	守愚	殆與右四篇同一時期作	不詳	28	C
決裂	守愚	臺灣新民報396－399號	1932・1	28	B
罰	翔	臺灣新民報402－403號	1932・2	28	B
瑞生	靜軒香主人	臺灣新民報404－406號	1932・2－3	28	B
斷水之後	村老	臺灣新民報407－408號	1932・3	28	A
難兄難弟	村老	臺灣文藝第2卷第1號	1935・2	31	C
赤土與鮮血	洋	臺灣新文學1卷1號	1935・12	31	B
移溪	村老	臺灣新文學1卷5號	1936・6	32	B
鴛鴦	洋	臺灣新文學1卷10號	1936・12	32	C
盜伐	不詳	曉鐘	不詳	不詳	不詳

附錄二《詩報》書影

昭和十七年三月七日 詩報 第二六七號 (十三)

彰化聲社 課題

莊周蝶

天施梅樵 地吳衡秋 氏選 人楊守愚

左一地一 克士
道心淸似月溶溶。蝶影翩躚入夢濃。
省識大千無我相。蘧蘧何處覓行蹤。

人一 蘭生
一色緇衣剪幾重。花前葉底見行蹤。
漆園春去情多少。物化莊生夢正濃。

天二 幡臣
虛虛實實夢重重。莊叟前身憶舊容。
凡莫栩々花底活。逍遙到處寄遊蹤。

地二人十五 鹿港 周定山
昌言齊物學堪宗。理想人間藉夢逢。
蝶即先生心世界。逍遙遊是託高蹤。

人二天十三 臺中 王竹修
醉綠眠紅興倍濃。是莊是蝶夢中逢。
化成粉翅無拘束。繞遍巫山十二峰。

天三地九 士華
逍遙極樂性非慵。幻夢偏成物外蹤。
頃刻醒來渾莫辨。是周是蝶正愁儂。

地三人十二 茶客
栩々翩翩幻夢濃。逍遙適志恣遊蹤。
道心悟徹超人境。物我渾然一冶鎔。

人三天六 種來
栩々飛來殊彷彿。爲周爲蝶莫迹蹤。
漆園自是眞仙吏。一枕人間幻幾重。

天四 詵々
蒙莊本是最情鍾。粉翅翩翩夢裡逢。
世事由來同幻境。醒時何處可追蹤。

地四天五 金鐘
人夢翩翩路幾重。是周是蝶更無蹤。
方知世事都虛幻。彼此如何可適從。

人四 士茂
覆鹿蕉陰失跡蹤。花間錦簇隱形容。
漆園如果稱香國。枕上應爲縹渺峰。

地五 郭嘯雲
漆園化蝶睡方濃。無異邯鄲感萬重。
一枕遨々春夢幻。醒來何處覓仙蹤。

人五 臺中 盧溎
眠紅醉綠逐狂蜂。粉翅翩翩不覺慵。
一自子休仙去後。滕王畫裡認芳蹤。

地六 春風
漆園化蝶道心宗。適意渾如冉冉蹤。
畢竟眞吾誰得似。色空原理本中庸。

人六 士茂
爲吏非貪尺寸封。枕書都是愛花濃。
翩翩香國迷金粉。玩世伊誰說不恭。

天地人七 克士
悠然適志自從容。栩々春婆一夢濃。
悟徹浮生原似幻。爲周爲蝶總惺忪。

天八地十五 士茂
迷離世界究何從。覆鹿蕉陰恐不慵。
畢竟浮生同幻夢。萬花叢裡托遊蹤。

地八 茶客
漆園一枕恣行蹤。隨處穿花意不慵。
借境翩々忘物我。色空悟徹自從容。

人八 蘭生
分明蛻化作遊蹤。弄說玄虛意未容。
欲倚鬼車問莊叟。夢魂離合竟何從。

天九 士華
是醒是幻境重重。夢入華胥興味濃。
任意逍遙花世界。疑周疑蝶總能容。

人九 竹修
蒙莊魂化迴凡庸。粉翅翩翩過短墉。
誰驚遨々酣夢醒。景陽宮裡五更鐘。

天十 定山
幻化鯤鵬不可蹤。託身物外綠眠蛩。
仙遊一覺春駒夢。依舊遨々是個儂。

地十 士華
漆園悟道幻憧憧。飛舞翩翩興味濃。
俯仰乾坤皆自得。逍遙到處任遊蹤。

人十 若虛
撿作春光不放鬆。花房柳幕寄芳蹤。
誰知一夢莊生后。少婦樓頭唱懊儂。

【註釋】

① 毓文（廖漢臣）撰，〈同好者的面影〉，刊《臺灣新文學》一卷四號，一九三六年五月。

② 守愚〈赧顏閒話十年前〉，文刊《臺北文物》三卷二期，臺北市文獻委員會，一九五四年八月二十日。

③ 毓文〈諸同好者的面影（一）〉，《臺灣文藝》第二卷第一號，一九三四年十二月，頁三七。

④ 羊子喬、陳千武主編，《光復前臺灣文學全集（九）》，臺北：遠景出版社，一九七九年，頁一四。

⑤ 徐玉書〈臺灣新文學社創設及「新文學」第一、二、三期作品的批評〉：守愚氏的〈一個恐怖的早晨〉是震災的作品，自去年四月杪，中部發生未曾有的慘痛以來，迄今已有一箇年的經過了，但我們很少看到關於震災作品的發表，故這篇〈一個恐怖的早晨〉可算是很珍奇的作品。」《臺灣新文學》一卷四號，頁一〇一。林克夫〈詩歌的重要性及其批評〉：「值得我們紀念的守愚君的〈一個恐怖的早晨〉，這首詩是描寫昨年臺中大地震的慘況，一帶清平的大地，瞬間化作阿鼻叫喚的地獄，讀了這首詩好像當時的慘狀出現在我們的眼前。」文刊《臺灣

新文學》一卷七號，頁八八。

⑥王錦江〈臺灣新文學始末〉，文刊《臺北文物》三卷三期，臺北市文獻委員會，一九五四年十二月十日。又徐玉書在當時亦謂：「一班痛感以文聯——臺灣文藝，不能大眾化的文聯員，看到文聯愈來愈離開了大眾的立場，于是不得不再另建設一種雜誌，與我島內文藝同好者群握手不可，故他們在一九三六年頭，共同起來創設了臺灣新文學，而由此設發刊一種雜誌，名曰：臺灣新文學。」同註五。

⑦刊《臺北文物》三卷二期，臺北市文獻委員會，一九五四年八月二十日。

⑧《臺灣社會運動史——臺灣總督府警察沿革志‧第二篇》，頁八九四，日本龍溪書舍出版。

⑨呂訴上《臺灣電影戲劇史》，頁二九六。

⑩參考史明《臺灣人四百年史》，蓬島文化公司，一九八〇年九月初版，及邱坤良《日據時期臺灣戲劇之研究》，自立晚報社文化出版部，一九九二年六月。

⑪守愚〈小說有點可觀、閑卻了戲曲、宜多促進發表機關〉一文，《先發部隊》創刊號，一九三四年七月十五日，頁八。

⑫朱自清〈生命的價值——七毛錢〉，《朱自清作品欣賞》，廣西人民出版社，一九八一年版。

⑬郭秋生〈解消發生期的觀念，行動的本格化建設〉，《先發部隊》創刊號，一九三四年七月十

五日，頁廿一。

⑭ 同註⑪。

⑮ 王敏川之語，轉引自王曉波《臺灣史與近代中國民族運動》一書，帕米爾出版社，一九八六年十一月出版，頁三九五。

⑯ 浩生〈對孔教演講的漫評〉，《臺灣民報》第一〇八號，一九二六年六月六日，頁十四。

⑰ 甘文芳〈懷疑到黎明的路〉，《臺灣民報》第二卷第二十一號，一九三四年十月廿一日，頁四。

⑱ 吳虞〈吃人與禮教〉，《新青年》雜誌第六卷第六號，及陳獨秀覆俞頌華函，談孔子問題。《新青年》雜誌第三卷第四號。

⑲ 陳獨秀〈敬告青年〉一文，《青年雜誌》第一卷第一期，一九一五年九月十五日。實則中國傳統文化如儒、道、墨、釋等學術思想若能通曉，必不致如陳氏所言。導致清末積弱不振之原因多端，實不能怪罪傳統文化。

⑳ 轉引自王曉波〈五四時期文學革命與日據下臺灣新文學運動〉，《中華雜誌》總三一一期，一九八九年六月，頁四四。

光復前臺灣小說的中國形象

一、前言：符號「中國」在小說中的意義

「中國」作爲符號的指物（signifier），在戰前、戰後的小說中有不同的呈現方式，尤其臺灣與中國大陸已有百年時光，各自爲政，在政治經濟上獨立發展，形成兩地不同的生活水準，思考方式。在開放大陸探親，臺灣本土化意識高漲，對臺灣文化特質的思考，更突顯「臺灣」與「中國」兩者，在歷史演進、社會文化變遷之異同問題。

「中國」做爲一個符號，其意義是不固定、不斷滑動的，如以梅茲之說，此一想像之能指（imaginary signifier），完全在於使用這個符號的人如何定位自己與此符號之關係。戰前臺灣作家雖也曾因日本殖民政府刻意醜化中國形象，在對中國眞正情況不了解之下有所懷疑

①，但他們大都透過文化、文學、血緣上的關係，在想像中不斷加入對中國理想化的成分，產生對古典中國的憧憬。

巫永福於一九三〇年代創作〈祖國〉一詩，一九八九年時《笠》詩刊重新予以討論，探索、釐清「臺灣人的唐山觀」。當時詩人陳千武先生說：

> ……依據先人告訴我們的唐山，是透過傳統的漢文、漢詩所得到的伊美吉（image），也就是中國古代、漢朝或隋唐，或可以說是宋朝以前，停滯於歷史上的優美伊美吉 image 的祖國。
>
> ……追求臺灣人的唐山觀，能得到臺灣意識的正確認識，又透過對唐山的伊美吉，能瞭解具有四百年歷史的臺灣人的心理狀態，進而認清臺灣人實存的自覺與自主的觀念。
>
> ……臺灣人心目中的祖國——唐山，顯然就是歷史上伊美吉 image 的唐山。自從我們的祖先脫離中國遺棄大陸，就把唐山這個祖國的伊美吉 image 跟著祖先一起帶到臺灣來，又把「唐山」這個祖國的伊美吉 image 一代一代的傳給我們。
>
> ……看巫永福先生的〈祖國〉一首詩，就可以瞭解詩裡的祖國，是歷史上 image 的祖國。……單看詩中的句子「流過了幾千年在血液裏／住在我胸脯裡的影子」就可以瞭解作者所懷含的歷史上的祖國②。

此一想像的故國（imagined homeland），在日據時期尤爲強化，長期以來，臺灣人受到殖民統治的欺凌壓迫，心中有深重的屈辱感，因而對於中國有一種特別的孺慕感情。葉榮鐘曾剖析說：「我們對祖國的觀念，由歷史文字而構成的，當然佔有相當的分量，但還不及由日本人的言動逼迫出來的切實。」③在這樣的現實情況下，「中國」在小說中的再現，實在需要放在日本殖民社會文化與中國文化的脈絡中去檢視。

然而想像中的故國與現實中的故國是有落差的。在日據下長大的孩子，他們心理轉變過程，可以用拉岡（Lacan）的心理（精神）分析學來解釋，在鏡像階段（mirror phase）的嬰兒（六個月至十八個月之間），會產生一種錯誤的認知，認爲鏡子裡的影像（嬰兒＋母親）是另一個完整的我，漸漸地，「我」發覺原來只有那個嬰兒的身體才是「我」，母親（「他者」）的身體並非與我相連。這個認識使人產生一種失落感，因爲母親的身體不再屬於「我的」，「我」從此不再完整。拉岡（Lacan）認爲：由於嬰兒期的失落，導致人一生無時無刻都在試圖彌補此缺憾，也就不斷的去尋找代表完整、豐富的母親的身體。我們也可以說，一八九五年一紙馬關條約的簽訂，迫使臺灣脫離母國——中國，臺灣人頓時產生失落感，如同嬰兒通過鏡像階段之後，無時不尋找母親的身體一樣。回歸祖國曾是很多臺灣人的心聲，但臺灣人到中國之後，面對實際的中國，往往陷於兩難，中國是文化、血緣上的母國，但這個中國是臺灣人不太熟悉，甚至不能理解的；更糟糕的是，臺灣人當時在中國大陸，往往不能被誠心接納，有時還被懷疑是日本間諜。臺灣人對自己身分的難以捉摸，中日雙方的舉措，促使臺灣意識逐漸上揚（當然，也有若干例子是無此一認同問題之困擾）。不幸的是戰後初期臺灣重回中國懷抱，中國意識大力提振的時候，卻發生了二二八事件，使臺灣人遭受重大打擊，也開始覺悟：原來「他者」是「他者」，我是我，兩者並無必然關係。戰後長期的反共政策，中國（共產黨）在臺灣人心中多半是恐懼、厭惡、反感、疏離的，一九八七年開放探親以來，成千上萬的人曾回到大陸看老家，等他們回來之後，有不少人不再想回去，而中共對臺灣在國際上一貫的打壓、孤立，不知不覺使臺灣住民較以往更明確的醞釀了一種相對於中國大陸政治、文化現實的新的「臺灣身分」，近百年來的中國情結、中國想像，已因解嚴逐漸被解開④。

二、期待與幻滅

光復前臺灣小說裡中國形象的形塑，大抵出自具有中國經驗的作家，殖民地統治下的臺灣知識分子大多前往日本留學，赴中國大陸者較少，而戰前臺灣本地的小說內容也大多反映反封建、反帝國主義的主題，比較起來有關小說（文學）裡的中國描述顯然較少，然而不論是張我軍、吳濁流、王詩琅或是張深切、鍾理和，這些作家在現實中的中國接觸，描述的中國形象顯然與想像中的故國有很大的落差。文學作家以其敏銳的觸角，親臨、洞悉了三、四〇年代的中國，展現了中國民族的特性，有其獨到的觀察、見解，作家們的驚慌失措值得我們重視。易言之，他們是以何種立場來觀察中國？立於何種角度來表達關懷或批判之意？百聞不如一見，從文學的瞭解、旁人的講述見聞、血緣的認同原鄉，在腦海中形塑而成的中國形象，是如何與自己眼睛所親見，皮膚所親觸到的相對照？對照之後的反應又是如何？臺灣人到中國之後看中國的角度，此一論述值得重視。如將連雅堂、周定山、櫟社若干詩人……等古典詩中的中國形象加以綜觀，或與新文學作品中的描述合觀，比較其異同，那麼對戰前臺灣人的中國經驗可以有更完整的了解，唯舊詩非本文所處理。在進入小說作品之前，我僅以賴和若干詩作，來窺究當時的中國。

賴和於一九一四年四月畢業於臺北醫學校，並在嘉義病院實習。一九一六年，返彰化開設賴和醫院，一九一八年，渡海至廈門，在博愛醫院服務，一九一九年，由廈門返臺後，執壺於彰化。賴和至廈門行醫一事，〈歸去來〉一詩可窺究竟，他說：「……，擾擾中原方失鹿，未能一騎共馳逐。歐風美雨號文明，此身骯髒未由沐。雄心鬱勃日無聊，坐羨交交鶯出谷。」

在中國多事紛擾之際，他既不能逐鹿中原，亦不得沐浴歐風美雨的文明裡，中國的苦難落後，打破了他以前的幻想憧憬，但幻想即使破滅，文化古國的中國似乎也很難一下就拋棄，最後他「一身淪落」歸臺來。他的中國經驗似乎也是「苦悶、疲憊、厭煩，所以他回來」⑤。賴和在〈於同安見有結帳幙于市上爲打針瑪琲者而趨之若鶩者更不斷〉詩云：

人病猶可醫，國病不可醫。國病資仁人，施濟起垂危。今無醫國手，坐視罹瘡痍。禹域四百州，
鴉片實離離。無賢愚不肖，嗜毒甘如飴。沈痼去死近，惘惘誰復知。又嫌費吐吞，倩人注射之。
受毒日已深，轉喜得便宜。四體針既遍，癥結成蛇皮。受者滋感悅，我淚滂沱垂。作俑而有後，
天道益堪疑⑥。

鴉片禍國殃民，身爲醫生的賴和，自是相當淸楚且痛恨的，尤其中國處於內憂外患之際，人民不知奮力於國事，自甘沈淪黑籍，做爲殖民地下的臺灣知識分子，賴和的抑鬱沈痛，吾人是可以體會的。賴和看到的中國，國家正處於多事之秋，而人民卻沈淪於鴉片。詩歌所描述的，事實上在張我軍的小說，也可看出中國人民的不知振作，缺乏反省、實踐的毅力。

張我軍（一九〇二—一九五五），臺北縣板橋人。一九二一年由原任新高銀行雇員調往廈門分行，一九二四年由上海轉赴北京，一九二六年考入北京私立中國大學國學系（後插班轉入北師大國文系，並畢業於北師大），不久即發表〈買彩票〉、〈白太太的哀史〉、〈誘惑〉等小說，反映其「苦悶的北京經驗」、「三〇年代中國社會貧富不均的畸態」、「富人沈淪官僚腐化的氣息」⑦。

〈買彩票〉為其處女作，反映了作者在北京的求學經驗。張氏創作的文章反映臺灣經驗的情形，與當時其他臺灣作家相較明顯的少，反而大多是有關中國的描寫。在〈買彩票〉中，他對中國的觀察是：

> 想起彩票來，他由直覺上感到中國人的可鄙，不想發奮作事，卻只望著買彩票發橫財。即是想要坐著收利的，實在是可咒詛的根性。他不忍再想下去，只「唉」了一聲，嘆了一口氣，慢慢睡覺了⑧。

在〈誘惑〉一作藉著不斷出現的內省與獨白，烘襯出一個臺灣人滯留中國大陸的苦悶倦怠，經不起女性的「誘惑」，終於糊里糊塗輸掉養家活口的金錢。沈溺麻將的陳述，與後來吳濁流一九四一年發表的〈南京雜感〉一文同，雖然吳氏寫的是南京，亦是「若不通於打牌、吃飯、看戲，就認爲不是紳士淑女似的。上下一氣，耽於麻將而熬通宵的事，一點也不稀奇。」又說「在中國，不論老少、男女、官民，一有空閒，就耽於此樂。」⑨張氏本篇透露了中國處於「新舊轉型中的陣痛和瘡疤」（張恆豪語）

在〈白太太的哀史〉中，主角是中國大陸的男性與日本女性，敍說了一則日本女子不幸的婚姻，指斥中國男性的欺矇、始亂終棄。同時揭發了中國舊社會裡齷齪不堪的一面：

逛窯、打牌、吃酒，這大約是中國官僚所不可缺的事情。寧可以說，若不懂得這些事情，簡直在官僚隊中沒有他的立足地，而在交際場中更沒有他的地位了。這種風氣，在北京尤其猖獗⑩。

從這些描述，可以看出張我軍對中國的觀察頗爲深刻，卻也是不堪的。張氏直到一九四六年方攜眷返臺，留在中國大陸時間不算短，可惜後期無作品反映其中國經驗。

光復前小說中吳濁流（一九〇〇—一九七六）《亞細亞的孤兒》，中國形象亦爲鮮明。吳氏在寫此書之前，曾於一九四〇年赴大陸，有〈南京雜感〉一文，在〈《南京雜感》〉裡可看到吳濁流的中國印象，早期的他受日式教育的影響，對中國之印象是：「老大之國、鴉片之國、纏足之國、打起仗來一定會敗的國家、外患內憂無常的國家」，「雖曾想去看個究竟，由於沒有機會，學生時代歪曲的觀念，無法拔除，一直懷抱在心中。」⑪經過長期的日式教育，「中國」在一般人心中是愈來愈模糊，只能懷疑日本人的宣傳，然後憑想像去綴補它。

〈南京雜感〉一文說：「南京由於是中國政府的中樞地的緣故，華北、華中、華南、華僑等的知識階級爽然匯聚，在某種意義上，可謂大中國的縮圖。若能憑這樣的南京社會的諸面目，提供讀者對中國性格的一點了解，則是作者意外的收穫了。」⑫然後作者又說：

日本曾一度喧嘈再認識中國的論議，事實上中國的再認識並非簡單的事。……因中國土地廣，人口多，同是中國人，各省都有各省的特徵，風俗習慣也自然相異⑬。

中國是所謂「地廣人多」，有華北、有華中、有華南、有華僑，語言風俗皆不相同，粗看彷彿支離破碎似的，但是，儼然以中國的性格支配社會的全部。遺憾的是，這中國的性格，筆者也無法明白地回答⑭。

作者既只有「曚曨的姿影」無法明白回答，我們也只能就〈南京雜感〉所呈現的，去掌握中國人民的性格。首次與大陸接觸的經驗，吳氏寫道：

臺灣穿著的我，與大陸紳士在一起，難免自慚形穢，眞有群鶴隻雞之感，使我無法不顧慮自己的可憐的樣子。臺灣的冬服窄而短，和大陸的洋服，那上海風的堂堂大派比起來，簡直不能看。……穿著短短的外衣、窄小的西裝，步行於上海的租界時，連朋友都爲之赧顏。……，正在躊躇間，車中喧嘩起來，鄰座的姑娘，把穿著有花紋的優美的上海鞋子的腳，踏上了座椅，從行李架上取下手提籠子之後，鞋跡鮮明地留在椅子上，而她沒有加以擦拭，就在上面坐下了。於是，一直到剛才心裡所懷抱的不安的心情一下子消失了，厭惡地縐起了眉頭，而姑娘似乎並無所覺。……車上全是中國人，看不見日本人模樣的人。從上海起我就很注意地聽著鄰座旅客的私語，可是一點也聽不懂。心想既然是中國話，和臺灣話總會有一點相像的地方，努力想聽出一點什麼，結果還是徒然⑮。

吳濁流對於中國初始抱有近鄉情怯的自卑與敬畏之心，尤其自己的臺灣服在大陸紳士面前不免自慚形穢，然而實際接觸之後，看見時髦的中國姑娘在椅子上所印下的鞋印，似乎心中也烙下深刻的印象，那個文明古國的崇高也被一腳踩碎了，原本不安的心一下子消失了，代之而起的是「厭惡的縐起眉頭」⑯。

中國的民族性曾使他驚訝萬分，寫旱堂、運動會、中國女性、阿媽（像野狗似地，搜尋著獵物——竊物習性）、打麻將、民衆對時局的冷漠、骯髒、乞丐當道，他對這種生活是不解的。在〈南京雜感〉他不免也流露出對苦力車夫的感動，對山河美景的讚歎，此時的吳濁流對中國的觀感，其批判或嘲諷之意味較少，與鍾理和的態度不太一樣。到了《亞細亞的孤兒》一書，則體會到臺灣人的處境，臺灣人的孤兒命運，而對文化母國——中國及殖民母國——日本，三者曖昧難明的關係有了進一步的反思，對中國的觀感也呈現了跟以往不同的看法。雖然此書有不少情節大抵根據〈南京雜感〉而來⑰，但二書流露的情感不同，並非只是文類的不同。在〈南京雜感〉裡他曾說：

> 中國的浴室，並不乾淨。洗過兩三次後，對浮泛著污垢的洗澡水，就會不以爲意，和鴉片一個樣子。我第一次跟傅君去的時候，心想若洗澡水進了眼睛，恐怕眼睛要瞎掉。起初戰戰兢兢地跟他去，到後來，自己也喜歡去了⑱。

在中國住上三年、五年，便會習慣於環境，不知不覺間被同化，在污濁的後街，也會瞥見有教養的紳士，像中國群衆一樣站著解手的⑲。

在這裡，古老中國包容性是如此大，污穢不堪的大澡堂，吳氏最後「自己也喜歡去了」。《亞細亞的孤兒》提到胡太明與同樓的賴一起去澡堂洗澡，借胡太明之口道出吳氏之看法，此時的他，內心是有茫茫然矛盾之感，與先前喜歡之情不同。小說云：

> 他對於自己竟會被中國澡堂子那種不可思議的魅力所誘惑，內心不禁產生一種茫茫然的矛盾感覺。最初曾帶他去的時候，他只覺得內部骯髒不堪，對它毫無好感，誰知今天竟對中國澡堂子發生濃厚的興趣。「中國澡堂子也許跟鴉片煙差不多吧。」太明心裡一直考慮著在不知不覺間會使異鄉人的感情和神經受到麻痺的中國社會那種不可思議的同化作用⑳。

誠如鄭麗玲在〈橋與壁—戰後臺灣小說的兩個面相（一九四五—一九五〇）〉所言：「對於這種令胡太明迷惑的同化作用饒富興味的是，作者描述的事情，非是般因著文化優越程度而起的同化，卻是使人對一些骯髒的事，感情麻木的同化作用，說穿了這並非同化，卻是可怕的腐化。」㉑胡太明到中國大陸後，對大陸貧富的懸殊、官僚政治的腐敗、民間生活秩序混亂、散漫，知識「委實太膚淺、太古舊」、鴉片、麻將、候差主義……等現象，都不是他的祖國想像裡所有的，他不禁「黯然神傷」。（當然，書中對臺灣人亦有多處加以批判）

不過吳老在《亞細亞的孤兒》裡並不著意於「認同」的問題，而在於強調臺灣人可悲的孤兒命運，周旋、憧憬於日本、中國本土之間，然而所欲寄託、追求的對象，最後卻都給予他致命的打擊，最後太明不能不發瘋，黃渭南〈閱後的感想〉一文即明確指出「孤兒」的具體困境。「認同」與否在本書既非處理的重點，因此太明接觸原鄉之後所目睹之黑暗面，雖也曾讓他「黯然神傷」，但即使不好也坦然接受了，後因祖國對他不好，懷疑他爲臺灣（日本）間諜逮捕他，他不得不拋妻棄子逃回臺灣。

本書在臺灣、日本、中國都曾引起普遍的討論，爲避免與以往之研究重複，僅做如上之說明。

在中國經驗方面，時間（前往中國大陸）相近似的還有鍾理和，他亦是客家人，原籍屏東，後徙居美濃，隨父親經營笠山農場時，認識鍾台妹女士，一九三八年，因同姓婚姻受阻，隻身赴中國東北，爲求經濟獨立，取得汽車執照（見〈同姓之婚〉），一九四〇年八月帶領鍾台妹女士由高雄啓程，經基隆、日本門司、朝鮮下關、釜山後，換乘火車隨日本滿州移民潮前往東北奉天[22]。次年遷往北平，直至一九四六年返臺，在中國大陸居住時間長達八年，其中國經驗的描述較張我軍、吳濁流等人來得更深入、更直接。（張我軍留在中國大陸時間雖較鍾氏長，但一九二九年後並無作品反映此方面的觀感。）這期間，鍾理和寫下〈泰東旅館〉（未完）、〈游絲〉、〈新生〉、〈夾竹桃〉、〈薄芒〉、〈地球之黴〉、〈生與死〉、〈逝〉、〈門〉……等，皆以中國大陸的生活爲題材，以冷靜的觀察，熾熱的批判，反映其中國經驗。這些作品看似尖銳嘲諷，實則隱藏了因期待、希望而理想幻滅的痛苦，與對原鄉大陸愛恨糾葛難名的矛盾情結。高天生在〈動亂時代的文學見證人〉一文即說：「鍾理和逝世後，他在苦悶的文學見證中，所展示的祖國經驗，便成爲爭論的焦點。」㉓陳映眞在〈原鄉的失落——試析夾竹桃〉一文批判理和的立場，將他貼上「殖民地喪失了自信的知識分子」的標籤，並謂其「在中國生活了六年的鍾理和（以作品寫成的民國三十三年計算），並沒有在一片令人作刺心之痛的落後和悲慘的中國生活之內，看見隱藏在其中的中國的正體」，又指責他「對祖國的落後，發出辛辣、惡毒的批評。在這個批評中，看不見他自己的民族的立場，從而拒絕和自己的民族認同。」㉔陳氏對鍾理和的批評，以他個人中國民族主義的認同立場出發，因而論斷不免偏頗，亦誤解了鍾理和，尤其說他的作品（某些文字），使「我感受不到一絲一毫對殘破黑暗的舊中國裏的同胞愛」㉕，理和返回原鄉後，果眞因期待破滅，而對中國人深惡痛絕，絲毫無同胞之愛嗎？解讀他在中國大陸所寫的作品後，答案應是很明顯的。

〈泰東旅館〉與〈門〉呈現了僞政權下中國人生活的面貌。〈泰東旅館〉是鍾理和抵達奉天的首站。初到旅館門口，他就聽到：

「喂！喂，你瞧，搬進日本人來啦！」西廂房門口站著一個看來十五六歲，渾身上下學生打扮的少年，低聲報告正由房裏冷怯怯地踱出來的男人。男人足履一雙軟皮布鞋，披著一領棕色垂帶時髦大氅，臉似秋月，又蒼黃、又冷漠，好像眼見著這就要追隨蕭索的秋風而凋落的河岸上的一株衰柳。「是高麗棒子（對朝鮮人的惡稱，棒子是流氓的意思）吧，日本人他住這樣的旅館？」男人囁嚅著說。……因爲我們並非如他們所猜想的那可憎的高麗棒子，因爲我們同樣都是泰東旅館的住客——即我們都是同伴，更因爲我們同負著那可咒咀的、悲哀的同一的命運——殖民地的人，因爲這些，很快的使我們親近起來。更特別是因爲後者的關係，甚至使我們發生了同情的、感傷的類似友誼的微妙感情㉖。

因爲是同樣的命運，初始不免有同病相憐的感覺。我們還看不到兩者的齟齬，或理和明顯的批判。小說陳述了旅館中房客佟文振鎮日抽大煙、下棋、聊天；由鄉下進城就讀的學生，染有煙癮又迷戀、困惑於愛情；中學教員私通女學生，……在這裡中國的希望是黯淡的，鍾理和只能想起遙遠的中國來，一個文學上的情景想像：胡笳互動、牧馬悲鳴、吟嘯成群、邊聲四起的畫面。

繼〈泰東旅館〉之後，〈門〉暗示了自己想愛中國但又無法愛的心情：

> 有一種力量，一種誘惑，把我從生活比較能安心的日本站，搬到滿人街來。平常，人皆指是一種力量與誘惑曰信仰、曰愛。但，我將這崇高的東西奉獻給誰？他們嗎？卑鄙與骯髒，與失掉流動的熱情和理智所代表的足堪詛咒的這民族嗎？那力量、那誘惑、髣髴一條強韌的麻繩，把我牢牢的拴在這裡頭。然而，我由這裡頭所得到，並瞧見的是些什麼？那不是失望，與幻滅，並他們那如河童之不潔，與愚蠢，與吝嗇嗎？而我之信仰與愛，所要傾注的對象，便是這些麼？
>
> 我要詛咒我的信仰、與愛，詛咒我這個命運，並且賜這種命運與我的神。是呀！那是些什麼鬼神呢？仰首天空，只見今日的天空也與往日同樣地灰暗，同樣地浩緲，同樣地沈默，同樣地密佈著雪意很濃的幾塊雲而已[27]。

鍾理和藉〈門〉此一日記體小說，逐步呈顯了內心對中國的失望與幻滅，詛咒自己的命運，也怨中國人民的不成材——卑鄙、骯髒、不潔、愚蠢、吝嗇……，大有一種恨鐵不成鋼的痛切，是一種「憎之而又愛之，愛之而又不能憎之」的矛盾、痛苦心情，這是他在奉天時期甚不能接受的一面：「是賤民的、是貴民的，但其所構成的內容，則不外是吝嗇、欺詐、愚昧、嫉妒、卑怯、狹量、猜疑、角逐、魯莽。」他所看到的人性是如此卑劣不堪，因此無奈、感慨的發出：「啊呀，失卻人性、羞恥，與神的民族喲！」㉘想像中的中國竟然是飄零易碎的。「中國」的意義，實際上只能在文字、想像中扞插此一詞彙，進一步的接觸與理解，則顯然欠缺了豎立它們的泥土，理和自理想（想像）現實迷惘通達的過程，已展現了他內心焦慮的追尋。整篇文章不時可見此類痛苦的掙扎，他並非缺乏愛與關懷之心，而是：

我自豎起旗幟，爾來已五月星霜，這其間，敗而又勝，立而又仆，輾轉沉浮至今日，於今，則贏得這不堪設想的身世。我想犧牲自我，捧顆熱烈、眞摯之心，奉獻一切與我所愛者，然受之者其爲誰？

「一個人。」我說，「不能因人之不愛與不理解我，而和他們相疏遠，相拒絕往來。他們的不愛，與不理解，並不足爲此而拋棄愛他們，拋棄自己的信念的理由。愛與信念，決非主觀的所產，而是客觀的存在，它並不足因對象的捨就，而發生多餘，或不足。」㉙

「門」阻隔了與外界的接觸，中國、臺灣人民的溝通，亦有如一道「門」之存在，內外的人相互默默窺看，但不是那麼容易就可相互了解、無介蒂的。最後，鍾理和關閉了「痛苦」「幻滅」「絲毫沒有光明與溫情的灰色的日子的連續」之門（五月二十二日），他出走奉天，來到中國文化古都——北平：一般人心目中人文薈萃首都之區。在這四年多的居住經驗裡，他寫下了〈夾竹桃〉，以魯迅式的尖銳嘲諷，批判了他所看到的北平：大宅院裡自私、貪婪、懶惰、骯髒的原鄉人。他藉著曾思敏進入小說，觀察小說裡某一階層人們的音容形貌，質疑、批判眼中的中國人民。以一種輕蔑、憎惡的語調抒寫：

他們能夠像野豬，住在他們那已昏暗、又骯髒、又潮濕的窩巢之中，是那麼舒服，而且滿足。於是他們沾沾自喜，而自美其名曰，像動物強韌的生活力啊！像野草堅忍的適應性啊㉚！

奇怪的這位莊太太，生殖力不亞於一隻母豬，孩子一個又一個，一年一個的接踵而至。……孩子卻已濟濟然如一隊鴨子㉛。

她怎麼也不會明白這兩個小東西，會活得這麼好好兒的。她每想到自己不能有效而迅速地弄死這兩個小東西而生自己的氣。這時候，她總以爲自己心太好，於是她會霍地跳了起來，聲色俱厲的呵叱著……㉜。

不可避免地，鍾理和有時對客觀世界的投射直率了些，以致泥陷於因過度寫實而造成的暴露，似缺乏關懷之情，眼前看到的大雜院人們，是「漾溢在人類社會上，一切用醜惡與悲哀的言語所可表現出來的罪惡與悲慘。」誠如小說中曾思敏所說：「後母虐待前妻的遺子；

穢水倒到鄰院的門口；爲二個窩頭，母子無情，兄弟爭執；竊盜、酗酒、吸毒、犯罪、遊手好閒……。貧窮、無知、守舊、疾病、無秩序、沒有住宅、不潔、缺乏安全可靠的醫學、教育不發達、貪官污吏、奸商、鴉片、賭博、嫉視新制度和新的東西的心理……。這些，便是日日在蹂躪他們，踐踏他們的鐵蹄，是他們背負的祖先所留下的遺產！」㉝

鍾理和本身是客家人，客家人素來具有勤儉刻苦、寬容互助的美德，當他目睹北京中國人懶惰、自私、猜忌……時，想像中的中國令他徹底失望，而對這樣一群在思想、文化、道德信仰方面與自己完全不同的人們時，他甚感懊惱、悵然、深惡痛絕，小說中對曾思敏的描述：「自他發現了和他有著那麼截然不同的思考方法與生活觀念，並且發見了他們那差不多喪失了道德的判斷力與人性的美麗與光明以來，他一變其向來的信仰與見解。他對他們深惡而痛絕。」又說：「富有熱烈的社會感情，而且生長在南方那種有淳厚而親暱的鄉人愛的環境裡的曾思勉，對此甚感不習慣與痛苦。他爲此懊惱了許久，至今他還是那麼悵然。」㉞無怪乎理和藉小說直截了當地說出他的感覺：

> 曾思勉對這院裏的人，甚爲不滿與厭惡，同時，也爲此而甚感煩惱與苦悶，有時，他幾乎爲他自己和他們的關係，而抱起絕大的疑惑。他常狐疑他們果是發祥於渭水盆地的，即是否和他流著同

樣的血，有著同樣的生活習慣、文化傳統、歷史與命運的人種㉟。

殖民地體制下的臺灣雖被視爲清國奴，在政經上受到歧視、剝削，但無可諱言的，臺灣當時在教育、醫療、生活水準上卻較中國大陸高出許多，一向認爲臺灣欲脫離殖民地不外是依靠母國中國來解救的想法，不免在這裡產生了嚴重的衝突，尤其在中國大陸，臺灣人的處境也是尷尬的，在此愛深責切的心理轉變下，導致鍾理和數度在小說裡激烈的批判，如「深惡而痛絕」、「不滿與厭惡」、「痛恨與絕望」、「憎惡與鄙夷」等字眼，此並非無跡可尋的。

雖然，這些具體的描述，使陳映眞認爲理和「看不見他自己的民族的立場」、缺乏「同胞愛」，但在小說中，我們仍可感受到理和對中國的憂心，對生命的不忍之情。在很多場面的處理，他固有嚴厲的嘲諷，但對於老太太、幼童的營造卻有憐憫、著墨成功之處，令人感到同情和不忍，曾思勉也不免「悲痛地瞧了他們一眼，就也掏出毛票，……扔給少年。」孩童的影像和一個國家的命運疊影交織，在後母凌虐下致死的八歲小男孩，說明了「一步步走向貧窮，更由貧窮一步一步走向破滅的一個民族的命運的影子。」㊱作者雖然有過嫌惡環繞貧窮而衍生的諸多人性缺點，但卻還是忍不住傷痛之情的，這樣愛深責切愛憎交織、呼叫中國、擁抱中國太沈痛的情況下，理和時而以輕蔑口吻述說，時而以悲痛心情陳述，時而諷刺批判，時而不安隱忍，豈非無由哉？

三、戰前的中國經驗

爲了更明確了解臺灣人形塑的中國形象，對於戰前赴大陸擁有相當深刻的中國經驗者，其作品雖完成於戰後，時局或已變化，但這些類似自傳的文學作品，實有其眞實的一面。因而本文在處理時亦一併納入討論，或可補其不足。第一位先介紹張深切。一九二三年，張深切自日本青山學院中學部輟學返臺，不久，由臺灣再赴上海。滿懷希望回到祖國的張深切，深刻體會到中國的落後殘敗，他說：

> 每天早晨會館附近一帶，臭氣薰天，洗馬桶的聲音，哩哩咧咧不絕於耳。至若到閘北的鐵路沿線一看，更呈奇觀，一清早人頭簇簇，排成長列的白屁股袒然展覽大解脫，這種醜態，實堪令人羞死。
>
> 上海的社會現象，無一不使海外回來的僑胞怵目驚心。……租界裏的闊人，住洋樓，使用西洋衛

生馬桶，洋洋自得，看租界外的同胞，若異國人，若豬狗牛馬，絲毫沒有相憐的觀念㊲。

租界地是中國較特殊的地區，安定、寧靜、繁華，很多中國人陶醉於此，他們瞧不起中國人，自以爲是文明進步的西化派，骨子裡卻是腐朽不堪。中國人在租界區的情況，臺灣嘉義人劉吶鷗（海派、新感覺派作家）對上海舞廳及下層社會、都市文化、資本主義的描寫表現突出，有獨特的藝術魅力，對都市扭曲人性的虛僞生活和機械文明，隱含一種文化批判和挑戰㊳。劉氏除幼時居住過臺灣，大部分時間在日本、上海，所以作品少有臺灣意識，此處暫不予深論。

一九二四年國民黨改組，廣州頗引起青年對民族主義之共鳴，次年，張深切來到廣州，考上廣州中山大學法科政治系，一年之後，並成爲廣州的學生運動領袖之一。一九三七年，中日戰爭爆發，張氏隻身赴淪陷區，當時他認爲「我們如果救不了祖國，臺灣便會眞正的滅亡，我們的希望只繫在祖國的復興，祖國一亡，我們不但阻遏不了皇民化，連我們自己也會被新皇民消滅的！」這時候北平的文化界：

陷於極端紛亂，滿目盡是淫書、桃色新聞和頹唐悲觀的論調，所有言論若不是諂媚日本，便是讚揚新民主義的八股文章。漢奸流氓地痞藉日本勢力乘機打劫，橫行無忌，下流的政客跳樑跋扈，賣身賣國恬不知恥，陷害忠良，壓迫百姓，習以為常，恐怖空氣籠罩著故都㊴。

目睹滿目瘡痍的祖國，張氏此時並未絕望，反在夾縫中求生存，利用《中國文藝》鼓舞民心：「民心苟不死，不愁國家的命脈會至於斷絕，民族會至於滅亡」，「認識我們民族的特性，發揮偉大的民族精神，從日常生活裏不斷的去和敵人戰鬥。」張深切這些文字雖發表於戰後，但為其戰時的中國經驗。他是「祖國派」人士的典型代表，將心血精力完全投注於心目中的祖國，參加祖國革命，然而臺灣歸還中國不久，二二八事件即發生，他過著逃亡與歸隱的生活。

日據下的臺灣人，目睹中國破敗、人性卑陋不堪的民族性、又屢為中國人排拒等事，固有因此希望破滅，轉而臺灣意識增強的，但，當時仍有不少臺灣人抱著脫離殖民地的希望，而投入中國對日抗戰的，如同《亞細亞的孤兒》裡曾、藍和詹等人，曾向胡太明告別時，說：「只有實際的行動才能救中國。希望你趕快從幻想的象牙塔中走出來，選擇一條自己應走的路。」㊵有一些人並沒有認同的苦悶或困難，這在當時複雜的歷史變局下，每個人的抉擇同時也是複雜的。大抵而言，一種對「中國」具有普遍疏離感的臺灣意識是在二二八事件的創傷中猛然覺醒的。

另一與張深切同樣擁有戰前的中國經驗，而書寫於戰後的作家是王詩琅（一九〇八—一九八四），王氏是臺北艋舺人，日據時期臺灣新文學中文作家代表之一。一九三七年赴上海，於日本陸軍「宣撫班」工作，由於反日案被知悉，遂辭職返臺。一九三八年復前往廣州淪陷區，擔任「廣東迅報」編輯。一九四六年四月方攜粤籍妻子返臺，滯留廣州將近九年。

一九八〇年十月廿七日發表〈沙基路上的永別〉於聯合報副刊。在垂暮之年，以沈痛的心情，深刻提出戰前臺灣人中國經驗的心酸、荒謬及幻滅感。「永別」二字道盡王氏內心深層的痛苦。全篇表面上雖談愛情，表明了敵我對峙的兩方人民，愛情的存在根本不可能，但小說誠然又別有申訴，指出臺灣人在二次大戰期間，處於中日對峙下的困境、無奈。誠如張恆豪先生所說：

> 一八九五年的馬關條約，割裂了臺灣與中國的地緣；臺灣被祖國棄絕，被無情地推入五十一年的孤兒命運。一九三七年七七事變以後，日本帝國進而發動太平洋戰爭，推行皇民化運動，強徵臺灣志願軍到中國大陸、南洋各地參戰。這時，一個有民族血性的臺灣人，在精神認同上，馬上便會產生矛盾與危機。他配戴的是日本的太陽旗，置身日本的征戰行列，而所登臨的卻是母親的土

地，決戰的對象也是自己的同胞。這時，一個臺灣人究竟要扮演什麼角色？一個有良知的臺灣人，他所要認同的究竟是日本人呢？還是中國人？再說，當時在大陸的中國人，無不視臺灣人爲日本間諜，不把臺灣人看成中國人；抗戰勝利後，更將臺灣人看成如朝鮮人一樣的異民族，這種被歷史所扭曲荒謬，所造成的揮之不去的切身之痛，都成了吳濁流「亞細亞的孤兒」、鍾理和「白薯的悲哀」、張深切「黑色的太陽」裡的夢魘。他們都爲那個年代的臺灣人，留下了苦悶的象徵，眞實而深刻地呈顯出悲絕無告的苦難形象㊶。

這是日本殖民統治下，日本及中國對臺灣人造成的尖銳痛苦及深刻的心靈創傷。王氏沈痛寫下此作品，對其青春時期的祖國殘夢做了最後的一瞥。

朱點人是臺灣光復前傑出作家之一，在一九四一年時，他經由王詩琅推薦，遠赴廣東，任《廣東迅報》編輯，與王詩琅共事。這是他首次登臨中國大陸，親炙渴慕已久的故國山川，目睹戰亂中的風土人情。嗣後以編務繁瑣志趣不合，未及一月即束裝返臺。因未有作品反映，我們不知他此行到中國之後，內心的衝擊如何？但僅待一個月即返臺，看來此行也不是很愉快的經驗。

四、結論

對於臺灣人來說，「中國」一直是具有高水準文化的華胄母國，臺灣讀書人也大都透過文學、文化、血緣的原鄉，在腦海中的中國有其優美的形象。因此大清帝國崩潰，民國成立，民國在臺灣人的意識裡，也是以前存在於腦海裡的概念，延長線上的國家。然而中國國運的衰落及西方文化的入侵，中國人本身的文化身分實則已受到嚴重質疑，此是中國五四運動以來知識分子一再激烈爭辯的問題，當其時，臺灣人所接觸到的近代國家、社會的觀念，文明、文化的薰陶，亦已深植臺灣知識分子的腦海中。

從小說中我們看到中國生活裡一些腐爛的事物，交際應酬、捧戲子歌女、官僚腐敗、人性自私、鄙吝、懶惰、骯髒……，國家民族對這些人來說本已不具任何意義。究其實，與張愛玲的中國生活經驗，小說作品人物的眞實寫照是一樣的——一步一步走向沒有光的地方。在鍾理和的作品〈夾竹桃〉不也如是說：「一步步走向貧窮，更由貧窮一步一步走向破滅的一個民族的命運的影子。」透過臺灣作家的筆觸，我們可以看到他們困難的處境，及痛心疾首的悲慨。未接觸到現實中國之前，中國是他們精神、文化的母國，是他們的「理想鄉」，但等他們親臨中國本土，映入眼底的卻是貧窮、髒亂及頹廢、怠惰、猥瑣、腐化，種種超乎他們想像的故國，原先建構的文化母國不免自此宣告崩潰。他們有的處於既渴盼（longing for）又疏離（distancing from）的矛盾，有的仍然抱著一絲希望擁抱中國。

他們對原鄉故國的觀察、描述，或許有人不能接受，但如果我們冷靜地想想魯迅、老舍作品裡中國文化的部分，我們反駁的勇氣，不免要大大地打折扣。經歷了中國大陸的經驗，使得想像中的中國與實際中國之間的差距，有了貼切的了解，因爲超越了孺慕之情，眞正的中國形象，更能客觀的呈現，中國人的民族性、中國悲運的形成亦由此可窺其眞貌及原因。

【註釋】

① 如鍾理和《原鄉人》曾述及日本教師奴化教育之例：「日本老師時常把『支那』的事情說給我們聽。他一說及『支那』，總是津津有味、精神也格外好。兩年之間，我們的耳朵便已裝滿了『支那』、『支那人』、『支那兵』各種名詞和故事。這些名詞都有所代表的意義：『支那』代表衰老破敗；『支那人』代表阿片鬼，卑鄙骯髒的人種；『支那兵』代表怯懦、不負責等等。老師告訴我們：有一回，有一個外國人初到中國，他在碼頭上掏錢時掉了幾個硬幣，當時

有幾個支那人趨前拾起。那西洋人感動得儘是道謝不迭。但結果是他弄錯了。因爲他們全把撿起的錢裝進自己的兜裏去了。」吳濁流〈南京雜感〉亦提到日人之灌輸教育，陳述中國是「老大之國、鴉片之國、纏足之國……。」此類情形屢見於文獻典籍，茲不贅敘。

② 巫永福等，〈臺灣人的唐山觀：兼論巫永福先生「祖國」〉一詩，《笠》一四九期，一九八九年。關於〈祖國〉一詩之創作年代，或謂寫於戰後，唯據巫氏自白：「『祖國』這首詩是在一九三幾年林獻堂祖國事件時寫的……。」因此本文據此論定爲三十年代作品，巫永福這一大段話見《笠》一四九期，一九八九年，頁三二。

③ 葉榮鐘，〈臺灣省光復前後的回憶〉，收入：《臺灣人物群像》，臺北：時報文化出版，一九九五年，頁四二〇。

④ 葉石濤，〈認同的危機——亞細亞孤兒的啓示〉，《臺灣文藝》新生版第三期，一九九四年六月二〇，頁八。

⑤ 林瑞明，〈賴和的文學及其精神〉，《臺灣風物》第三九卷第三期，頁一七九。

⑥ 李南衡主編，《日據下臺灣新文學明集一：賴和先生全集》，臺北：明潭出版社，一九七九年三月，頁三七〇。

⑦ 語見張恆豪，〈苦悶的北京經驗—張我軍集序〉，見：氏編《臺灣作家全集：楊雲萍、蔡秋桐

合集》，臺北：前衛出版社，一九九一年二月，頁八二。及鍾肇政、葉石濤主編，《光復前臺灣文學全集：一桿秤仔》，臺北：遠景出版社，一九七九年七月，頁一三一—一三四。

⑧ 張我軍，〈買彩票〉，《臺灣民報》第一二四號，一九二六年九月廿六日，頁一五。

⑨ 吳濁流，〈南京雜感〉，收入：張良澤編，《吳濁流作品集：南京雜感》，臺北：遠行出版社，一九七七年九月，頁五九、六一。

⑩ 張我軍，〈白太太的哀史〉，《臺灣民報》第一五二號，一九二七年四月十日，頁十五。

⑪ 同註⑨，頁五一。

⑫ 同前註，頁五二。

⑬ 同前註，頁一一七。

⑭ 同前註，頁五二。

⑮ 同前註，頁五五。

⑯ 此一經驗復見於吳濁流，《亞細亞的孤兒》，臺北：草根出版事業有限公司，一九九五年七月，頁一四九。

⑰ 與〈南京雜感〉相比對，可知除了背景時間提前，身分由擔任記者的吳濁流變成身為教師的胡太明；吳氏在臺有妻小，胡太明在南京娶蘇州姑娘；吳氏未到日本留學，亦未到廣東外，其餘

情節幾爲〈南京雜感〉自傳式之翻版。

⑱ 同註⑨，頁六〇。

⑲ 同前註，頁八九。

⑳ 同註⑯，頁一一五。

㉑ 簡炯仁編纂，《鍾理和逝世卅周年紀念暨臺灣文學學術研討會》，高雄縣政府出版，一九九二年十一月廿五日，頁七。

㉒ 參考鍾理和，〈致廖淸秀函〉：「民國二十七年—我二十四歲—六月，我隻身跑到東北。二十九年回來把她帶走—不顧一切，不惜和父親、和家庭、和臺灣訣別。」可見其同姓婚姻不見容於世俗之一斑。文收入：張良澤編，《鍾理和書簡》，臺北：遠行出版社，一九六七年十一月。

㉓ 收入：張炎憲、李筱峰、莊永明編，《臺灣近代名人誌四》，臺北：自立晚報文化出版部，一九八七年十二月，頁三四二。

㉔ 見陳映眞，《孤兒的歷史·歷史的孤兒》，（臺北：遠景出版社，一九八四年九月初版），三句引文分見頁九九、一〇六、九九。

㉕ 同前註，頁一〇〇。

㉖鍾理和，〈泰東旅館〉，收入：張良澤編，《鍾理和殘集》，臺北：遠行出版社，一九八〇年六月三版，頁二〇、二六。

㉗鍾理和，〈門〉，收入：張良澤編，《原鄉人》，臺北：遠景出版社，一九八八年九月三版），頁六四、六五。復見彭瑞金主編，《鍾理和集》，臺北：前衛出版社，一九九一年七月，頁二六、二七。

㉘同前註，頁六九。

㉙同前註，頁九七。前衛版，見頁五七、五八。

㉚鍾理和，〈夾竹桃〉，收入：張良澤編，《夾竹桃》，臺北：遠景出版社，一九八八年九月三版，頁三。

㉛同前註，頁九。

㉜同前註，頁四〇。

㉝同前註，頁五七。

㉞同前註，頁十五—一六。

㉟同前註，頁一三。

㊱同前註，頁六〇。

㊲ 轉引自黃英哲〈孤獨的野人—張深切〉，收入：《臺灣近代名人誌二》，臺北：自立晚報文化出版部，一九八七年元月初版，頁一九六。

㊳ 劉吶鷗，《都市風景線》，上海書店一九八八年影本（水沫書店曾於一九三〇年四月初版）。

㊴ 同註三七，頁二〇一。

㊵ 同註一六，頁一九七。

㊶ 張恆豪主講，徐曙整理，〈黑色青年王詩琅〉，收入：張炎憲、翁佳音合編《陋巷清士—王詩琅選集》，臺北：弘文館出版社，一九八六年十一月，頁三〇四。

再議三〇年代臺灣的鄉土文學論爭

一、前　言

「鄉土文學」一詞，本爲德文 Heimat Kunst 之意，十九世紀末葉起源於德國，以描述田園農村生活爲情趣，表現淳樸敦厚之性格爲主旨的一種藝術。在臺灣，鄉土文學一詞之義涵，隨著時代之變遷而有不同之意義與內涵。至於臺灣鄉土文學之提出，最早則始於二〇年代中期鄭坤五先生。鄭氏在一九二七年《三六九小報》上，輯錄臺灣山歌，題爲「臺灣國風」，並強調用臺語寫作。黃石輝曾說：「臺灣鄉土文學之提倡，算是鄭坤五先生最先開端的。」①然而當時尚不能引起普遍注意，直到三〇年代黃石輝、郭秋生等人大力呼籲，才得到衆人的注目。

欲了解三〇年代臺灣鄉土文學論爭興起之由，需先從新舊文學論爭及當時臺灣政治、社會背景之了解講起，因此本文先就新文學運動序幕談起，再談黃石輝、郭秋生諸氏對鄉土文學和臺灣話文之提倡，臺灣話文派和中國白話文派的論戰，以及臺灣話文派內部紛歧的意見②。如此方能認識三十年代鄉土文學義蘊所在。

二、臺灣新文學理論的萌芽

一九二〇年七月十六日《臺灣青年》創刊號發行，刊載了陳炘〈文學與職務〉一文，該文可謂臺灣新文學運動首篇陳述理論之作，陳氏強調自覺的文學「當以傳播文明思想，警醒愚蒙，鼓吹人道之感情，促社會之革新爲己任」。此實有對舊文學檢討之意，其後更進一步以「近來民國新學，獎勵白話文」爲證。提出文字艱澀的舊有文學，猶如置財寶於深山，於世無益，唯有取用平凡文字，不受法式文句拘束，自由發揮作者所抱之思想情懷，人人能領略其思想、感情之有效文學，方是能善盡文學之職務。他認爲當時中國所提倡的新學、白話文，也同樣是以促進社會革新爲職務：

近來民國新學，獎勵白話文，無非有感於此耳。我鄉語言中，有音無字者甚多，不可盡以文字音寫之。然亦當期就言文一致體，不以法式文句，區區是執。而文字取用平凡，作者乃得自由發揮其所抱之思想其懷之感情。閱者雖文人學士，亦能領略其思想感情，文學方有效用，如斯之文學，乃可謂盡其職務者也③。

陳炘認爲要達成改造社會的任務，應該以平易的文字來撰文，不應拘泥於文字辭句，而妨礙了思想感情的發抒與傳達。作者有感於中國推行言文一致的白話文，在傳播文明思想上的功效，雖然明知臺灣語言有些白話音無法盡用漢字來表現，其在書寫上有所困難，但仍然期許在臺灣能推行一種「言文一致」的文體。因爲陳炘沒有進一步說明，所以不能斷言他所謂的「言文一致」，是指那一種言語文字的一致。總括來說，在這個主張以西洋近代文明來革新臺灣社會的階段，陳炘期望文學能善盡其傳播功能，改造社會之使命。基於這個立場，文學在形式上應力求簡明平易，俾便讀者了解其所要表達的思想感情：在內容上，則強調應當以「傳播文明思想，警醒愚蒙，鼓吹人道感情，促社會革新」爲關懷重心，提振臺灣人的文化。文末且云：

處今日之臺灣，按今日之形勢，當使文學自覺、勵行其職務，以打破陋習，擊醒惰眠，而就今日之文明思想，以為百般革新之先導，為急務也④。

這篇具有宣示性的「為社會而文學」之主張，包含了新文學的重要性、自覺文學實踐之道、言文一致的白話文，和對舊文學的批判。其後甘文芳在《臺灣青年》三卷二號發表〈實社會と文學〉，抨擊吟花弄月之舊文學。並討論第一次世界大戰後之文學方向，以為當借鏡於中國文學革命以來之新文學。凡此似乎可聞到中國文學革命之新氣息，已濡染於當時某些留日知識分子，而臺灣本土則尚未得此訊息。一九二二年一月陳端明在《臺灣青年》三卷六號發表〈日用文鼓吹論〉一文（該期被禁，又重刊於四卷一號），揭開臺灣白話文運動之序幕。文中強調日用文應以簡便為主，指摘襲用文言文之弊並大力提倡白話文，並特別提及白話文之優點：

白文之利，第一可以速普及文化，啓發智能，同達文明之域。第二意義簡易，又省時間，稚童亦能道信，自幼可養國民團結之觀念，其影響於國家不少，有此種種之便，故白文行見必更盛行於世，非偶然也⑤。

然而陳氏之文章未引起讀者之注意。廖漢臣究其緣由凡二，一為《臺灣青年》雖自創刊之始即並用中文、日文，然實以日文為主，其讀者亦以通曉日文者較多，中文讀者則較少。二為該刊於日本發行，所印冊數不多，不易引起臺灣讀者之注意。

一九二二年四月臺灣文化協會《會報》第三號改為《臺灣文化叢書》第一號，刊行林子瑾〈文化之意義〉一文，最後一節專論「文化與文藝之關係」，強調「鄙見於臺灣文藝界，當有一番革新，以改從來古文體為白話文體，或用羅馬白話字代之，使一般人容易讀之，又對於詩之一藝大為推進，則臺灣文化受此之助，其向上之勢，當一瀉千里也。」⑥值得注意的是該文不僅提到白話文體，也提到羅馬白話字⑦。同年四月《臺灣青年》改組為臺灣文化協會之機關雜誌，更名為《臺灣》，刊布林南陽（即林攀龍）〈近代文學の主潮〉一文，介紹西方浪漫主義、自然主義與新浪漫主義以後之各種文學思潮。受到中國新文學運動刺激的黃呈聰、黃朝琴二人於一九二三年分別發表了〈論普及白話文的使命〉和〈漢文改革論〉。由於這兩篇論文，中國五四白話文運動的成效，遂正式介紹到臺灣。黃呈聰認為臺灣文化不可與中國文化相離，因而極力鼓吹臺灣亦需採用白話文，黃氏文中同時觸及「臺灣話文」之問題，他說：

> 假如我們同胞裡面，要說這個中國的白話和我們的話是不同的，可以將我們的白話用漢文來做一個特別的白話文，豈不是比中國的白話文更好麼？我就說也是好，總是我們用這個固有的白話文，使用的區域太少，只有臺灣和廈門、泉州、漳州附近的地方而已，除了臺灣以外的地方，不久也要用他們自國的白話文，只留在我們臺灣這個小島，怎樣會獨立這個文呢？我們臺灣不是一個獨立的國家，背後沒有一個大勢力的文字來幫助保存我們的文字，不久便受他方面有勢力的文字來打消我們的文字了，……所以不如再加多少的工夫，研究中國的白話文，漸漸接近他，將來就會變做一樣⑧。

黃呈聰於臺灣話文以持反對意見。由此問題之提出，可知當時知識分子已措意於臺灣白話文是否適用一事。可知臺灣白化新文學之展開，外在的機緣即將成熟。

陳端明、黃呈聰、黃朝琴、林子瑾諸氏所主張者，僅限於語言文字之改革，尚未涉及文學問題，陳炘雖已提出言文一致說和對舊文學的批判，但卻未能如張我軍因緣際會加上集中火力猛攻，得到衆人的注意，因此有關臺灣新舊文學論爭及中國白話文、臺灣話文用字等問題，仍待張我軍一系列文章方受衆人留意、討論。而至三〇年代臺灣話文適用與否之論爭趨於激烈。

一九二四年當時尚負笈北京的張我軍，對舊文學首先進行抨擊發表了〈致臺灣青年的一封信〉，他說：

諸君怎的不讀些有用的書，來實際應用於社會，而每日只知道做些似是而非的詩，來做詩韻合解的奴隸，或講什麼八股文章，替先人保存臭味，（臺灣的詩文等，從不見過眞正有文學的價值的，且又不思改革，只在糞堆裡滾來滾去，滾到百年千年，也只是滾得一身臭糞。）想出出風頭，竟然自稱詩翁、詩伯，鬧個不休⑨。

不久張氏又發表了〈糟糕的臺灣文學界〉、〈爲臺灣的文學界一哭〉（二卷二十六號），〈請合力拆下這座敗草欉中的破舊殿堂〉（一九二五年一月）三卷一號，〈絕無僅有的擊鉢吟的意義〉（三卷二號）等文字，把舊文學攻擊得體無完膚。因此有鍾情於古典文學之人士不以爲然，一九二五年一月五日，《臺灣日日新報》漢文欄刊出悶葫蘆生〈新文學的商榷〉一文抨擊新文學：

臺灣之號稱白話體新文學，不過就普通漢文加添幾個了字，及口邊加馬、加勞、加尼、加矣、諸字典所無活字，此等不用亦可之（不通不）文字⑩。

對於悶葫蘆生之批評，張我軍立撰〈揭破悶葫蘆〉一文（三卷三號）予以反駁。此後，不但《臺灣日日新報》續刊回罵文字，《臺灣新聞》、《臺南新報》亦匀出篇幅，供傳統文士發表文字。新舊文學之論爭乃愈形激烈，提倡舊文學者有：鄭軍我、蕉麓、赤崁王生、黃衫客、一吟友；提倡新文學者有：張我軍、蔡孝乾、前非、懶雲、張維賢等。

張我軍除毫不留情抨擊舊文人之外，並積極引介新文學運動之理論，將臺灣新文學定位爲中國新文學之支流，張氏之努力確有廓清舊文學勢力、確立白話文學地位之功。但其中也引發白話文的論爭，可說在新舊文學論爭展開的時候，就已經孕育了關係臺灣文學內容與形式的「鄉土文學」和「臺灣話文建設運動」兩個課題。鄭軍我在〈致張我軍一郎書〉一文說：「足下希望通行之所謂白話文者，其實乃北京語耳。……倘必拘泥官音，強易我等爲我們，最好爲很好，是多費一番周折，捨近圖遠，直畫蛇添足耳。」[11]陳福全〈白話文適用於臺灣否〉更明白指出臺灣三百餘萬的人口中，懂得官話的是萬人難求其一。他說：「如臺灣之謂白話者，……觀之不能成文，讀之不能成聲，其故云何？蓋以鄉京土音而雜以官話。……苟欲白話文之適用於臺灣者，非先統一言語末由也。」[12]此時，正在東京留學的莊垂勝，就理論和現實衡量的結果，試圖以臺灣話寫文章，登載於民報上。對此，張我軍則發表〈新文學運動的意義〉，指出新文學運動有二個要點：「一、白話文學的建設，二、臺灣語言的改造。」主張所謂白話文就是中國的國語文，並藉此來改造臺灣話。他質疑臺灣話有沒有文字可呈現？臺灣話有無文學的價值？臺灣話合不合理？然後說：「我們日常所用的話，是大多數占了不合理的話啦。所以沒有文學的價值，已是無可疑的了。所以我們的新文學運動有帶著改造臺灣言語的使命。我們欲把我們的土話改成合乎文字的合理的語言。我們欲依傍中國的國語來改造臺灣的土語。換句話說，我們欲把臺灣人的話統一於中國語，再換句話說，是用我們現在所用的話改成與中國語合致的。」⑬

臺灣話有沒有文學的價值？依照胡適的論旨，得先創造臺語的文學，亦即把幼稚粗澀的土話用文學的方法，訓練陶冶，使得它漸進於圓滑、清雅靈活而美化起來，然後才會有文學的臺語。並非一口咬定臺灣話是土話，是沒有文字的下級話，是大多數占了不合理的話，所以沒有文學的價值。這是曲解了胡適「國語的文學，文學的國語」的旨意所產生的錯誤。再者，張我軍這種「依傍中國的國語來改造臺灣的土語」的論調，一味地想將臺灣納入中國的普通語系統，顯然忽略了臺灣在日據與中國隔離的現實環境，並未能解決臺灣話與北京話不能相容的難題。他推動臺灣新文學的結果，顯然得到文壇的支持與肯定，但在文學形式上，他所主張的「屈話就文」的中國白話文，則未能引起更多人對其理論之聲援或增補。言文一致的問題，張我軍何嘗未思及，他因之撰寫了《中國國語文作法導言》一書，他說：「究竟中國話不易入手，況且更沒有適合臺灣人學做白話文（初步）的書。」⑭但問題終究不能解決。愈提倡白話新文學，愈不能避免矛盾的產生。因爲中國新文學的標語「國語的文學」、「活語言的文學」，事實上並不能在臺灣成爲活生生的語言。由於主觀理想和客觀現實的顯著差距，以致無奈地產生了議論上矛盾。他後來也不得不承認：「用漢字寫臺灣土話的，也未嘗不可以稱作『白話文』」⑮。張氏其實已預告中國白話文向臺灣語言調適的必然趨勢。

一九二六年一月賴和發表〈讀臺日紙的『新舊文學之比較』〉說：「新文學運動……她的標的，是在舌頭和筆尖的合一，……是要把說話用文字來表現，再稍加剪裁修整，使其合於文學上的美。」⑯並指出舊文學的對象在士的階級，所謂讀書人，不屑與民衆、文盲爲伍；新文學則是以民衆爲對象，是大衆文學。語文形式的問題，從臺灣文的內在發展來看，作爲新文化運動一環的臺灣新文學運動，其推動的原始動機是爲臺灣而文學，所以隨著中國白話文在臺灣社會推行不利，中國白話文受到臺語、日語的侵蝕並無優勢可言，文學工作者對臺灣本土特殊性的自覺也隨之提高，發展出鄉土文學論戰及臺灣話文論爭，乃是勢之所趨。

三、鄉土文學論爭及臺灣話文論爭

由於古文是屬於封建舊知識分子的發表工具，白話文和日文屬於新一代知識份子的表達思想工具，難免都有貴族化的傾向，未能打進廣大民衆裡，而且愈來愈脫離民衆現實生活至遠，所以一九二七年六月，鄭坤五在《臺灣藝苑》上登載白話小說，以「臺灣國風」爲題，連載民間的情歌。並在若干小品，強調用臺灣語寫作，首先提出「鄉土文學」的口號。但缺乏一套完整的理論，未曾引起一般的注意。

一九二四年連溫卿發表〈言語社會的性質〉一文謂：「言語和民族的敵愾心是一樣的，今日的言語底社會性質就是一方面排斥他民族的言語底世界侵越權，一方面要保護自己民族的言語。」⑰一九二九年《臺灣民報》先後刊載連雅堂〈臺語整理之頭緒〉、〈臺語整理之責任〉二文，於日本之貶抑臺語大加撻伐，謂日人之措施將導致臺語日趨消亡，臺灣人士之民族精神亦將不存，其於臺灣社會之傷害至深且鉅！連雅堂復謂臺語源自中國，高古典雅，非當代中國白話所可望其項背；連氏嘗謂：「夫欲提倡鄉土文學，必先整理鄉土語言。」可見當時談鄉土文學是和臺語結合而論的。兩位連氏的論點雖然僅論及臺灣本土語言的重要性，尚未進一步將臺灣話與新文學運動結合，但顯然的他們已能注意到臺灣獨特文化、語言之重要。

黃石輝從鄭坤五「臺灣國風」得到靈感，於一九三〇年八月在《伍人報》上發表〈怎樣不提倡鄉土文學〉，黃氏所謂的「鄉土文學」就是用臺灣話描寫臺灣事物的文學，而「鄉土文學」的提倡就是爲了大衆化。黃氏首先表示：「你是臺灣人，你頭戴臺灣天，腳踏臺灣地，眼睛所看見的是臺灣的狀況，耳孔所聽見的是臺灣的消息，時間所經歷的亦是臺灣的經驗，嘴裏所說的亦是臺灣的語言，所以你的那枝如椽的健筆，生花的彩筆，亦應該去寫臺灣的文學了。」[18]在文學題材上主張本土化。然後在文學內容上主張大衆化，他說：「你是要寫會感動激發廣大群衆的文藝嗎？你是要廣大群衆的心理發生和你同樣的感覺嗎？不要呢？那就沒有話說了。如果要的，那末，不管你是支配階級的代辯者，還是勞苦群衆的領導者，你總須以勞苦群衆爲對象去做文藝，便應該起來提倡鄉土文學，應該起來建設鄉土文學。」

然而群衆並非有高深學問，非得極爲平易、易懂的東西不可。因而以文言文寫的就不行。還有，在大陸通行的白話文雖然比文言文還好，但對以臺灣話爲母語的大衆來說，不懂的地方仍很多，有時文字雖懂卻無法念出聲。再者，白話文寫的新文學是「完全以有學識的人們爲對象，其中要找出眞正大衆化的作品，其實反不及舊小說」，「其實我們的新文學亦都是貴族式的呀！」「退一步說吧，現行的新文學，在中國可以說是大衆的，在臺灣便不能說是的了」，它成爲和大衆無緣的，是新文學趣味者的專有品，因此首先要創作臺灣群衆能讀的文學才是第一個問題。所以在語言形式上必須採用臺灣話，他說：「用臺灣話做文，用臺灣話做詩，用臺灣話做小說，用臺灣話做歌謠，描寫臺灣的事物。」⑲

黃氏這篇文章在連載中，雖然因雜誌被禁刊，成爲未完成的著作，但是對於民衆周遭的問題，以一種易於了解的方式提出，則已引起各界的注意。因此，鄉土文學之論被推向臺灣話文之趨勢，黃石輝扮演了重要的角色，可視爲鄉土話文運動的肇始。但限於《伍人報》極少的發行量，文中以臺灣話創作臺灣文學頗具爭議的論點，雖引發一些爭論，但並未擴大。直到一年後，大家對黃石輝於去年發表的〈怎樣不提倡鄉土文學〉一文表示高度的關心，很多人寫信去追問詳情，或登門造訪與他當面討論⑳。後來黃氏與郭秋生在《臺灣新聞》分別發表〈再談鄉土文學〉、〈建設『臺灣話文』一提案〉。

黃石輝和郭秋生的主張，是紮根於臺灣殖民地社會的特殊環境和時代社會需要而萌芽的。黃石輝曾經寫過：「臺灣政治上的關係，不能用中國普通話來支配！在民族上不能用日本的普通話（國語）來支配」㉑，爲適應臺灣的現實社會情況，建設獨特的文化起見，所以不得不提倡鄉土文學。郭秋生也曾寫道：「我極愛中國的白話文」，每天生活在白話文裏，

「但是我不能滿足白話文」㉒，時代不許他心滿意足的使用白話文。由此看來，他們兩人之所以提倡鄉土文學，實臺灣特殊環境使然。後來郭氏又將黃文以臺灣話創作文學的觀點加以擴充，並正式標舉「臺灣話文」，引起以臺灣話文創作鄉土文學，是否可行及正反兩方大規模的論戰。也因而模糊了鄉土文學與臺灣話文論爭之差異，造成後人將兩者等同看待之言說。鄉土文學論爭誠如日本學者松永正義所言，其中涵括了種種複雜的方向，它除了「本土化」外，卻缺乏明晰的集結軸。

鄉土文學原是描述本鄉本土的文學，其後發展的結果：推向臺灣話文之書寫，此與黃石輝、郭秋生的倡導有密切關係。但我們仍應釐清：此中論戰雙方，支持鄉土文學者，未必贊成臺灣話文之使用，如林克夫即贊成鄉土文學需用中國白話文來描寫，反對用臺灣話文來創作，賴明弘則站在無產階級的立場反對臺灣話文，認為使用臺灣話文之描寫將會妨礙臺灣的普羅階級走向世界無產階級的大同團結。而《南音》之「臺灣話文討論欄」使衆人以為是「鄉土先生的娛樂機關」，因此三番兩次為文澄清（甚至為此限制臺灣話文討論欄以及嘗試欄之頁數），其與鄉土文學之意義不同，絕非左傾之刊物。由此可知「鄉土文學」與「臺灣話文」的義涵是不同的。《南音》後來在葉榮鐘主導下提倡「第三文學」，即有企圖超越貴族文學和普羅文學之意味，並以立足臺灣全集團特性的文學，來對應臺灣話文之提倡。葉氏其實是贊成描述臺灣特殊山川、文化之文學，但因「鄉土文學」一詞易引起無產階級之嫌疑，尤其當初提倡者黃石輝即被目之爲「普羅文學之巨星」，因此相對於大衆化命題、階級立場鮮明的「鄉土文學」而言，第三文學論可說是純以本土特性建立的臺灣本土文學論。

黃石輝初始提倡的普羅文藝大衆化之論述亦有變化，他後來認爲鄉土文學、臺灣話文均是屬於超階級性的問題，這當中的轉變，我們將繼續予以說明。

黃氏〈再談鄉土文學〉一文指出鄉土文學的功用是「因爲文學是代表說話的，而一地方有一地方的話，所以要鄉土文學。」他說：「臺灣話的『阮』用中國話便寫不來了，又像中國的白話文中有許多『那末』『也許』，這卻是用臺灣話說出來的。」有一點值得注意的是：黃氏這篇文章與他先前所發表的〈怎樣不提倡鄉土文學〉，雖然同樣是提倡「鄉土文學」，但兩者之間有很大的差異。前文特重的「文藝大衆化」的主張，在後文裡完全消聲匿跡，此其一。後文以一半以上的篇幅討論怎樣表記臺灣語的技術問題，是前文不曾論及的問題，此其二。在後文中，黃氏的立場欲使會看臺灣白話文的人也通曉中國白話文，並使中國人會讀臺灣白話文，爲了不和中國人的交流斷絕，所以不要用表音文字而用漢字。其漢字也盡量採用和中國的白話文有共同性的，臺灣獨特的用法要壓到最低限度。

由此可知，一年前的黃氏是個文藝大衆化論者，而現在的黃氏卻是站在臺灣話文論啓蒙者的地位。爲何會有這種改變呢？其原因可能有四：第一、來自日本總督府鎭壓的現實情勢，在這期間（一九三一年）全島風聲鶴唳，民衆黨與臺灣共產黨分別被禁止結社並全島大檢舉，迫使黃氏改變論點。第二、可能是在《伍人報》上的討論，使其修改論點。第三、要把議論進一步向文藝大衆化的方向推深，可能有困難，不如先誘發群衆的文學趣味，導教群衆識字。第四、考慮《臺灣新聞》這個刊載機關的性格。由於黃氏有五篇文字未被刊登，前述之文，亦僅部分見於時人的引文，難以窺得全貌，其議論之變化，我們甚難加以掌握，僅能如此推測。

黃郭二氏文章發表之後，引起全島人士注目，有贊同的，有反對的，遂在《臺灣新聞》、《臺灣新民報》、《昭和新報》、《南瀛新報》等報刊上，掀起了正反兩面不同觀點的激烈論戰。論戰的內容主要是臺灣話文派與中國話文派的對立，以及臺灣話文派內部的論爭。支持臺灣話文的，有黃石輝、鄭坤五、郭秋生、莊垂勝、黃純青、李獻璋、黃春成、擎雲、賴和、周定山、張聘三、葉榮鐘等人。支持中國白話文的，有廖毓文、林克夫、朱點人、賴明弘、林越峰等人。論戰的結果似乎贊同鄉土話文的理論略佔上風，若就兩派人數的多寡而論，也是臺灣話文派遠多於中國話文派。

一九三一年八月，廖毓文發表〈給黃石輝先生——鄉土文學之再吟味〉，對黃石輝放出反駁的第一炮，是爲鄉土話文運動論戰的開始，一場唇槍舌劍的激戰於焉上場。廖氏針對「鄉土文學」一詞說：「鄉土文學首倡於十九世紀末葉的德國 F. Lonhard……他們給它叫做 heim athunst（鄉土藝術）最大的目標，是在描寫鄉土特殊的自然風俗和表現鄉土的感情思想，事實就是今日的田園文學……因爲它的內容，過於泛渺，沒有時代性，又沒有階級性……一到今日完全的聲消跡絕了。」㉓表示所謂的「鄉土文學」應是「以歷史必然性的社會價值爲目的的文學──即所謂布爾什維克的普羅文學」。批評黃石輝所主張「文學是代表說話的，而一地方有一地方的話，所以要提倡鄉土文學。」的理論是說不通的，「文學的構成條件，並不是如此簡單」。他反問黃氏說：「一地方要一地方的文學，臺灣五州，中國十八省別，也要如數的鄉土文學麼？」㉔其後林克夫又撰〈鄉土文學的檢討──讀黃石輝君的高論〉等文章；而郭秋生旋撰〈建設臺灣話文一提案〉一文發揮黃氏之說。朱點人復以〈檢一檢鄉土文學〉一文相駁。兩派人士，皆持之有故，言之成理，遂引發論戰。

反對臺灣話文之人士所持理由約有四點：就文化、血緣層面觀之，臺灣、中國本不可分，故創作文學，不必乞靈於臺灣話文，此其一。以臺灣話文撰寫鄉土文學作品，內容題材局於一地，勢難普及全國，此其二。臺灣話文未臻典雅，不宜以之行文，此其三。若以中國白話文普及臺灣，使臺灣群衆皆熟諳白話文，而中國人士亦了然於臺灣文學，豈非二美！此其四。而贊成臺灣話文之人士，則認爲中國白話文與臺灣民衆口語有鑿枘，不易溝通；再者，中國白話文與日文、文言，都同屬知識分子的專利，不易普及，只有使用文言一致的臺灣話文才能啓迪臺灣民衆之知識。未幾，提倡臺灣話文者，也因臺灣話有音無字之情形衍生問題，對文字使用之辦法，內部亦多所爭論。而反對臺灣話文者，在必要時，其創作亦不排斥，尤其在小說人物對話中時見臺灣話文之痕跡。

四、結語

鄉土文學與臺灣話文運動是臺灣在日本殖民統治下，必然走上的趨勢，也因鄉土話文之提倡，臺灣主體性的思考，更被突顯出來，得以獨樹一幟，既非日本文學之支流，亦非中國文學之亞流。

在鄉土文字論戰進行的期間，正是臺灣知識分子大量投入文學運動，臺灣文學再出發的關鍵時刻，臺灣新文學運動日後的走向，可以說是以「鄉土文學論戰」重整了再出發的步伐。葉石濤嘗爲此論戰下注腳：「（此論戰）顯示著臺灣新文學已經從語文改革的形式進到內容的追究，向前跨了一大步」，「臺灣本身逐漸產生和建立自主性文學的意念。」㉕就文學語言來說，臺灣話文之理念正是「我手寫我口」「言文一致」之精神，然而殖民地複雜的文化、政治生態，其文字擬定之技術問題，事實上並無法得自日本統治者以政治力量之運作來加以解決、普及。三〇年代日文反而是文壇主要的文學語言，這是殖民地作家（臺灣人）難以擺脫的宿命。

【註釋】

① 引自吳守禮《近五十年來臺語研究之總成績》，大立出版社，一九五五年五月，頁五三。

② 據個人所知，關於三十年代臺灣鄉土文學的論述有：一、廖毓文〈臺灣文字改革運動史略〉（載《臺北文物》三卷三期、四卷一期，一九五四年十二月、一九五五年五月。）二、吳守禮《近五十年來臺語研究之總成績》（大立出版社，一九五五年五月。）三、李獻璋〈臺灣鄉土話文運動〉（載《臺灣文藝》一〇二期，一九八六年九月。）四、陳素月《A Study of the Written form of Taiwanese》（一九八九年輔大語言學研究所碩士論文。）五、許水綠〈舌頭與筆尖合一〉（載《臺灣新文化》十五期，一九八七年十二月。），其後又以本名胡民祥擴充爲〈臺灣新文學運動時期『臺灣話』文學化發展的探討〉（收於胡民祥編《臺灣文學入門文

選》，前衛出版社，一九八九年十月。）六、松永正義〈關於鄉土文學論爭〉（載《臺灣學術研究會誌》第四期，一九八九年十二月。）六、游勝冠《臺灣文學本土論的興起與發展》（一九九一年東吳中文所碩士論文。）七、廖祺正《三十年代臺灣鄉土話文運動》（一九九一年成大歷史語言所碩士論文）。

③ 陳炘〈文學與職務〉，《臺灣青年》創刊號，漢文之部，頁四二。

④ 同前註，頁四三。

⑤ 陳端明〈日用文鼓吹論〉，《臺灣青年》四卷一號，漢文之部，頁二六—二七。

⑥ 參林瑞明〈臺灣新文學運動理論時期之檢討：1920－1923〉一文，刊《聯合文學》第九八期，一九九二年十二月，頁一六八。

⑦ 羅馬白話字，係英國基督教長老教會教士爲了傳教，以二十四個羅馬字母拼綴閩南語而成的表音文字。一九二九年時蔡培火曾試辦「羅馬白話字研究會」，以做爲民衆識字之途徑。

⑧ 黃呈聰〈論普及白話文的新使命〉，《臺灣》第四年第一號，漢文之部，頁一二。

⑨ 見《臺灣民報》二卷七號，一九二四年四月廿一日，頁一〇。

⑩ 引自黃得時〈臺灣新文學運動概觀〉一文，《臺北文物》三卷二期。

⑪ 見《臺南新報》一九二五年一月廿九日。該文可參廖文〈臺灣文字改革運動史略〉（載《臺北

文物》三卷三期，一九五四年十二月。

⑫ 同前註。見《臺南新報》一九二五年八月五日。

⑬ 張我軍〈新文學運動的意義〉，《臺灣民報》六七號，一九二五年八月廿六日。

⑭《臺灣民報》七六號，一九二五年十月廿五日。

⑮ 張我軍《中國國語文法》序言，臺南新報社臺北印刷所，一九二六年。

⑯《臺灣民報》八九號，一九二六年一月廿四日。

⑰ 見《臺灣民報》二卷十九號，一九二四年十月一日，頁一四。

⑱《伍人報》第九至十一號，參閱廖毓文〈臺灣文字改革運動史略〉，載《臺北文物》三卷三期、四卷一期，一九五四年十二月、一九五五年五月。

⑲ 同前註。

⑳ 引自吳守禮《近五十年來臺灣語研究之總成績》，大立出版社，頁五四。黃氏〈再談鄉土文學〉說：「雖然沒有刊完，卻亦曾引起許多人的注意，有許多有心人寫信來追問詳細，尚且亦有幾個人來和我當面討論。」

㉑ 黃石輝，〈我的幾句答辯〉，《昭和新報》一九三一年八月十五、廿二、廿七日。引自松永正義〈關於鄉土文學論爭〉，載《臺灣學術研究會誌》第四期，一九八九年十二月，頁七九。

㉒ 郭秋生，〈建設「臺灣話文」一提案〉，《臺灣新民報》三八〇號，一九三一年九月七日。

㉓ 廖毓文，〈臺灣文字改革運動史略〉，載《臺北文物》四卷一期，一九五五年五月。

㉔ 松永正義，〈關於鄉土文學論爭（一九三〇—三二）〉，載《臺灣學術研究會誌》第四期，一九八九年十二月，頁七九。

㉕ 葉石濤，《臺灣文學史綱》，高雄：文學界出版社，一九八七年二月初版，頁二七。

日據時期臺灣白話詩的起步

一、前　言

關於臺灣白話詩的起步，中國的臺灣文學研究者通常視中國白話詩爲一中心主體，而臺灣白話詩是受其影響的一個客體，因此臺灣白話詩的起步是受中國白話詩的指導、影響；臺灣白話詩是中國白話詩的一個支流。此一推論，不僅用於白話詩，也用於小說等文類。這樣的說法，使得引發新舊文學論戰，定位臺灣新文學爲中國文學之支流的張我軍備受矚目。從張我軍所寫的〈新文學運動的意義〉等文來看，如果說他受到中國五四運動的影響，那麼應是來自胡適與陳獨秀二人。然則臺灣作家必然受張我軍影響麼?或若干臺灣作家亦同張我軍一樣也受中國作家之影響?又，如受中國作家影響是否即可定位爲：臺灣白話詩是中國白話詩之一支流；臺灣文學乃是中國文學的一支流？這裡面的問題顯然頗為複雜。

本文處理的時間自一九二〇年至一九三二年，即從新舊文學論戰前之文論談起，一九三一年後日本統治者全面搜捕臺灣左翼分子，其時蔣渭水病逝，臺灣民衆黨遭解散，農民組合運動停擺，此後臺灣政治運動備受壓抑，新文學路線受到重視，一九三二年《臺灣民報》又改為日刊，可說白話詩開始準備進入第二階段的發展。以下依「張我軍與臺灣白話詩之定位」、「起步期各類詩體舉隅」、「起步期重要作家之詩作」、「相關的一些問題」研探臺灣白話詩的起步。

二、張我軍與臺灣白話詩之定位

在張我軍發表〈糟糕的臺灣文學界〉之前，臺灣文士對於新舊文學、文字用語等問題早已談論，對於島外現代文藝思潮與作品也有所介紹。尤其一九二〇年《臺灣青年》創刊號，即刊登陳炘〈文學與職務〉一文，對於臺灣舊文學加以批評，肯定「文學者，乃文化之先驅」，指出有感情、有思想的文學，才是活文學。陳炘更進一步提出言文一致，獎勵白話文的主張，其後甘文芳、潤徽生、陳端明、黃呈聰、黃朝琴諸氏皆有相關之文論，但因文章零星出現，未能如張我軍集中火力猛攻，得到衆人的注意；又因文章多刊行於日本，所印冊數不多，臺灣讀者注意者有限，因此有關臺灣新舊文學諸多論戰，仍需等到張我軍出來。

一九二四年四月留學中國北京的張我軍寫了〈致臺灣青年的一封信〉，語重心長地說：「諸君怎的不讀些有用的書來實際應用於社會，而每日只知道做些似是而非的詩，來做詩韻合解的奴隸，或講什麼八股文章代替先人保存臭味。……想出出風頭，竟然自稱詩翁、詩伯，鬧個不休。」①很顯然的，張氏身處中國新文學的餘波盪漾中，對臺灣新文學的發展是抱著期待的。同年十月，張氏回到闊別近四年的臺灣故土，於《臺灣民報》擔任編輯，回臺後不久即發表了〈糟糕的臺灣文學界〉，對當時遍布全臺各地的舊詩社、舊詩人毫不留情的加以抨擊，終於引起以連雅堂爲首的舊詩人之反擊，也揭開了臺灣「新舊文學論戰」的序幕。此後，張我軍陸續發表了一系列探討新舊文學優劣的文章，也藉民報積極地引介中國新文學運動的作家、作品，並詳加解說胡適的「八不主義」和陳獨秀的「三大主義」等文學革命理論，試圖以五四模式建構臺灣新文學。最後在語言形式上，提出文學寫作應以中國白話文爲工具，而有音無字的臺灣方言應依中國國語加以改造，並將臺灣文學定位爲中國文學之一支。張我軍的努力，在當時對白話文學的確立，對臺灣新文學的播種、催生多少有其功勞，雖然他對臺灣的現實局勢未必能充分掌握，立論也有可議之處。（容後再說）

在日本殖民統治之下，張我軍敢毅然宣稱「臺灣文學乃中國文學的一支流」，其勇氣令人讚揚，固不能以今日之政治情勢，而對張我軍之說予以否棄。臺灣新文學引進五四新文學模式，主要是基於中臺種族、文化上的血緣關係，此一血緣關係，使得臺灣有著「我們臺灣的同胞，亦是漢民族的子孫」的認同意識，在面對日本強勢的殖民文化入侵——同化政策時，不免憂心忡忡：「我們臺灣不是一個獨立的國家，背後沒有一個大勢力來保存我們的文字，不久便就受他方面有勢力的文字來打消我們的文字了。」②可知引進中國白話文，所反映的是藉中國以抗拒日本政治文化的侵略，確保臺灣的文化，有政治現實利益的考量（尤其張氏批判舊詩人受總督府攏絡與之勾結，似與臺灣民族運動的政治鬥爭有關），希望文化上不與中國分離，伺機再求政治上的回歸中國。一九二五年孫中山先生逝世消息傳來時，臺灣知識分子莫不感到震驚與悲痛，且立刻著手籌辦哀悼會，日本殖民政府勉強同意他們集會哀思，但卻禁止任何訃文與輓歌的發表（有意斷止中臺之關係），當時預備宣讀的悼文正出自張我軍之手：

唉！

大星一墜，東亞的天地忽然暗淡無光了！

我們敬愛的大偉人呀！
你在三月十二日上午九時三十分這時刻
已和我們永別了麼？
四萬萬的國民此刻爲了你的死日哭喪了臉了。
消息傳來我島人五內俱崩，
如失了魂魄一樣。
西望中原禁不住淚落滔滔③。

詩中呈顯了臺灣人對中國認同之情。當他們「西望」中原，不但爲孫先生落淚，更爲了孫先生的離去、解放殖民統治下的臺灣之希望破滅而傷悲。從文學運動或臺灣白話詩起步的初期來看，的確有一部分人士對中國抱持著期待。然而日據下臺灣面臨的最大難題是與中國分離的事實，在日人有意斬絕兩地關係的政策之下，中國大陸的訊息不能源源而至；而中國對臺灣的態度也一直曖昧不明，臺灣深刻寄予厚望的中國民族主義運動，也因一九二七年後中國政局大變，國共內戰開始，國民黨開始清黨，全面展開對工人、農民運動的鎮壓，使得民族主義走向低潮，甚而在中國一向對國民黨爭取支持的臺灣祖國派人士亦因同情農工階層受到極大的衝擊。臺灣本土內階級路線的左派分子，對和中國革命合流以解放臺灣之希望落空以後，在臺灣推動中國白話文以形成共通語、共通文化的期望也隨之渺茫，臺灣的主體性成爲被關懷的焦點。張我軍所提倡的臺灣新文學是在與中國隔絕的臺灣社會推行，在臺灣要推動「言文一致」的中國白話文，本存在著手口不能相應的矛盾，他在〈新文學運動的意義〉一文中塑造了兩句口號：「白話文學的建設」及「臺灣語言的改革」，足見張氏「依傍中國的國語來改造臺灣的土語」（按：土語，實有自貶意味）的想法，顯然忽略了臺灣爲日本殖民地的現實。這些困境在無產大衆成爲臺灣知識青年思考的主體時，語言使用問題便被突顯出來，在運動實踐的過程中，臺灣話文字化（臺灣話文）的重要性，也愈發成爲關切的重心。尤其到了三〇年代的知識分子，不似二〇年代（文化運動初期）的知識分子，擁有雙重的語言背景，隨著殖民教育的推行，中文備受日本當局的壓抑，日文成爲他們認識世界，接受文化來源的主要媒介，因而臺灣的新文學發展勢必無法只受中國新文學的哺育，其文學環境的背景要比中國大陸複雜，發展出來的面貌勢必也不一樣。

張我軍回臺灣的一、二年（一九二四年十月－一九二六年六月）在《臺灣民報》學藝欄上經常選刊中國新文學作家的作品，俾讓讀者增加對新文學作品的認識，如郭沫若的〈江灣即景〉、〈仰望〉、梁宗岱的〈森嚴的夜〉、滕固的〈墮水〉、西諦（鄭振鐸）的〈牆角的創痕〉、焦菊隱的〈我的祖國〉等等。這些作者雖然有的頗有名氣，但也選了不少名不見經傳的作品，尤其中國白話詩亦是起步不久，很多作品都是作者頗年輕時之作，當然「少作」不一定就不好，但是處於新舊青黃不接的過渡年代，有大半引介的白話文顯得生硬青澀，或是憂來無端的濫情之作。尤其郭沫若的作品，不僅爲這時期的評論者援引，介紹中國新詩時亦常轉載其作。郭氏之文字彆扭，加上狂呼亂喊，其詩作往往缺乏藝術價值，有詩教而無詩藝，其詩作之價值乃在擺脫傳統束縛的「歷史意義」上。張我軍對郭作甚爲推崇，以爲郭氏〈筆立山頭展望〉一詩，「這種詩才算得是純然的新詩」，「有人問我中國的所謂新詩怎樣？我便立刻叫他去讀一讀郭沫若君的詩。」④實則以郭詩爲取法的典範，（其情形頗似今日中學國文課本所選二、三〇年代散文）才思高敏的少數或可青出於藍，但對一般剛起步的作家來說，恐怕就身陷其中而不自知了。張氏對起步期臺灣詩作的文學環境來說，可謂利弊參半，他個人在臺灣白話詩史上的意義，在於他提倡中國白話文學，引起臺灣白話詩文學史上新舊論爭，但他一方面又不了解臺灣客觀情勢，倡白話文、攻擊擊缽吟，似乎都犯了中華本位主義，沒有考慮到臺灣的特殊情境，此外他個人出版的詩集《亂都之戀》，雖是臺灣新詩史上第一冊詩集，但他此後並未持續創作，如欲以此爲經典範文，對當時臺灣青年學子來說，恐怕也是美中不足之處。雖然如此，張我軍一連串的批判文章，理論與創作的相發，對臺灣白話詩的催生畢竟有其正面意義。一九二五年三月《人人》雜誌刊登了：楊雲萍〈相片〉、〈即興〉、〈月兒〉，器人（江夢華）、〈車中惱景〉等新詩及楊雲萍翻譯泰戈爾詩〈女人呀〉；同年十二月又刊登楊雲萍〈夜雨〉、〈無題〉、〈泉水〉、〈暮日的車中〉、〈送夢華哥哥〉，縱橫（鄭作衡）〈乞孩〉、〈小詩二首〉，鶴瘦（鄭嶺秋）〈我手早軟了〉、〈我的兒〉，江肖梅〈唐隸梅〉，啓文（黃瀛豹）〈夜哭〉，梨生〈小疑〉，一郎（張我軍）〈亂都之戀〉，翁澤生〈海濱白骨〉等白話詩多篇。一九二六年秋季《臺灣民報》向全島徵求白話詩，共得五十餘首，入選的詩人有器人、崇五、楊華、黃石輝、黃得時、沈玉光、謝萬安等，白話詩日見茁壯。一九三〇年八月《臺灣民報》增闢「曙光」欄徵求白話詩，培育出楊華、毓文、虛谷、守愚、甫三。

從以上的敘述，我們可以說臺灣白話詩（文學）多少受中國五四以來新文學的影響，但不宜解釋成「臺灣白話詩乃是受中國白話詩影響而產生的」。如進而謂之爲中國文學之一支，則對張我軍當初說法之情勢、用心有所誤解。臺灣的白話詩，可說自開始即具備了「橫的移植」——世界思潮影響的宿命。

在張我軍引介中國新文學作家、作品之前，《臺灣民報》早於一九二三年八月十五日刊載了胡適譯自美國女詩人Sara Teasdale（蒂絲黛兒）的Over the Roofs（〈關不住了〉）一作及胡適本身創作〈相思〉、〈小詩〉。胡適在《嘗試集》再版自序中宣稱，此首譯作是他「新詩成立的紀元」，因爲，此首譯詩之「內容」是要求新的精神之發揚，而「形式」則打破了中國古典詩的格律，胡適爲了替中國白話詩尋求新方向、新道路，不惜將譯詩視爲經典，並視同己作。於此可見，中國白話詩備受西洋文學之影響。賴和在〈讀臺日紙的「新舊文學之比較」〉一文提到新文學運動純然是受著西學的影響而發動的，所以有點西洋氣味，是不能否認……是光明正大的輸入品……純取世界主義……所謂中原文學……最近又被沐於歐風美雨，生起一大同化作用。所以新文學的構成，自然結合有西洋文學的元素⑤。賴和認爲文學是隨著時代而變遷進化，中國新文學如此，臺灣文學亦不能逸離世界文學的潮流，所以主張「純取世界主義」廣泛地學習。

楊雲萍也翻譯過泰戈爾的詩作，當時報紙、雜誌也引介一些島外有關浪漫、抒情詩之文學理論。周傳枝述其通過朱點人的介紹，「也大量閱讀了舊俄的小說如托爾斯泰的《復活》與杜思妥也夫斯基的《罪與罰》……等，以及法國、英國等西方文學名著；此外，我也讀了很多日本的普羅文學作品，如德永直的《沒有太陽的街》及小林多喜二的《蟹工船》和《不在地主》。」⑥，此說明了臺灣新文學發展的環境，固不受於中國五四新文學的薰潤，很多作家都是同時廣泛閱讀西方、日本文學名著的。甚者，五四新文學運動的提倡者，除了胡適留學美國之外，其他如陳獨秀、魯迅、郁達夫、郭沫若、周作人……諸氏皆曾留學日本多年，亦曾透過日文吸收世界思潮及西方文學資源，周氏兄弟於東京翻譯東歐、北歐等的弱小（少）民族之小說，出版《域外集》一例，說明了當時反帝反殖民、人道主義等思潮乃是世界性的，臺灣新文學運動如具有反帝反封建等與中國五四相類似之精神，實文學認知網絡相同及普羅文學之思潮瀰漫全球所致。

楊華熟讀中國詩人冰心、梁宗岱等人之作，其小詩甚受他們的影響，但是其文學淵源則必須放在世界性的視野來瞭解，此一視野的提出，從其《黑潮集》等三首⑦最能看出它具體落實的文學情境：

時想引黑潮之洪濤，環流全球！
把人們利己的心洗滌得乾淨。
唉！洪濤何日發漫流？
唉！世人何日回頭？

《黑潮集》是楊華於一九二七年被疑違犯治安維持法，而遭拘禁於臺南刑務所之作，可謂是「監獄文學」之作，詩集名《黑潮》，本身即象徵了政治社會環境之黑暗、之波濤洶湧。黑潮本是太平洋北赤道的洋流，臺灣地理位置即在此一巨大潮流之中，楊華就近取譬，除了注意臺灣四面環海的地理位置外，對於海洋題材的描寫，此亦値得吾人重視。近代中國海權的萎縮，大陸性農業文化的本質，使得中國詩壇大致上缺乏海洋的描寫（除了因渡海有感所作外，如胡適〈百字令——六年七月三日太平洋舟中見月有懷〉，或郭沫若〈立在地球邊上放號〉等詩，基本上致力於海洋題材的很少）。楊華「時想引黑潮之洪濤，環流全球」之思，誠如呂興昌先生所說：「除眞實地掌握臺灣的地理特性外，更進一步拓展了臺灣在精神、文化上與世界的互動關係。從楊華的觀點看來，臺灣並非孤懸海中的蕞爾小島，而是與整個世界聲息相通的國度，因此，臺灣不能自外於『世界潮流』，而應積極以『環流全球』的氣魄，與國際同步共趨。」⑧此一開闊的世界性視野，說明了詩人除不以一島國心態自滿外，也提供我們從海洋出發的思考模式。

張我軍定位臺灣新詩之說法，不是爲中國主義者過度推崇，即爲臺灣本土論者大加揚棄，今天重新審視這一段歷史，理應照顧到前後期不同的政經文教變化，對臺灣知識青年的影響，及張我軍所處的時代，當他如此定位時，主要是針對日本人發言。今天我們可以毫無顧忌，冷靜客觀地來看他主張的侷限，及他對臺灣詩壇體質的變化，理應也有一番功勞。

三、起步期各類詩體舉隅

臺灣新詩起步期，可說是分行詩（自由詩與格律詩）、分段詩、小詩等形式皆具備，本節擬就楊華小詩、楊守愚分段詩及土人格律詩以說明當時各詩體在臺灣創作的現象。

㈠分行詩

張我軍對郭沫若作品之推崇，前已敍述。郭氏《女神》詩集於一九二一年出版，可說是受惠特曼（一八一九—一八九二）自由詩體（free verse）影響之作。張氏曾舉郭沫若〈筆立山頭展望〉一詩爲例，說明自由詩體自然的韻律（內在律）。從郭詩我們可以看到句尾押韻已經完全不見，代而起之的是一種行內的節奏。詩人在每一行的開頭或結尾，重複某些特定的字詞，然後再於行與行之間應用排比或對稱，使詩的節奏加快，構成一種前呼後應首尾連續的效果。郭詩原文如下：

大都會的脈搏呀！

生的鼓動呀！
打著在，吹著在，叫著在……
噴著在，飛著在，跳著在……
四面的天郊煙幕朦朧了！
我的心臟呀，快要跳出口來了！
哦哦山嶽的波濤，瓦屋的波濤，
湧著在，湧著在，湧著在，湧著在呀！（中略）
黑沈沈的海灣，停泊著的輪船，進行著的輪船，數不盡的輪船
一枝枝的煙筒都開著了朵黑色的牡丹呀！
哦哦二十世紀名花！
近代文明的嚴母呀！

詩行間動詞字句的對稱與呼應，可說是增加節奏的方式；在句子尾端用「著在」、「輪船」等詞亦以加強韻律感，頗有代替押韻之作用。句末郭氏喜用驚嘆詞「呀」、「喲」之類，雖感情直露，然仍有押韻，節奏之效，郭詩雖浪漫濫情不耐細讀，但這些在新詩語言的

實驗上，仍是一大突破，自有其意義。

當時此一自由體詩之創作，大抵應用了這些方式，如張我軍〈沈寂〉一詩：

一個T島的青年，
在戀他的故鄉！
在想他的愛人！
他的故鄉在千里之外，
他常在更深夜靜之後，
對著月亮兒興嘆！
他的愛人又不知道在那裡，
他常在寂寞無聊之時，
詛咒那司愛的神！

上述句中「他的故鄉」、「他的愛人」既是詩行受詞的對稱，也用於句子開頭，唸起來自有一番節奏；「他常在」一句亦同此情形。張氏詩〈遊中央公園新詩〉、〈我願〉、〈弱者的悲鳴〉等都很明顯用了此類的手法。

一九三二年二月廿一日《臺灣新民報》刊登土人〈最後的心願〉一詩，此詩完全倣新月派的格律詩，頗有新月派詩人饒孟侃（有〈論新詩的音節〉一文）的風格。原文茲抄錄如左：

最後的心願，
乞杯黃土，
在你床前。
我將含笑著，
離去人間，
永遠的安眠。
孤魂變白鶴，
繞著你飛，

到太陽毀滅。
到太陽毀滅。
我的人呀，
最後的心願。

本詩氛圍的經營頗有陰森之氣，而情感之執著，隨著強烈的節奏感，更強而有力的表達了出來，詩之押韻「前」、「間」、「眠」；「鶴」、「滅」，雖然不是很嚴謹，但是仍具有聽覺的美感。

(二)分段詩

臺灣白話詩中早期的分段詩，主要見於楊守愚的詩作[9]，楊氏有〈困苦和快樂〉、〈頑強的皮球〉二詩[10]。二作大抵類似朱自清〈匆匆〉，散文與詩的界線與面貌，曖昧難明，如以今日眼光來看，楊氏此二作品充滿了散文的理路，但在當時他的白話文運用流暢，絕不下於今日中學國文課本選錄的，二、三〇年代中國的散文作品，尤其如〈匆匆〉、〈荷塘月色〉等文濫用虛字（「的」）的情形，使得句子累贅纏夾不清。在楊氏同時代的詩作中，能夠用如此流利的口語，精確地操縱尚未成熟的白話文，這類詩人委實不多。這二首作品雖然與散文之界限難辨，但當時作者、編者都是視之爲分段詩的，它們就刊載在專登白話詩的「曙光」欄裡，作者在處理這二首作品時，基本上內容是與他一貫同情弱小、反抗強權的思想相契合的。楊氏在創作時尤其注意到文句的流暢、全詩的節奏與氣氛也掌握得很好，尤其作者有意的在句末安排叶韻，使得全詩朗誦時頗有節奏感，如「快樂我固然歡喜，困苦我也不去傷悲，因爲這駭浪驚濤，苦雨淒風般的艱難險阻，反能磨練了我自己，磨練了自己使成鋼鐵般的身子，金鋼石般的意志。」「苦鬥的生涯，雖僅給人一些創傷，但，因此而獲得的快樂，確更能給人許多舒暢。因爲那紅的血潮，在這暴風雨期，極能呈現有意義的人生底徵象。」爲了與「歡喜」叶韻，他不用「悲傷」，而故意用「傷悲」；爲了與「創傷」、「舒暢」叶韻，他把「象徵」，倒置爲「徵象」。這首詩最後歸結於快樂應該「普及到一般勤勞大衆。」頗有與衆同樂之心，充滿了對無產大衆關懷之意。另一首〈頑強的皮球〉較前一首好，作者在這裡用了一些比擬的修辭技巧，不直接去控訴苛政，說出殖民政府愈壓迫、摧殘，所得的反彈就像拍蹴皮球，愈用力跳得愈高，寫來顯得含蓄精簡得多。句末叶韻情形一如前首。如：「我原是閑逸地躺著，一動也不動彈，橫暴的你呀！究有什麼相干？壹下壓力，倒想把我輕易摧殘，拍拍蹴蹴，還把我抛到遠遠的空間。」「你別妄想用你的壓力，使我死心塌地，是呀！我決不和你們人類同例，你那苛酷的虐弄，所引起，我的反抗、暴動，也同樣猛厲。」綜觀全詩，雖有，「吶喊」不平之情緒，但因以皮球設想，讀者反倒可以體會到當時雙方（殖民政府與人民）尖銳的衝激力量。

㈢ 小詩

小詩是楊華喜歡使用的詩體，在二〇年代初期，中國新文壇，小詩曾盛極一時。《臺灣民報》在一九二三年八月十五日即轉載胡適〈小詩〉一首，從《胡適詩存》可知胡適除了篇幅短小的自由體白話詩外，他把四句和八句的五古、七古、和五、七言絕律也都當做小詩。因此論相思之苦的這首小詩，舊詩的形式仍相當明顯，每行五言凡四句，句式變化相當整齊。一九二四年一月一日、十一月十一日《臺灣民報》分別刊登了施文杞〈小詩〉，前非〈小詩〉行數大致三、四、五行，可說臺灣白話詩的起步，「小詩」此一詩體即已受到矚目，尤其到了楊華手中，此類作品爲數甚多，如《小詩》、《黑潮集》（小詩五三首，今存四、六首）、《心絃》（小詩五二首）、《小詩十二首》。及一九三三年之作：《晨光集》（小詩五九首），也到了楊華時，小詩的觀念才能較確切掌握。他大部分的詩作可說都是以小詩爲主，這些小詩，長則七、八行，短則二、三行。楊華本人對冰心（冰心詩甚受泰戈爾影響）、梁宗岱作品甚爲熟稔，臺灣又在日本統治下，來臺日人大多喜作俳句、短歌，楊華詩作可說揉合了日本俳句清雅平淡的風格，以及泰戈爾詩中的人生哲理，和冰心詩中的語法。

一九二六年「新竹青年會」藉《臺灣民報》向島內詩人徵求白話詩，楊華以〈小詩〉、〈燈光〉分別獲得第二名及第七名，這是目前所知楊華最早的詩作。翌年（一九二七年）一月廿三日《臺灣民報》第一四一號刊出前三名得獎作品（因此〈燈光〉未刊出），目前僅能見到〈小詩〉之作。這一組作品創作時間，約當楊氏二十歲左右，由這五首小詩可發現楊氏具有做爲詩人的美質，如：

1　人們看不見葉底的花，
　　已被一雙蝴蝶先知道了。

3　落花飛到美人鬢上，
　　停一刻又隨著春風去了。
　　落花、美人、春風同是無意中相遇。

4 秋天像美人，是無礙他的瘦。
秋山像好友，是不嫌它的多。

5 人們散了後的秋千，
閒掛著一輪明月。

小詩貴在靈犀的閃現，剎那的感興，這幾首詩基本上具備了俳句特有的詩趣與詩境，餘韻縹緲深長。第一首想像豐富，意境甚美。暗示了戀愛中一對情人的心思，這一雙蝴蝶不僅看見了葉底的花，同時也象徵了花好月圓。第三首頗富禪趣。說明了好花易凋零，美人青春易逝，春風亦難長久，這三個美好又易消失的東西，在變化不居的廣宇長宙間，卻偶然無意中相遇，構成一幅絕美的圖畫。雖然這幅美景是那麼短暫，但三者在相遇的剎那，卻被詩人描繪下來，永遠駐留在詩人及讀者的腦海心版中，成爲永恆。第四首詩味稍嫌不足，但富有哲思，可當成警句看。第五首詩，詩人描寫了月圓人不圓的情景，兩相對照，十分有味。人們在玩過秋千後，紛紛離開散去，表示了人間歡樂的短暫。而此時，人已散去，秋千不再搖擺，圓月卻代替了人的位置，掛在秋千上，表現出寧靜中一種永恆的團圓與歡欣自足。此情此景，禪機十足，值得慢慢細嚼品味⑪。

至一九二七年，楊華因被疑違犯治安維持法，而遭拘捕，監禁臺南刑務所，在獄中撰寫《黑潮集》五十三首。十年後楊華逝世，楊逵主辦的《臺灣新文學》特將該集刊出，其中第廿六、廿七、廿九、卅四、卅八、四一等七首，因表現尖銳，「怕把紙面戳破」，編者將這七首抽出，如今僅能見到四十六首。從這四十六首短詩中，可以發現詩人雖寫自然景觀，但基本上他是以託物起興手法，將主題隱藏在字句的背後。《黑潮集》中較好的詩有：

4 本來是個無力的小蒼蠅，
他專會摩拳擦掌。

8 河峰雖然擋住河水的氾流，
它的巨身軀卻一片片的葬送在急流裡。

18 平原的嫩草，
慢慢地露出綠色。
餓過了秋冬的羊兒，

像匪兵一般地搜索。
唉！
春草的生命，
又被摧殘了！

25 玩弄！
侮辱！
這是第幾次了？
雖然我是記不清，
但要記清它做什麼！

33 黃梅熟了，
看見她的人徒生不快之感。

45 日光戰不過黑暗的勢力，
馴服在地平線下，靜待他再生的時機。

47 飛鷹饑餓了，
徘徊天空，想吞沒一顆顆的星晨。
49 鏡有破時，
花有落時，
月有缺時，
銀幣卻保持著永遠的勝利。
50 命運！
是生命的沙漠上的一陣狂飆，
毫不憐恤的
把我們
——不由自主的無量數的小砂——
緊緊的吹揚鼓蕩著，
飄飄地浮懸在空虛裡，
飄浮飄浮水沒有止息之處。

53
莽原太曠闊了。
夕陽又不待人的斜下去了，
唉！走不盡的長途呵！

以上十首當中，以第四十七首寫得最精彩，想像力豐富，誇張而不失爲合理，其經營效果上，具有莫可言宣的暗示力量，饑餓的飛鷹盤旋天空，其慾望之大，凌虐之廣，從「吞沒」、「一顆顆」字眼中可以體悟，而饑餓的飛鷹不就是宰制臺民的侵略者嗎？楊華暗示了統治者的囂張氣燄及難塡的慾望。此詩將臺灣人飽受摧殘的慘境，刻畫得入木三分。短短二行，卻有雷霆萬鈞之力，表現了知識分子對於時局深刻眞實的體認。第四首小詩之句法與意象，當承自日本俳句大師小林一茶，他有俳句云：

你看那蒼蠅正擦著手擦著腳呢⑫？
不要打呀——

一茶對人對物都有深湛的愛，濃厚的憐憫心，他將所有生物，無生物都視爲自己親密友人，對它們一往情深。當然，楊華這首詩的詩意與一茶的詩作完全不同。無力的小蒼蠅，不就是當時孤立無助的弱小臺民嗎？他專會摩拳擦掌，一方面說明了小蒼蠅有知其不可爲而爲的精神，明知螳螂無法擋車，卻仍要摩拳擦掌。另一方面，似乎也有潛諷小蒼蠅只會虛張聲勢，不敢挺身反抗侵略者。第八首想像豐富，意象鮮明，隱含抗日志士以身抗暴，卻身葬洪流。第十六首說明臺胞有如「平原的嫩草」，統治者則像饑餓的山羊，毫不留情的摧殘那青草的生命。在黑潮集有不少類似這樣的比喻，其筆力莫不指向統治者的蠻橫貪婪。第二十五首更說明了身爲被殖民的臺灣人，一再遭受玩弄和侮辱、欺凌，縱使能夠數得淸有多少次，但是又如何呢？弱小民族的悲苦無奈，於此宣洩無遺。第三十三首說黃梅熟了，但是看見她的人卻徒生不快之感。在音響效果上，黃梅使人想起黃梅雨，使人想起「霉氣」，亦有「倒楣」之意味。本來黃梅成熟沒什麼不好，但作者似乎別有涵意，說明殖民者之統治已漸趨穩固，但他帶來的不是滋養萬物的春雨，而是一股霉氣，徒令臺民倒楣。第四十五首頗有自況及說明當時志士抗日決心的意味。第四十九首頗接近希臘式的諷刺警語小詩，「鏡有破時」第三句不過是用來襯托最後一句「銀幣」保持著永遠的勝利，有畫龍點睛之妙，楊華一生貧病交迫，對於人生冷暖想必體會更深。第五十首作者將一切的困阨、悲劇，歸之於命運。將臺胞比喻爲「不由自主的無量數的小砂」，其生命之卑微輕賤，無足輕重可以想見，何況這些小砂還是任由「吹揚鼓蕩，不由自主」，被無情的時勢任意擺佈、飄盪、摧殘，「無力者」悲苦的心聲令人鼻酸。第五十三首則表現出詩人當時情境，感情眞切，大有長夜漫漫路迢迢的悲情，不知何時太陽升起，引我以光明之路？不知何時坎坷路途得以走盡？在殖民統治困厄的環境下，此一感傷亦不免，但楊華並未就此屈服，在他的詩中仍不時可見昂揚的鬥志。如第十一首：

源泉曾被山嶽禁錮在幽暗的窟裡
他能繼續著催起流水的跳躍，
所在浸流而使山嶽崩壞。

從楊華這首詩，我們可以說臺灣白話詩的崛起，不僅是橫的移植，也是縱的繼承，楊華任教私塾，又擅長舊詩，對於古典詩文自必有所涉獵。這首詩作，讓我們想起辛稼軒詞作〈菩薩蠻·書江西造口壁〉中山、水之比擬，「山」象徵了現實中之阻礙，「水」是理想之化身，「青山遮不住，畢竟東流去」，山雖然困住了水，但水是不會屈服的，左衝右突，最後必將破圍而去，顯現了作者不妥協的倔強性格。楊華此詩以源泉被山禁錮，象徵了臺灣人民淪於異族統治之事實，但水雖爲山困住，但水卻永不放棄抵抗意志，不時跳躍、浸流山嶽，統治者最後終將崩壞解體。此一意象之使用，大有依託於古典素材之處。楊華後來小詩

之作如《心絃集》則時有臺灣話文痕跡。（容後述）

四、起步期重要作家之詩作

基本上，本文限於篇幅，此處僅概略處理前面未能敘及的一些重要詩作。處理的作品有〈弱者的悲鳴〉、〈這是甚麼聲？〉、〈流離曲〉、〈澗水和大石〉、〈草山〉及《心絃集》等作。首先敘述張我軍詩作。在〈亂都之戀〉這一組詩裡，內容主要是呈現爭取戀愛自由、婚姻自主的精神，感情眞摯，但是大半使用了極爲淺顯的散文句法。其中比較突出的作品是〈弱者的悲鳴〉，作者以黃鶯和白雲作爲弱者（我們）的代稱，他鼓舞黃鶯兒、白雲歌唱和飛翔，以對抗隆冬的嚴寒和惡毒的霉氣。詩人不直接道破弱者是誰，而用象徵手法，轉移出主題所在，雖然此手法以今視之稚嫩、平常，但在當時卻有其意義，尤其以脆弱的自然景物來代表人，來表現人的困境，及不畏困境的勇氣，正是日據時期臺灣殖民社會具體而微的意象呈現。楊華《黑潮集》中亦時以小羊、小鴨、池魚、籠鳥爲例。以自然物爲弱者之象徵，藝術經營成功，也值得再三細讀的是守眞的〈鴨〉：

活！活！活！
一大群的鴨在喊著。
休！休！休
掌握無數生命的飼主在趕著。
它們的性情柔馴，
任一枝竹竿指東畫西，
總是它們會哀求著，活！活！活！

「活！活！活！」既是群鴨的叫聲（閩南發音），也雙關了殖民統治下臺灣人民求生的悲哀，飼主（日本殖民統治者）的「休！休！休！」是竹竿揮動聲音，也是對「活」的嚴厲拒絕。守貞此詩運用了比擬、雙關、對比等技巧，含蓄不露地將主題烘托出來，可說是相當成功之作。不過，此詩刊於一九三四年十一月五日的《臺灣文藝》創刊號上，距離張我軍〈弱者的悲鳴〉（一九二五年七月十九日）之作相隔九年，臺灣白話新詩在短短九年之間，有如此的進展，誠然意義重大。

楊雲萍〈這是甚麼聲？〉，詩三十八行不分詩節，每行長短大不相同，語言稍有文言痕跡，但形式上已完全無舊詩的束縛，可說是一自由詩體。詩人通過洋式樓臺上下不同聲音的對照，憤懣地控訴貧富之差距、人世之不幸，表現了對「水平線下的兄弟姊妹」之同情。這首詩句法學郭沫若節奏，但因剛脫離舊詩格律之束縛，全詩流於散文的道白，缺乏言外之意，而情緒控制不佳亦流於激情宣洩，此點與郭氏之狂呼喊叫無「雲泥的差別」。楊氏較好的作品大抵集中於一九四三年日文出版的《山河》詩集。此詩爲他十九歲時作品，仍嫌稚嫩生澀。不過，此詩以其尖銳的現實性、強烈的愛憎感，在臺灣新詩起步期偏向情愛的題材相較，尤其占有重要位置。一般言之，賴和在詩語上的操作，算是比較熟練的。賴和四首長詩〈覺悟下的犧牲〉、〈流離曲〉、〈南國哀歌〉、〈低氣壓的山頂——八卦山〉頗有經營社會史詩的企圖心。這些作品之背景，有重大政治、歷史事件，過程複雜，情緒發展亦起伏跌宕，抒情、敍事雙線交疊進行，旣寫實又浪漫激情，語言相當流暢。但因是長篇詩作，駕馭起來自非易事，因而結構稍嫌呆板；敍事時顯得太多而露。也許這樣背景的詩作應等激怒的情緒冷靜客觀後，才有心去從事藝術的經營。賴和身處一不公不平的時代，憤懣填膺、一腔正義盡洩於詩，吾人自是可以理解。本節僅敍〈流離曲〉一作。

一九二五年至一九二六年十二月止，臺灣總督府伊澤多喜男，強取豪奪臺灣農民開墾之土地，以極廉之價格由日籍退職官員承購。一九二五年二月一日《臺灣民報》社論〈對於臺灣的退官者還有特別優待的必要嗎？〉一文即對此有所批判（註卷三號五：如將這土地拂下更實行，便是國家只看重官吏的人，而輕視一般的人民，當做官吏的犧牲了。）此紛爭至一九二八年仍未止息，爲此，賴和在一九三〇年寫了一首長詩〈流離曲〉。全詩共三節，二九四行（是日本統治下臺灣新詩上最長，最栩栩如生描繪農民流離失所的詩作）。但發表時第三節只刊出上半部，下半部原擬於《臺灣新民報》三三二期刊出，但該期「曙光」欄被食割，詩被刪掉八十七行富有反抗精神之詩句。據《賴和先生全集》此詩已原稿補齊，全詩完整。

此詩爲一首氣勢磅礴的敘事詩，在第一節〈生的逃脫〉，描寫狂風暴雨的來臨，溪水高漲，一片驚號慘哭的淒慘局面，雖然死裡逃生，但厝宅流失，田畑崩壞，日後生機全無。整節詩在驚惶恐懼中，寫出了日據下臺灣農民在天然洪水災害與人爲剝削（殖民體制）下掙扎的經過。洪水來臨，情勢緊張：

猛雨更挾著怒風，
滾滾地波浪掀空。
驚懼、匆惶、走、藏、

呼兒、喚女、喊父、呼娘、
牛嘶、狗嗥、
混作一片驚號慘哭，
奏成悲痛酸悽的葬曲。

利用急促的短句，形成快速的節奏，呈現一混亂的情景，災害驟臨有如濁浪滾滾，兼天湧至，一切生物無所逃於天地間，情景雖混亂，但詩卻清晰準確傳達。然而，就此屈服於此災難之下嗎？當然不，「在死的恐怖之前，生之慾念愈是執著不放，到最後的一瞬間，尚抱有萬一的希望。」「要向死神手中，爭出一個自己」，靠著此一毅力，有了絕境的奮鬥。在賴和詩中弱者再度表現了強者不屈的意志力。

墾墾！鬪鬪！
忍苦拚力！
一分一秒工夫，
也不甘去休息。

鋤鋤！掘掘！
土黑砂白，
開開！鑿鑿！
石火四迸。

賴和使用了大量重疊動詞，「墾墾！闢闢！」「鋤鋤！掘掘！」「開開！鑿鑿！」均佈在八行詩句中，我們可以發現這些動詞不僅調整了外在形式的節奏，也在內涵面的節奏流程上產生重大功能，易言之，詩裡雖有不少驚嘆號，但不是浮濫之激情，而是強化勞動者的艱苦百忍。這首〈流離曲〉其句法的強調，創作的藝術，雖未貫通全詩，但上引諸詩節並非僅是詩中局部，致淪爲修辭之地位，而是在詩中占有相當的主導性，描述出悲苦的現象，苦痛的掙扎，生之意志的昂揚，敍事詩所需之氣勢、悲壯，我們可以完全感受到，對〈流離曲〉這首好詩而言，雖然其中偶有一些瑕疵，但尚不致有傷大雅。六十五年後的今天，來看這一首詩，仍是相當感人的。

陳虛谷最具代表性的是〈敵人〉一首，洋溢著對敵人不共戴天之仇恨，彈奏出誓死與敵人血戰的強烈音響。與賴和〈覺悟下的犧牲〉異曲同工，大抵激動有餘，冷靜不足，題旨太露而直接，句法同郭沫若，時而憤怒大吼，較乏令人回想的餘蘊。陳氏較好的作品如〈草山〉四首，以「雲」比擬爲隱者，「水」比擬爲經世家，「這雙生兒都是山生出來。」該詩寫出了他心靈掙扎的矛盾。在〈澗水和大石〉中，他又以「澗水」暗喻悲壯入世的心志，以「大石」暗喻隱世獨立的心志，此二詩大抵都是借著比喻，委婉寫出其間劇烈的衝突，尤其將詩人內心複雜、矛盾的糾結，寫得深刻動人。

除了這些詩作之外，有關楊華臺灣話文之嘗試，亦於此一併提出。楊華《心絃集》五十二首，原發表於《南音》上，該雜誌當時頗提倡臺灣話文之創作，楊華在南音上發表的這一組作品，與他其它的作品截然不同點，在於使用閩南語詞彙，語法次數增加，及使用了些許郭秋生所創的新字。同時詩中有些語氣明顯受冰心小詩的影響。這五十二首小詩中所使用的閩語詞彙有：攏總（全部）、青驚（驚慌）、滿身軀（整身）、日頭（太陽光）、彎落去（彎下去）、沃濕（淋濕）、漸且停困（暫時停下）、紅熾熾（紅赤赤）、按怎（怎麼）、也是（或是）、佳哉（幸虧）、一蕊（一朵）、掃清去（掃乾淨）、親像（像）、譽老（誇獎）、清清去去（乾乾淨淨）。至於新造字，如：伸，音ㄧㄣ，他們；哥，要；網，音ㄏㄨㄛ，予、被。這些詞彙的使用多以擬音爲主，兼顧其義者較少，對於不懂閩南語的讀者而言，可能爲一大隔閡。

但《心絃集》使用的母語有時也頗有韻味，如第二十九首說：

露水的愛情是一慣的
有頭有尾。
不管伊是花開也是花謝，
伊的愛情是一樣咧！

當我們用臺語來朗讀時，「有頭有尾」、「也是」倍覺親切。大抵言之，楊華用母語寫作，寫得最好的是一九三二年所寫〈女工悲曲〉一詩。以溫和委婉的表達方式，客觀呈顯了臺灣女工受資本家剝削的慘境，她們悲苦、黯淡的人生，令讀者爲之動容，在楊氏所有作品中，這首詩的出現，值得吾人注意。詩寫於一九三二年，楊氏不用直接的控訴、批判、抗議等坦露手法，亦不正面寫女工上班時所受的欺凌，他把故事焦點放在上工前那一段驚悸、趕路、徘徊的心情上，全力刻劃女工的心聲：

星稀稀，風絲絲，
淒清的月光照著伊，

搔搔面，拭開目睭，
疑是天光時。
天光時，正是上工時，
莫遲疑，趕緊穿寒衣。
走！走！走！
趕到紡織工場去，
鐵門鎖緊緊，不得入去，
纔知受了月光欺。
想返去，月又斜西又驚來遲；
不返去，早飯未食腹裡空虛，
這時候，靜悄悄路上無人來去，
冷清清荒草迷離，
風颼颼冷透四肢，
樹疏疏月影掛在樹枝。
等了等鐵門又不開，

陣陣霜風較冷冰水，
冷呀！冷呀！
凍得伊腳縮手縮，難得支持，
等得伊身倦力疲，
直等到月落，雞啼。

楊氏以傳神筆法，勾勒出女工為了生活，不敢上班遲到，心裏念茲在茲，因此誤把月光的明亮，錯為「天光」（閩語：天亮）時，女工一刻也不敢遲疑，顧不得飢寒，拚命跑，趕到紡織場，才發現受了月光的欺騙，想回家，又怕來不及上班，只好忍受飢餓、寒冷，獨自一人等到天亮、雞啼。全詩頗富戲劇性，氛圍的營造也頗感人。雖不直接寫女工受工廠壓榨之苦，但透過女工為了保障工作，那一緊張驚悸的心情，不正暗示了上工後飽受剝削的苦況？同時深一層看，誤把月光當作天光，豈不意味著女工遭受日夜不分，毫無喘息餘地的心理壓力？此詩臺語的運用，圓轉自如，如目睭、天光、趕緊、入去、來去等，而「走！走！走！」三字貫串下來，更特寫出女工怕遲到拚命跑的鏡頭（走，閩語「跑」。）詩中聲韻諧和，富有內在節奏的音樂性，其句末又採取低沈哀吟的齊齒音，更使讀者心靈抹不去一絲絲愁情。新詩本不強調押韻，其有押韻現象者，亦不似古典詩嚴格，因此ㄧㄩ可不分。在這首詩中句末協韻之字如：稀、絲、伊、時、疑、衣、去、欺、虛、離、肢、枝、持、疲、啼等，可見作者是有意安排的，而事實證明，作者在臺語，協韻的運用手法上是成功的。

五、相關的一些問題

對於楊華新詩之評價及相關的問題，是令人尋思有趣的事。HT生〈詩歌的批評及其問題的二、三〉一文認爲：「晨光集作者楊花氏（臺灣文藝一月號），內容非常的薄弱，形式上的體格，是受了冰心女士《春水集》的影響，像這種的體格，在日本短歌的文學史上頗有相當的價值，如短歌、俳句、川柳等等。」雖然批評其作品內容「薄弱」，但仍肯定楊氏之介紹「大有影響於臺灣詩歌的建設，也是值得注目的一件作品。」[13]如與雷石榆、林克夫氏之批評合觀，則大致可以看出楊華的作品（尤其是小詩）爲什麼在當時的詩評未能給予很高的評價。

雷石榆〈我所切望的詩歌——批評四月號的詩〉一文認爲：「楊華君的《晨光集》可以

說，在這刊物中再找不到相伯仲的自然主義詩。那淸淡、瀟洒的詩句正如HT生君說是酷似冰心等的寫法。但可惜這樣的詩已不是現時代的寶貴產物。」⑭林克夫〈詩歌的重要性及其批評〉：「（臺灣）十餘年來苦心奮鬥，所收的成果雖略有些可觀，若由中國的詩壇比較起來，中國的詩壇已經過浪漫主義、自然主義而進入新寫實主義時代了。現在中國的新詩人們已不是還在月光中的夢想，甜蜜鄉的喘息了，他們已由歷史底過程，滲透了現實的世界了。普魯禮達利亞陰慘的生活形態在詩人們的心臟醞釀著了，汽車的衝動聲和工場的騷音把詩人的耳膜叫得要破了。（以下中國現實新詩作品略）……漢文的詩歌依然在自然主義的圜圈內狂奔，像這樣落伍的臺灣漢文詩壇的現狀，實哉慚愧得很。……親愛的詩人們啊！……觀察我們無產兄弟現實生活形態，歌罷唱罷，正是我們詩人活動之秋了。」⑮

小詩在中國雖曾受胡適、周作人的提倡，但亦受梁實秋、白璧德、成仿吾、聞一多等人的批評。當時批判此一詩體之因頗多，但大抵集中在小詩沒有格律、本身篇幅太短、不便抒情，用以說理亦不宜，及從民族主義立場出發，批判小詩不能肩負改良社會、人生的責任。反觀臺灣的情形，則因其處境的特殊，尤其到了三〇年代社會主義思想盛行，文學工作者又泰半抱持文化運動的理想，對文學作品之創作大抵以寫實主義爲尙，同情低下階層人民生活的痛苦，因此對於表面上寫花鳥風月自然景觀的題材之作，多半不能苟同，所以HT生、雷石楡諸氏對於楊華之作，或以「內容薄弱」評之，或以「不是現時代的寶貴產物」議之，此中原因即在於林克夫氏所指詩歌要以現實主義手法反映無產大衆悲苦的生活。其實楊華的詩雖然寫自然景觀，但基本上他是以托物取與，就地取譬的手法，將主題隱藏在字句的背後，他透過詩中的自然景物具體而微展現了臺灣的命運與精神，從意象的枝葉背後，我們可更深刻感受到詩人對時代、社會無可奈何的悲情，及背後控訴統治者不義的高遠情思。

一般而言，反帝、反封建的詩作多半直接敍述，有激昂的情緒充塞其中，而楊華詩作非僅個人心情的抒情，他頗重意象的處理，因此表現方式不是那麼直率。詩評中提及的晨光集雖已是楊華一九三三年的作品，不在本文處理的範疇，但該詩集如第十八、四六、四七、四八、五〇、五一首，以蟬聲與雨之描寫，來象徵臺灣志士在日本高壓統治下，備受壓抑致使理想受挫之手法。此一寫作技法同樣見於楊華在一九二七～一九三二年諸詩作。因時代氛圍、文學觀念的不同，楊華的詩作，我們今天重新翻讀，忍不住爲他叫屈，就白話詩的藝術成就來看，他不僅應受到肯定，也値得令人喝采。

臺灣白話詩起步期，新舊文體仍在某種程度下共存著，即使張我軍引發了新舊文學論戰，舊詩社仍逐年增加，在《臺灣民報》「詩壇」此一專欄同時並列新舊詩（詞）作的情形亦未減少，如一九二四年四月廿一日、五月十一日、六月廿一日、七月一日、八月廿一日、十一月十一日、廿一日（旬刊），一九二五年六月十一、廿一日，七月十九日，八月廿三、廿六日等等，以及後來一九二九年「漢詩界」和「曙光」此二專欄，新舊詩並存的現象來看，臺灣白話詩的發展顯然在保存文化上有特別的考量。殖民地的臺灣，在政治現實的困境是值得研究者思考的重點，作爲一個日本領土下的中國政治分離體，政治、現實社會的考量，常逼使臺灣的文學不得不走向與臺灣文化、民衆結合的歷史宿命。如以一九二七年爲界，其前的白話詩多傾向於使用中國白話文表達反封建之思想，追求眞愛，表達相思之情（偶而也有對不合理社會的控訴與悲憤）；其後則多雜有臺灣話文之痕跡，內容以控訴帝國主義之壓迫，同情無產大衆的作品爲主。然而白話詩時被「食割」，舊詩在當時或因日警不懂，而得以逃過一劫，它的存在也是研究新詩不能不注意的一件事。

起步期作家如賴和、楊守愚、陳虛谷、楊華等人也都是新舊詩雙管齊下，甚而他們一生所做的舊詩遠比新詩多。林克夫曾於一九三六年時說：「賴和先生、守愚先生過去在新詩壇，已建立了不少功勞，如今他卻在做著舊詩，豈不是使了後進的新詩人起了動搖麼？」[16]此一情形亦和聞一多類似，聞一多出版了《紅燭》後，卻寫下這麼一首舊詩：

> 六載觀摩傍九夷，吟成鴃舌總猜疑。唐賢讀破三千紙，勒馬回韁作舊詩。

聞一多寫了六年白話詩之後，要勒馬回韁作舊詩。朱自清三十三歲時寫〈論無話可說〉：「十年前我寫過詩，後來不寫詩了。」聞一多、朱自清白話詩皆不多，持續創作的時間亦不長，臺灣白話詩作家亦雷同這樣的情形，此中消息頗值反思。賴和諸氏都是臺灣白話詩起步期重要的作家，但他們對舊詩的創作始終未見棄，倒是白話詩後繼無力，張我軍重要的作品都作於一九二四、二五年，賴和一九三五年以後未見白話詩作品，顯然林克夫氏的呼籲並未奏效。陳虛谷一九四〇年以後即未見白話詩作品，但光復後舊詩卻不少。這些現象似乎說明了舊詩在他們的創作天地裡是居於主流，白話詩是旁支的位置。這樣的情形要到了日文漸穩固時期的二代知識青年才有了轉變罷！

六、結　語

本文處理的時間從一九二〇到一九三二年。這十二年是新文學理論興起，新體詩萌芽的階段；一九二〇到二六年大抵集中在文學理論、倡導詩作的推動上，一九二七年至一九三二年則是創作體現的階段。前四、五年語言主張的闡揚在於使用中國白話文⑰，一九二七年以後因國際局勢，中國國共內戰諸多因素的影響，適當使用臺灣話文入詩，已漸配合臺灣本身特殊處境獨自發展出自己的特色。隨著一九二六年新舊文學論爭告一段落，在二〇年代初期展開的文字改革運動，可說已完成階段性目標；此後社會主義思潮瀰漫臺灣文壇，使得文學議題不似初期那麼單純，當接受社會主義思潮洗禮的臺灣知識青年將眼光注視到無產大眾身上時，必然有著無限的同情、關注，而大眾又幾乎全爲文盲時，對詩作語言之使用不免有所考慮，一九三〇年黃石輝〈怎樣不提倡鄉土文學〉一文，即從無產大眾立場批判前一階段的白話文運動，當然此階段思想意識紛歧，有的作者偏向反帝國主義，有的偏向內部階層問題；有的支持中國白話文，有的贊成臺灣話文，表現在詩作上的議題、形式也就較一九二七年以前的繽紛耀眼。但無可懷疑的是摻雜使用臺灣話文的作品已漸多，楊華《心絃集》小詩五二首（一九三二年作，一九三五年刊登），即以臺灣方言、新造字入詩即是很明顯的例子。

此外，在張我軍之前有關臺灣新文學的理論、創作都已產生，臺灣的白話詩並非僅受中國白話詩之影響，如定位爲中國白話詩之支流，顯然不合歷史事實。在白話詩起步期，我們可以看到各式詩體在臺灣發展的情形，小詩的運用在楊華手中，更是日益成熟，但由於社會主義思潮同情無產大眾及寫實主義之盛行，使得當時很多詩作多重思想內涵，爲了讓大眾能了解內容、主題，也大多不講究含蓄表達的技巧，甚至覺得「開口見喉」直接了當的手法才能達到控訴、反抗之目的。這使得楊華詩作在當時未能給予好評。相對的，詩壇呈現寫實主義掛帥之風，這要到了一九三二年之後，社運受到影響，直接反抗已不是那麼容易，超現實主義之引進，借著往內面世界之沈潛，借文學之暗喻方式，尋求內心自在的精神世界（當然，表面放棄外界的寫實，但卻是直指現實。）寫法才不再那麼直率。

也因日據時期，寫實主義盛行，而傾向寫實主義的小說往往較白話詩更爲有利，因此有關日據下臺灣文學方面的研究，小說此一文類較爲受到青睞，詩評則顯得少，在這少數之中，起步期的詩評又不如三〇年代的風車詩社受人關懷。當我們涉及二〇年代的白話詩多數人想當然耳便嗤之以鼻、或不屑一顧，因爲此一時期的作品往往得披沙揀金方能偶見佳作，尤其以現今的詩藝來看，早期的白話詩多半充滿著稚氣未除、淺顯粗疏的散文句法，誠難登大雅之堂。事實上，這是一個不公平的論斷。若以歷史的觀點來看，起步期作家們的努力實應受到後人同情的諒解，他們披荊斬棘的探索新路，與不斷失敗的艱苦，固是值得吾人寬容體諒，而他們獨到的創發與少數嘗試的成功，則更應爲後人所珍視學習。

筆者於此特別選了某些詩篇來證明在一個白話詩草創的時代，也可能有成熟之詩作產生。這些佳作有不少是出於極年輕的詩人之手，我們可以說，每一個時代，每一位年輕作者，都會有詩藝成熟的作品，研究草創期的詩作，研究者主要責任，便是發掘這些好詩，並為讀者提供一欣賞的原則。

起步期的白話詩雖然語言風格不是那麼進步，但凡事需有開端，有了開端再加上努力，自然就有發展的機會。在白話詩七十餘年的今天，這時期的白話詩表現，未嘗不可作為白話詩路向的參考。

【註　釋】

① 引文見《臺灣民報》二卷七號，一九二四年四月廿一日。

② 黃呈聰，〈論普及白話文的使命〉，《臺灣》四年一號，一九二三年一月一日。

③ 見張光直編，《張我軍詩文集》，純文學出版社，一九八九年九月二版，頁九五。該弔詞文被日本警察禁止朗讀，詳見該書之註文，頁九九。

④ 張我軍，〈詩體的解放〉，《臺灣民報》三卷七～九號，一九二五年三月一日～廿一日。

⑤ 懶雲，〈讀臺日紙的「新舊文學之比較」〉，《臺灣民報》第八九號，一九二六年一月廿四日，頁一一。賴和之立場，很明顯的是主張要以開放的態度向世界文學廣泛地學習，臺灣文學不能自外於世界文學的潮流。

⑥藍博洲，《沈屍‧流亡‧二二八》，臺灣時報文化出版，一九九一年六月，頁一三一。

⑦寫於一九二七年二月，一九三七年方刊於《臺灣新文學》第二卷二號。

⑧呂興昌，〈引黑潮之洪濤環流全球——楊華詩解讀〉，《臺灣文藝》改組後第三號，一九九四年六月廿日，頁一一六。

⑨楊雲萍於一九二五年《人人》雜誌上亦撰有〈小鳥兒〉一首，並括號謂之「散文詩」，此一名稱，中譯而來，含義較混淆，文類界限不清，此處改以分段詩稱之。楊氏該作頗有以鳥兒象徵殖民地的臺灣人民，但寫來仍呈一分行的散文，詩想不足。

⑩〈困苦和快樂〉、〈頑強的皮球〉，分見於《臺灣新民報》三百六十、三百七十號，一九三一年四月十八日、六月廿七日。

⑪羅青〈稚嫩苦澀的萌芽——論日據下臺灣的白話詩創作〉，收入《文學史學哲學：施友忠先生八十壽辰紀念論文集》一書，時報文化出版，一九八三年二月。該文又收入羅青撰，《詩的風向球》一書，爾雅出版社，一九九四年八月二十日初版。

⑫小林一茶（一七六三～一八二七年），出身農家，幼年孤苦，備受繼母虐待。境遇雖多不幸，但其詩卻充滿了深厚的人情味，鳥蟲諸物都有真切的關愛。該文引詩或作「愼勿擊落蠅，手腳勤膜拜」。此處譯文依據周作人〈論小詩〉一文。張菊香、張鐵榮編《周作人研究資料》，天

津人民出版社，一九八六年。

⑬ HT生一文見《臺灣文藝》二卷四號，一九三五年四月一日，頁一〇二。

⑭ 雷石榆之文見《臺灣文藝》二卷六號，一九三五年六月五日，頁一二六。

⑮ 林克夫之文見《臺灣新文學》一卷七號，一九三六年八月五日，頁八六。

⑯ 同前註，頁八八。

光復後臺灣小說的階段性變化

一、前　言

欲建構一九四五年至九五年，臺灣小說階段性的變化，本身即面臨了文學史架構的問題，如何詮釋論述是個難題。此一工作首需閱讀大量翔實的史料（文學作品），並進行剔僞存眞，去粗取精的藝術鑑別，以及對歷史發展上各種文學思潮、流派、現象，進行深入細密的個案研究，同時對社會、政治、經濟、文化有相當的了解，如此描述出來的文學輪廓方能清晰貼切。然而面對浩如煙海的文學作品，加上過多政治的禁忌，資料毀滅的歷史斷層，我們迄今難以全面掌握究竟有多少文學雜誌、文學典籍？也無法盡數瀏覽。面對如此龐大的文學現象，不禁令人惶恐。四、五〇年代的文學作品不易見；八、九〇年代的作品，置身高速滾動的資訊消費社會中，其妍媸優劣無從充分掌握。劉紹銘曾說：「五十年代的文學作品我看得最少，不是作品不好我不願意看，而是想看卻看不到，根本買不到。……五十年代作品看得少就不能說。」①其實，又何嘗五〇年代情況如此？為了進行初步的爬梳、鉤沈，對各個階段活動的作家予以客觀定位，我們不得不試著說說看。

本文對光復後臺灣小說發展的脈絡、軌跡，採以每十年為一橫切面檢視，緣以政經變遷大致符合此十年一階段情況及論述之方便。當然，每一時代的文學史斷代，任何作家、作品都不可能因應某一個十年為期的階段，而做自我創作的調整，此一機械性的時空分割，有其盲點，也受到頗多人的質疑②。過去大致被畫分為五〇年代反共、戰鬥文藝時期，六〇年代為橫的移植—西化，現代主義文學思潮的時期，七〇年代為縱的繼承—回歸鄉土的寫實主義時期，八〇年代為多元化或後現代主義時期。而此間又賦予後一階段之興起乃針對於前一階段的反動，因此七〇年代的鄉土文學運動，乃是不滿於六〇年代的現代主義所帶來的頹廢、逃避、蒼白、虛無；六〇年代的現代主義乃是在反共、戰鬥文藝下，心靈苦悶、一種精神荒原的追尋。

可謂各個時期的主流乃是針對其他支流創作而言。然而某一時期的主流創作浮現，蔚為風潮時，其他支流並未頓然消失或死亡，其間仍是或隱或現，並存發展。因此當我們說七十年代鄉土文學時，並不意味六十、八十年代鄉土文學就銷聲匿跡了，或寫實主義的文學隱沒了。事實上作品永遠在論戰之前即已發生，王禎和、黃春明、陳映眞、楊青矗、王拓等人，他們大部分的小說創作在六〇年代即已出發完成了，而八、九〇年代仍有葉石濤、鍾肇政以寫實主義的作品問世。不惟此也，當我們說六〇年代是現代主義時期，事實上五〇年代中文壇是反共文學與現代主義的文學平行發展，而七〇年代是否僅是對六〇年代的不滿？事實上，鄉土文學論者所排斥的部分六〇年代灰頹、失血、病變的現代主義文學，在某個意義上，也是對五〇年代文藝政策的反彈，因而七〇年代可說是對前二十年文藝的抗辯與自覺。此一種十年畫分的方式，造成書寫時以主流爲關懷重點，然而同時代的異聲或許將更爲後來文學史書寫者所重視，此一論述應是可以預見的。

本文自知以十年爲一階段，作家之創作生命難免被切割，尤其對跨越世代、長期創作不輟、文學典範不斷更迭的作家來說，不論放在那一階段來書寫，都將使焦點模糊。因此論述時，視其必要將縱橫座標聯連起來，或較能貼切看出臺灣小說變遷的歷程。

從一九四五年到一九九五年，臺灣小說的生態環境與深層結構面臨了一個與過去不同的階段。小說的發展動向與社會政治脈動息息相關，而有各個階段性的發展、特色。茲以概略的階段畫分，試爲戰後臺灣小說發展歷程描繪輪廓。

二、戰後初期（一九四五—四九）的小說

從一九四五至一九四九年，臺灣光復、國府遷臺，這爲期約四年光景的臺灣小說過去很少被提起，成爲空白期。然則這四年的小說呈現的是「驟然消失的繁華年代」。日本投降，臺灣歸還國民政府管理，對殖民體制下的臺籍知識分子而言，他們長久處於被鄙視、壓抑的惡劣困境，一旦得到解放，莫不認爲是發揮理想，施展抱負的大好時機。根據張良澤蒐集到的資料，此時出版的文學、文化雜誌有數百種之多。在經濟匱乏的年代，這樣的繁華好景，說明了作家對文學創作熱情，又回復到新的沸點。

脫離殖民地統治，曾是許多臺灣人的夢想，而在美夢成眞的戰後初期，文學界的確百花齊放，龍瑛宗、楊逵、吳濁流、葉石濤諸人，皆有作品發表於報刊雜誌。其時副刊尚保留日文版，他們亦得以藉之延續創作生命，即使日文作品逐步煙消，但仍有翻譯後再刊登之作，有些作家甚至急於爲時代見證，迫不及待踏出中文創作的腳步（如呂赫若）。而臺灣在太平洋戰爭及戰後的蛻變，除了盡是滿目瘡痍、愁雲慘霧的歲月外，又加上心靈的鉅痛，它給臺灣人民帶來了深度的裂縫與扭曲，這是戰後臺灣作家首先要予以深刻凝視、關注的。臺灣人

民無可奈何的命運，是戰爭期作家最想處理但又不能碰觸的題材，呂赫若在戰後即迫切地以不很圓熟的中文創作了四篇中文小說：〈故鄉的戰事一——改姓名〉、〈故鄉的戰事二——一個獎〉、〈月光光——光復以前〉、〈冬夜〉，這四篇作品記錄了臺灣人民在日本、中國統治下生活的眞實面貌。〈冬夜〉一篇尤其突顯了政權更迭之際，人民所承受的巨大衝擊。此四篇中文小說，篇幅都不長，藝術成就遠不及其日文作品，人物之刻劃及情節之營造，均缺乏他一貫冷靜而熟練的解剖技巧。應是從日文轉換到中文，尚不能圓熟運用之故，但他進步得非常快，一篇比一篇精彩，細節亦能多所描繪，他對文字的天分，誠令人敬畏。

龍瑛宗戰後不久，亦發表了兩篇作品，表達他對「光復」的看法，〈青天白日旗〉描述了阿炳乍聞光復時內心的震盪，並有著幸福的感覺。〈汕頭來的男子〉慨嘆生於不幸星辰下的臺灣人，沒有祖國的淒涼。臺灣人原罪的負擔，在文中有所敘述：臺灣人「背著幫兇的任務」。此一原罪主題在吳濁流《亞細亞的孤兒》也有所披露，胡太明初到大陸，太明的朋友即好心告誡他：

> 我們無論到什麼地方，別人都不會信任我們……命中注定我們是畸形兒，我們自身並沒有什麼罪惡，卻要受這種待遇是很不公平的。可是還有什麼辦法？我們必需用實際行動來證明自己不是天

生的「庶子」，我們爲建設祖國而犧牲的熱情並不落人之後啊③！

此一原罪負擔，在邱媽寅〈叛徒〉裡，分裂爲迷失於中國、日本的民族認同兩端，這種游離於兩個敵對民族間的苦痛，實是臺灣人無可奈何的宿命。主角蘇靖彬與陳西彥的狂飲，透露此中悲情：

> 乾杯！爲了我們的世界大同主義，乾杯！在我們四海爲家者，管他是日本人，還是中國人，結果都是一視同仁的。哈哈……（靖彬）有時候噴著吐沫，哭聲地（自語）：「你，你還是支那人呀，哈哈！」但他最後總是皺著眉頭，一口飲盡那簡直是痛苦的酒。西彥忽然想起來似地說著莞然一笑：「據說日本人也是黃帝的子孫，說是什麼秦朝時候移住過來的。」「你相信嗎？」靖彬問，「我什麼屁事也不相信。」西彥又露出一個微笑，「但是我都清楚，日本人跟中國人是不同的，是一種可佩的人種，是吧」靖彬嘴裏雖是這麼說，可是到只是一個人的時候，連他也會從心底委屈起來，而潸然淚下了④。

這篇小說所探討的問題在當時頗爲尖銳，認同的過程亦頗爲曲折，是篇十分成功的作品。游喚曾謂：「有關『臺灣』及其主體的小說形式之論述，這一篇可謂相當尖銳直接。」

「〈叛徒〉文本中也存在著兩個文本自我解構的宰制認同之因素。」⑤另葉瑞榕筆下的〈高銘戟〉描述了擔任中學教員的臺籍知識分子，由日文過渡到中文，遇逢大陸合格教師等的挫敗經驗。

二二八事件後的臺灣文學園地主要以《中華日報》日文版文藝欄爲主，（一九四六、三、十五～十、廿四，主編是龍瑛宗）及《臺灣文化》零星的文藝創作（二二八事件後《臺灣文化》改爲純學術刊物）。在《中華日報》上我們可以看到王莫愁的〈春天的戲弄〉及邱寅嫣的〈天花〉描述了臺灣女性的處境，深切盼望戰後丈夫的歸來，但日本回來的丈夫，卻出人意外地帶回日本妻子，這在當時應也是很普遍的社會現象。在《臺灣文化》刊登的小說如楊守愚〈阿榮〉（爲戰爭〈鴛鴦〉一作轉載）、張冬芳〈阿猜女〉、呂赫若〈冬夜〉，大致上都以臺灣女性命運爲經，以此暗喻被殖民的臺灣之慘境。張、呂之作尤其架構在外省男性與本省女性之婚姻，皆是因女性爲外省男士所騙、被強暴後，不得不嫁給對方，此一「強暴」行爲或許有暗喻臺灣之爲中國收編，事實上是不能自己做主的。以女性命運象徵臺灣被殖民的慘境，是臺灣小說一貫的寫作傳統。

此期臺灣作家面對的問題其實相當多，最大的挑戰來自一九四六年十二月統治者查禁日文，他們之中大部分人失去賴以依存的文學語言。不久二二八事件發生，對他們又產生相當大的衝擊，雖然有不少知識分子轉瞬間熱情化爲冷凝固結。但在這樣的環境下，仍有不少文士奮筆創作，從這些作品，可以發現戰後臺灣人民的苦悶，以及對整個時代的無奈。這些作品如實呈顯臺灣作家一貫的鄉土寫實風格。

一九四八年八月，在臺中主編《力行報》文藝版的楊逵，繼續爲臺灣文學的重建而奮鬥，他開始主編《臺灣文學》（僅三期即停刊），並特地在第一輯說明刊行宗旨：「最近的論爭所得到的『認識臺灣現實，反映臺灣現實，表現臺灣人民的生活感情思想動向』這原則，本刊認爲是建立臺灣文學當前的需要，而且是最堅強的基礎。」在這樣的原則下，我們可以發現楊逵特別轉載了兩篇外省作家的作品：鄭重〈摸索〉、楊風〈小東西〉，這二篇小說反映了濃厚的臺灣經驗，尤其是光復初期臺灣民衆普遍的窮苦，並指出臺灣封建社會，養女習俗的弊端。鄭重的〈摸索〉也觸及到外省人和本省人對事物的不同看法及習俗的差異，呈現了當時祖國年輕知識分子的理想和人道關懷（此項在楊風小說亦可見到）。

外省作家所描述的臺灣經驗，尚可見諸於《新生報》「橋」副刊，該報一九四七年八月一日創刊，一九四九年三月廿九日停刊，共刊出二二三期。副刊主編爲歌雷（史習枚），是一位較能眞正關心臺灣文學前途的大陸知識分子。他認爲「報紙的讀者多是本省人，卻沒有本省作家的文章，這是說不過去的。」⑥遂刊登啓事徵求日文稿件，再請人翻譯後刊登，楊逵、葉石濤之作即藉此管道得以發表。歌雷崇奉現實主義，在他主編的「橋」副刊，因此樹立了此一現實路線。在副刊裡刊登的外省作家的小說，基本上也是著重寫實的風格。如呂宋〈到達〉描述大陸民衆搭乘海輪初抵基隆碼頭的情景；林鹿〈夜車上〉描寫主角在夜車上碰見流落臺灣卻找不到工作的外省人的故事。吳阿華〈出差記〉靈活呈顯了外省公務員藉出差作威作福、騙吃騙喝的醜態⑦。

相對於外省作家的臺灣經驗，在「橋」副刊上臺灣作家的筆觸幾乎沒有以外省人為主題的小說。如有亦大致見諸二二八事件前，並集中於臺灣女性為外省男士欺騙，凌辱的故事。（如前所述）在一九四八年五月，吳濁流撰就了〈ボシダマ科長〉（波茨坦科長），這是在二二八事件後，吳氏強烈的反殖民意識之作，對接收官僚極盡辛辣諷刺，主角翁玉蘭在來臺接收官員范漢智熱情的追求下，很快便與范結婚，但婚後她漸了解范的為人，及出賣臺灣、牟取暴利的勾當，他酒後吐眞言：「臺灣眞是個好地方，由重慶只穿一領西裝來，不久就可以做百萬富翁或千萬長者，眞好！」⑧她的女權意識隨著她到動物園散心，看到大象求食情景而有所反省。大象為求得「一片之食擺出媚態。出賣媚態而求人喜歡。唉呀，女人也和大象一樣嗎？在『家庭』的鳥籠裏，不過給一個男人觀賞而已。」⑨玉蘭曾「像一個孩子」戀慕母親似歡欣迎接王師的到來，輕易地嫁給了范漢智，婚後才發現自己就像被關在家庭的鳥籠裡，成爲被觀賞的對象，進而喪失自主性，事事取媚於人。小說以玉蘭和范漢智的婚姻關係隱喻臺灣與祖國之政治關係，翁玉蘭女權意識之覺醒，其實象徵了臺灣人及中國殖民意識的覺醒。吳氏善用類比諷喻，成功而深刻表現臺灣人認同的挫折，及可悲的被殖民命運。

一九四八年〈橋〉副刊陸續登了不少作品，蔡德本〈苦瓜〉，寫嗜吃苦瓜的阿金婆，在戰爭中失去了唯一可依靠的兒子，媳婦不堪她的壞脾氣逃回娘家，孤苦無依的阿金婆爲了平素愛吃的苦瓜，只得晚上到鄰居家偷摘苦瓜，遭兒子的好友不知情毒打一頓，後阿百知是亡友之母後，偷偷將最熟的苦瓜以及亡友土獅遺留的木刀，由牆壁的縫隙塞入。小說以「苦瓜」爲意象，具體呈現「苦」之來源，在於戰爭、貧窮及家庭權力結構的不合理。黃昆彬〈美子與豬〉，如實呈現了當時女性在家庭結構中必然的挫敗與幻滅。王溪清的〈女扒手〉、謝哲智的〈拾煤屑的孩子〉描繪了戰後臺灣物資的奇缺、生活淒涼的情境。

除了反映臺灣民衆普遍的貧窮，也有作品隱喻了臺灣之改革、建構。楊逵〈萌芽〉以洋牡丹的栽培、除蟲、開花過程，象徵了臺灣人的解放運動之花朵終將開花、結果。葉石濤〈汪昏平，貓和一個女人〉、〈三月的媽祖〉及一些歷史題材之作，實都具有批判臺灣現實之意味。在〈汪〉、〈三〉二作未刊登之前，陳顯庭即評葉氏之作，說他的作品「全是屬於十七世紀臺灣人對荷蘭人的反抗的故事，而作者想要藉此表現臺灣人的特有的性格及象徵臺灣的過去的社會，將以對現社會給予一種暗示。」⑩陳氏又緊接著期許葉氏能將筆鋒對準臺灣現實，給亟待改革的臺灣注入進步的力量。〈汪昏平·貓和一個女子〉、〈三月的媽祖〉體現了筆鋒對準臺灣現實之建議，前一篇指責了汪昏平的浮游無根世紀末頹廢。揭示臺灣知識分子應與勞動群衆攜手共進，後一篇以二二八爲背景，描述律夫步步驚魂的逃亡過程，尤其扣住「三月媽祖」大地之母（Earth Mother）的象徵，一個救律夫的女子。能眞心撫慰律夫（或臺灣人）的人，象徵了臺灣這塊土地，她充滿了守護女神媽祖溫馨仁慈、值得信賴的特質，是臺灣人重新自我定位所找回的母親。

二二八事變後的臺灣小說，仍然有不少作品表達了臺灣人悲慘的生活，對臺灣社會經濟混亂之陳述一如事件前，但大致上筆觸不是那麼直接尖銳指向統治者，而以一種低沈平淡口吻描述事件，使通篇文章充滿無奈及無力感的焦慮世界，隱約中仍洋溢著作家關懷社會、時局之情。可見作家淑世的精神，事實上並未因二二八事件而有所退縮，甚至有一些作品反映了臺灣人唾棄暴政，企思再革命，解放臺灣之心願。本土先行代作家作品在戰後文學界（尤其五、六○年代）瘖啞失聲，除了語言、生活，其實最大因素來自於政治干預。而政治變故，固然二二八事件使得一些作家噤若寒蟬，但最重大影響應是五○年代白色恐怖時期之延續。從一九四七年至一九四九年，這二年間，臺灣的文學活動並未完全沈寂，甚而臺灣史上第二場鄉土文學論戰都引起省內外熱烈的討論。一九四九年十二月國府遷臺，不久因韓戰（一九五〇年六月）爆發，使得美國改變政策，以軍事、經濟援助蔣介石領導的國民政府，派遣第七艦隊協防臺灣海峽，防止中共對臺灣的攻擊。韓戰爆發，扭轉了臺灣被「血洗」、「解放」的立即危機，但也使國民政府有餘力展開白色恐怖時期，臺籍作家即未被二二八受震如驚弓之鳥，亦不得不在語言轉換中暫時消音。至此臺灣文學進入另一截然不同的階段，在大陸來臺作家的主導下，「臺灣文學」一詞被壓抑沈潛下來，而在臺灣的文學活動代表的即是正統的自由中國的文學。

三、五〇年代的小說

一九四九年十二月國府倉皇東渡，在短短半年間，國民政府及美國分別入主島嶼及海峽，改變了臺灣的歷史、文學。臺灣的政經也面臨另一次的世代更替，在政治上，另一種民族文化意識型態的改造來臨，在經濟上則因美援的關係，使得美國勢力對戰後臺灣的政治亦有所影響，甚而與國民政府所代表的中原勢力交相作用，在五〇年代中期以後達到顛峰，直至六〇年代中期以後，才逐漸撤出臺灣。雖然如此，美國方面的影響卻也不曾眞正斷絕過。

在美國的支持下，一個相對於共產中國的「自由中國」出現了；在反共的恐慌中，一個沈默無語的「白色」年代也來臨了。五〇年代思想言論管制，使臺灣文學的發展喪失自主性，成爲附屬於戰鬥文藝旗下的小兵。

孫陵主編《民族晚報》副刊時，他在一九四九年十一月的創刊號，提出「反共文學」一詞，馮放民（鳳兮）接編《新生報》副刊時，確定了「戰鬥性第一，趣味性第二」的徵稿原則。起而效尤者不少，一時文風丕變。跨入五〇年代，國民黨正式將文學列爲反共戰鬥力量之一支，以「管制」和「培訓」政策，雙管齊下。一方面禁絕三〇年代作品，另一方面組織機構，訓練控管文藝作家。在張道藩、蔣經國、宋美齡等人領導下，先後成立直屬中央指揮的文運機構：一九五〇年三月中華文藝獎金委員會，一九五〇年五月中國文藝協會，一九五三年中國青年寫作協會，一九五五年中國婦女寫作協會。此間，一九五一年擔任總政治部主任的蔣經國先生發表〈敬告文藝界人士書〉；號召「文藝到軍中」去的策略，是爲「軍中文藝」，一九五三年蔣中正總統在《民生主義育樂兩篇補述》中提倡民族文學作品，反黃色反赤色，同時中國文協強調反共救國文學，其中堅分子多爲報社副刊主編，文藝政策因之得以落實。在小說方面，幾乎以揭發共產黨醜惡、宣揚反共英勇事蹟爲題材，以張道藩爲首的文獎會，當時小說取稿標準即特重反共抗俄意識之闡發。「其內容不外兩種：一是寫我們的忠貞的反共志士，在大陸淪陷前後，和共匪鬥爭的經過；一是寫軍中的生活和戰爭的事實。」

⑪文藝是不能被政策指導的或服務於政治的，強行介入的結果，只有使作家的創作力提早夭折。事實上這段被歸於政策文學的時期，因官方將文藝視爲對中共進行心理喊話的工具，而與文藝本身品質的發展愈行愈遠，致泰半作品在藝術上難成典範之作。

對於省內作家來說，語言的轉換、政治的高壓迫使許多人沈默下來，四〇年代曾活躍一時的楊逵，因一紙和平宣言被判十二年，鋃鐺入獄；與《臺灣文化》有密切關係的日據作家楊雲萍、黃得時，進入臺大，從事學術研究的道路；呂赫若生死不明；張文環、龍瑛宗躲入金融世界，不問世事；除了廖清秀、鍾理和、施翠峰和李榮春等人偶因徵文，與中華文藝獎金委員會或中國文協有一點關係外，其它戰後第一代的省籍作家仍在克服語言障礙，試探摸索，準備俟機出發。

而對外省作家來說，初至臺灣本無久居之意，他們對臺灣自缺乏落實而具體的情感與文化歸屬認同感，這本是人性之常，記憶中的家園國土魂縈夢牽，是揮也揮不去的，他們的寫作不能說沒有鄉土寫實色彩，相對於臺灣的副熱帶風情，他們筆下呈現了迥異的鄉野情趣，懷鄉念舊之情，亦真摯動人，惟對生息於斯的廣大民眾而言，那是陌生遙遠的國度。比較起來，鍾理和、鍾肇政、廖清秀等少數臺籍作家，雖然非主流文學，但卻深刻反映了對土地、人民熱愛之情，聲音雖微弱，但在一片反共懷鄉的浪潮中，不異是一股清流，如以鍾理和爲例：

從一九五〇年至一九六〇年八月病逝爲止的十年間（卅六—四六歲），是鍾理和創作力最旺盛的時期，在這段期間，他完成一個長篇、一個中篇，三十多篇短篇。其中〈故鄉〉系列四篇，對戰後初期臺灣的農村，遽變的社會有無言、沈痛的悲訴，記錄了人與土地緊密微妙的關係，作品中呈現的人性尊嚴、臺灣情懷，在五〇年代初期，實具重大意義。但該作完成之後，卻始終遭退稿命運，他做了四次修改，「他明明知道，這篇作品不蒙採納是因爲文中描寫了臺灣光復後農村的悽涼艱困，以及當時臺灣住民的悲慘境況。這類鄉土文學最犯政治上的大忌，何況又寫得如此眞切動人！」但他「絕不改變他所堅持要表達的重點，只在文末作了僞裝式的注解，說明文學所記是光復初期現象，後經政府大力經營，農村生活已大有改善云。」⑫一九五六年十一月鍾理和〈笠山農場〉榮獲中華文藝獎金委員會舉辦國父誕辰紀念長篇小說第二獎（首獎從缺）。場景以戰前父親經營的笠山爲主，描述農場經營的過程，及與同姓女工淑華的戀情，對南臺灣客家山村、農民生活細節，客家文化的保守、刻苦、淳樸、眞摯，流露了深刻細緻的筆觸。是部充滿自傳方式的小說，也「奠定臺灣農民文學的典範。」（彭瑞金語）諷刺的是當時戰鬥懷鄉文學充斥文壇，一部得獎之作爲張道藩文教基金會扣留而不得出版，延至六〇年代，作者已病逝，方在林海音主編的《聯合報》副刊連載。以鍾氏如此充滿鄉土之愛的作品，不是屢遭退稿，就是不得出版，臺灣作家命運之坎坷，在五〇年代尤令人深慨。事實上從一九五四年《臺北文物》三卷二、三期的遭禁，即可感受到臺灣人士所處時代之荒謬。其時臺灣不少作家早已因語言文字、政治高壓雙重挫折而輟筆，因此當王詩琅主編臺北文獻委員會刊物《臺北文物》時，即亟思以「新文學、新劇運動專號」試圖接續日據時代以來的臺灣文學傳統，但即使是政府的出版品也仍遭查禁命運。五〇年代臺灣本土文學、作家之無出路，由此可見。

尉天驄曾說：「由於當時臺灣歷經島內之治安未久，惶恐無著的人們很難與所謂的『反共大業』結合一起，也就是說，就廣大的臺灣同胞而言，反共文學一開始便因為與此地的文學傳統切斷關係，而缺少生根的土壤。」⑬臺灣本土作家基本上是未參與此階段「反共」小說之創作行列的，反而表面上以抗日經驗安全偷渡，而背地裏可能隱藏另一反抗之企圖。

當然，在反共戰鬥文藝最高潮的五〇年代來說，也並非全部一面倒，或所有作品都欠缺藝術成就，仍有截然不同的聲音潛伏其中，或依自己人生理念創作或注重藝術形式和個人思想感情，不依循僵化的政策教條。陳紀瀅的《荻村傳》（一九五一）、姜貴的《旋風》（一九五七）、張愛玲的《秧歌》（一九五四）（張氏雖非臺灣作家，但她在臺灣文壇之定位，情況特殊）、潘人木的《蓮漪表妹》（一九五二）、潘壘的《紅河三部曲》（一九五二，後改為《靜靜的紅河》）、端木方的《疤勳章》（一九五一）林海音的《城南舊事》（梓行雖恰為六〇年，但完成於其前，故列此處敍述）等，至少都是不能忽視之作。此一段花果飄零的血淚往事，在已不談反共的今日，其意義固難彰顯，但此一傷痕，事實上作家亦是無形中的受害者，如以楊群奮為例，可見其時的文藝政策，不僅前述的本省籍作家深受打擊，外省作家內心亦惶徨不安的，他以「方瑜」筆名發表〈窗前〉（散文）之作，寫道：「我說不盡我近年來如何的空虛，我們生活，我們如同沒有生活」，誠如鄭明娳所說：「這是那一個絕望時代中人性的枯涸吶喊，一種集體的無奈與厭世情緒。」⑭

四、六〇年代的小說

比較而言，一九六〇年代是國民黨控制臺灣更嚴密的時期。在一九五〇年代初期，臺灣省政府主席分別由吳國楨、俞鴻鈞、嚴家淦諸氏相繼擔任，仍是文人主持省政。從一九五七年開始，迄六〇年代末，擔任臺灣省主席者依次是軍人出身的周至柔、黃杰、陳大慶，顯示了軍人左右政局的比重大為增強。除了省主席外，當時中央若干單位，警政機構、交通單位，甚至若干財經生產事業，都由軍人出任主管，使臺灣政治充滿了軍事色彩。同時知識分子受到的壓迫，有增無已（如殷海光、雷震、彭明敏、陳映真、柏楊、李荊蓀等）。在這樣的政治情境下，追求內在世界的現代主義（modernism）適時而起，實是時代的產物。

一九五六年創刊的《文學雜誌》由夏濟安、吳魯芹等人發起創辦，爲臺灣現代主義文學的成長，盡了不少力量；一九五九年《筆匯》創刊，亦大力介紹國外重要的文藝思潮和代表作家作品。至六〇年代，現代主義形成風潮（尤其在小說上），則宜追溯到一九六〇年三月臺大外文系學生白先勇、陳若曦、王文興、李歐梵、歐陽子等人創辦的《現代文學》雜誌算起。根據《現代文學》的發刊詞，他們追求的是：「試驗、摸索和創造新的藝術形式和風格」「向近代西方的文學作品，藝術潮流和批評思想借鑑」，《現代文學》特別介紹卡夫卡、喬埃斯、勞倫斯、吳爾芙、沙特、福克納、詹姆斯……。因爲對舊有藝術形式和風格不滿，所以要建立一種新的更符合於現代社會與現代人情感的藝術理想。王文興在第二期序文中說：

> 我們上期介紹卡夫卡，給自由中國小說界帶來一陣騷動……我們這一期再推出一位勢將爲更多讀者所費解的德國作家托瑪斯·曼，並且我們以後將要不竭的推出作風嶄新的小說，吃驚也罷，咒

罵也罷，我們非要震驚臺灣的文壇不可！

這些引介的確使小說創作開啓新視野，王文興《家變》、《背海的人》可能都從心理分析學獲得了些啓發。

六〇年代的現代主義（以小說而言，新詩在五〇年代即引進現代主義）之所以蔚然成風，自有其「內在眞實」（inner reality）。唯臺灣之眞實與西方之眞實不太一樣。在西方，自十九世紀末因資本主義、工業化、都市化的危機，引起人民對世態的不安與焦慮，本質上它是對其現代文明的危機意識，並產生對人類歷史發展失望的哲學焦慮。復經一次大戰的慘痛經驗，人們只好轉向內心世界尋找出路，加上佛洛依德（Sigmund Freud）學說之影響，更使大部分文學作家否定客觀外在世界之眞實，由於對現實的失望、不安，他們放棄外在表象的眞實，追求屬於自己的超現實（surrealistic）世界，進而肯定潛意識或者深層的心理意識、夢境，才能反映人類內在世界的眞實，人類眞正的自我乃至世界的內在奧祕。

在臺灣的現代主義，尤其是外省籍的青年更有此危機意識，在他們的成長經驗中，夾動著陌生不安的陰影，與寄寓海島的羈客（expatriate）態度看待事情，這種栖遑動盪的末日危機，對未來的不確定與不信任和二十世紀初的西方心靈頗有相類之處；而戰亂和流離所帶來的焦慮、孤絕、失落、不安、無根，在強度上絕不亞於工業化和都市化所導致的失落感、「現代衝擊」。

五、六〇年代的小說呈現了有史以來最特殊的流亡圖像，在人類歷史中，流亡避難可以說中外皆有，尤其在專制政治一元化的全體主義社會中。在臺灣小說發展過程中，流亡型態大抵可分爲兩種，一種是內在流亡（internal exile），亦即國內流亡，這類流亡者對國內政治體制、一元化意識型態，感到強烈的不滿，但爲避免牢獄之災，或不做正面無謂的挑戰，而採取沈默、輟筆，抑鬱一生的方式表示異議，或利用文學批判、揶揄當時政治、社會現象，並抒發個人孤絕疏離感。另一種外在流亡（external exile），即是自我放逐或爲政府刻意放逐，縱身異域，流落陌生國度，除了精神放逐外，肉體亦遭放逐，可謂流離失所，漂泊滄桑，遍嘗苦楚。

一九四九年國府帶領二百萬軍民倉皇東渡，其中有不少知識分子出走大陸，以充滿流亡的心態，飽經憂患的感嘆和思念故土的心情，譜成了充滿歷史失落感的流亡文學的新頁。作品以魂縈夢牽，割捨不下的文化鄉愁及無望痛苦掙扎的破滅感爲基調。這樣風聲鶴唳的環境，對另一批本省籍年輕知識分子來說，其苦悶、徬徨恐更無出口得以宣洩：反共文學沒有出路，流亡政權亦非其所認同的中國，當然認同中共體制下的中國亦有所不能、不願。此一失落感、流亡意識，恰與現代主義傳統的孤絕蒼涼主題密相契合，余光中說：「以表現個人的內在世界爲能事的意識流小說和超現實詩，似乎爲作家提供了一條出路。」⑮葉維廉亦說：「我的希望要放在哪裏？古代已經離我們很遠了，而客觀的世界已經是支離破碎。」⑯於是「在離開母體文化的背景下，很容易就使人進入一個內心的世界，去肯定一個主觀的世界裡。」⑰西方文化成爲流亡的逃遁途徑。陳映眞〈我的弟弟康雄〉、〈鄉村教師〉、〈第一件差事〉……充滿了死亡（自殺）與瘋狂的影像，標示了他們孤絕的生命型態。王文興〈最快樂的事〉年輕人在是日下午自殺，顯然自我解放後的性經驗，並非眞實人生的存在意義，亦非最快樂的事，白先勇〈芝加哥之死〉、〈謫仙記〉不論是臺灣／美國，或者中國／美國的時空架構，終究反映出認同的危機、破裂，最後也只有採取自殺途徑。白先勇自己也承認在美國異鄉的時空中，他是第一次深刻感受國破家亡的悲哀，無論中國或臺灣對他而言都不是他的家。自我認同的艱辛，表達出失根、疏離的落寞。五〇、六〇年代的小說到處充滿了死亡、流亡，但兩者本質有異⑱。張系國、於梨華、歐陽子、聶華苓等人長期旅居美國的漂泊心靈，發抒於六〇年代的留學生文學中，亦都刻劃了同樣的面貌精神。五〇年代政治移民的流亡感，到了六〇年代成爲灰暗色彩的留學狂潮—留學生文學，這是繼政治放逐後的一種自我放逐、流亡。六十年代的留學生大半是不回故鄉的，雖然土地是別人的，留下來的也陷入愛情、婚姻、工作、寂寞、疏離的苦楚，這樣的困境迥異於其前的流亡心態，《紐約客》一系列小說中，幾乎都是絕望的。這背後正與複雜的政治認同、心理背景有關，牽連的是歷史的悲情。（此一現象至七、八十年代後有所改觀，如張系國《遊子魂組曲》十二篇，態度積極，主題更寬廣了。）

六〇年代的現代主義小說，值得留意的是語言處理問題。施淑〈現代的鄉土〉一文提到：「由於是沒有現代的物質條件下預先扮演現代文化的批判者，六〇年代的現代主義文學不免於耆蒼虛幻，自我消耗，雖然如此，在小說方面仍有出乎意料的收穫。明顯可見的如小說視野的開拓，敘寫對象、主題、形式的創新突破，其中值得注意的應該是語言處理的問題。……他們在文字的自覺，新感受力的開發，個人風格的探索等方面，都有不容忽視的成就。經過時間的淘洗，這注意到語言形式，努力於『文學性』的經營的創作手法，對光復後的小說藝術，對臺灣現代文學傳統所起的作用，是明顯可見的。」[19]的確如此，王文興的小說，常不惜偏離語言常規，不斷翻新創造語言，以符合小說人物身分、性格及文學效果，有時爲了捕捉語音的精確性，勇於實驗注音符號、音標、英文字母等形式，或誤用標點符號、不合文法的句法、扭曲文字書寫的習慣，嘗試挑戰讀者的品鑑力。他對訪問他的夏祖麗說：「對於一個受過寫作訓練的人來說，寫作除了文字，別無其他。」[20]七等生從〈我愛黑眼珠〉以來，他「痲痺症」（劉紹銘語）般的文字成了傳達特有訊息的媒介。他們的努力的確爲六十年代的臺灣小說開展了寬闊的天地，他們在語言文字方面試驗創新的努力，雖然不免受到一些批評與責備，但在文學形式上無疑注入了充沛的活力。王禎和語言世界的特殊（臺灣俚語、國語，洋涇濱英文、日文的混合），及諧謔、嘲諷的運用，與讀者生活熟悉的語言有時不免突兀，但又自成一格，且逼迫讀者重新思索，再現語言生機。甚而八十年代新世代小說家尤爲注重語言的實驗，試著由圖畫、符號、語態發展小說新的表現手法或突破語言文字的障礙，或質疑語言文字的功能，刻意突顯作品的顛覆性，這與現代主義在語言文字實驗創新之精神不無關係。

現代主義作家在徬徨無依的心靈世界，找到了意識流（stream-of-consciousness）手法之書寫方式，如水晶〈沒有臉的人〉、〈悲憫的笑紋〉，七等生〈放生鼠〉、〈精神病患〉、白先勇〈遊園驚夢〉等等。此一技巧特色，乃在改變中國傳統文學語言時空的依序化，進一步展現文字對抽象世界的描寫，使其本身意涵有所象徵、擴展、聯想、深化。周伯乃就說過意識流小說最大的特色，就是「小說的語言已經不再是傳統小說的語言，它所重視的意象的重疊，並超出了日常慣用的語法，爲的是要創造出一種足以捕捉那些瞬現即滅的人類意識活動的語言，這種語言，……是最能展示現代人內在精神世界的語言。」[21]

白先勇對意識流的意義及自己的看法是：

> ……意識流，很多人攻擊這是賣弄技巧。但意識流之所以發生，一定有它的條件，第一次大戰以後意識流小說興起，是有原因的。……大戰以後，傳統的價值破滅，每人對社會價值、人生意義非常疑惑，便求之於內。往內心鑽，愈鑽愈深，進到潛意識，佛洛伊德學說一出，便打開一戶窗，互相影響。……外邊世界沒有可靠的架構，只有向內求意義。所以意識流興起與社會環境很有關係。不過我看，不是非要用意識流不可，要看小說題材來決定㉒。

相對於反共抗俄文藝政策的八股，現代主義的確給予年輕一代嶄新的感受，同時符合他們所嚮往的叛逆、苦悶、漂泊、不安、焦慮的心境。比較起來，反共抗俄文藝雖爲官方所提倡，但其僵化的政策教條，及過於激情的表現、審美趣味的扭曲，在在迫使現代主義者在美學思維和創作形式不得不另謀出路，加遽助長了西化（美國化）的發展。就其創作成績來看，的確逐漸取代偏重宣傳文藝政策的作品，或者說在某種意義上顛覆了反共懷鄉文學之地位，成爲六〇年代小說的主流作家。

在這同時，五〇年代被視爲軍中作家的司馬中原、朱西甯、段彩華等人，其創作技巧與生命視野在六〇年代反是顛峰期，膾炙人口之作亦都不是典型的反共、戰鬥文藝，朱西甯的

〈鐵漿〉、〈冶金者〉、〈狼〉、〈破曉時分〉、《旱魃》，司馬中原的《荒原》、《狂風沙》、《狼煙》等，依人性之莊嚴譜下的史詩性創作，其在藝術境界的經營，烘托出之情節氣氛和人物內心世界，早已不能以「反共文學（作家）」一言以蔽之。

其實現代主義與所謂的「軍中作家」（他們大都不喜歡這樣的稱呼，與後來黃春明、王禎和被冠以鄉土作家之情形一樣，似乎誰也不願意被如此狹隘的定位）難脫離關係，從五十年代裡的現代詩作家即可觀知，瘂弦、洛夫、辛鬱、商禽、羊令野、楚戈，諸氏皆來自軍中，一、二十歲的年輕人，少小離家，漂泊來臺，在嚴密的軍律、呆板的生活，困苦的磨練下，其心靈的苦悶（不論在親情或愛情的問題上）較一般人恐更強烈。在意識上他們或許被指導以反共文學，但內心深處的呼喚，迫使他們必須找一出口來宣洩不安、反叛的情緒。現代主義內斂、自省的象徵美學，無疑是一條逃避檢查的新路。

當現代主義的小說作品，成爲六〇年代主流時，代表臺灣本土文學的《臺灣文藝》（一九六四年）創刊了，承繼了日據時代以來的寫實、抵抗精神，使得老作家日漸歸返，也培育了新生代對臺灣傳統文學之認知，一九六五年時，鍾肇政主編出版了《本省籍作家作品選集》、《臺灣省青年文學叢書》各十冊，同時葉石濤復出文壇，開始發表臺灣作家論、臺灣的鄉土文學等評論，又出版小說《葫蘆巷春夢》、《羅桑榮和四個女人》等，鍾肇政也發表大河小說《濁流三部曲》，鄭清文、李喬、黃春明、王禎和、七等生、楊青矗、王拓、陳映眞、林懷民、施叔青、李昂等人都已有重要作品發表。一九六六年尉天驄主編《文學季刊》結合了黃春明、王禎和、陳映眞、七等生等人創作以臺灣爲背景的本土小說，王禎和〈來春姨悲秋〉（一九六六年）、〈嫁粧一牛車〉、〈五月十三節〉（一九六七年）皆刊於《文學季刊》上，黃春明（《文學季刊》主要的長期撰稿人之一）其寫作生涯的第二個時期，創作了爲數不少，值得重視的佳作，亦多數在六〇年代中、後期，如〈青番公的故事〉、〈溺死一隻老貓〉、〈看海的日子〉、〈癬〉、〈魚〉、〈兒子的大玩偶〉、〈鑼〉，可說臺灣本土文學之傳統，此時已再度復甦過來，臺灣主體性已漸豁醒，似乎已昂然向七〇年代的鄉土文學時代招手。

當然，六〇年代中、後期的鄉土作品，並沒有造成有形的流派，大部分（年輕）作家不知道也沒閱讀過日據時代的臺灣作家作品，他們的作品也時受現代主義潮流的影響，在作品中可以發現此新的質素。

五、七〇年代的臺灣小說

七〇年代的臺灣是壓抑與覺醒的島嶼，七〇年代的臺灣小說是爭議不休的年代：傳統／現代，鄉土／西潮等種種對立，複製著「縱的繼承／横的移植」等轇轕。七〇年代也是臺灣在戰後首次面臨最激烈變動的時代，局勢極其動盪不安，但本土、新的生命力卻努力從島上開出綠芽。一九七〇年臺灣退出聯合國，次年，美國總統、日本首相相繼訪問中國大陸，臺灣在國際舞臺上備受打擊：釣魚臺事件、中日斷航、中菲斷交，之後各國紛紛與中共建交，中美關係也只撐到一九七八年。七〇年代的臺灣，在國際政治地位是節節敗退，步步驚魂，險象環生。但在另一方面，臺灣的經濟則在一九七三、七四年石油危機導致的經濟衰退後，經濟建設的腳步逐漸加快，開始呈現大幅度的成長，並成爲臺灣足以自恃之實力。一九七六年，臺灣的 GNP 每人突破一千美元；一九七八年，經濟成長率高達百分之十四，同年的出口成長率高達百分之二十五點七，世界第一。一連串國際事件激起了臺灣知識分子開始反省思考周遭切身問題，經過保釣運動，文化意識終於覺醒，阻擋了五〇年代中期以來追逐西潮的現象，新生的文化人及一直默默耕耘的臺籍作家，環視左右，積極從事筆耕，使得臺灣文學（藝術）不得不走回頭路，再回到現實主義、回歸鄉土，在強調民族文學、鄉土寫實文學之際，臺灣文學逐漸受到重視。當時超現實主義脫離臺灣現實關懷，漸爲人詬病。由於過度依賴潛意識，與自我的絕對性，致形成有我無物的乖謬，過於追求意象的密集與新穎，致造成想像離奇，閱讀時晦澀難解；過於強調內省，而厭倦外在世界，以致脫離現實，凡此種種，均使臺灣作家重新反省，關注自己所生存的土地。初期，西化（現代化）之衝擊，導致文化認同的危機，臺灣知識分子（作家）對此民族文學固極力捍衛，但臺灣在特殊體制下，政治認同卻成爲一個重要問題。

如果說六〇年代是以西方文化挑戰傳統文化爲其主流，七〇年代則是以民族主義對抗現代主義爲主流，鄉土文學在當時實爲政治危機意識及社會改革意識之產物。臺灣退出聯合國，所謂「中國」的代表性已然被否決，臺灣何去何從？與中國統一或革新保臺各種想法，都促使文學重新與臺灣現實結合，鄉土文學論戰之後，促使更多人了解文學創作其基本關懷也在於臺灣的前途問題，或政治認同，也因之七〇年代末期的論戰最後造成了臺灣文派的對立。

鄉土小說之創作，事實上從六〇年代末期已出現（前述），不過黃春明、王禎和、陳映眞其時之作品並無明顯批判、改革意識，這些作品如〈青番公的故事〉（一九六七）、〈溺死一隻老貓〉（一九六七）大抵以傳統農業社會中，人與人、人與自然和諧之關係，遭到社會變遷被破壞而產生失落感或挫敗爲主。邁入七〇年代，鄉土小說進一步批判現實或謀求社會改革漸明顯，其中更富有知識分子強烈的人道主義色彩與尋求救贖的實踐熱情，因而同情低下階層的農漁工窮苦的生活、挫敗的人生。王禎和〈小林來臺北〉（一九七三）、黃春明〈我愛瑪莉〉（一九七七）對美日帝國主義進行經濟、文化侵略，予以強烈批判。黃之作品發表於政府與日本斷交（一九七二）之後，極有可能爲民族情緒之宣洩，陳之作品〈夜行貨車〉，結局則強烈暗示主角揚棄美帝淫威下的資本主義社會，而回歸純樸鄉土的理想。楊青矗在〈狗與人之間〉（一九七四）藉著一隻無法適應都市生活的土狗，透露出舊社會與新文化格格不入的現象。〈天國別館〉（一九七三）殯儀館兩個工人日日與賭博、性、死亡爲伍，過著浪蕩和無聊的生活，寫出了城市邊緣人的遭遇。

在臺灣當代小說史的定位上，鄉土小說已然有其文學成就，王禎和、黃春明、陳映眞、楊青矗……作品爲國外所熟悉，這些作品在小說家懷舊情懷中一一完成，將都市社會的形成，人與人關係的疏離、異化，工業社會對農村所造成的影響，社會經濟結構的改變使得純樸的農民無法適應，生產與分配的不協調，農民被商人剝削，及都市人情之淡薄、女性勞工、臨時工之被剝削、漠視……在在突顯了臺灣社會轉型及資本主義加諸的苦痛。

七〇年代也是七等生顛峰時期（八〇年代初暫停小說寫作，將文字創作的想像，落實到日常生活上，他拿起相機，捕捉生活土地上的人事），雖然六〇年代末期他已出版《僵局》，並被視爲晦澀奇特的作家，現代派超現實主義者，但他的超現實又頗有透過象徵、寓言方式指控現實世界之意味，鄉土派論者對他並不排擠。他的小說內容、技巧風貌，張恆豪曾說：「他不像李喬透過歷史的凝視，以佛教的悲憫去觀照臺灣苦難的大地和生靈；也不像陳映眞懷具著強烈的民族意識，批判二次戰後死灰復燃的跨國經濟體制，對於開發中國家固有文化的侵蝕，以及對於人性尊嚴的壓迫；也不像白先勇關心的是山河變色退居臺灣沒落腐化的上流社會，他們迷戀過往，像是風華爭豔，實則靈氣殆盡；也不像黃春明、王禎和同情的是由農業社會轉型到工商社會的低下階層，他們無法抗拒資本經濟的龐大壓力，不得不屈辱地苟延殘喘，這些同儕都具有鮮明的形式和清晰的主題，予人較爲明確的印象。而七等生是個自我型的藝術家。」㉓筆者不憚其煩徵引此段文字，實則在比較之中，我們可以看到鄉土文學時期，各家之特色、寫作的內容取向，無獨有偶，楊照則將李喬與同輩作家相比：「他沒有像七等生那樣徹底私人化的語言，沒有王禎和那種笑謔的本能，也沒有陳映眞一廂情願的溫情浪漫。」㉔可說都適切言中其特點。鄭清文、李喬向來紮根於本土社會現實，對土地有所執著，對小說也是有所執著，三十年如一日，未嘗中斷。

七〇年代前中期湧現的鄉土文學風潮，經歷一九七七至一九七八年間論戰，非但沒有出現退潮的跡象，反而在一九七七至一九七九年間達到高潮。首先張良澤編輯了《吳濁流作品集》六卷、《王詩琅全集》十一卷，分別在一九七七年九月、十一月出版。李南衡主編《日據下臺灣新文學》五卷，張恆豪、林梵、羊子喬編輯《光復前臺灣文學全集》小說八卷，亦在一九七七年出版，使臺灣文學之精神重新被挖掘、繼承。一九七七年《聯合報》第二屆小說獎，得獎者如吳念眞〈看戲去囉〉、洪醒夫〈黑面慶仔〉都是鄉土小說之傑作，到了一九七八年，鄉土小說更在兩大報文學獎中大獲全勝，洪醒夫以〈散戲〉、〈吾土〉分別榮獲《聯合報》小說獎二獎以及第一屆時報文學獎優等獎。此外，宋澤萊的〈打牛湳村〉也在這年獲時報的小說推薦獎。其次，就鄉土小說發表園地來看，鍾肇政接辦《臺灣文藝》，一九七七年三月推出革新第一號，頁數增加一倍以上，十月又由季刊改爲雙月刊，頁數又再增加，他同時也主編高雄《民衆日報》副刊，在他有心推動之下，的確培養了不少鄉土文學新進作家，也將鄉土文學精神發揚到極點，李喬《寒夜三部曲》（第一部）自一九七八年一月起開始在《臺灣文藝》連載，陳映眞〈夜行貨車〉也在一九七八年三月刊登於《臺灣文藝》。

論戰的結果也確立了鄉土文學寫實主義傳統的精神：「文學必須根於臺灣的現實，並且也非關乎臺灣的現實不可。」也拓展了文學藝術和政治議題互動的接觸面。

從〈打牛湳村〉開始，宋澤萊在七〇年代後期發表的作品，時以農村爲背景而帶有強烈的社會批判意識，與挖掘、批判社會黑暗、不公一面的楊青矗、王拓風格頗近似，構成一組農、工、漁民小說；相對之下，洪醒夫的小說則較爲溫和、內斂，不似前三人作品有明顯的意識型態。

七〇年代末在聯合、中時兩大報斬獲文學獎的作家，如張大春、小野、吳念眞、廖蕾夫、黃凡等正以昂然之姿邁向八〇年代的文壇。隨著黃凡〈賴索〉(一九七九年十月）獲時報小說首獎，臺灣小說隨即進入八〇年代，似乎不能不特別留意新世代小說家銳不可擋的氣勢。

六、八〇年代迄今的小說

進入八〇年代以後，隨著美麗島事件、鄉土文學論爭的塵埃落定，「鄉土」概念衍化爲「本土」，臺灣文學邁進一個新的階段。如王拓所言：「它不是只以鄉村爲背景爲描寫鄉村人物的鄉村文學，它也是以都市爲背景來描寫都市人的都市文學」，「所指的應該就是臺灣這個廣大的社會環境和這個環境下的人的生活現實」，傳統意義的鄉土文學，轉化爲涵括歷史與現實，都市與鄉村的「本土文學」。

雖然有論者謂鄉土文學進入八○年代已面臨內部分化，人才出走與消費文學發達等威脅下，不可避免走向落潮的命運㉕，但揆諸其時臺灣盤根錯雜的文學課題：政治、女權、生態保育、人權、原住民等弱勢族群、母語文學等多元化之題材，對政治現實的關心，對生存環境的注意，對弱小族群的關懷（後來有原住民小說、詩之出現），事實上結合了對人民與土地之關懷及參與，是落實臺灣社會全貌的文學格局，可謂有效開發了「本土」之空間。鄉土文學之概念衍進爲關懷本土的現實主義文學之後，使一向忌諱的政治小說成爲這一時期文學題材的熱門話題之一。當然八○年代也是臺灣政治結構劇烈轉變的關鍵年代，一九八○年代中期，臺灣的政經情勢面臨開放的挑戰，因著數十年來的禁錮，使得解嚴後釋放的力量格外地猛烈。社會秩序亦趨於解構後的混亂，兩岸關係，統獨意識，省籍情結使得紛亂綿延不已，迄今仍波瀾壯闊地進行中，過去存在於臺灣社會政治的題材被挖掘，對恐怖政治，侵害人權的描述也搬上文壇，或許可說從黃凡在一九七九年（將進入八○年代）以〈賴索〉獲得時報文學小說獎首獎，即象徵式敲開了臺灣八十年代政治小說的大門，此後如陳映眞〈山路〉、〈鈴鐺花〉、平路〈玉米田之死〉、宋澤萊〈抗暴的打貓市〉、《廢墟臺灣》、施明正〈渴死者〉、〈喝尿者〉、李喬〈告密者〉、林雙不〈黃素小編年〉……等等，經過三、四十年「政治掛帥」逐漸失去威權，政治需鬆動已是遲早的事。

無論是出於一種對長期以來政治、文化體制之反動，或是意圖尋求某一族群的認同意識，「臺灣」都已不再僅是一個地理名詞，而是一個有歷史意義之社會活力的存在體。臺灣成爲臺灣人複雜的思考客體，此一新觀點、新批判，也使八〇年代的臺灣文學出現了嶄新的多元面貌。在有關臺灣的各種描述中，歷史小說在八〇年代儼然成爲臺灣主體論述的重要媒介。

楊照的〈黯魂〉（一九八七年），處理顏家三代的政治遭遇小說，從一九三四年日據時代一直寫到顏日興預見自己的死亡，其間牽引出許多具有歷史意義之事件，然則第二代顏金樹晚年嗜讀歷史，「他知道有多少歷史記載在說謊。」第三代的顏日興乾脆歷史也不看，專看武俠小說消遣。因爲官方歷史不完全、不可信，楊照也和張大春〈將軍碑〉一樣透過異能看歷史。解嚴之後，因人人雀躍欲試，想疏通臺灣歷史的失憶症，但文獻史料出現斷層，官方亦不願公佈，這使得八〇年代歷史小說有平民化傾向（歷史之編撰、詮釋，不再是官修，而是出自平民百姓），藍博洲《幌馬車之歌》透過三個人的日記，描寫趙浩東與其妻蔣碧玉投身革命，以及趙浩東五〇年代死於白色恐怖之過程。陳映眞《趙南棟》亦陳述了五〇年代的政治迫害。透過個人的努力，欲重新俯拾歷史，這在在說明了歷史小說在八〇年代有其嚴肅的一面，而作家「言外之意」的部分尤足令讀者重視。

與七〇年代鄉土小說創作質量來說，八〇年代事實上是面臨一些困境，因爲社會變遷更大，不能再純以農民、工人與貧家生活搏鬥爲滿足，而這樣的生活情境事實上也在改變消逝當中，而八〇年代可說是新世代小說家大放異彩的年代，他們所受的教育，人生經驗不同於擁有大陸經驗的作家，也別於受日式教育的前行代臺灣作家，他們對所生存的鄉土—都市，較有興趣，而不汲汲於七〇年代的題材爲滿足。這促使八〇年代臺灣本土作家，對當時普遍興起的中產階級投注以較多的關懷，迥異於過去鄉土文學—以悲憫同情筆觸寫「卑微的小人物」的創作態度及社會批評。其悲憫情懷不變，寫實手法亦不改，但不再直接或過度的控訴，因此藝術性反而提高了，這也是臺灣八十年代新鄉土小說共同的特質。

王禎和八〇年代的作品如《美人圖》（一九八一年）、《玫瑰玫瑰我愛你》（一九八四年），與六、七〇年代作品稍異，這階段的小說多屬長篇，對迎合社會的中產階級加以諷刺。〈老鼠捧茶請人客〉（一九八三年）則以鬼魂爲敍述觀點，融合了現代主義的意識流和南美魔幻寫實小說的技巧，可說都是八〇年代臺灣鄉土小說。在鄉土文學逐漸失勢的主客觀環境下，幾位風格特殊的本土作家（如許振江、汪笨湖、曾寬、陳燁）也開始有力地呈現八〇年代臺灣社會的新風貌或過去臺灣歷史的悲情㉖。其時仍有鄉土小說作家默默在創作。在眾人以爲鄉土小說已逼近死亡時，蔡素芬〈鹽田兒女〉，流動著南臺灣七股海邊鹽田風貌，傳承了鄉土寫實精神，並得到聯合報長篇小說獎。

如將鄉土之意義擴大爲前述之本土現實，則八十年代提倡的都市文學，本質上亦是臺灣本土文學之代表。而這些作品大多完成於八十年代跨進文壇的新世代小說家，他們的生活環境大都在都市裡，因此關注的目光也都投注在「都市叢林」裡，他們以各種前衛的技巧，表現人類在新的都市結構和資訊網路控制下的生活情態，折射出複雜多元的行爲模式或思考方式，都市文學的興起，使八〇年代的小說具有新穎、深刻的意義。

不過，新世代作家之作大抵並不崇奉寫實主義獨家手法，他們或認爲以傳統敘事模式處理文學已經式微，對於歷史寫實與載道寫實法頗感失望與不足，遂開始追求不同的創作形式。尤其身爲都市文學提倡者，都市是需透過感覺去描寫的，新都市空間的風俗變換，晚近緣於都市文明衍生的人生問題之矛盾、複雜，心靈之糾葛夾纏，寫實主義已無能爲力。楊照即認爲：

近幾年來，一方面緣於都市混亂、複雜的生命經驗愈來愈不容易以寫實、強調故事性的手法加以貼切表現；另一方面或多或少受到國際文壇發展趨向（尤其是拉丁美洲文學的興起）的影響，寫實主義技法方面臨眞正的挑戰，一群年輕的文學工作者，或經由作品的實驗（如黃凡、張大春），或經由理論的闡釋、鼓吹（如蔡源煌），致力於在寫實主義的龐大陰影下樹立一些新的典範。他們冀望能打破寫實主義框架來開發人類經驗，探尋文學新的可能性。他們試圖改變小說與情節統一的傳統結構。小說的意義應不再僅止於寫好一個故事，而是要在小說的故事內、故事外作種種的反省，來深化小說的知性內涵㉗。

當然，寫實主義在八〇年代實際也面臨了不得不變的情境。以寫實爲主流的小說，在寫景的描繪、人物的呈現上，再怎麼刻劃，也比不上電影、聲光媒體的逼眞鮮活，在高度商業消費氣氛下，超越寫實、反抗寫實或揉合其他的技巧，創造其他類型的小說，成爲八、九十年代不得不然的趨勢。推擁寫實主義者大抵以地域感情較強烈的中南部作家爲主，在北部向來以外來流動人口爲主，有不少作家多留居臺北，在多元雜陳的區域內，寫實欲獨樹一幟，衆星拱月，事實上有所不能，而只能是其中的一支。他們所書寫的都市世界，充滿商業社會的用語，更利用拚貼、詭奇等效果，突出由這種文字構成的荒謬的世界、都市。然而令人擔憂的是文學做爲一種以語言文字爲媒介的藝術表現形式，在當代其他敘事媒體（電視、影帶等）

各種聲光影像的強勢競爭之下，若干作家歧出轉向於憑恃文字，營造瞬間感官刺激，煽情誇異，造成文壇一片混亂，與聲光媒體之競爭，將永遠是一場難以致勝的戰爭。葉石濤曾對此類作品提出諍言。

現時的臺灣文學所描寫的對象只是大都市一部分的消費階級，他們的虛無掙扎、外遇、齷齪的羅曼史、虛假的人生關懷、似是而非的社會批判、毫不根據良善人性的假人道主義，以及渾水摸魚的文學主張，臺灣文學的物化、疏離，都中了美、日新帝國主義的毒，摒棄了世界及臺灣廣大的民族傳統生活的根。

此種困境到了後期尤為明顯，文學遭到非文學的衝擊，而本土文學又首當其衝。一九八八年元旦報禁開放，許多報紙轉型，各種知識性、生活性、娛樂性等非文學的小品，半學術的通俗評論，西洋新潮作品、軟性消費文學大量增加，逐漸取代過去副刊文學的地位，臺灣文學發展空間並未加大，以本地社會生活為題材的小說作品，受青睞刊登者日減，久之反而漸失去讀者與市場。

從一九五〇年文獎會創立，頒發獎金鼓勵文學創作以來，臺灣作家莫不以參加各種文學獎，做為進軍文壇的踏腳石。尤其到了八〇年代中期，媒體挾著天羅地網的強勢宣傳，以及獎金額度大幅提高（當然有些抱著切磋觀摩，獲得自我，社會的肯定），更使得臺灣作家的寫作背景，有一相同點：文學角逐，戰果輝煌。一旦桂冠加身，錦簇繁花的勝景就近在眼前。袁瓊瓊、廖輝英、蘇偉貞、朱天心、朱天文、蕭颯、平路、李昂、張大春、林燿德、劉克襄、黃凡……等皆曾席捲不少獎項。文學獎成爲臺灣文壇特有的現象。透過特定評審結構的文學獎甄選可觀知對創作潮流的影響，觀察文學創作在形式、技巧的變遷。今日在文壇有舉足輕重的，掌握詮釋權已不專在學院論評者，而是這些恣肆揮灑、百無禁忌，又力求全方位的年輕世代作家，如張大春、楊照、林燿德、張啓疆、平路……等人，他們不僅寫小說，也寫文學（文化）評論，甚或有各文類都觸及的。對小說的創作、開發屢爲更年輕一輩效尤。被視爲當代文壇重量級的張大春即以《大說謊家》自創「新聞小說」，遊走於小說與現實之間。近年來臺灣文學新思潮迭起，新世代作家普遍質疑傳統文學功能論，揚棄寫實主義，崇尚西方流行多年的魔幻寫實、後設小說，後現代主義嘗試實驗之作陸續登場，一時文壇炫亮惹眼。

八〇年代末期臺灣作家有不少人嘗試後現代小說之創作，質疑小說反映眞實的問題，因此他們也大都是文本主義者，認爲小說不僅是過去所謂的反映現實，事實上是作者參與、架構了現實，他們也對歷史、政治作大膽的質疑和嘲謔。後設小說之崛起，可說是後現代主義之促發。它不斷顯示小說自身之爲虛構，以及追尋小說是什麼，同時意欲增加閱讀小說之趣味，或對世界、現實重新評估、批判。這使得模擬現實的寫實主義遭到空前的挑戰，幾面臨潰不成軍的命運。這類作品如黃凡〈如何測量水溝的寬度〉、林燿德〈迷路呂柔〉、葉姿麟〈有一天，我掉過臉去〉、張大春〈走路人〉、〈寫作百無聊賴的方法〉等等。平路個人尤喜以後設小說的技巧反思檢視女性情境，短篇小說〈五印封緘〉和〈紅塵五注〉皆是此中佳作。

受馬奎茲（Garcia Marquez）魔幻寫實小說的影響，臺灣作家有不少作品迅即反映了這方面的創作，如張大春〈將軍碑〉、林燿德《一九四七·高砂百合》（一九九〇年十二月出版）。魔幻寫實尤其常用來處理少數族群的問題，《高》作中，小說即採用魔幻手法，以泰雅族部落最後一位祭司即將昇天時與豬牙山的對話，回顧部落輝煌文明衰落史，並透過他一家四代人的不同命運和生活形態的對比，反映了臺灣社會半個世紀以來動蕩不安、變遷轉型的歷史與社會。小說後半部企圖介入解釋二二八事件，而以「後設」及拼貼（collage）之手法，質疑或探討該事件的眞相，這些手法在他的詩作〈二二八〉可以看到，歷史如一幅錯置的拼圖，只說出一部分眞實，從該書寫作之策略，大致呈現臺灣新世代作家對小說家對小說結構之翻新，試圖打破常規的企圖。八〇年代末聲光媒體取代文學，商品消費型態主導一切的時代，文學成爲消費品，他們在此情境下極力探討文學之本質，他們本身語言文字的駕馭也相當成熟。

此時期臺灣小說產生了不少長篇，大異於過往以短篇爲主的情形㉘，這固然與自立晚報百萬小說獎鼓勵有關係，而弔詭的是，此百萬小說獎遲遲未能發出去，因此未得獎之作家爲此奮拚數年，著力寫長篇小說，而留下來的作品竟然不少，王幼華的《廣澤地》、《土地與靈魂》、東年的《失蹤的太平洋三號》、《模範市民》及黃凡、呂則之、王世勛……大抵皆如是。此處並無嘲諷作家之意，一些有抱負、使命的作家，原希望獲得獎助，可使自己專心寫作一、二年，不必爲生活奔波。這些長篇小說雖未獲獎，但都得到文壇相當程度的肯定。王幼華《土地與靈魂》大抵亦呈現了外省作家之焦慮感，藉著歷史小說詮釋誰才是臺灣這一塊土地的主人？大抵而言，外省第二代作家普遍有焦慮感，這也促使小說體質產生變化，當他們涉及政治性題材時，已不再是過去肅穆、不苟言笑的寫法，張大春之熱諷、文字遊戲，朱天心之冷嘲筆法，及其寫作轉向（揮別早期《擊壤歌》、《方舟上的日子》，不斷自我顛覆，背後與此強烈的焦慮或不無關係）。八〇年代後期以降，小說的文類框限和刻板印象，有了改變，所有不同的文類處於相互激盪，彼此影響的情境，朱天心《想我眷村的兄弟》小說即擺脫舊形式的身姿，打破散文、小說的固有界域，而使此部小說極類散文。文類之滲透書寫，迄今於徵獎作品中仍不時出現。

同性戀的「異」題，自進入八〇年代後也得到較多的描述、關懷，白先勇《孽子》是臺灣文學中第一部以同性戀爲主題的小說，作者不用曲筆、隱喻，不帶偏見、歧視，嚴肅而認眞地把同性戀者的世界呈現出來，書前寫著：「寫給那一群，在最深最深的黑夜裡，獨自徬徨街頭，無所依歸的孩子們。」眞摯關懷之情可見，但心情卻是沈痛的。同性戀是古今中外皆存在的現象，近代的醫學和心理學對此一現象，無不做過精細深入的研究，惜迄今對其成因並無確定合理的解釋。女作家朱天心〈春風蝴蝶之事〉、袁瓊瓊〈爆炸〉等篇皆是探討同類問題，袁作對同性戀此一邊緣人之無依、矛盾、悲憤、沮喪等種種可悲現象，提出尖銳的質疑，溫厚的情懷具有悲天憫人的感人力量。結尾是個無可奈何的問號，事實上也是悲憤的宣告—弟弟也將重蹈哥哥覆轍，非得以強大爆炸力毀滅自己，是無法宣洩其巨大壓力的。朱天文《荒人手記》（一九九五），以音樂律動文字，詩畫意象的突出，巧妙透過男同性戀爲敍述者，透過手記的自由隨想，夾敍夾議探討臺灣當前國族、世代、性別與情欲問題，其細膩、深刻的描繪、揭示，讓人驚奇小說處理敏感議題的能耐，也爲臺灣同性戀寫作開啓嘗試的可能性。値得留意的是大部分作品，都暗示了男同性戀者的戀情注定挫敗，甚或滅亡。遠離罪慾、自責而改以自省、反思或可使同性戀的書寫空間更爲開闊。

八○年代之後，女性小說得到空前的發展。閨秀文學、女強人文學、現代女性文學、小說族文學、紅唇族文學，紛紛出現在報章雜誌，躍登暢銷書排行榜前茅，風起雲湧，蔚爲大觀，似有由末流成爲主流之勢。廖輝英、三毛、蕭颯、許台英、蘇偉貞、李昂、袁瓊瓊、朱天心、蔣曉雲、鄭寶娟、張曼娟、吳淡如、黃秋芳、棘茉、彭樹君、楊明等人，她們的讀者以女性爲主，而且人數相當可觀，她們的作品或通俗之作爲多，但憑恃著「經濟決定論」執女性小說之牛耳，大部分閱讀小說者品味格調都唯她們馬首是瞻，隱然主導當時臺灣小說之發展趨勢。

八○年代的女性小說創作，大致上可分爲屬於大眾（通俗）文學領域的「閨秀小說」和屬於純文學範疇的「新女性主義小說」兩大潮流。閨秀小說到八○年代中後期，已有演成「紅唇族小說」的趨勢，其流變對臺灣轉型期的女性讀者之誤導是非常嚴重的。八○年代的臺灣社會處於傳統農業社會的道德規範和兩性行爲模式已解體，而新的尚未完全形成的脫序階段中，秉持傳統，循規蹈矩的年輕女性，深感茫然不知所措，閨秀小說適時提供逃避困擾的「鴉片」，表面看來，這些作品一時解脫了她們心靈的困惑，但深入一層看，這些作品或完全不提實際問題，或把問題輕輕滑過，而代之以溫馨美妙的文字幻境，使年輕的女性讀者對社會的眞實茫然不知。

相對於流行的閨秀小說，受當代世界女權運動的影響，女性主義文學在臺灣文壇異軍突起，這些作品不斷變換、深化的主題，觀照女性在社會轉型中的種種權利和心理機制的變化，所表現出來的新女性主義的傾向相當強烈，她們對於父權宰制下的女性處境備加留意，並以此為出發，鋪陳傳統架構下女性的困境，並進行探尋拋棄傳統包袱的可能性，點出女性擁有自我與自立之必要性。袁瓊瓊〈自己的天空〉、蕭颯〈走過從前〉、朱秀娟〈女強人〉、廖輝英《單身薏惠》大抵如是。袁瓊瓊的〈燒〉中佔有慾極強的桃安，雖然外表正常，卻因沒有自我而在婚姻的磨難中一步步走上不歸路；朱天心的〈袋鼠族物語〉藉由袋鼠意象呈現女子在傳統婚姻角色扮演下喪失自我的辛酸與無奈，〈新黨十九日〉、〈鶴妻〉大抵觸及女性主義重要議題。朱天文的〈最想念的季節〉中以廖香妹這一自立自強的都會女子，為了腹中的胎兒而尋求一暫時的丈夫，以賦予孩子姓氏的情節，則對於傳統婚姻與性別角色扮演充滿了嘲諷。呂秀蓮《貞節牌坊》小說中女主角藍玉青拒絕金錢富貴的誘惑而忠於自己選擇的愛情，昭示著：貞操應該從禮教的桎梏提升為人性的修煉，從女性片面的倫理擴充為兩性的道德戒律。《這三個女人》更反映出新女性在重重的困擾下對社會的思考和人生價值的追求，從而確立自我存在的可能性。在諸多女性作家作品中，尤赤裸表現在傳統架構下男性權力的猙獰面貌，呈現女性被物化的悲慘景況的是李昂的《殺夫》。小說最後以悲劇收場，林市將陳江水斬成一塊塊，在象徵意義上，可說代表了對於遭受物化的女性一種反抗與控訴的舉動。然而當現代女性在極力擺脫傳統包袱的同時，卻往往仍在傳統與現代角力賽的泥沼中，作無盡的掙扎，李昂〈迷園〉中女主角朱影紅尋找自我及女性意識的痛苦過程即是一例，雖然《迷園》有不少迷陣使讀者身陷其中，但李昂勇於開拓女性視野，將女性主義與政治層面相結合的氣魄，仍令人喝采。

顛覆是八〇年代臺灣女性小說試圖邁向覺醒歷程的一個策略，她們在鋪敘婚姻與自我的衝突時，大都採取顛覆傳統的手法，直指傳統婚姻的弊病，揭示新舊婚姻觀的衝突，從而點出擁有自我與自立之必要性。根本排斥婚姻的單身女郎，以及獨立撫養幼兒的不婚媽媽，於臺灣社會、小說中歷歷可見，可謂徹底顛覆了傳統父權對於女性的定位。朱天文一九八六年的作品〈炎夏之都〉，男主角於喪禮之後，在回臺北的返家途中和情婦會面。小說中婚外情的處理方式，作者有意淡化處理，妻子的反應更是具有反高潮的效果，顛覆了傳統女性面臨丈夫外遇時的反應：哭哭啼啼、自憐自艾、絕望悲痛。從此她不必再履行她本身毫無興趣的性伴侶義務。

八〇年代雖可謂女作家的年代，不過到了九〇年代已呈退降趨勢，過去有關李昂對「性」之赤裸描述的爭議，到了九〇年代似乎已見怪不怪，更爲細膩大膽的性愛場面一波一波迎面而來。難怪連李昂都要說：

> 奇情的、帶暴力的色彩的性，開始出現在小說中，像「狼變人仍擁有狼巨大生殖器刺穿女體」的這類寫法，像日本漫畫誇張的性與奇情，開始出現在我們的文學作品中。而且，這個階段的性描寫顯得十分不安，性變成這個階段臺灣混亂的表達方式之一。暴亂、無政府心態，爲性而性、性無所謂感傷浪漫，只是「Fuck」。再接下來，我預計帶暴力色彩的性，會大舉出現文壇，成爲性描寫的主流。比較讓我耽心的，性在文學中，只成爲視覺的強烈刺激，少有深刻的意義在裡面。我擔心的是，會不會有一天，性成爲出賣文學的主題，而不是必要的描寫？（一九九〇年四月十五日《中時晚報》）

九〇年代的臺灣社會進入豐足富裕的階段，內在緊張感亦隨解嚴逐漸消失，繁榮的成果爲一般市民享受的目標，追求歡樂、獵取新感覺，刺激、神祕、魅惑。內在的精神苦悶發洩於舞榭歌臺中，頹廢成爲現在剎那的解放；內在的欲求也隨繁華的鬆解下蠢蠢欲動，終成反抗秩序的力量。進入九〇年代臺灣小說可以世紀末風格（style of fin de siec'cle）[29]來形容，是頹廢與再生、夢幻與現實、獨立與融合等等因素混合雜陳，沒有一定秩序的混沌時期。

八〇年代後期以降的小說，普遍缺乏七〇年代作家的淑世情懷，主題缺乏嚴肅性，而積極表達叛逆的訊息。這樣的轉折變化，如檢視九〇年代小說作者的年齡層、創作技巧，可知大異其趣，說明了不同世代作者對不同文學形式的開發，對生命經驗裡著重選擇的層次有不同的看法，新新人類已不認爲文學須有嚴肅的使命，新生代生存的環境是電子資訊（MTV、CD、LD、電腦、光碟、任天堂、KTV……）的時代，在語言及形式的創作上，顯然不同於上一代，作家所寫的愛情故事也不再是過去俊男美女式的愛情幻想，大膽的性愛語言，你可以很輕易在小說裡找到做愛、亂倫、精液、自瀆、手淫、乳溝……等語彙，完全不像上一代那種含蓄、間接的表現手法，許多作品赤裸放恣，充斥感官刺激的情色。最近如曾陽晴《裸體上班族》、紀大偉《感官世界》、洪凌《異端吸血鬼列傳》、陳雪《惡女書》（一九九五）等情慾書寫作品，力寫無數奇異詭譎的情節，頹靡情色的溺想，電玩、漫畫、電腦網路，神遊變形其間，文字成爲炫人耳目的遊戲，文學成爲遊戲世界的一部分。陳裕盛、羅位育都有血腥囈語式的呈現。生命、生活經驗的迴異，目前新一代作者在創作內容與表現方式，明顯與過去有不同的面貌，如題材之選擇、實驗性的書寫形式與對都市次文化的借用等方面。

在這同時，臺灣先行代作家仍堅守寫實本位，流露一貫的本土關懷，對臺灣社會議題提出嚴肅箴言，葉石濤在八〇年代末期所寫（九〇年代出版）《西拉雅族的末裔》、〈異族的婚禮〉，是臺灣文學史上第二次以平埔族人的事蹟爲素材的小說（第一次爲王幼華《土地與靈魂》一作）。鍾肇政繼六〇年代《濁流三部曲》、七〇年代《臺灣人三部曲》，到八〇年代的《高山組曲》、九〇年代的《怒濤》（一九九三年），呈現了臺灣人在各個不同階段的歷史經驗，生活現實，戰後第一代作家李喬也自七〇年代的《寒夜三部曲》，九〇年代推出《埋冤、一九四七、埋冤》以小說處理戰後臺灣史，與東方白《浪淘沙》、鍾氏《怒濤》皆觸及二二八事件，九〇年代的大河小說基本上已脫離過去因政治的忌諱，而將小說重心放在抗日經驗上，（抗日經驗是國民政府所允許的）二二八事件，五〇年代白色的恐怖經驗一一浮現，作家以小說詮釋歷史的企圖心，也明顯可見。

此外，平路的《行道天涯》、林佩芬的《天問》、羊恕的《臺灣民主國》、《寒江戰錄》似有歷史小說創作風氣又復甦情況，平路將她對於女性主義和後現代文本的思維，放到孫中山與宋慶齡女士的婚戀生活中，意圖從宛若迷宮的歷史暗巷裡，抽絲剝繭一段愛情革命婚姻，破除過去兩岸人民對政治偶像的迷思，尤令文壇耳目一新。朱天文、朱天心、蘇偉貞（蘇氏有《沈默之島》、《夢遊書》）可說是九〇年代尤特殊的女作家，創作之轉型成熟，或對省籍、眷村、族群文化或情慾世界之間的問題，尤多所著重。

九〇年代也是傳記類書大盛的時代，尤其省市長大選的推波助瀾，政治人物各種「前傳」「續傳」「評傳」「外傳」如雨後春筍，大量湧現。有趣的是：作家透過傳記文學傳達政治訊息，如李昂的《施明德前傳》、彭瑞金的《余登發外傳》等。當然，政治人物現身說法的口述自傳或新聞傳記寫作等非小說的作品，其驚爆的內容、詭奇的事件、內幕的揭露，刺激性遠遠超過政治小說，使得八〇年代花團錦簇的政治小說招架不住，潰散於無形。似乎到了九〇年代，很多小說沒落了，文學出版社也相繼倒閉了不少，但仍有不少作家堅持文學本位，可說進入「世紀末」，但卻也蘊含豐富的可能性，它以昂然之姿向傳統寫實、現代主義小說訣別，打破種種舊的窠臼，呈現出多彩的「世紀末華麗」。期待、耽憂不免兼之，但不妨拭目以待。

七、結論

五十年來臺灣小說的多變風貌，是臺灣社會變遷、政治轉型的重要見證。不同的時空背景，作家們的世界觀、價值觀各有差異，因此不同世代的作家對不同形式的實驗、開發各有所偏。在小說階段性發展中，也可以看到老中青三代不同的風格特質，前行代作家的風格大部分自然、樸實、偏好寫實主義，新生代則偏好超越寫實，營造詭異、脫俗的情境。

雖然臺灣文學發展的進程與西方不同（現實主義→現代主義→後現代主義），當西方從現實主義走出來，進入現代主義之後，臺灣卻從現代主義又返回現實主義的路子，但這樣的發展其實呼應著臺灣在社會、政治和經濟方面不同階段的生態環境，臺灣文學的出現，即是就此意識型態、國家機器而呼應呈現。如從宏觀的角度視之，臺灣作家其實頗富革新求變、多元實驗的精神，他（她）們不憚其煩地做各種實驗性創作，如從文學思潮的遞嬗—反共戰鬥文學、現實主義文學、鄉土寫實文學、後現代思潮文學等。每隔數年即躍上文壇，作家積極介入的現象觀之，他們不斷翻新花樣，各領風騷的多變局面之精神，事實上是值得肯定的。

但同時令人憂心的是近來國際間興起某種主義、潮流或運動，往往在很短時間內就給臺灣文壇帶來衝擊，從而使臺灣創作界呈現一片仿效之風。就臺灣五十年來小說來看，衝擊最大的是後現代主義，它使臺灣小說界從八〇年代末期至目前九〇年代中，呈現一重要的現象是急切創新，對傳統敍事觀點的游離、跳躍、質疑、解構，而展現了破碎、多元，乃至矛盾的敍述模式。因此許多新的寫作手法，如拼貼（collage）之應用，一切奇情（fantasy）、怪誕（gothic）、夢囈……都可用藝術上的拼貼手法寫成小說作品，此一創作手法爲數不少，他們申言要打破陳規，向傳統敍事模式挑戰。

但此一技巧，固有其負面，許多讀者失去閱讀的趣味、耐心。因顛覆、質疑得太厲害，讀者愈讀愈如一團謎，囚困迷宮，等待救援，一般讀者誰會主動青睞此類作品？非小說（nonfiction）攻城掠地文壇的情況愈來愈普遍、愈嚴重也就不足爲奇了。

更令人擔憂的是臺灣小說家創作時期及質量普遍都太短暫（較諸國外傑出作家動輒四、五十年創作時間，實嫌不足），有時創作質量反較前期雙向衰退。七等生、黃凡、陳映眞、黃春明……幾乎消沈於九〇年代文壇，遑論其他作家？

我們極力期待臺灣作家不斷創作不輟，年輕一代作家在挖掘題材，又善於煽情誇異之餘，就問題本身做一哲學、文化、心理等多向度的知性思考，深入工業文化環境下對人性本質的探尋。

【註　釋】

① 見〈飛揚的年代—五十年代文學座談會〉，《聯合報》，一九八〇年五月五日第八版。

② 如彭瑞金、林燿德、龔鵬程、張大春……等人。另見龔鵬程，〈四十年來臺灣文學之回顧〉一文，《國家科學委員會研究彙刊：人文及社會科學》，四卷三期，一九九四年七月。

③ 吳濁流，《亞細亞的孤兒》，臺北：遠行出版社，一九八六年，頁一八一。

④ 臺灣新生報〈橋〉副刊第一六八期，一九四八年九月廿八日。

⑤ 游喚〈政治小說策略及其解讀—有關臺灣主體之論〉，《臺灣的社會與文學》，龔鵬程編，臺北：正中書局，一九九五年十一月，頁九九。

⑥ 林曙光，〈楊逵與高雄〉，《文學界》十四期，一九八五年五月，引文自該文談到楊逵與「橋」之淵源時，史習枚（歌雷）所述。

⑦ 參葉石濤〈接續祖國臍帶之後—從四〇年代臺灣文學來看「中國意識」和「臺灣意識」的消長〉，《走向臺灣文學》，臺北：自立晚報社文化出版部，一九九〇年三月，頁一—四三。

⑧ 彭瑞金編，《臺灣作家全集：吳濁流集》，臺北：前衛出版社，一九九一年二月，頁二六八。

⑨ 同前註。

⑩ 陳顯庭，〈我對葉石濤小說的印象〉，《新生報》「橋」副刊，一九四八年七月三十日。

⑪ 何欣，〈三十年來臺灣的小說〉，《中國現代小說的主潮》，臺北，遠景出版社，一九七九年三月，頁四五。

⑫ 鍾鐵民，〈鍾理和文學中所展現的人性尊嚴〉（鍾理和文學生命的探索之五），《民衆日報》一九九一年元月十一日。同時又見於《臺灣文藝》第一二八期，一九九一年十二月十五日。

⑬ 尉天驄，〈三十年來臺灣社會的轉變與文學的發展〉，《臺灣地區社會變遷與文化發展》，中國論壇編輯委員會主編，一九八五年十月初版，頁四五〇。

⑭ 鄭明娳，〈當代臺灣文藝政策的發展，影響與檢討〉，《當代臺灣政治文學論》，臺北：時報文化出版，一九九四年，頁五〇。

⑮ 余光中，《中國現代文學大系，總序》，臺北：巨人出版社，一九七二年。

⑯ 杜南發，〈葉維廉答客問：關於現代主義〉，《中外文學》第十卷第十二期，一九八二年五月，頁五二。

⑰ 同前註。

⑱ 楊照，〈末世情緒下的多重時間—再論五、六〇年代的文學〉，原刊《聯合文學》十卷八期，一九九四年六月，復收入：《文學、社會與歷史想像—戰後文學史散論》，臺北：聯合文學出版社，一九九五年十月，頁一二六。

⑲ 施淑，〈現代的鄉土—六、七〇年代臺灣文學〉，《從四〇年代到九〇年代—兩岸三邊華文小說研討會論文集》，臺北：時報文化出版，一九九四年十一月，頁二五五～二五六。楊照在〈新人類的感官世界—評邱妙津的《鬼的狂歡》〉也是如此定位。原文說：「因此我們回顧六〇年代的青年文化，看到的是一部部、一篇篇、一首首的文學作品，競相發洩著悲觀、無聊乃

至腐敗的氣息，在這種「存在實驗」裡，同時給中國文字帶來一個重要的革命，逼迫這套古老文字作各種變形、接納各種異質的東西、傳達各種誇張的情緒。從文學中的角度來看，這番文字、文學意念上的革命，可能是六〇年代「存在主義文學」乃至廣義說「現代主義文學」重要的成就、貢獻之一。不論我們今天抱持怎樣的立場來評價「橫的移植」、「脫離社會脈絡」等質素，不可否認的是這些文學作品開拓的文字承載功能，給了後來不管想要寫作何種題材的作家很大的方便。」見《文學的原像》，臺北：聯合文學出版，一九九四年。

⑳ 夏祖麗，《握筆的人》，臺北：純文學出版社，一九七七年，頁二八。

㉑ 周伯乃，《現代小說論》，臺北：三民書局，一九七四年五月。

㉒ 白先勇語，轉引自單德興〈論影響研究的一些作法及困難—以臺灣近三十年來的小說爲例〉，《小說批評》，鄭明娳主編，臺北：正中書局，一九九三年六月，頁九六。

㉓ 張恆豪，〈削瘦的靈魂—七等生集〉，《臺灣作家全集：七等生集》，臺北：前衛出版社，一九九三年。

㉔ 楊照，〈一顆拒絕衰老的心—評李喬的《慈悲劍》〉，《文學的原像》，臺北：聯合文學出版，一九九四年，頁四八。

㉕ 如陳映眞，〈新的閱讀和論述之必要〉，《中國時報》「回顧鄉土文學論戰」專輯，一九九一

年元月六日。

㉖ 解嚴以後，各種社會運動風起雲湧，一些抗爭性強的作家乾脆走出書房，不再以筆代言，直接投身到各種運動中，體現自己的政治理念。王拓、楊青矗、姚嘉文在美麗島事件後，在獄中分別完成了《牛肚港》、《臺北、臺北》，《連雲夢》、《臺灣七色記》，但出獄後，一度停筆，投身公職競選，林雙不忙著舉辦全省巡迴演講，靠文學改革社會的迷思被戳破，面對政治干預文學，他們由文學無力救贖的改由政治手段來實現，而以行動直接抗爭。

㉗ 同註㉔，頁一七九。

㉘ 楊照，〈歷史大河中的悲情—論臺灣的「大河小說」〉提到：「長篇小說一直都不能算是創作的重心所在。從六十年代開始，一波波重要的文學概念推陳出新，美學評價翻攪革命，幾乎都是由短篇小說創作打先鋒，而且最爲膾炙人口的重要作品也是以短篇居多。七十年代中後期，兩大報先後創設小說獎、文學獎，更加強了這種趨勢，雖然獎項中也斷斷續續列入中、長篇項目，然而不可否認地，短篇始終是核心主角。一經文學獎提點便躍居文壇的戲劇性效果，也是在短篇部門最見顯著。」收入瘂弦等編《四十年來中國文學》，臺北：聯經出版有限公司，一九九五年六月，頁一七七。

㉙ 「世紀末」一詞，源出法文的 fin de siec’cle 類似英文的 Nineties（九〇年代）。一九六二年版

的《拉胡斯大辭典》定義爲：「十九世紀末所創名詞，意指精緻的頹廢（de'cadence raffine'e）。」此字眼並不曾被用來代表編年或斷代的概念，而是代表一個風格概念。

小說·歷史·自傳？

——談《無花果》、《臺灣連翹》及禁書現象

一、前　言

吳濁流先生是戰後臺灣文學發展的靈魂人物。他的作品含括了詩、散文、隨筆、小說等文類，雖然他生前曾謂死後應以「詩人吳濁流先生葬此佳城」雋刻墓碑上，論者提及吳老，亦大都會聯想到「鐵血詩人」一詞①，張良澤亦因之謂：「詩是吳濁流的生命。」②唯今日在吳老爲數不少的作品中，受到衆人關愛注目的，還是以小說爲多，對漢詩的研討顯然不足。或許詩畢竟只是作者自抒情志的工具，要和廣大群衆心聲貼近，仍需借助小說，而讀者選擇閱讀其小說作品，恐怕有不少人即是想從中獲得一些歷史訊息的。

本文所研探的《無花果》、《臺灣連翹》這二部作品，基本上即是被視爲歷史素材的小說。因作者有強烈的歷史使命感，故對所謂的「事實」及史料特別強調、重視。惟此舉無形中使其作文學性降低，造成行文的累贅及多餘。莫洛亞《傳記面面觀》曾說：「與過去有關的事實，如果沒有以藝術的方式聚集起來，那麼它們只是編輯。」③《無花果》敘及二二八事件時，引用了當時不少的官方資料，對該事件前社會、政治狀況的描述，他引用了丘念台自傳《嶺海微飆》；對於事件發生時的描述，則引用了新生報社論〈延平路事件感言〉來說明民意。在《臺灣連翹》中，則引用《前進》雜誌中有關二二八事件內幕和處理委員會所提的三十二條提案以作分析。

站在純文學研究的立場來看，吳濁流的小說顯然太強調了作品的社會性、歷史性，致藝術性受到相當程度的影響④。值得注意的是作者、讀者顯然鮮於從文學性立場來看其作品，如《臺灣連翹》之作，吳氏生前交待，需在他去世後十年、二十年發表，便是自認該作有不容否認的歷史事實，他並不從文學角度來定位。有趣的是，《臺灣連翹》出版後，讀者幾乎也不自文學角度來討論它，甚而在一九九二年連戰將出任行政院長時，因其父連震東在二二八事件所扮演的半山角色－提供軍方屠殺臺灣菁英分子名單之事，爲吳氏該書所揭露，乃遭多位立委質疑，報刊亦就此書此事多所報導。

此外，這兩本書今日多以自傳小說視之，唯自傳以記實爲主，小說則未必，兩者之關係多糾葛紛紜。面對自傳性小說此一兼具記實與虛構之特殊屬性時，雖然吳老極力以自身的現實經驗來說明歷史眞相及其可靠性，但在撰寫過程中，究能眞實的記錄、保存多少呢（如時代歷史、社會情況、作者思想……等）？當我們以文學來看待它時，我們應採取何種方式、態度才是合理的呢？本文處理重點，首就二書之寫作動機及小說之命篇，說明吳氏積極爲時代歷史留下見證的用心，以了解吳老追求歷史眞相，痛斥半山行爲，喚起後人警惕之初衷。次就該二書雖以歷史事件爲重，但自傳·小說·歷史三者之間卻夾雜難理，其間有思考之必要。最後敍述因其牽涉二二八事件，而遭警總查禁之命運（《無花果》結集出書時遭禁，《臺灣連翹》則在《臺灣新文化》雜誌刊登時部分遭禁。）事實上既以文學之形態發表，即使事件爲眞實，亦不應戕害言論出版之自由，何況文學之書寫，或雖無內容之虛構，但書寫形式之虛構卻有其可能，深文周納，尋求口實以禁絕臺灣文學，其實只是充分暴露政權之蠻橫無理。

二、《無花果》與《臺灣連翹》的寫作動機及其命篇

吳濁流寫《無花果》與《臺灣連翹》的動機，大致相同。在《無花果》一書中的首章〈聽祖父述說抗日故事〉，作者交待了其創作動機，他說：

> 回顧我走過的人生路程雖然平凡，但也逢上了幾個歷史上的大事件。第一次大戰，臺灣中部大地震，第二次大戰，臺灣光復，二二八事件等便是。前四事已有很多文獻與記錄，我想用不著我再費心了。然而，其中，對於二二八事件，卻不能不有所反省。

二二八事件是臺灣史上最大的悲劇，在事件後的歲月裡，它如同禁忌，任何討論的文章、書籍悉在被禁之列，因此整個事件的來龍去脈和史料方面均相當缺乏。面對尚未解嚴的臺灣社會，二二八是禁忌中的禁忌，如果不是背後有強烈的寫作動機，是不太可能拂逆當局、自取其禍的。他曾有多次欲處理此一題材的動機，但終究如同〈泥濘〉中「沒有餘裕的心情」，在〈路迢迢〉中「草草結束」。這都是不知如何在戒嚴下來表達此一事件眞相，因此題材都只是寫到日據末和光復初，此下歷史即成一片空白。戰後第一代的臺籍作家，雖見

證了戰後初期臺灣社會變動最劇烈的階段，但在二二八事件及白色恐怖的籠罩下，臺灣作家不得不放棄戰後的現實，採取統治者允許的「過去抗日現實」，自其中尋找題材，因此小說一般都只進行到臺灣光復，臺灣人熱烈歡迎祖國、熱情學習國語，便戛然而止，畫下皆大歡喜的句點；如果偶有寫到戰後的，也是沒有二二八，只有大有爲政府的種種德政，復興基地長足進步豐足、安樂的社會；歷史眞相、題材的小說，是無置喙的餘地。在這樣的現實情況下，吳濁流的內心想必焦急而日日思慮如何才能適切的表達？

鍾肇政在〈拚命文章不足誇〉一文提到吳老曾對他說「準備寫二二八事件，卻有不知如何下筆之苦。」「寫了，藏起來，便沒意思了，相信會有辦法的。一定會有的。問題是用什麼方式來表達。」後來「吳老再次過訪，這次他喜形於色，興緻勃勃地告訴我已有了具體的構想，準備動筆。」⑤從以上的敘述可知此一題材是吳老亟欲處理的，然則何時他的動機更加強烈，驅使他下筆的呢？除了應孟佳之請求外⑥，在《無花果》第一章中，可以看出他憂心的陳述：

> 最近痛切感到的是，當時的新聞記者，一年比一年減少了。即使尚在人間的，不是轉業就是隱居，幾乎都已和筆絕緣。視野比較廣闊的新聞記者如果不執筆，將來這個事件的眞相，恐被歪曲

⑦。

歷史眞相總因統治者的干擾，而如電影「羅生門」般難以解釋，甚因政治的強制介入，許多不利於統治者的歷史記憶、歷史經驗爲之中斷。吳氏一者懼自己的記憶將因時代日遠而模糊湮灰，而且年歲已高，不容他再遲疑，因此他努力從記憶的隻爪片羽中，將自己和歷史鎖鏈再次連結起來，希望不復有未曾留下任何痕跡的遺憾。再者，二二八宛如民族的夢魘，非加以解說是無法釋然心安的，也無法面對自己、將來。此一心結，戰後第一代作家廖清秀、鍾肇政亦如是。在政治上的二二八禁忌被打破之後，有關此一長期被壓抑的題材，便以空前猛烈之姿爆發出來。廖清秀說：「這篇小說（《反骨》）我自三十多年前就想寫它，是我畢生中唯一覺得非寫出它死不能瞑目的作品。」⑧鍾肇政也說他寫《怒濤》最大的目的是：「多麼希望能夠在筆下重現那個時代，以及那個時代的臺灣人，尤其年輕的一代。」⑨

此一歷史事件眞相的呈現是他們念茲在茲，終究無法規避的課題，所以遲至一九九三年，他們終於將隱藏心靈深處的時代見證、內心悲憤釋放出來⑩。吳濁流自忖二二八事件發生當時，自己正好當記者，具有記者特有的敏銳觀察、時效性及對事件掌握的能力，「在了解事件發生前後的關係上，正佔有很方便的立場」，絕對能將其「所見所聞的二二八事件的眞相率直地描寫出來。」（《無花果》第一章，頁二）綜言之，其書之寫作緣由與「爲歷史做見證」關係密切，是在「歷史使命感」呼喚下完成的作品。

歷史記憶原依恃不斷再生產（reproduce）方能傳遞、延續下去，一旦不需「再生產」，不論是刻意的或自然而然的，集體歷史記憶之中斷、遺忘，乃是司空見慣的事。如果長時間失去共同的歷史記憶，必然也將失去認同，從而失去凝聚爲一股力量的可能。吳濁流《無花果》之作，希望下一代的臺灣知識分子，能從「二二八事件」中獲取歷史的教訓，避免重蹈對父祖之國虛幻想像、期待所帶來的錯誤，不然，悲劇必然還會再度發生。因之，他不畏政治禁忌，「追憶著這些不能忘懷的心影」（《無花果》，頁二），並將之形塑，喚起臺灣人的集體記憶。

就某種程度而言，此一欲書寫又畏懼文網加身的無奈心情，一旦將之敍說出來，其實也是對自己的一種解脫。所以完成《無花果》之後，他覺得內心爲之輕鬆，不久即出國旅遊。

另《臺灣連翹》創作動機，除前述之外，應與《無花果》被禁，讓他再度興起爲歷史作證的雄心悲壯有關，尤其欲藉此書寫出歷史教訓，呼喚臺灣人的自省，同時對「半山」出賣同胞的諸多事實，多所指陳。

在《亞細亞的孤兒》一書裡，吳老將「無花果」與「連翹」並放在一起，表達了他的想法：

一切生物都有兩種生活方式：例如佛桑花，雖然美麗，但花謝以後卻不結果，又如無花果，雖無悅目的花朵，卻能在人們不知不覺間，悄悄地結起果實。這對於現時的太明，不啻是一種意味深長的啓示。他對無花果的生活方式，不禁感慨系之。他一面玩賞著無花果，一面漫步踱到籬邊，那兒的臺灣連翹修剪得非常整齊，初生的嫩葉築成一道青蔥的花牆，他向樹根邊看看，精壯的樹枝正穿過籬笆的縫隙，舒暢地伸展在外面。他不禁用驚奇的目光，呆呆地望著那樹枝，心想：那些向上或向旁邊伸展的樹枝都已經被剪去，唯獨這一枝能避免被剪去的厄運，而依然照她自己的意志發展她的生命⑪。

在這裡我們可以看到吳濁流以「無花果」默默自我期許的精神，無花果雖不似佛桑美麗，也正因它無悅目的花色，得以躲過人間有意的摧殘，或遭嫉而受排擠的命運，能悄悄結起果實來。此一意味深長的啓示，事實上不僅是小說中胡太明的，也是吳老自我化身的啓悟。他對文學對歷史的追求，必然也是懷抱著如此的心情，所以在戒嚴時期，他寫下的《無花果》，事實上即代表了此一默默開花結果的堅毅精神，雖然所結的果實，一如其花朵，亦被政治的介入強制遮掩了，但它終究會再度重現人間。

在《無花果》寫作期間，吳老曾遭某位國民黨員的干涉（見本文「四、國家器機下的禁書現象」一節），在結集出書時，又立即遭警總查禁，但他並不氣餒，他想到自己（臺灣人）的命運就如常綠的黃籐植物—臺灣連翹，遭逢外力的侵擾時，更應以不屈的意志——求生存，自我鞭策，否則豈不如連草木都不如了？《臺灣連翹》譯者鍾肇政先生爲此篇名所呈現的意象，作了如是的詮釋：

> 通常被用來種植於屋前充當籬笆（俗稱活籬），爲了求其美觀外狀，「屋主人」常要將之整修得方方正正，偶有不聽話或不甘屈服的枝葉，竟妄想要冒出的話，「喀嚓」，一定要被剪掉，是否這即是臺灣人無可擺脫的「悲運」⑫？

由此可知臺灣作家寫作的不自由，但吳氏始終堅毅自忍，並相信有一天，此一「悲運」是可以擺脫的，他在《臺灣連翹》一書的結尾，這麼寫著：

> 年輕的作家們，民國三十八、九以後，你們應該比我有更深的經驗；更廣的見聞才是。我相信，這些都是你們的文學資產。有那麼一天，必定會百花燦爛，競相綻放的，我就這麼堅信擱筆吧！

《臺灣連翹》結束於二二八事件後，國民政府遷臺前，可見吳老心中始終掛懷的是二二八事件此一歷史眞相。遷臺之後的種種，他則期許年輕的作家能接棒，將他們的經驗、見聞，繼續爲歷史做見證，他也深信禁忌總有一天會解除，滿園是百花燦爛，競相綻放的。

三、小說・歷史・自傳？

戰後臺灣歷史小說曾一度爲本土作家之最愛，在反共文藝政策、言論戒嚴的時代氛圍下，文學創作空間備極狹窄，他們大都自覺到本身微弱的力量是難以攖其鋒的，既欲規避官方的文藝政策，又不願失去自我立場，臺灣的作家在窄縫裡找到一條歷史長廊—殖民統治下的抗日經驗，吳濁流、鍾肇政、廖清秀、陳千武、李喬都曾在此大展身手。也曾有那麼一段時期，文學中歷史事實的描述，成爲作品良窳的表徵，嚴格說來，當時以歷史事件爲主的小說，在觸及人物內心細膩的思維情感，及日常生活細節的描述時，顯得較輕忽。然而這樣的現象，很容易流於平面敍述，有如剪紙藝術，雖然輪廓鮮明，但缺乏質感。這並非說臺灣作家不夠優秀，而是由於長期的戒嚴，臺灣的歷史缺乏反省，臺灣史成爲黑煙濃霧瀰漫的狀態，因此文學成爲作家覺醒後的僞裝，分擔了臺灣的歷史教育或經驗反思的任務。這「額外的負擔，使得歷史文學猶如結實過多的果樹，被壓彎了枝幹。」⑬

吳濁流《無花果》、《臺灣連翹》此二部作品，基本上相同《亞細亞的孤兒》之用心，是以個人經驗為例，卻試圖把整個臺灣人的命運，透過歷史的審查方法呈現出來，奠定了強烈的族群使命感超過文學作家使命感的創作型態。」[14]這二部作品自刊登，與讀者見面，始終也圍繞在歷史記實、作者個人自傳上，如張良澤對日本《中國》雜誌社為《無花果》所做的譯文，說：「至於篇名『無花果』之下，增列了副題——『臺灣七十年的回想』，更意味了此篇不僅是吳濁流個人的七十年自傳，且是臺灣的七十年歷史」。又說：「『無花果』是作者基於上述體驗所寫的回想錄。」「不如說是吳濁流的七十年自傳較為正確」[15]。前衛出版社印行的《無花果》一書，在書後封面之介紹，即說：「『無花果』是他的第一部自傳，他寫此書是基於歷史的使命感，在此書中他娓娓地道出他一生的心路歷程，把歷史的眞與文學的美做完美的融合。」[16]

至於《臺灣連翹》一書之性質，鍾肇政先生〈拚命文章不足誇〉一文說：「《臺灣連翹》仍不脫回憶錄體裁，重點自然是在二二八。」[17]陳芳明〈吳濁流與《臺灣連翹》〉一文亦謂：「這冊自傳牽涉太多尚在活躍的政治人物，同時也觸及太多敏感的政治事件。」[18]

到了褚昱志〈拚命文章才堪誇—試論吳濁流的《無花果》與《臺灣連翹》〉一文，便直截了當說：「在這眾多已出版的二二八事件研究史料中，最能引起筆者注意地是吳濁流所撰寫的《無花果》及《臺灣連翹》這二本性質與內容極端相近的自傳小說。」⑲岡崎郁子在〈二二八事件與文學〉一文裡，譯者涂翠花亦對此二文以「自傳小說」稱之。

從上述所引的這幾段話，可以看出評論者幾乎圍繞在小說、歷史、自傳（或回憶錄）三者裡。但三者分界點在哪裡？似乎向來不是重點，緣此，本文擬對此稍加釐清，並希望能對吳氏二書性質做一番探討。

自傳和小說，過去一直是涇渭分明，不相混淆的，認爲故事內容眞實的就是自傳，內容虛構的就是小說。不過，以小說寫法來處理自傳的，近來頗不少，最有名的例子應是胡適的《四十自述》⑳了。此一小說體自傳的構想，在當時可說是相當新穎的，過去的自傳涉及父母結婚經過，可能僅能以概括的敘述匆匆帶過，胡適卻以傳主在場，目擊其事的寫法來描述，可說別開生面，而這樣的寫作當然也是深具虛構性的。吳濁流在《臺灣連翹》一書中對胡適其人有所批評與不滿，受胡適影響可能性不大，他何以用小說體的方式來記錄他一生的心路歷程及臺灣的歷史？這應是一個重要的議題。

日本自明治以來，自傳體的私小說便非常流行，自傳也大量出現，吳濁流是否受此影響亦難確定，尤其龍瑛宗曾說：「所謂日本的『私小說』仍受法國的自然主義的影響。關於此點，吳先生對於日本的『私小說』一概認爲無價值而一蹴去之。」㉑尾崎秀樹則認爲吳濁流將日本私小說精神擴展了，將歷史事件、社會情境加入了小說之中㉒。

吳濁流何以用文學（小說）方式來承載歷史呢？或許他自知二二八事件是當時極敏感、極易觸網的禁忌，在希冀處理此一題材，又不願日後徒增困擾的情況下，他以小說來創作，應是最佳的抉擇，如果出了事只要堅持是小說，是文學創作，或許尚可避免牢獄之災。因小說，作者儘可逞其豐富的想像力，運用誇張的筆法，馳騁自如，即使現代寫實小說，描寫逼眞，但就整個故事的情節和內容而言，仍不失虛構的本質的。

前人每以記實（眞）與虛構（假）判別歷史與文學、傳記（含自傳）與小說。內容所述爲眞，則是歷史、傳記；內容所述爲假，則是文學、小說。而對於做爲歷史其中一枝的自傳（或傳記）寫作，總是視「記實」爲最基本、最要的原則。因爲自傳記錄的如果不是眞實，就不足以做爲史料，不具正史價值了。然而無論歷史、小說、自傳都賦予事件有情節、因果的關係，在合理化事實的過程中，不可避免的都用臆測、推論、想像與虛構，使零碎的材料產生意義。所以對於「眞實」一詞的界定，便不能僅著重在「內容」上。

王德威曾根據懷特的研究說，

懷特最重要的貢獻厥在他重新提醒我們，不論史實素材眞實性多寡，歷史敘述（history as account）畢竟是「書寫」出來的『作品』，也必然具有敘事特徵以及修辭技巧。歷史與文學陳述間的關連因而不言自明。以往我們多視歷史為實際經驗與文獻所淘鍊出的記錄，相對的文學則於事實之外多涉幻想。殊不知歷史學者一樣須具備文學式想像力及駕語言的能耐，方纔能呈現『史實』㉓。

張瑞德先生則說：「一個人在寫自傳時容易犯的錯誤，其實和一個史家在寫歷史時所面對的問題並沒有太大的不同。」㉔因在認知與解釋的過程中，我們並非是完全一無所知的認知，而是根據已經有的若干知識、一些假設去解釋未知的部分；解釋者雖非故意偏袒，卻無法擺脫他的先入之見；如果眞的完全無先入之見，又根本無法去解釋，而實際上又不存在沒有先入之見的解釋。所以，儘管與事件同時代人的解釋相同，或符合前人的解釋，也不等於符合眞相。張漢良先生有類似的看法：

> 有純粹、透明、客觀、未被解釋的史實嗎？傳記作者有他（她）的詮釋視域，一切史料都經過這詮釋視域的過濾，他（她）的敘述，描寫已然是有成見的了，唯有透過這詮釋視域，他（她）才能與被頌傳的對象同步（synchronized），否則任何敘述都是不可能的。也唯有如此，一個對象……才會有無數的傳記出現㉕。

傳記的寫作既無可避免解釋史料，則縱然是正史的傳記，亦不可視爲絕對眞實的標準。清章學誠〈與陳觀民工部論史學〉曾分辨文士和史家之文：

論史而止於文辭，末也；然就文論文，則一切文士見解，不可與論史文。譬之品泉鑒石，非不精妙，然不可與測海嶽也。即如文士撰文，惟恐不自己出；史家之文，惟恐出之於己，其大本先不同矣。史體述而不造，史文而出於己，是爲言之無徵，無徵且不信於後也。識如鄭樵而譏班史於孝武前多襲遷書，然則遷書集《尚書》、《世本》、《春秋》、《國策》、楚漢牒記，又何如哉？……夫文士勦襲之弊，與史家運用之功相似，而實相天淵；勦襲者惟恐人知其所本，運用者惟恐人不知其所本㉖。

這段文字固然是針對文辭而言，卻可以看出史家，言貴乎有據，有所本則無杜撰之嫌，但問題是，所據之材料是否就沒有杜撰呢？司馬遷《史記》記載了神怪的傳說，或許是得自徵文考獻，但這些耆老的故事未必無以訛傳訛，或源自祖先的創作。如果說只要不是自己一手杜撰，而是由別人虛構，自己記錄下來就變成根據的事實，這顯然是有問題的。㉗所以《無花果》《臺灣連翹》所引用的資料，亦牽涉到相同的問題。至於歷史和小說，在西方，直到十八世紀末，歷史一直被認爲是廣意的「文學」的一部分，與小說一起分享著古典修辭學的遺產，在這裡可看出寫歷史和寫小說一樣，二者在敘事時，所運用的想像力——即在書寫上的虛構是沒有多大分別的。

臺灣的評論者，大抵重在「內容未虛構」，亦即並非無中生有、捏造事實以此證明其記實。此與西方學者重在「書寫上的虛構」不太一樣。當然，這兩者，並非截然對立的，亦有相通之處。如果我們沒有相關的資料可比對時，就很難分辨到底何者是合理的想像，或純粹的虛構？就如同吳氏諸多作品敘其生平經歷合理合情，加上重出部分亦多相符，因此很難從內容眞假來辨別它到底是小說或自傳、歷史。有趣的是，讀者、評論者幾乎毫無例外的，都把他的作品視爲記實的自傳小說，研究論述他的生平時，也是依據他的文學作品爲據，如呂新昌、褚昱志諸氏敘其家世與生平時，即有此現象。

前人以作品是否記實爲評斷自傳之標準，但在自傳作者必須仰賴「記憶」召回過往，並塑造其自傳的結構原則的情形下，要求自傳遵守事實或歷史的精確性只是理想，精確性在自傳中反是最難以企求的。因自傳之寫作，基本上憑藉的是我們（傳主）對往事的記憶。但記憶卻又未必可靠，人經常因時間久遠，記憶日漸模糊或事過境遷，回顧往事有了不同的解釋，爲配合現在我的看法，而對過去記憶有所修飾、刪改、塗抹。一般而言，傳主無需撒謊或竄改捏造事實，即可因其對事件敘述之詳略輕重，而有截然不同的結果，「事實」其實是難以企及的。在吳濁流作品中時常可以看到有關記憶問題諸事，如〈傳記小說不振的原因〉他勸兩峰要趕快「根據資料來創造小說，……事隔太久，大半也怕忘悼，難找到眞正的資料了。」㉘

分辨自傳中眞實與虛構的成分，並不容易。記憶精確與否只能憑作者自述；加上自傳中所述個人事蹟、經歷，往往是作者自知，而極不易有他人的記載可資參考、比較，因此自傳中所記述的一切，往往易被讀者認爲是眞相。但即使如此，作者在自傳中所呈現的事實、眞相，就一定是正確無誤的嗎？藉由自傳，我們就能知道一個人的眞實或相關的歷史眞相嗎？

王夢鷗在探討傳記、小說、文學三者之關係時指出，使自傳寫作無法眞實的最大原因，在於：

……一個人勇敢的自述，往往敵不過他強烈的自愛心理。縱使他沒有意思自隱其惡，但亦不至於自隱其善。所以由他所「知」而記述的，亦必以他的所謂「惡」安排在可原諒的善的包袱中，以滿足其不傷害自己的自衛本能㉙。

人之本能，在事件發生時會因利害攸關，而當下沈默、懦弱、妥協，以求平安無事，但事後卻通常不願承認或面對自己的懦弱，反而想盡辦法自圓其說。在絕大部分自傳性敘述作品中可以看到此一現象。令人歎服的是吳濁流此二書有不少自我反省其性格矛盾或弱點之處，甚有多處爲此深自貶抑之意，較諸自傳敍述之自我美化大相逕庭。吳氏之作爲，令我想起長他一歲的洪炎秋先生，洪氏曾在自選集前的「自傳」中，自謙是「矛矛盾盾，無法調和，因而造出這樣一個彆扭的人。」吳濁流敍其性格怯懦，緣自幼年時，他說即使毫無理由的被人打了，也沒有抵抗的勇氣。他曾到鄰家去玩，有一次不幸被鄰家的小孩打了，打得鼻孔出血，他不但沒有抵抗，而且連叫一聲也沒有，只是用手按著鼻子，默默的回到家。到了家裏，也不向家人控訴那小孩的壞話。他的兩位哥哥也經常無緣無故的打他，動不動就敲他的頭，打得他頭昏眼花。但他既不會埋怨，也不會去告訴父母或祖父，只是默默的上床，躲在被窩裏淌淚，直到睡著了爲止；有時候他連爲什麼挨打都不知道。而他對兩哥哥的欺負，始終沒有反抗的心理。他自忖他的一生，雖然對一切事情都抱著不平和不滿，但是都沒有把它散發出來，更沒有付諸行動。爲什麼會養成這種性格呢?他認爲是小時候，聽多了日本人或日本警察製造出來的恐怖事件的結果，而且看了不少同胞受害的情形，使得幼小的心靈，對日本的一切措施，都萌生強烈的恐懼感。他也提到自己處事不加深思，易衝動浮躁的性格，遂招致多次的失敗。

在馬武督分教場時，因郡視學毆辱臺籍教員的事件，他深知事情起因是由於自己一時的大意，應肩負起責任才是，但他當時只能深感內疚，怪自己爲什麼不還手？爲何不敢做正當的防衛？事後他才決定辭去自己的職位來與日本人抗爭。除此之外，在這二本書中，吳老是否曾刻意隱藏什麼，讀者很難有所察覺，今天，我們大都因吳老高超的人格，對他的作品毫無疑問的全盤接收，回到文學本身的課題時，也許這裡還有值得深思的問題。

如果我們將吳濁流作品其情節事件重出者加以比較，大抵可以看出一些現象。吳老此二部作品除了搜集一些資料，基本上是以個人現實經驗爲主的，他在寫作時是否翻閱核對過昔日所寫的作品，個人不得而知，但在多處有關數字的細節描述方面，幾乎都符合的情況下，也許他參閱核較過，但也可能他對若干事記憶特別深刻，終生難以忘懷。即使如此，我們仍可看出同是自傳小說，但二書重點詳略不同，在《無花果》對某些人、事心存忌諱，不敢放筆直書其名姓者，在《臺灣連翹》卻明朗化了，性質極相似的兩本書各做了不同方面、不同層次的事實呈現，事實上說明了材料的選擇，與作者的思想、心境有關係。吳老這兩本書有大半生平事蹟見諸其隨筆雜文或與其它小說相呼應，基本上，應是有意爲歷史做見證，並無捏造、說謊、虛構之情實。但記憶的緣故或百密一疏，若干部分仍有出入，如《無花果》頁六寫姜紹祖之抗日，在遠行版吳濁流作品集⑤頁二六，顯然敍述較詳細，而自殺殉亡的年齡則有不同，《無花果》謂年僅二十，遠行版則二十一歲。而姜紹祖如何殉亡的，是否爲自殺，書中這些類似傳說的記載，如果當史料看待，明顯的是個問題。十一歲才入公學校之事，在遠行版⑤頁四〇，則強調了自己堅持要讀書才入學的。提到中熱病之後，父母急於爲他完婚之事（頁六七），在《臺灣連翹》有較深入的敍述，但據〈一束回想〉則是「到了九月就照以前所定的日期結婚了。」（頁十一）似乎並不是在離開病床，暑假結束後，匆忙挑定的。後來那一年過的日子如何呢？在《臺灣連翹》特別提到「民主、民族自決，六三問題，在心中起伏。……想起了北埔事件，苗栗事件，西來庵事件，更是寒心，……在反覆的煩悶中，到了二月，又突然發燒，一病不起。」在《無花果》裡也大致如此，但在〈一束回想〉則完全未提此時思想的困擾，反而「精神上比較安定，也無野心，也無大志，很平凡過日子」，與「煩悶」「寒心」「起伏」「動搖」等情況不同，似有以今之情況、思想，逆推過往之事，而特別加上這些歷史事件的現象。在《臺灣連翹》（頁七八）提到得肺炎之事，最後是「父親立刻趕來，給我服下『白虎湯』和『大八寶散』。這兩服藥奏效了。」與〈一束回想〉不同的是「當時五湖沒有好藥，因此同事劉阿尚君徒步到苗栗買大八寶散。」

對於受同事袖川小姐影響而開始寫小說那一段，在《無花果》（頁七五）裡所說「我便試投《臺灣新文學》，意外地竟馬上被採用了。」與〈泥沼中的金鯉魚·自序〉一文：「於是代我投於臺灣新文學雜誌社，僥倖刊出」（民六十四年寫）相較，可知一爲自己試投，一爲代投，兩者何者爲是，實難判斷，在〈覆鍾肇政君一封信〉：「勸我投給雜誌。於是，我就投稿於『臺灣新文學』。」是自己投稿；在〈我設文學獎的動機和期望〉：「她看了很佩服地鼓勵我投稿，於是投於臺灣新文學雜誌社。」語意不清，兩者皆有可能。後來這位日人女教師因與臺灣人教員論及婚事，被調到舊港國校，吳老文學熱也因之提不起勁。《無花果》第六章末便敍說了此事情經過，唯第七章起始又提到當時無暇顧及文學之因，竊以爲其因之二，刊物被迫停刊；其因之三，調關西公學校工作忙碌，此一小段應緊接在第六章末。我們才能更清楚看出吳老暫揮別文學的原因。

此外，如戰後任教大同之時，《臺灣連翹》提到教員會議結束之後，有十位同事，幫我邀了每戶五千元的會，提供給我十萬元，此與〈回憶大同〉一文有出入：「他（指盧連登）就提議打人情會，一口五千元，馬上揍（湊）成舊臺幣五萬元給我去出版『波茨坦科長』。十名的會員名字記不清楚。」據二文來看，五萬元應是正確的。同在大同之事，是大夥赴淡水海水浴場玩，並邀二位酒女同往，玩得高興之際，電話傳來校長夫人及校醫夫人即將雙雙駕到，吳濁流急中生智，向酒女耳語幾聲之後，一本正經說「這位便是我太太的妹子，這位是她的朋友。」在〈回憶大同〉一文，說：「這某某是內人的阿姨，這個是她的朋友。」㉚又如〈南京雜感〉提及時髦的中國姑娘在椅子上所印下的鞋印，在此一情節《亞細亞的孤兒》再次提到：在〈波茨坦科長〉中則提到一位西裝畢挺的上海氣派男士，在臺灣的火車座椅上留下鞋印之事，未知是吳老的轉化之筆，還是爲不同的二個人？另外，在《臺灣連翹》提到刊《無花果》時遭國民黨員干涉之事，在這裡我們看到吳老其時「口吻堅決，使我無名火直冒，不客氣地給予反擊。」（頁二五五），如據廖清秀回憶該書出版遭沒收的情況，吳老初時仍不免爲之心頭一顫的[31]，這一大段義正嚴詞的文字，是否能再現吳老當時情境，不無問題。從這些蛛絲馬跡，大抵可看出如完全以記實性的自傳來衡量，恐怕多少會有出入，如果以小說虛構成分視之，這些根本都不造成問題。

目前值得我們注意的問題是，以自傳性題材寫就的小說作品，其可信賴的眞實性，及可引用的文獻資料究有多少？該如何從其中挖掘史實。歷史解釋、人物評價本來就很難，何況富有史料性質的小說？蔣渭川其人的評價，在吳老書中誠然不堪，但近年在陳芳明及其家屬整理下，似已可爲蔣渭川翻案。又如胡適其人，在林曙光〈文史雙棲楊雲萍〉一文裡說「適之先生感慨而言：各位不敢就二二八作春秋之筆，應殫精竭慮蒐羅資料保存，供後人撰寫二二八信史，洵空谷足音彌足珍貴。」[32]似對胡適本人觀感還不錯。

個人論及自傳、歷史、小說若干問題，所引諸事，並非對吳老有意冒犯，或對其作品有所質疑，而是希望從較客觀的態度來面對在臺灣文學佔有一席之地的這兩本書。以下以此二書爲中心探討臺灣的禁書現象。

四、國家機器下的禁書現象
——以《無花果》、《臺灣連翹》為主

圖書查禁之事，中外古今不乏其例。在中國，圖書觸時忌，遭文字獄者，其際遇令人驚心怵目者，可謂繁夥。圖書遭禁，大多爲統治者強加壓制的結果，其查禁動機不外兩方面：一爲政治原因，歷來統治者無不希望統治的是一群順民，依其令行事，對於異議分子則多所迫害，藉機剷除殲滅之，以鞏固其政權。二爲社會原因，統治者以禮義規範人民行爲，其實亦爲了便於統治，因此有關移風易俗之事，多所用心，如有誨淫誨盜之圖書（如色情黃色小說）必予以查禁。

國民政府遷臺以來之查禁圖書，亦不出此兩點。唯在大陸的軍事失敗，導致了更爲偏頗的查禁法令。過去國民黨對中國大陸的失利，認爲是從文學戰場失敗，然後是思想戰場的失敗，最後才是政治與軍事的失敗。此一因果推演，相當令人懷疑。以作品改革社會，人心的希冀，其實是過分誇大了文學媒介的功能，忽略文學作品有其繁複面、深奧處，同時亦未了

解讀者閱讀的動機、心理。有名的一個例子是辛克萊（Upton Sinclair）的《叢林》（The Jungle），其創作原意是要揭發屠宰工廠勞工的工作慘況，以引起衆人的注意，俾能立法通過勞工保護法。未料讀者反從作品中發現工廠衛生之惡劣，要求通過食品衛生法案。文學的社會功能，常因不同的讀者、不同的選擇，而有不同的結果。

誇大二、三十年代文學作品對政治的負面影響，而因之過分恐懼，事實上亦是對文學傳播效果的誤解、誇張。以二、三十年代文學作品來說（不論中國或臺灣），描述的題材雖爲中下階層的生活，但下階層文盲比率極高，因大衆多不識字，儘管極出色的作品，恐怕也都只有敬而遠之一途，不能因之而有自覺反對的意圖，如果有，也是很不容易達成。至於受影響的知識分子，其影響力究竟如何？有什麼樣的影響，事實上，是無法有確定性的，它無法在定量分析基礎上進行定性研究。然而國民黨一旦退守臺灣，面臨虎視眈眈，欲侵吞臺澎金馬的共黨，便相當畏懼文學圖書之功能，因此中國二、三十年代作家的作品不得流傳臺灣，臺灣二、三十年代的文學傳統爲之中斷，都是此一心魔造成。

一九四七年二二八事件的發生，對臺灣來說可謂影響深遠。同年五月九日政府頒佈臺灣地區戒嚴令，一九四九年五月廿日復由臺灣省主席兼警備司令陳誠宣告臺灣省實施戒嚴[33]。戒嚴法賦予臺灣警備總部相當大的權力，戒嚴施行以後，所衍生出的各種子法，與查禁圖書關係最密切的即是：民國卅八年五月廿七日臺灣省警備總司令部所訂定的「臺灣省戒嚴期間新聞紙雜誌圖書管制辦法」。根據《查禁圖書目錄》書前之「說明」第一條「查禁圖書法令依據」計有七項，依序為：

1.出版法
2.出版法施行細則
3.社會教育法
4.戒嚴法
5.臺灣地區戒嚴時期出版物管制辦法
6.內政部臺（47）內警字第二三四七九號函
7.刑法二三五條

如以被禁的現當代文學圖書加以分析，其遭禁之因，不外違反出版法及臺灣地區戒嚴時期出版物管制辦法兩項。就出版法[34]來說，現當代文學作品被查禁者，多根據第三十九條，該條條文如下：出版品有左列情形之一者，得禁止其出售及散佈，必要時並得予以扣押：

一、不依第九條或第十六條之規定呈准登記，而擅自發行出版品者。

二、出版品違反第二十一條之規定者。

三、出版品之記載違反第三十二條第二款及第三款之規定者。

四、出版品之記載違反第三十三條之規定，情節重大者。

五、出版品之記載違反第三十四條之規定者。

依前項規定扣押之出版品，如經發行人之請求，得於刪除禁載或禁令解除時發還之。

該條條文計五款，如就被查禁的現當代文學作品加以分析，以違反第三：出版品之記載違反第三十二條第二款及第三款之規定者最多。至於第三十二條之條文則如下：

出版品不得爲左列各款之記載：

一、觸犯或煽動他人觸犯內亂罪、外患罪者。

二、觸犯或煽動他人觸犯內害公務罪、妨害投票罪或妨害秩序罪者。

三、觸犯或煽動他人觸犯褻瀆祀典罪，或妨害風化罪者。

吳濁流作品中被查禁的如：《無花果》、《臺灣連翹》、《波茨坦科長》㉟及登於《臺灣新文化》雜誌中的《臺灣連翹》第九章至第十四章（鍾肇政譯，其中第十章被禁），並非根據出版法，而是依據戒嚴法加以取締、查禁。

民國卅八年五月廿七日所頒布的「臺灣省戒嚴期間新聞紙雜誌圖書管制辦法」，其第二條規定，新聞紙雜誌圖書告白標語及其他出版品不得爲下列各款記載，該條文計有七款，其中，有四款規定有相當濃厚的意味。包括：三、爲共匪宣傳之圖書文字；五、違背反共抗俄國策之言論；六、足以淆亂視聽影響民心士氣或危害社會治安之言論；七、挑撥政府與人民情感之圖書文字。這些規定中三、五兩款可清楚看出是配合國府反共抗俄的基本國策而制訂的，而六、七條則有相當大的彈性，缺乏具體的標準可言，是否「危害社會治安」、「挑撥政府與人民感情」，完全據主事者任意臆斷，「欲加之罪，何患無辭」，此一解釋的不確定性，其實也就國府上下其手、控制人民思想的重要關鍵，更是國府鎮壓百姓，淸除異己的工具。

至民國五十九年五月五日，行政院臺（59）內字第三八五八號令核准修正「臺灣省戒嚴期間新聞紙雜誌圖書管制辦法」，國防部遂於該年五月廿二日公佈（59）崇法字第一六三三號令，改名爲「臺灣地區戒嚴時期出版物管制辦法」，且增加第二條：「匪酋、匪幹之作品或譯著及匪僞之出版物一律查禁。」將原第二條改爲第三條，並加以修正，該條文如下：

一、洩漏有關國防、政治、外交之機密者。

二、洩漏未經軍事新聞發佈機關公佈屬於「軍機種類範圍令」所列之各項軍事消息者。

三、爲共匪宣傳者。

四、詆譭國家元首者。

五、違背反共國策者。

六、淆亂視聽，足以影響民心士氣或危害社治安者。

七、挑撥政府與人民情感者。

八、內容猥褻有悖公序良俗或煽動他人犯罪者。

至於取締任務的執行，根據「臺灣省戒嚴期間新聞雜誌圖書管制辦法」，一九五一年一月通過「臺灣省政府、保安司令部檢查取締違禁書報雜誌影劇歌曲實施辦法」。其中，第二條第二款規定臺北市由保安司令部、市府指派人員，攜帶檢查證及違禁書刊目錄，隨時隨地依法執行，並會同有關機關組織檢查小組施行突擊檢查；警察執行一般勤務時，發現違禁刊物亦可取締㊱。另外，各縣市根據上述辦法文訂有「臺灣省各縣市違禁書刊檢查小組組織及檢查工作補充規定」，其中，規定成立「書刊檢查小組」執行審查工作，小組成員由教育科（局）二至三人、警察局二至三人，社會科一人共同組成，並由警察局長擔任組長。關於取締的範圍，在書刊方面為「查禁有案及內容欠妥者」。此外，在查禁書刊目錄尚未頒發前，有四點辦理原則：一、共匪及已附匪作家著作及翻譯一律查禁，二、內容左傾為匪宣傳者一律查禁，三、內容欠妥未經有案而一時不能決定者，予以調閱審查，如應查禁者，報部核辦，四、凡日文書刊未經核准進口黏貼准售證者一律查禁㊲。由這些規定可知基層執行查禁的系統，其管道相當多，有如密佈的網路：大則成立緝察小組，小則值勤警員都可隨時隨地執行任務。足見國府相當重視言論與思想控制。

吳老《無花果》是民國五十九年十月由林白出版社印行的，次年四月十二日即遭警總以（60）助維字第三三二〇號令查禁。理由即是違反〈臺灣地區戒嚴時期出版物管制辦法〉第三條第六款：「淆亂視聽，足以影響民心士氣或危害社會治安者」。張良澤曾說：「此書一受查禁，反而聲名大噪，很多人買不到這本書，只知道這是一本唯一寫出二二八事件的『好書』，爭相傳告。吳濁流辦了七年的『臺灣文藝』而沒有人知道，卻因此書查禁而使衆多臺灣人視之爲『英雄』㊳。林衡哲亦持相似觀點：「他這部從純文學出發的自傳，只因爲其中有百分之十右左描述二二八事件的親身見證與感受，就變成了他自己心愛的故鄉臺灣的禁書。」㊴從《無花果》一書的內容來看，的確可推知其遭禁原因在於後三章觸及二二八事件㊵，當時二二八事件是禁忌中的禁忌，吳濁流敢於觸其逆鱗，自然該書要被查禁。不過，禁歸禁，私底下，《無花果》仍流傳著，七十二年時，美國臺灣出版社的「臺灣文庫」出版了該書，七十四年又偷渡回到臺灣，由《生根》雜誌重新刊行，次年三月時，國防部長宋長志在立法院答覆質詢時，列出四本禁書，其一即是「無花果」，指責該書是：「嚴重歪曲事實，挑撥民族情感，散播分離意識，攻訐醜化政府，居心叵測，依法查禁在案。」一書連遭兩次的指控、被禁，臺灣作家、作品坎坷的命運實令人扼腕；其奮鬥的精神則令人感佩。

民國七十七年前衛出版社出版該書，到八十四年七月前衛相關事業草根出版事業有限公司又重新出版，此時臺灣已在七十六年七月十五日解嚴，似乎《無花果》也隨之解除禁令了。

至於同樣以二二八事件爲重心的《臺灣連翹》，據一九九五年七月初版第一刷的《臺灣連翹》一書之扉頁：「《臺灣連翹》是吳濁流先生生前的最後一部作品，一九七五年以日文寫成，原稿存放於小說家鍾肇政先生處，其中一至八章曾中譯發表於吳老自己創辦的『臺灣文藝』雜誌，但吳老遺言，其餘部分須待後十年或二十年才能發表。後來，第九章至第十四章，由鍾肇政先生完整譯出，次第刊登於一九八六年創刊的『臺灣新文化』雜誌。『臺灣新文化』雜誌也因爲刊載此文，被連續查禁……㊶。《臺灣新文化》刊載《臺灣連翹》凡六期（創刊號至第六期，一九八六年九月至一九八七年二月）第三期（一九八五年十一月發行）目錄明顯寫著「臺灣連翹第十一章——關於二二八事件」，可能因二二八事件在當時仍爲禁忌，臺灣省警備總司部七十五年十一月十五日（75）劍佳字第五四二六號函，公文加以查禁該誌，內容說：

一、貴刊本期部分文稿內容，核已違反「臺灣地區戒嚴時期出版物管制辦法」第三條第六款「淆亂視聽足以影響民心士氣」、第七條「挑撥政府與人民情感」之規定。

二、依據「戒嚴法」第十一條第一款及「臺灣地區戒嚴時期出版物管制辦法」第八條之規定，扣押其出版物。

三、依據「戒嚴法」第十一條第八款之規定，本部爲扣押該出版物，對於建築物、船舶及認爲情形可疑之住宅，得施行檢查。

民國六十年九月寫至民國六十三年十二月才完成的《臺灣連翹》，一至八章的內容發表於《臺灣文藝》（該刊第三十九期至四十五期）後，殘餘部分事關二二八事件及多位「半山」出賣臺灣之秘辛，則自謂「現在不發表，待後十年或二十年，留與後人發表。」吳老果眞妙算，一九八六年鍾老（肇政）將譯文刊於《臺灣新文化》，一九九五年七月，前衛出版社獲原稿，請鍾老全文譯出首次集結出書，前後相距已十、二十年之久矣。

戒嚴法可說嚴重斲傷了憲法所賦予人民的「言論、講學、著作及出版之自由」，人民的出版自由隨時可能因爲「違反國策」、「爲匪宣傳」、「煽動他人犯罪」、「挑撥政府與人民情感」等意涵模糊的罪名而遭到軍事審判，或圖書遭到查禁、查扣的命運。

不幸的是在嚴苛的戒嚴法、審檢制度下，臺灣的圖書查禁工作，又有國民黨第四組的絕大權力的介入。由許多例子顯示，對於應取締的刊物，國民黨中央委員會第四組都是直接發文國家軍事單位，要求執行取締工作與銷燬。不但如此，行政系統（包括新聞處、保安司令部等單位）對於不能決定者，時有請示應否查禁的公文。可見黨中央對於刊物的審查扮演著核心的角色；以黨領政的運作系統也不言可喻。民國四十一年起國民黨中央委員會第四組，每年編列有「宣傳考核」一項經費，工作的具體內容爲一、審查一般報紙及通訊稿：經常審查一般刊物如有不妥透過從政主管同志以糾或依法處分。二、審查一般刊物：經常審查一般報紙言論記載，如有不妥，透過從政主管同志予以糾正或依法處分。另外，在一些年份偶有編列「審查書稿」一項，負責審查機關團體送審之書稿。由此可見，國民政府是集黨、政、軍力量，共同構成國家綿密的審檢網絡，強硬而積極的進行文字、思想上的控制[42]。

吳濁流在《臺灣連翹》裡頭說：

> 只不過刊露我的『無花果』時，一位國民黨員向我說了一些干涉的話。而且口吻堅決，使我無名火直冒，不客氣地給予反擊。「你到底是憑什麼身分給予注意的？你那種說法，聽起來好像在向我訓示。二二八事件爲什麼不可以寫？如果不可以寫，政府會給我禁止的命令。我的雜誌在你們還沒有看的時候就寄到有關當局。負直接監督責任的內政部治安當局都沒有給我任何注意，你們卻憑自己的感情，大言不慚地說這個可以做，那個不可以做，你們根本沒有這個權力。就是官

史，也得照國家法律行事，不能光憑個人感情來下判斷。你們違背了國父，不能算是忠誠的國民黨員。吳濁流衷心尊奉國父孫中山先生，依照憲法的規定行事，用不著你們來多嘴。你們身爲國民黨員，卻是黨的叛逆。你說這不是你自己的話嗎？那就請你轉告說的人，吳濁流今年七十歲了，爲文藝而死是死而無憾。如果眞的因此而死，我到另一個地界見了國父孫中山先生，他老人家一定會握住我的手說：『在臺灣，只有一個吳濁流是我的信徒。』你們算什麼？將來到了一個世界，必定會被國父先生破口大罵的。」㊸

這不爲人知的干涉過程，透露了黨的強大力量，正如一張看不見的巨網，籠天蓋地席捲而來。

五、結　論

近年來自傳寫作風氣雲蒸霞蔚，對他人生命歷程的好奇、窺視，本是人性之常，也是今日傳記文學暢銷之因。在吳老寫作的六、七〇年代，傳記之寫作並不蔚然成風，他本人亦無意爲自己立傳之意思，而是強烈的歷史使命感所驅使。但自《無花果》、《臺灣連翹》中獲得的作者生平、思想、歷史與二二八事件等，至今仍是我們理解吳老及臺灣歷史的重要線索。吳老爲了證明、強調自己所寫的眞實性以自身的現實經驗來描述，是最快、最容易的寫作方式，但也是最容易淪於自我狹窄的個人經驗裡，缺乏了客觀的視野。因小說所述與其自撰年譜相照，幾乎等同，論者也因而謂之爲「自傳小說」。

雖然「自傳小說」是我們賦予它的，但作者「我」一方面執筆敘述，另一方面又成爲被敘述的對象，此間耐人尋味處，並非作者有無虛構、捏造可一言盡之的。而是作者憑恃什麼以凝塑過去的事實？他用文字重現生平時，是否將因記憶、自愛諸因素影響到其眞實，或因回憶性的重述而衍生出若干重要的補充說明？前人或同時代人的傳說、傳記，是否影響到作者的敘述？又，以記實與否來分辨文學、歷史、自傳，事實上有所不足，絕對的眞實可否掌握？記實與虛構果眞壁壘分明？它可以讓我們再深入去思考，非短短本文可以說清。唯在論述「眞實」一詞時，我們或許應留意書寫之虛構，並不妨礙所謂的「眞實」。當我們面對一本是自傳小說性質著作時，應同時注意其做爲小說的文學藝術性及做爲自傳的時代歷史、社會情況、作者思想之反映。如二者偏重其一，文學作品或者將淪爲歷史報告，歷史陳述或者將淪爲文學之附庸。

吳老此二書在臺灣未解嚴之前，二二八史料未紛紛出籠之前，他即無畏、堅毅的爲自己、爲臺灣人寫下歷史見證，單憑這份先知及勇氣，姑不論其藝術性如何，應都將在臺灣文壇上有一席之地。

【註釋】

① 見鍾肇政，〈鐵血詩人吳濁流〉，《夏潮》第一卷第八期，頁三。

② 張良澤於成功大學任教時，曾邀集學生舉辦「吳濁流作品研討座談會」，會議記錄曾載於《臺灣文藝》第五十八期。此語見該雜誌，頁一七四。

③ 安德烈‧莫洛亞（Andre’ Maurois）著，陳蒼多譯《傳記面面觀》，臺北：商務印書館，一九八六年十二月，頁八五。

④ 如張良澤、趙天儀、葉石濤、彭瑞金諸先生，幾乎都有相當一致的看法。張良澤曾說：「然則，由於太急切於捕捉歷史眞實與社會眞貌而構成文學，所以作品中的世界只停留人類既有的世界，而缺欠人類精神所共以寄託或憧憬的文學世界；又因太急切於批判既有的社會，所以小說中的情節常是爲了提供批判而硬嵌上去的事件，小說中的人物常變成作者批判的工具或代言人。因此，純就文學的藝術價値而言，其評價値而言，其評價恐或不高；然其文學的歷史價

值，勢必永垂不朽。」「偉大的作品除了技巧、主題外，應該是把人的精神提昇到更高的境界，看完後能令人憧憬著一個更高、更遠的未來世界。讀吳濁流的作品欠缺這種提昇的力量，我們只能和作者一樣停留在一個歷史貌的醜惡世界，沒有很大的激動力量，我認為這是他作品藝術性不夠的地方。」（同註②，頁一七五—一七六）趙天儀說：「我以為吳濁流先生就做為一位小說家來說，他採用了現代小說的表現形式，雖然說他的社會性濃於藝術性，但是他畢竟把握了時代的精神，反映了臺灣過去的現實，且為歷史做了見證。（〈吳濁流先生與臺灣文藝〉，刊《臺灣文藝》第五十三期「吳濁流紀念專輯」）葉石濤〈吳濁流論〉說：「吳濁流的小說有濃厚的社會性。這社會性決定了他的小說的特異風格，與衆不同的鄉土性，但多少也損害了小說應有的藝術性。不過魚和熊掌吾人不能兼而有之，我們也不能太過於挑剔了。」（《臺灣鄉土作家論集》，遠景，頁一二三。）

⑤ 鍾肇政〈拚命文章不足誇—紀念吳濁流逝世十周年〉，《臺灣新文學》創刊號，一九八六年九月，頁五一。

⑥ 〈孟佳籲請當局解禁「無花果」〉一文裡說：「『無花果』是老先生應我之求寫的。從小我就從父祖輩口中知道『二二八事變』，但對這頁痛史也僅存有一個模糊的印象，……尚有許多疑點存留腦海。在一次閒聊中，我問起此事，老先生說：「沒有想到你這輩人還關心政治。以那

次事件爲背景的小說，我已構思多年，但因某種顧慮，遲遲不能動筆。既然妳有心了解，我就寫給妳看吧！」，文刊《臺灣文藝》第五十三期，頁三〇。

⑦ 吳濁流，《無花果》，草根出版事業有限公司，一九九五年七月初版一刷，頁二。類似的話見《臺灣連翹》「後記」，他說：「民國三十六年至三十八、九年，這段期間社會很複雜，年輕作家無歷其境，極難了解其時代背景，如果老一輩的作家不寫的話，其眞相實無可傳……。」可見他在晚年仍對二二八事件眞相之呈現耿耿於懷。同時又說：「現在老作家，老的老，隱的隱，死的死，殘存無幾，令人寒心。我想到此，不知不覺地似乎有一點責任，所以不自量力著手寫起。」《臺灣新文化》第六期，頁七八，另見草根出版事業有限公司，一九九五年初版一刷，頁二五九。

⑧ 廖清秀《反骨》自序，臺北：遠景出版社，一九九三年七月。

⑨ 鍾肇政《怒濤》後記，臺北：前衛出版社，一九九三年二月。

⑩ 彭瑞金〈在激越與囁嚅之間—廖清秀《反骨》的觀察〉說：「《反骨》令人意外的不是它的內容涉及了政治，而是暴露了作者長達數十年的隱藏。」文刊一九九三年十二月廿五日《民衆日報》

⑪ 張良澤編《吳濁流作品集1·亞細亞的孤兒》，臺北：遠行出版社，一九七七年九月，頁二三

三—三四。

⑫ 鍾肇政譯文，對《臺灣連翹》書名之簡介，見南方出版社，一九八七年六月，頁底。

⑬ 彭瑞金〈歷史文學的掙扎與蛻變—拒絕在虛構、眞實間擺盪的《埋冤一九四七埋冤》〉，第二屆臺灣本土文化學術研討會—臺灣文學與社會，國立臺灣師範大學國文學系、人文中心主辦，一九九六年四月二十、二十一日，頁二。

⑭ 同前註，頁三。

⑮ 見張良澤〈無花果解析—從「無花果」看吳濁流的臺灣人意識〉，收入：吳濁流著《無花果—臺灣七十年來的回想》，臺北：前衛出版社，一九九二年三月十五日臺灣版第四刷，頁十、十三。

⑯ 前衛出版社，一九九二年三月十五日臺灣版第四刷，封面底。

⑰ 同註⑤。

⑱ 收入：吳濁流《臺灣連翹》，草根出版社，一九九五年七月初版第一刷，頁二六一。

⑲ 刊《臺灣文學觀察雜誌》第七期，一九九三年六月，頁五六。

⑳ 胡適在序文中說：「他在序文中說：關於這書的體例，我要聲明一點。我本想從這四十年中挑出十來個比較有趣味的題目，用每個題目來寫一篇小說式的文字，略如第一篇寫我的父母的結

婚。這個計畫曾經得死友徐志摩的熱烈的贊許，我自己也很高興，因爲這個方法是自傳文學上的一條新路子，並且可以讓我（遇必要時）用假的人名地名描寫一些太親切的情緒方面的生活。」臺北：遠東圖書公司，一九八四年，頁二、三。

㉑ 龍瑛宗〈瞑想〉，《臺灣文藝》第五十三期，一九七六年十月，頁十五。

㉒ 尾崎秀樹〈吳濁流的文學〉，《臺灣文藝》第四一期，一九七三年十月。

㉓ 王德威〈現代文學史理論的文史之爭〉，收入：氏著《從劉鶚到王禎和——中國現代寫實小說散論》，臺北：時報出版社，一九九〇年二版一刷，頁三〇一—三〇二。

㉔ 張瑞德〈自傳與歷史〉，見張玉法、張瑞德合編，《中國現代自傳叢書》，臺北：龍文出版社，一九八九年。

㉕ 張漢良〈傳記的幾個詮釋問題〉，《當代》第五十五期，一九九〇年十一月，頁三、四。

㉖ 章學誠《章氏遺書》，臺北：漢聲出版社，一九七三年，卷十四，頁二三九。

㉗ 廖卓成《自傳文研究》，國立臺灣大學中國文學研究所博士論文，一九九二年六月，頁一六八。

㉘ 收入張良澤編《吳濁流作品集⑥臺灣文藝與我》，臺北：遠行出版社，一九八〇年二月，頁六七。

㉙王夢鷗〈傳記、小說、文學〉，《傳記文學》第二卷第一期，一九六三年一月，頁五。

㉚收入張良澤編《吳濁流作品集④南京雜感》，臺北：遠行出版社，一九八〇年二月，頁一二五、一二六。

㉛廖清秀〈無花果出版與吳濁流老〉：「吳老也許聽巫老他們的鼓勵，後來在我面前表示『大無畏精神』，起初有些害怕也是人之常情。」《文學臺灣》第十二期，一九九四年秋季號，頁廿一。雖然刊在臺灣文藝與林白出版社出版該書，時間不同，似爲兩件事，但遭干涉情況一致，其反應應可類比。

㉜刊《文學臺灣》第八期，一九九四年一月，頁十。

㉝憲法第四章第三十九條規定：「總統依法宣佈戒嚴。」此一戒嚴法係民國廿三年十一月廿九日由國民政府公佈實施，民國三十七年五月十九日修正，卅八年一月十四日再加修正。第二條將戒嚴地區分爲警戒地域及接戰地域兩種。民國卅八式，政府依戒嚴法宣佈臺灣爲接戰地域，並根據戒嚴第十一條規定：戒嚴地域內，最高司令官有執行左列事項之權：一、得停止集會、結社及遊行請願。並取締言論、講學、新聞雜誌、圖書、告白、標語暨其他出版物之認爲與軍事有妨害者。」以戒嚴法爲法源衍生出來的法令規章除「臺灣省戒嚴期間新聞紙雜誌圖書管制辦法」，尚有：「管制匪報書刊入口辦法」、「臺灣地區省市、縣市文化工作處理要點事項」

等。

㉞ 第一部行憲後的出版法於民國四十一年通過，民國四十七年及六十二年二次修定。出版法原為平時之法律，其第五章「出版品登載事項之限制」，適用於任何時期。但第三十四條對戰時或有變亂時有特殊規定。臺灣現當代文學被查禁者，有一部分是違反出版法第三十二條的第二、三款。

㉟ 《波茨坦科長》（吳濁流作品集③）遭臺灣警備總司令部六十六年十一月二十三日十時（66）謙旺字第五一六〇號函查禁。理由亦是違反戒嚴法出版社管制辦法第三條第六款，並依第八條，扣押其出版物。本書在遭警總查禁之前，收入該書中的各篇小說，在民國五十二年集文書局出版的《瘡疤集（下）》及民國五十五年廣鴻文出版社發行的《吳濁流選集（小說卷）》，都已分別收入，但當時並未被查禁，何以張良澤在吳老逝世後一年（一九七七年）為其編全集時，才遭查禁，此中原因，或許是其《孤帆》一書尚被視為抗日之作，蒙「中國國民黨臺灣省、高雄市委員會（48）高市密字第一九九六代電嘉勉」「中國國民黨中央委員會（50）宣三字第〇五七三號函嘉許」，查緝人員或無暇全面審閱，或因未加重視，或因前二次國民黨的嘉許，而疏於詳檢，因此能安全通關。但到了民國六十六年，情況已不同，《無花果》在民國六十年遭查禁，吳老異議分子之名已引起當局注意，因此《波》書遭池魚之殃。本文以《無花

果》、《臺灣連翹》爲探討焦點，關於《波》書不再述其查禁經過。

㊱ 見〈臺灣省政府、保安司令部檢查取締違禁書報雜誌影劇歌曲實施辦法〉，《中華民國雜誌年鑑》附錄，臺北：臺灣省雜誌事業協會，一九五四年，頁六。

㊲ 見〈臺灣省各縣市違禁書刊檢查小組組織及檢查工作補充規定〉，《中華民國雜誌年鑑》附錄，同前註，頁七。

㊳ 同⑮，頁十一。

㊴ 林衡哲〈三讀「無花果」〉，收入：吳濁流著《無花果》一書，見前註之引書，頁二三二。

㊵ 參褚昱志〈拚命文章才堪誇—試論吳濁流的《無花果》與《臺灣連翹》〉見前引書，及其《吳濁流及其小說之研究》，淡江大學中國文學研究所碩士論文，一九九四年五月。

㊶ 見吳濁流著，《臺灣連翹》，草根出版事業有限公司，一九九五年七月初版第一刷，無頁碼，置於圖片之後，陳嘉農〈爲吳濁流《臺灣連翹》出版而寫〉一文之前。文中所言「臺灣新文化雜誌也因爲刊載此文，被連續查禁……。」云云，或待商榷。《臺灣新文化》創刊號是一九八六年九月五日，六日雜誌上市，七日即遭警總（75）劍佳字第四二〇三號函查禁，在短短一天即詳讀內容，並決定加以查禁，實令人啓疑，所謂的查禁云云，應是早已定案。第二期僥倖未被有關單位查扣，但第三期又被查禁。《臺灣新文化》被查禁之因，應不盡是刊載《臺灣連

翹》的緣故，第二期亦載《臺灣連翹》，且提到外省人比日本人官僚貪污，及為鞏固自己的羽翼，不信任臺灣人，不肯用臺灣人做事等等，何以該期未被查禁？未知與創刊號被查禁後，該社寫給文檢當局的公開信是否有關？所以文檢單位才稍收斂？第三期文章大致問題不大，是很有可能因刊載《臺灣連翹》「二二八事件」的緣故。爾後查禁的公文，其內容可說如出一轍，這樣的發函方式，辦事人員可眞省卻不少力氣哩！其實不僅《臺灣新文化》雜誌所收到的查禁公函如此，被查禁的圖書，也大多相同，在標榜自由民主的國家裡，有這種現象眞令人氣餒。

㊷ 蔡其昌《戰後臺灣文學發展與國家角色（一九四五—一九五九）》，東海大學歷史研究所碩士論文，頁八〇。

㊸ 同吳濁流著《臺灣連翹》，臺北：草根出版事業有限公司，一九九五年七月初版第一刷，頁二五五、二五六。

從楊青矗小說看光復後臺灣社會的變遷

一、臺灣社會變遷的解釋

對臺灣社會變遷（social change）現象的解釋，過去主要有兩類學者提出，一是本地的社會學家，二是本地和來自美國的人類學家。臺灣本地社會學家對戰後臺灣社會的討論，集中於描述各種社會變遷的面相，如人口變遷、都市化、鄉村生活改變、職業結構的轉變、家庭分工的轉型……等。本地和美國人類學家的研究則偏重於不同文化生態模式的變化，尤其是小社區和家庭的演變。這兩類學者對臺灣社會變遷所從事的研究，其結論相當類似，都視社會變遷的結果為現代化過程之表徵。

較早期的社會學研究，並無極明顯的價值判斷，然而其結論則對於社會的變遷，如都市成長、人口增減、職業結構改變等現象，給予正面評價，且視之為現代化的，進步發展的趨勢。至於人類學的學者，則往往關懷傳統生活型態的鉅變、社區的發展和衰退、地方政治和派系的日趨複雜、村落認同的式微、大家庭的解體……等問題，行文之際，念舊懷鄉之情，溢於言表。人類學家把「地方性社會體系」當成分析單位，並以「開放體系」視之，若「地方性社會體系」屬「開放體系」，則必無法避免受到外來力量的滲透與衝擊。社會學家則以「巨觀社會體系」為分析單位，且視臺灣為「封閉體系」，以為所有的變遷都由其內部而來。人類學家觀察到的地方變遷肇因於外在衝擊，而此「外在」的地域和空間極限卻只是社會學家眼中的「封閉社會體系」——臺灣本身。

早期的社會學和人類學研究雖然提供了很具體的描述，保留了戰後臺灣社會變遷的概括記錄，然而草萊初闢，尚有許多問題值得探討。八〇年代依賴理論與世界體系理論傳進臺灣，開始以另一種範型的角度來看戰後臺灣的變遷①。研究者很自然注意到臺灣所處的外在全球政治經濟地位以及核心國家與臺灣日益加強的外在連繫，並從其間找尋各種線索。大致來說，臺灣戰後發展可以分成兩個階段，一是土地改革（一九四九—一九五三）完成之後的「進口替代工業化階段」（Import Substitution Industralization, ISI），這一階段大約到一九六〇年為止，另一個是「出口導向工業化階段」（Export Oriented-Industrialization, EOI）約自一九六〇年代延續到一九七〇年代。

一九五〇年代臺灣尙屬農業社會，政府首先實行土地改革，安定農村社會，奠定「以農業培養工業」的基礎；並在美援配合下，選擇電力、肥料、紡織等三項重點事業，力謀發展，此一時期以開發民生必需品與進口替代工業爲主；特別是紡織業（初期工業化國家主要工業）確實帶動臺灣之經濟發展。一九六〇年代，美援終止，爲彌補出口逆差，於是積極發展以出口爲導向的經濟發展策略，訂立各項獎勵投資的財經條例，諸如：減徵生產事業之營利事業所得稅額，免徵營利事業所得稅，加工輸出及國內企業在外國之分支機構免稅，進口生產機器稅捐延期繳納……等租稅減免手段，以優渥的投資條件，改善投資環境，並以獎勵儲蓄等方法鼓勵投資，吸收僑、外投資。一九五六年起，提出設置加工出口區的構想，是這項變革的指標。

一九六六年，高雄加工出口區成立，加工出口區是由政府在港口都市附近興建標準廠房、提供電力、給水、通訊等各種公共設施，及港口倉儲設備，吸收僑、外投資，而以出口爲導向的經濟策略下的重要產業型態變革。事實證明這項變革，的確帶動了臺灣經濟起飛，促進了社會繁榮進步。加工出口區只是一項經濟策略的指標，但加工區開工之後，臺灣對外貿易即持續成長，並且自一九七一年開始，出現貿易首度出超的經濟新局面。到了一九七三年，紡織品、電器機械及工具、塑膠製品、合板及木製品等產業，佔出口金額的前五位，其中紡織品金額更超過美金十二億元。

六〇年代中期這有計畫的產業結構改革，加速了臺灣社會的轉型，然而變革的速度太快，幅度太大，於是引起經濟、社會、文化的鉅變造成了農業必然性的危機。一九六一年，農業與工業產品的出口值是五十九比四十一，到了一九七三年，農工產品出口值的比例則爲十五比八十五。自產業結構可明顯看出，約在十年之間，臺灣社會業已完成遞變②。

高雄爲臺灣工業重鎮，也是此一鉅大變遷的重心。除率先成立前鎮加工出口區之外，復因申請廠家過多，而於一九六九年與臺中潭子加工區的開設同時增設楠梓加工出口區，高雄這兩大加工區足足可以容納八萬名左右的員工。更擁有中油、中船、中鋼等公營事業機構，鄰近尚有林園、仁武兩大工業專業區，與散處各地的近三千家大小工廠，其工業包括鋼鐵、造船、紡織、電子、食品……等。此地不但集工廠型態之大成，也是工業從業人口百分比最高的地區。自一九六〇年中期開始，十年之間，至少有四十萬人湧向高雄這個大都會，到了七〇年代結束時，高雄市與其衛星鄉鎮的工業從業、兼業人口，不下百萬人。此種由工業之發展而產生的由鄉村快速往都市集中的大量移民潮，促使整個都市受到很大的衝擊而轉變不已③。

七〇年代以後，臺灣工業急速發展，以家族爲經營中心的中小企業如雨後春筍，紛紛成立。中小企業對勞力的需求孔亟，卻又須降低成本，以求生存；於是婦女常被僱爲臨時工或廉價勞工。此一時期的婦女勞工主要集中於技術水準不高而屬勞力密集的早期製造業。許多農村婦女即於此時離開傳統農業，而投身於製造業。社會變遷中的臺灣女性，即由傳統的妻母角色融入了職業角色。

這數十年來一連串的變遷與衝擊，（一九七〇年代，臺灣的政治、經濟、外交挫折、退出聯合國、尼克森訪問中國大陸、日美等國承認中共、石油危機引起的世界經濟衰退），使文學界在現代主義的迷炫之中，猛然覺醒。許多文學家與知識分子紛紛關懷社會，回歸鄉土，以敏銳的觸角探索社會中的各種問題，如工業社會對農村所造成的影響，社會經濟結構的改變使得純樸的農民無法適應，生產與分配的不協調，農民被商人剝削、都市中人情的淡薄……等，這許多問題在文學作品中，可謂司空見慣。

楊青矗的文學作品以工人、工廠爲主要題材，描寫工人的生活，吐露工人的心聲，論者往往以其爲高雄工業化之後小市民的代言人，及當年臺灣四百多萬勞工階層心聲的傳達人④。

二、關懷社會的勞工代言人——楊青矗

楊青矗，本名楊和雄，一九四〇年出生，臺南縣七股鄉後港。他的先祖與大多數的農民一樣，世代務農，但因土壤貧瘠，耕作所得，不足以爲生，許多村民於是到都市謀生。十一歲那年楊青矗全家遷居高雄市。他的父親爲某國營工廠的消防隊員，一九六八年清明節參加光隆油輪救火行動，英勇殉職。因家庭貧乏，使他艱苦備嘗，半工半讀，終於念完中學。父親過世之後，經濟更拮据，無法攻讀大學，於是加入工人的行列。他曾經從事出版業，經營西服店、女裝店，做過毛襯加工，在工廠中任事務管理十多年，在某洋裁補習班任教三年，因此他常以「雙腳踩數隻船的人」自我調侃。

他從小熱愛文學，其文學知識全由刻苦自修而得。「十五歲到二十歲這段期間，對章回小說興趣很濃，每天花五毛錢去出租店租書，有空就看，經常看到深夜一兩點。」他也廣泛搜羅世界名著的中譯本，用心閱讀。但是，楊青矗接受別人訪問時，曾特別強調：影響他最大的並不是書本，而是臺灣的民情。他說「從民間吸收養分」，作品是「民間的生活、思想和他們對人間煙火的欲求加上他的『本性』寫成的」⑤。

楊青矗懷著強烈的責任感和使命感踏上文學之路。由於他的生活經歷，使他親眼看到臺灣社會的不公平，憤慨之餘，他以文學作品表現自己的正義感；爲苦難的民衆鳴不平；他想假借文學作品闡明自己對生活的評價，並促進社會的改革；從他的作品，可看出社會變遷的軌跡。他曾說：「這是一個變遷的時代，我從『草地囝仔』變成都市人，二十多年來，時時看到鄉村的衰微，都市的垃圾地變高樓，市郊的農地變黃金、建工廠；年輕人一窩蜂往都市跑，鄉村僅剩那些『沒出息』的老頭，拖著老命，荷鋤耕種，種糧給年輕人吃，給都市人吃。都市人肥得不知怎麼減肥，他們卻瘦得不知怎麼增胖。我每次回鄉，看到那些荷鋤的阿伯阿嬸，五十出頭臉皮就皺得可以挾死蒼蠅，我會覺得每餐所喝的是他們的血汗，吃的是他們的骨肉！有一種使命感要我寫下這些，爲類似的這一群人說話。」⑥

「楊青矗」這個筆名是他自己取的，他曾說明其含意：「矗」就是直直直！直直挖！向生活的深處直直地開掘。像楊，直而上；像柳，垂而下。這個名字既反映了楊青矗的個性，也體現他作品的風格。同時又反映出他的作品和生活是血肉相連的。楊青矗說：「也許我吃了太飽的人間煙火，我的作品頗多人間煙火味，空靈不起來……我的作品所載的道，是人間煙火卑微的道。假如您縱身一跳，脫離人間煙火，形而上起來捕捉我的道，您所捕捉的，可能是一片空白。因爲我無意爲哲學演戲。」

較諸其他作家，楊青矗可說是一個異數，其異在於：第一，他所受教育不多，而勤於自修，終能有成；第二，寫作題材以工廠、工人之環境、生活爲主，爲典型工人作家；第三，從事政治活動，因「高雄事件」而招致牢獄之災。

美國人 Thomas B. Gold 曾英譯楊青矗的小說，並稱之爲「現代問題專家」，由此也可以知道他的作品所關懷的問題。楊青矗的小說廣泛而深入的反映出臺灣社會從農業生產型態演變成現代工業社會的過程，同時，其所反映的問題，是遠超過社會學的專門著作所探討的內容。其作品往往刊載於報紙，大聲疾呼「當政者去關注急速變遷過程所產生的種種問題。」⑦

楊青矗爲現實主義作家，現實主義也稱寫實主義，此派作家的創作動機在於表達其對社會黑暗面之不平與憤慨；毫無隱諱的據實直書社會面貌，是現實主義作家所特別強調的。許南村曾經指出：「楊青矗是三十年來臺灣第一個以現代產業工人爲主人翁；以工廠爲背景，以工廠中人的葛藤爲內容的小說家」、「意味著臺灣的中國新文學民主化的趨向——使小說的內容，從其一向反映中間城市市民的生活，擴大到反映大量集結於城市工廠的工人生活」⑧。但是，就因爲其作品所寄託的社會意圖相當明顯，招致「工農兵文學」、「左翼文學」之嫌忌，而被視爲深具普羅色彩的作家。實則楊青矗的每一部小說都具備相當嚴肅而有意義的主題，如果他在創作時，能儘量冷靜、客觀的勾勒出小說人物的生命型態，而不只囿於社會現象的描述，則其作品之格局必將更開闊，視野將更爲廣大，層次也將更形深入，而其對讀者，對社會所產生的啓迪與淨化（Catharsis）的功能也將更加彰顯。

楊青矗陷囹圄前的作品以中、短篇小說爲主，已經出版的有《在室男》（一九七一年版，一九七六年再版時改名爲《同根生》）、《妻與妻》、《心癌》（此二集分別出版於一九七一、七四年。一九七六年兩集合印，名爲《這時與那時》），及其主要代表作：《工廠人》（一九七五年）、《工廠女兒圈》、《廠煙下》（皆一九七八年）。此外，尚有散文集《女權、女命與女權平等》、《工者有其廠》和重編散文雜談集《筆聲的回響》。在牢獄期間，他創作了兩部長篇小說：《心標》、《連雲夢》，描寫六〇年代前後臺灣工商企業發展和房地產蓬勃興起的故事。出獄後又出版了《覆李昂的情書》、《女企業家》等書。

三、社會變遷所衍生的社會問題

變遷是指由於內外各種因素的影響（尤其是經濟型態的改變），而在社會上所引發的具有重大階段性意義的結構變化。臺灣的社會變遷非常複雜，而且其影響的層面也相當廣泛，本文僅就楊青矗小說所呈顯者，從事探討，提出一些基本看法。

一九七〇年代以後，臺灣地區的社會學者所關注到的社會問題，較五〇年代更爲複雜而深入。這些社會問題與「由於工業化和經濟成長所導致的社會變遷」息息相關。這些社會問題大多產生於六〇年代，諸如：高、低階層民衆的所得相差懸殊，色情日益氾濫，勞工問題，勞資糾紛，經濟犯罪，青少年犯罪之比例激增，老人問題，都市住宅價位偏高，鄉村的農業經濟問題，環境污染，自然資源的過度浪費，政治權利之移轉與分配等問題⑨，可在楊青矗的小說中找到一些。

(一)勞工問題——藍領階層的生存情境

楊青矗勤於觀察分析，也長於挖掘批判問題。閱讀他的作品，可以了解到一位作家對社會現象與社會問題所作的深密思考，進而探索社會變遷的軌跡。他是典型的社會問題小說家。他在小說中所探討的問題大多數與工人、工廠有著密切的關係。楊青矗有十八篇工人小說，分別收於《工廠人》及《工廠女兒圈》兩本短篇小說集。《工廠人》是以他長期服務的中油煉油廠爲工人小說的主要背景，同時也是以這個國營事業工廠發生的勞工糾紛做爲探討勞工問題的主要依據。收集在《工廠人》裡的十篇小說，不外以「工作評價」、「臨時工」、「勞資雙方的矛盾」、「工會自主性」等四大主題，反映工人的勞動情況及其家庭生活、經濟生活。《工廠女兒圈》則藉敍述婦女勞工所受到的歧視、侵犯和許多不合理的待遇，反映婦女勞工的各種問題。

社會學者對於這些社會現象所作的觀察，也可以在楊青矗的小說中找到驗證。他在〈工廠人〉這篇小說中，描寫工廠人經由工會自主，突顯工會功能，保障會員權利，提高勞工地位的工運理想。由於實施戒嚴法，嚴禁罷工，使得勞工階層從未匯集成一股力量。另一方面，連帶地使得臺灣的勞工階層普遍缺乏勞工意識，勞工的流動率一直很高，工人辛勤工作，忍受資方的剝削，存夠了錢，就想自己開店當老闆，躋身中產階層。「……由於勞工對法律的無知，不知道自己應有的權益是哪些，因而橫遭僱主隨心所欲任意侵犯、蹂躪，這是一項殘酷的事實，我們的經濟發展就是因爲他們犧牲了權益換來的。」⑩楊青矗認爲「工會必須健全，爲工人爭取權益，達成勞資協調，才可能給勞工帶來光明的遠景；而且唯有開明的政府用法令和實際行動來保障勞工，勞工才不受欺壓」⑪。畢竟，像〈工廠人〉中的工人，宿願終償，趕走 one man 經理，工會也能發揮其正面機能，這種情形在現實社會實爲罕見。其實，臺灣的許多工會組織不但不能替勞工爭取權益，反而卻成爲資方壓迫勞工的工具！

楊青矗筆下看似一個個獨立的人物，集合起來適足以突顯這一群小人物的集體困境與悲哀，而這正是楊青矗的企圖——以文學作品揭露社會的黑暗與不公。

文學的本身或許只是文學家虛構出的一種事件，但其事件卻往往是社會上許多問題的抽樣。虛構的故事本當建築在現實的生活上才容易引起共鳴。小說家的觀察力特別敏銳，因而極易察覺各種社會問題。雖然小說家對於社會問題的指明、判定、敍述，不如社會學者之縝密而有系統，客觀而具體，且較具說服力；但是社會問題之爲大衆所矚目，常是肇始於某些感覺特別敏銳的人先行發現、體認和詮釋，然後宣之群衆，逐漸形成共識，從而正視此一社會問題。楊青矗以小說之體裁揭示社會問題，正屬此類。而其作品所提供的有關社會問題的資料，其內涵與價值，並不遜於社會學者之專著。再者，社會學者從事研究，必須嚴守「價值中立」之學術規律，呈現調查的實然面，力求客觀。而文學則不然，不輕易予以應然面的價值判斷。小說家泰半愛憎分明，深具人文關懷，因此其社會內容頗多值得社會學家參考。

(二) 升遷道上——一條遙不可及的道路

工作評鑑不公，尤其讓作者憤憤不平。〈工等五等〉描寫在實施工作評價新制度的工廠裡，工資待遇由四等至十二等，差別極大，工作被評定爲五等的工人，其收入不及十二等的一半，工等五等，全家大小只能吃個五分飽，工作評價太低或不滿意的人只有怠工，以消極抵抗，或是上班時間兼做副業，勉強維生。

本來流弊的產生不在於制度，問題出在工作評價是「人治」，技術高、手藝好或盡忠職守的人不見得獲得合理的工作評價；反之，走後門、送紅包、拍馬屁、有背景的人，上班混水摸魚，仍然可以得到高評價，工作評價制度被譏為是交情評價、背景評價；「課長要給你幾等，工作表就塡幾等評分的工作項目。」(〈工等五等〉)。結果宿命地接受不滿意評價的人，只有消極怠工，因為不管怎樣力爭上游，他永遠出不了頭。

臨時工的存在，使轉型後社會出現的工業化社會最不公平正義的一面——資本家、公營工廠中有權有勢者片面訂立不合理的勞務條件，職員掌控勞工命運……突顯出來。正如楊青矗在〈魚丸與肉丸〉⑫一文中所論述的，職員與勞工的世界壁壘分明，工人以當工人為恥，對自己的身分感到自卑，看不起自己工作的價值，一有機會，便想往上攀。這種情形造成勞工世界的分崩離析，也留給資方更廣闊的予取予求的空間。

〈龍蛇之交〉和〈掌權之時〉也都是在這種只有人情、沒有制度的工廠世界裡，譜出的亂世變奏曲。前者寫工人為了和位高權重的總經理攀交情，圖晉陞跟蹤總經理，卻反而惹來「企圖謀殺總經理」的嫌疑。〈龍蛇之交〉雖然以諷刺之筆調侃工人不自量力酓緣權貴的可鄙可笑，但掌權者的擅作威福，又何嘗不是眞正的罪魁禍首？〈掌權之時〉所敍述的正是掌有部屬的考評、陞遷以及出國賺外快的大權，盡情索賄的事；甚至如〈上等人〉中以權位逼誘女工、女職員，其所暴露的豈僅是片面的、單向的工人放棄自己的尊嚴，拍馬逢迎而已？〈掌權之時〉的結局令人啼笑皆非，狡猾的工人因所求未遂，利用機會，連本帶利的把送出去的賄款收回來，固然予人——工人終於揚眉吐氣的小小快感，但卻破壞了紅包人情世界的「道義」，而無法得到同僚的認同。這也正如〈樑上君子〉的情節，工廠待員工極盡苛刻之能事，反而形成人性上永遠填補不了的貪欲的藉口，從上到下，大家都有一套揩公家油的手段：有人溜班開小差，有人專拿公家的衛生紙，有人竊取交通車的汽油，有人虛報加班，有人勾結包商浮報工程款……，這些問題都透露出不合理、不公正、不平衡的勞務制度，實際上是百弊叢生，亟須改弦更張。

〈低等人〉則反映了「臨時工」問題，臨時工薪資低，又完全沒有房租、水電費、宿舍分配、年終獎金、升等……等等津貼、福利，他們不能搭乘交通車，沒有保險、沒有退休金，做的往往卻是最辛苦，最危險的工作，很顯然的，「臨時工」遭受到資方最無情的剝削。

臨時工制度是作者最關切的問題之一，它與工作評價制度同樣都出現在「人治」的問題上，像「低等人——粗樹伯」一生的命運，完全繫於課長一個人的筆尖。他長年累月「臨時」下去，終於釀成人間悲劇。因此，這樣的「人治」自然出現許多由於人性弱點衍生的弊病。在〈升〉這一篇作品中，一個幹了十六年臨時工，幹得頭都抬不起來的「林天明」費盡心機走後門，好不容易搭上總管理師太太的線，利用工餘時間義務幫她搭花棚、做家事，總管理師答應幫他升爲正式工，他從俗借了六千元做紅包酬謝總管理師。不料，弄巧成拙，適得其反。新到任的總管理師拿他送的紅包做爲逮到「建務課」升正工需送紅包證據，訓斥課長，到手的正工飛了，他急得暈死在地上。作者一再強調臨時工制度的不當，其用心相當明顯。他指斥這種長期的「臨時」工，實是變相的低薪雇用工人，不僅是一種剝削勞工的行爲，而且扭曲了人性，造成人情的澆薄、現實、勢利。

(三) 嫁給藍色輸送帶的女工

在臺灣經濟成長過程中，父權體制（patriarchy）與資本主義（capitalism）透過家庭結構，產業組織，和政府政策，強化了對婦女勞動力的啃噬。在小說中，我們可以看到婦女扮演著廉價勞工（cheap wage workers）的角色。

一九六六年至一九七三年期間，是婦女勞動力顯著增加的時期，這是因以勞力密集爲主的出口加工業，亟需一群數量龐大，薪資低廉，以及招募解僱容易的勞工，而婦女勞動力正符合這些條件。楊青矗《工廠女兒圈》反映的是轉型後社會更不人道、更不正義的一面。工廠老闆喜僱用女工，加工區女工佔絕大多數，即是貪圖女工工資低廉。同時性別做為生產領域的整合與衝突的切分線，也隱然有浮現的跡象。生產線上的女工與男工雖屬同一階層，但男工與男性管理階層也可能形成支配剝削女工的另一種惡勢力。在〈龜爬壁與水崩山〉中，作者以一個女工日記的形式，深刻地揭露了資本家食骨吸髓的徹底剝削。「龜爬壁」與「水崩山」所象徵的貧富不均，本來並非女工所獨有之特殊問題，然而對清蘭這樣的女工來說，卻更形殘酷。她不習慣日夜顛倒的工作，又想起長披頭男工的強吻，於是發生流血事故，乃是勢所必然。小說不僅呈現勞資、醫療問題，且寫出女工在情愛方面的渴求，不過，她們面對的仍是以男性為中心的社會，不被尊重是可以理解的。

女性勞工中最常被忽略的是色情勞工。從一九五〇年代起，臺灣一直被視為男性觀光客的天堂。在色情交易中，傳統觀念女性的自我犧牲及順從，扮演著主要的角色，年輕婦女多半為了家境不佳或供給弟妹教育經費而進入色情場所。在臺灣，女性色情勞工與其他勞工一樣，一直是經濟成長、開發策略下被剝削，被犧牲的對象。在六、七〇年代短篇小說以風塵女子為題材者眞是指不勝屈，可說是此一社會性意義的呈顯。楊青矗小說中如〈在室男〉、

〈兒子的家〉都曾探討這一類社會問題。

獄中楊青矗創作了《心標》《連雲夢》兩部長篇小說。如果拿這兩部小說與他前期的作品相比，更可看出勞工在經濟發展過程中所付出的大量勞力與精神，與其所得到的報酬太不成比例。草創時期的民營工廠，員工毫無保障與福利，幾乎沒有勞保，也沒有退休制度，政策上也是維持廉價的工資，犧牲勞工，以求經濟發展，這些問題在他的小說中都有所表達，他也特別寫到女企業家朱琪敏爲此心懷愧疚。書中復寫及工人因不滿工廠在經濟不景氣時，裁減員工卻不付資遣費，任意用調職做爲逼迫員工離職的手段，因而產生工人懷恨在心，火燒工廠的悲劇。

紮根於勞工生活，屬於勞工成員的作家楊青矗，他所描繪有關工人世界的小說，見證了臺灣現代化的過程，刻畫了臺灣社會轉型時的種種弊端及勞工現實生活層面的悲苦。他的小說透過低等的工人、臨時工、女工在升等、待遇方面所面臨的重重困境，指出臺灣勞工制度的不合理性。有效於幫助勞工省察自身問題癥結所在，指出了勞資協調求得和諧才是解決勞工問題的主要精神。

四、臺灣農村的變遷

人口遷移是社會變遷、轉型的重要徵象。臺灣經濟，從一九五三年到一九六五年，在接受美援、日援之後，進入外人投資階段，一九六六年高雄加工出口區的設立，及工廠的大量建立，造成大量農村人口湧入都市謀求發展，尤其鄰近縣市外出人口到高雄市最多，造成農村逐漸沒落，農村人力不足，然而，湧入都市的人，因出賣勞力所賺取的金錢流回故鄉，又讓農村生活獲得改善，這種「吃好穿好工作輕鬆」的都市生活，對於鄉村人是深具吸引力的。

在這轉型期的臺灣農村情景，我們可從楊青矗的〈在室女〉一窺究竟。在小說中，他描寫一對堂姊妹分開多年後見面的情形：「妳我的命可從兩隻手看出來。讀小學時我們還沒有分家，我們兩個天天背書包一起上學，一起回家。祖母常說我早生妳半年，比妳懂事，處處要我照顧妳。小學五年級那年，我們分了家，大伯父、三叔、四叔各分各人的市內經營的工廠，我爸分家裡的田地。一分了家我們的命就不同了。三叔把妳轉學到市內去，妳變成市內人的千金，我是鄉下種田人家的女孩；妳能讀到大學畢業，我必須在家幫忙。這幾年工商發達，你們都大賺錢；種田不賺錢沒有人要種，我們須自己爲十甲多的地拖磨。當初如三叔分家裡的田，我爸分你們的工廠，現在手指頭粗的是妳，不是我了。」表現了鄉村女子對都市嚮往的心情。都市生活的富裕，使得農民漸相信都市生活「好賺食」「舒適輕鬆」。甚至擁有大片土地的農民也承認辛勤的耕耘只能換來少量的收穫。他們自我解嘲，不再把耕種看做是榮譽的職業。楊青矗在〈綠園的黃昏〉以淒美而短暫的「黃昏」，暗示了那一片綠意盎然的農地，在農業返照的現實裡是無法久存的——綠園無限好，只是近黃昏。故事中女主角林郁華的家「是村裏少有的清閒斯文的家庭。她家不種田，父親原在鎮上的電信局做事，已經拿一批（筆）退休金退休了。退休後買了一塊一分多的果園，種種柳丁、番石榴、柚子消遣。她大哥在縣政府做事，二哥是一家國營工廠的職員，已出嫁的大姊任小學教員」，是個公務員的家庭。男主角世榮家則是村中首富，世榮在家幫父親種田，雖然他的妹妹惠芳和弟弟世隆都在臺北讀書。世榮對在家務農並不抱怨，但是同郁華接觸後，他感到種田這件工作不再受人尊敬了。郁華質問他：「呆在家裏種田有什麼前途呢？我看你還是出去創業好。」她勸他「上市內找一個固定職業，或是向你爸爸拿一些本錢出去闖事業」，「男子漢大丈夫，志在四方」。郁華不願同世榮談論嫁娶，因爲她不嫁「田家郎」，她也看不起「挑糞的種田人」！勤奮的種田人辛勞的結果常毀於天災。有一次世榮的父親又因噴農藥中毒，這位以前堅持「那有自己的產業不經營而去當人家夥計的道理」的老人，經他在外經營工商業的子女的勸告，了解「孩子們你想留他們在家種田，已經不合時代了。」他說：「啊！人都是扶起不扶倒；工商業興起，年輕人要求工作輕鬆，待遇好，容易發財，都上市內就職工商界，沒有一個願意爲農村出力吃苦。我實在也沒有理由留世榮在家種田。」他不但把農田改爲魚塭養魚，也同意世榮去經營工廠。

五、臺灣女性角色的變遷

在臺灣由傳統農業朝現代工商社會轉型的過程裡，許多農村的女孩，因農業社會的式微，而進入城市的工廠，出賣勞力，賺取微薄的工資以養家活口。她們之所以進入都市和工廠，基本上並不是爲了生活的舒適，而是因爲農村沒有發展的機會。在六〇年代末期、七〇年初期，臺灣正值勞力密集的加工出口擴張期，各類工業區正大量開發，紡織與新興電子兩大工業亦大量吸收農村勞動力，特別是以年輕的女工爲主。婦女在此時廣泛地投入社會生產、製造、服務，成爲推動臺灣經濟搖籃的手，不過她們實際的地位卻只是生產系統的小小零件。工廠老闆並不重視她們的尊嚴與生命，一個零件損壞了，短少了，馬上會有另一零件取而代之，工廠的運轉照常進行。因而屬於她們的辛酸悲情，也就較男性更令人重視。

楊青矗在寫過〈工廠人〉之後，爲了要更深入體驗各種工廠人的生活，他經常利用假日到各工廠打零工。他從南到北訪問過許多大小不同的工廠，與女工聊天，然後經營成一篇篇的作品。道盡了女工的辛酸血淚，她們對社會的貢獻不可謂不大，但受到社會、政府的照顧卻很少⑬。在一九七五年底，他以高雄加工出口區的女工爲對象，寫了一篇〈加工區的女兒圈〉在《中國時報》發表，他陸續寫下〈昭玉的青春〉等篇，這些作品後來集結成《工廠女兒圈》。這八篇小說涉及的工廠種類和性質都不同，有公營的事業機構、電子工廠、電器公司、食品工廠、針織工廠、化學工廠，網羅了當時臺灣女工賴以謀生的各式工廠，也反映了臺灣女性勞工受到的剝削、歧視、凌辱；及請假、遣散制度的不合理，待遇的不公平，都遠遠超過男性勞工。

〈昭玉的青春〉（一九七六），昭玉是個三十九歲的女人，十七歲就進工廠當臨時工，足足當了二十二年，一直升不上短僱工。總經理認爲女工都要結婚，結了婚，生小孩又請產假，上班不專心，還時常溜去買菜，乾脆不升女性。而且女性升了正工，薪水高、有保障，非幹到退休不走，臨時工一結婚，大多辭職，去當家庭主婦。昭玉將她一生的青春「賣」給了工廠，說穿了，就因爲她是女兒身，加上受的教育少，才倍受歧視。最後，她雖得到總經理批的「可」字，但那是四處求人的謙卑，加上二十二年的青春換來的啊！怎不令人為之心酸。

臨時工的工資經常不及正工的一半，而臨時工之中多數是女工，她們既面對不合理的制度，有時面孔漂亮的，老闆就像蒼蠅盯著血一樣牢牢的盯著。〈陞遷道上〉說明了力爭上游的女工侯麗珊犧牲貞操、美貌，換來的卻是心靈的落寞、疏離感。〈婉晴的失眠症〉裡的婉晴為了幫助公司逃稅，把自己當做交際花，陪喝咖啡、跳舞，任憑查稅員尋開心，更使她良心不得安寧，結果她得到的是失眠、焦慮，以及精神崩潰。小說結尾，她只好逃離工作場所，奔向加工區當女工。〈秋霞的病假〉寫電子公司不守勞工法令，工人請病假不給全勤獎金。〈龜爬壁與水崩山〉描寫女工待遇微薄，以及公司為了省勞保費，未替勞工投保，一旦出事，連醫藥費都付不起。〈自己的經理〉寫外資工廠裡的中國經理，為了討好上司，刻薄自己的員工，將因公受傷住院的女工解雇，使其失業又失去保險。〈工廠的舞會〉寫女工生活的枯躁、乏味，她們也想認識一些男性朋友，但她們仍有尊嚴，不願被歧視，也不願娛樂、取悅男性。

這些作品從女工的待遇、陞遷、福利、醫療、愛情、友誼、娛樂等方面刻劃了女工的理想和失望。從這些作品可以看出臺灣婦女相對於男性而言，是處於經濟附屬地位，男性與女性在勞動市場上有顯著的性別隔離現象存在，這也是女性被邊緣化（marginalization）的現象。

在加工區，女工佔了大部分，這些女作業員大多是國中剛畢業的女孩子，她們年紀輕、學歷低，對於愛情與婚姻較一般女性有著更多的徬徨與困惑。這群女孩有的在生活中掙扎，爲愛情婚姻而煩惱、苦悶；有的離鄉背井，內心充滿了鄉愁。面對劇烈的「角色衝突」，她們多麼期待目前女工的身分是短暫的，但是未來做妻子的主要角色似乎遙不可及。在七〇年代，加工區女工的社會地位既受人輕視，又往往被歪想成「落翅仔」，提親時則屢因女工身分而遭回絕。〈外鄉來的流浪女〉呈現了社會一般人的偏見：「家人對我如此，主要是感染社會上對女工偏差的流言。他們根深蒂固的認爲女工懶散，男女關係很隨便；一般人就常說：『工廠女孩難做家』，『要嫁好丈夫，要好媳婦，就不要到工廠去做工人』。」楊青矗曾說：

> 對女工的故事我有一點保留，不去寫是顧慮到女工的形象，有篇東西莊金國曾和我提及說那是不可發生的事，就是那篇〈陞遷道上〉，描述一位工廠裡的女領班，被她的主管邀去郊遊而遭強暴，其實像這類事情很多，有的尚未寫成，有的是顧及形象問題不願意寫，工廠裏有許多應召女

> 郎，茶室的賺食查某，她們都是找工廠當掩護，她們白天在工廠，而晚上兼特種營業，像這種故事存在於女工群中相當多，如果將之寫出來，對多數規規矩矩的敬業女工無疑是一種打擊。……她們的婚姻問題也漸漸形成一種社會問題……遲婚形成一種怪癖，像這些都是工人文學很好的題材，只是因爲顧及女工的形象，此類題材暫時不寫⑭。

遠在一九六九年楊青矗在《中國時報》發表的〈在室男〉一篇，即記錄了社會變遷對女性衝擊的現象。經濟漸起飛之際，有許多賺錢的人，流連酒家、茶室，視女人爲玩物。加上轉型的工業社會裡，流入城市的單身男性增多，性問題亟待解決，無一技之長或追求物慾享受的女人，因而淪爲酒女、娼女，走入色情的行業。〈在室男〉中的大目仔即此一飽受滄桑的風塵女子，內心空虛，對感情有一企盼。〈兒子的家〉亦記錄了女主角上了男人的當，只有忍受母子分離的慘痛。

不過，經濟結構的變遷，使我們看到了男性的挫敗。過去男性是家庭經濟的重心，傳統又賦予背負家庭經濟重擔者以較多的威權，一旦這份威權因種種因素（如物質條件的喪失、女性經濟的自主、環境的挫敗……）而遭到質疑或瓦解。

楊青矗〈寡婦〉（一九七〇）一作，在四個女人身上所描述出的是「守寡是女人分內的事〉，她們「一雙軟弱的手，在各人不同的環境中去做男人的事」，其刻苦、艱辛和毅力，足讓挫敗的男性（父親）永無翻身之日——他們從頭至尾只是以四塊墓碑的形式出現而已。不僅此也，我們看金薇。「守寡八年來，整天跟那些房地產的男掮客混在一起；她變成了一個男人，在男掮客的面前，你不堅硬一點，共同介紹的買賣，你免想分到一毛錢的佣金。」不過，她仍不免有舊社會的思想，想讓女兒招贅，還好黃鳳勸她說：「時代已不時興贅婿了，有骨氣的男人，很少有人要入贅到女方家。招進那種不正經的男人，想依靠他，反而會被他搞垮。……不如盡量培養她們讀書，長大了都把她嫁出去。」女子的困境大多肇因於知識不足，可喜的在此時期女子已日漸覺醒。〈同根生〉（一九七〇）春雲的貧窮，連帶使她的兩個小孩都不受別人尊重。她的母親也防著她，「母親怕我知道，因二妹的出嫁，一家人把我看做可畏的外人！好像我是會偷三妹嫁妝的賊。」（頁一三七）

隨著春雲的回憶，我們可進而了解她悲傷的原因：

> 八歲起就沒給家裡吃過死飯；大弟揹大了，揹二弟；二弟會走路了，三弟出生了；二妹三妹一直揹下去！……學校的老師來勸祖母給她讀書，祖母說：「女孩子讀什麼書，有再好的學問還不是嫁人生孩子煮飯。」

時代進步了，她祖母「女子無才便是德」的觀念也改變了。看到春雲因沒讀書而嫁不到體面的丈夫，她後悔良深。一回娘家，祖母就三百五百往孩子身上塞。姊妹中誰表現出一絲看不起踩三輪車的姊夫，祖母的拐杖就往誰身上抽。……祖母臨終時，留給她最後一句話：「春雲，祖母……最遺憾……的……沒給你讀……。」（一四三）

楊青矗筆下的女性形象，大都是堅毅辛勤，克苦耐勞的，此等對女性的陳述，如果把它放置於臺灣「人工便宜」時期考察，性別隱藏意義是很明顯的。在此一權力結構下婦女逐漸成爲政治、經濟擴張之重要角色，婦女被形塑成理家、育子，參與社會生產的「現代女性」。因而在楊氏作品裡，本來農業社會跨入工業社會，家庭結構由農業時代的大家庭制度，漸轉變成工業社會的小家庭，「女性意識」的抬頭，女性的家庭主導角色的興起，本是不容忽視的。但楊氏七〇年代的作品尚不足以明顯看出此一角色的變遷。

楊青矗在一九八六年出版的長篇小說《心標》與《連雲夢》，除了記錄臺灣經濟發展企業家創業的過程，也探討了轉型期女性的愛情觀、價値觀。作爲女性，在開創事業上所面臨的困難遠遠多於男性。她們不但要迎接來自行業之間的挑戰，而且要承受由於家庭、婚姻等精神拖累而帶來的心靈創傷。這種以女企業家爲主角的創作，也許更能反映出創業者艱難曲折的心靈歷程，表現臺灣轉型時期新舊思想文化的矛盾與衝突。例如《連雲夢》中的女主角朱琪敏，她投下的人生大標是走企業家的路。她擔任大豐紡織廠總經理後，對該廠進行科學管理，生產出現了前所未有的新氣象。身爲女性有她無法排解的沈重精神壓力，翁姑的舊觀念無法容納她的言行——社會道德倫理與家庭世俗觀念的紛擾。身爲大工廠的女總經理，她有創業的浪漫精神，也有愛情的渴望、掙扎。她畢竟是女人，而且是一個年輕的寡婦。她追求自身發展的理想，但與公公之間的矛盾與日俱增，後來，獨生子又不慎溺水身亡。她對洪家完全絕望了，終於憤然離開，著手籌辦屬於她自己的企業公司，展開新的奮鬥。朱琪敏與洪天榮的矛盾，正是臺灣社會轉型時期新舊思想文化衝突的必然現象。在現實人生、婚姻上她們（如小說中的朱琪敏、林逸芬、馮華卿）也許是挫敗了，但她們都是有獨自個性，勇於開創新局的現代女性，對昔日以「男性爲中心」的社會，具有挑戰與反抗的能力，都是令人驚喜的。

從楊青矗的小說我們可以看到女工、妓女或女企業家是如何地受到社會變遷的衝擊、時代環境的影響，與她們在社會變遷之中的種種衝突、鬱悶、苦痛，以及經濟繁榮所導致的眼花撩亂而「迷失」的悲情。

四、時空變遷下的疏離

(一) 作家本人的疏離感

楊青矗小說揭發、抨擊了社會種種醜態，關注整個社會疏離的現象，期盼能為人們建立和諧公平的社會。但是由於現實之限制，作品影響力不如作者想像中那樣深遠，他心中不免灰心失望。他在接受李昂訪問時就曾說，他一度對文學甚感灰心，懷疑文學在我們社會裡存在的價值，而「三島由紀夫在日本學潮的暴亂中光靠其演說能擺平學潮的暴亂」⑮卻是他所相信的文學功能。楊青矗自然懷有淑世精神，但把社會轉型的整個痛苦加諸自己身上，卻束手無策時，作家也不免深受文學無力感之困擾（企圖透過文學作品促使廣大民眾覺醒，甚至有所行動，顯然是不易達成）。這便註定了遲早要與寫作疏離。其間雖也曾有過「本已萎縮的文學心花復甦怒放」。確認自己是勞工代言人，又不滿現實，因而認為文學的影響速度太遲緩，挺身躍入政治活動。一九七八年楊青矗參加了因中美斷交而中斷的那次選舉，出馬競選職業團體工人立委，因涉及一九七九年底高雄美麗島事件繫獄數年，迄一九八四年出獄，他仍不忘情政治活動，企圖喚醒更多人加入改革行列，他參與了中央公職選舉。數次的挫折，久而久之，作家也可能漸與政治疏離。李喬曾對他說：

> 你充滿了愛心，又已經接觸這麼廣大的面，有一天，你一回頭，發現人生的哪一個角度，都非常無能爲力。不管你是從事於哪種參與，或者政治，或者社會，當然文學也包括在內，在人生各方面，都相當的無能爲力之下，你會發現，你這完全文學的東西，在這完全無能爲力的情形之下，這還是很划得來的一行⑯。

李喬這段話或許也說明了作家最有資格來刻劃社會中普遍的疏離、異化現象。alienation 一字本有疏離、異化、孤立、不和等義，隨著時代的演進，各時期有不同的解釋⑰。「alienation」已成爲當代社會中人的中心問題。人在工業社會生活過程中，將疏離推衍至生命的各種領域。科學愈進步，人類天生本能的失落也就愈多，人的勞力愈「社會化」（socialized），更多的個性將會消失，人之疏離乃無可避免。

(二) 臺灣勞工的疏離（Alienation）

在追溯疏離（或異化）的根源時，馬克斯對此早有精闢的解說。他指出市場經濟下的人性困境說：精密的分工、單一的勞力，使財貨的創造者淪爲製造者，工人對工作的關係趨於分隔，遂與他生產的財貨疏離，得不到工作中的自我實現；另一方面，勞工本身成爲市場上一種商品，由付出勞力取得價値，他爲社會創造了愈多價値，就愈貶低了自己的價値，工人在工廠中只是重覆單調與刻板的動作而已，他們失去了自由，做機械的工具，沒有能力的意識可言。人遂與自己疏離了，人成爲他自己的「個體生存的工具。」（a means of his individual existence）⑱。

當代社會學家則將疏離的根源歸因於人喪失了對價値的實踐，對規範的順從，以及對角色的責任⑲。做爲一種社會現象，一種心靈狀態，疏離尤其困擾了缺乏生產工具的一般大衆。因此很自然地，他們成爲大部分臺灣短篇小說的主角；他們經常是遭受歧視和被犧牲的疏離、異化者。

工業化促成了臺灣勞苦大衆的疏離、異化。當臺灣社會以新科技取代人力操作的工具時，也剝奪了一些人的謀生工具而使其產生異化。楊青矗的〈低等人〉（一九七一年）寫社會邊緣人的異化，一位清道夫（董粗樹）如何爲自動化垃圾收集系統所取代，而飽受失業的威脅，他發現他終究無力對抗現實，他連最基本最廉價的生存都無法擁有，他逐漸疏離了四周的環境，爲了父親日後的生活他終於決定撰擇死亡（death）。故意以身撞車，製造殉職的意外事件，藉以換取保險金。他的父親的確得到一筆撫卹金，但人也瘋了。〈同根生〉（一九七〇）裡的三個女兒，巧妙地隱喻著臺灣現代化變遷過程中的不同階段。大女兒春雲代表過去，她和她的丈夫是臺灣現代化的挫敗者。三輪車夫——在社會變遷過程中被淘汰的許多行業之一。他想棄舊從新，可是他沒有文化，又無法通過汽車駕駛執照的筆試，全家生活無著落，他的自尊心不容許他伸手去接受岳父——企業界新貴的施捨。

〈囿〉（一九七二）的主角史堅松，對一再被壓抑的不公平待遇，把「等數吃虧悶在心裏的鬱結，爆炸爲憤怒的火焰」，他自我崩潰了（ego-disintegration），憤而打死了阻他命運的路障：

> 按評價制度，工作不變是不得升等的，而六年來原本與主管有交情等數高的人，職位不變，而等數提升的大有人在，原來沒有辦法的人，等數偏低也一直偏低不動。這種情形在史堅松的心中早已生了憤懣的情緒。（《工廠人》，頁一〇七）

如前所述，疏離是工業化社會的一種現象（其實非工業化社會同樣免不了這種現象）。在單調的工作過程中，他們對自己的活動和生產出來的貨品越來越陌生；他們經驗了工作的異化，深覺無力量、無意義、孤立無援而且自我疏離、隔絕（self-estrangement）於社會。他們有很深的無力感，因爲管理者將他們視同機器。他們感到無意義，他們的工作相當零碎；他們將零件加以組合，卻無緣見識成品。他們的工作和他們自身都被視爲商品，他們在生產線上，並沒有獨立自主的成就感與價值感，他們幾乎不屬於自己。他們更感到孤立，因爲這種工作的本質排除了人與人之間的互動關係，而且他們還被迫互相競爭，以求工作績效，於是他們視工作爲手段，而非目的。因而他們喪失了工作的熱誠，工作不等於事業，工作只是賺錢餬口的「差事」，他們只對「差事」感興趣。懷著害怕失去差事的心情工作，他們長期生活在不安定和焦慮之中[20]。在楊青矗短篇小說〈工等五等〉（一九七〇）中工作評價偏低的電氣技工陸敏成，白天工作，晚上加班，卻發現自己僅能勉強養活一家七口，以致情緒不佳。他的挫折有時爆發成對任勞任怨妻子的咆哮。他動輒和上司吵架，他的怨恨因藍領和白領工人之間的差距而加深，他消極怠工，因爲他們工作相似，卻支領相差懸殊的薪酬。

(三) 都會的夢魘——城市的異鄉人

農耕的收穫難以預估成效，自然促使鄉村人口大量外移，湧向主要城市。外資湧進，工廠林立，工廠的勞力既大部分來自農村，使得農村人口銳減導致農村大家族制度的瓦解、社會結構與文化迅速地解體、萎縮（atrophy）。年輕子弟因多不具深厚的農村情懷，對家鄉的倫理觀念也日趨淡薄，傳統價值觀亦逐漸鬆動，這造成了他們在都市中產生各種新的社會問題。尤其遷移者一旦到了陌生的環境，立即面臨調適問題。他們喪失了熟悉的社會和地理環境的支持；也喪失了長期建立的人際關係與價值的支持。他們可能接受新刺激與機會而興奮，也因新威脅與未知狀況而心生畏懼。這亦是一九八〇年代人際疏離的要因。

當物慾蒙蔽了本性，名利盤據了心靈，儒家的孝道便難以維繫人心了。王拓筆下的金水嬸遭到兒子的鄙棄；王文興《家變》中的都市知識分子，不僅否定孝親，甚至以羞辱父親爲樂。楊青矗的〈成龍之後〉，則是鄉村的知識分子在都市文明的漩渦中，娶了都市的富家小姐之後，轉而嫌其辛勤撫育、變賣田產供其讀書的老父（阿泰伯）「不體面」，而棄置不顧。老人只好無奈的喟嗟：「時代變了，這個年頭娶了一個媳婦等於死去一個兒子。」在新文化的衝擊之下，年輕的一代變得以自我中心，從家庭的原初連結（primordial bond）疏離出來，甚至連「親情」都揚棄了。工業化促成了臺灣大眾的異化，在城市裡，他們成了異鄉人。在〈狗與人之間〉（一九七四）這部小說裏，作者批判了都市人虛僞做作、趨炎附勢、崇洋忘本、頹唐侈靡……的生活與觀念，對照了農村居民的相濡以沫與都市人的相互爭利，藉著一隻無法適應都市生活的土狗，透露出舊社會與新文化格格不入的現象。

《心癌》之作則揭露了社會道德危機，解剖了都市人精神的「癌病」。〈天國別館〉

（一九七三）敍述殯儀館兩個工人——羅漢腳瘸手仔馬坑，以館爲家，好吃懶做，日日與賭博、性、死亡爲伍，過著浪蕩和無聊的生活。寫出了城市邊緣人的遭遇。

七、相關的一些問題

若仔細閱讀楊青矗的工人小說，可以清楚地看到，這和高雄所展示的臺灣工業化指標進度是一致的，雖然楊青矗的小說，從他服務的中油煉油廠出發，不免稍微受到某些經驗的侷限，但從六〇年代到七〇年代快速發展漸具規模的臺灣工業社會的各種現象，卻蘊含著許許多多的問題，這些問題包括：工人的社會定位，工作的保障與安全、工作條件與尊嚴的確立，勞動法令的修訂、工會的組成及健全等，皆有待大家齊心協力，求其合理化，以促使工業社會日趨和諧安定。

如果論及勞工的現實，我們仍須注意作者所掌握的是一九八〇年以前的狀況。一九八四年七月三十日總統令公布之〈勞動基準法〉，不論就社會立法或經濟秩序而言，皆跨越出劃時代的一步。〈勞動基準法〉第一條第一款前段說明了該法之立法目的：

爲規定勞動條件最低標準，保障勞工權益，加強勞雇關係，促進社會與經濟發展，特制定本法。

可見國人對勞工權益的關注，已通過法律的形式的顯現。在〈勞動基準法〉第一章〈總則〉中規定了禁止強制勞動、禁止抽取不法利益，雇主有提供工作安全之義務㉔等保障勞工權益的通則，至於楊青矗作品中出現頻繁的女工問題，在該法第五章〈童工、女工〉裏也羅列了許多保護的法條，如第四十九條規定女工深夜工作之禁止及例外，第五十條規定分娩或流產之產假，第五十一條規定妊娠期間得請求改調輕易的工作，第五十二條規定女工有未滿一歲之子女時，於正常休息外，雇主應每日另給三十分鐘的哺乳時間兩次。此外，對於勞工的勞動契約、工資、工作時間與休息、休假、退休、職業災害補償㉕均闢專章以規定之。〈勞動基準法〉的落實，誠然有待主管機關淸廉剛正地監督執行，與勞資雙方共同協調、踐履。

勞基法雖保障勞工權益，而相對的，勞工亦須克盡其義務的，不能視勞基法爲護身符而不盡責任。尤其面臨資訊時代的到來，將來企業主寧願花較多成本買機器，也不願多雇員工，以提高生產品質與效率，並減少人事紛爭。勞工朋友應有此警覺。在楊青矗一系列工人文學作品裡頭，許多人爲了升遷，而破壞了人與人之間的情誼，爲了求取個人利益，不惜你爭我奪。在小說裡可以看出勞工流動率高。雇主既未把勞工視爲自家人，勞工對雇主也不易建立感情，祇要其他雇主所出工資較高，立刻毫無顧忌，掉頭而去，因而使我國勞工的流動率每年高達百分之三十以上。同時由於勞工對雇主缺乏向心力，對減少浪費，提高生產力，開拓銷路等事，亦漠不關心。由於勞工的流動率高，及勞工對雇主的缺少向心力，直接間接造成對雇主相當大的損失。由於雇主經常要召雇新勞工，其所花訓練及廣告費用，亦頗為可觀。

再者，政府自七十八年十月開放引進外勞以來，外勞人數在國內不斷的成長，對本地勞工造成相當大的威脅。政府當初基於重大公共工程的考量，在國內一工難求的情況下，引進外勞。但演變至今，除了所謂三K行業（工作具骯髒性、辛苦性和危險性）對外勞需求殷切外，由於外籍勞工的薪資僅及國人的五成五左右，因此各行各業莫不爭先恐後，極力爭取。從而許多國內勞工的工作機會，在成本低廉的外勞競爭下紛紛被「替代」掉了。若干公司在引進外勞之後，便藉「業務緊縮」等名義解雇本國勞工，國內勞工的就業機會岌岌可危。

外勞的引進，由當初「補充」國內不足的勞力，演變至今成為「替代」國內的人力，這一偏離航道的外部效應（external effect）尚不僅於此，在外勞薪資偏低的情形下，多數廠商幾乎都有延緩自動化的趨勢，此一現象對我國經年推動的產業升級無異背道而馳。而在長期薪資偏低下，外勞遲早也將為此一歧視性待遇表達不滿，因此所引發的勞資糾紛與社會問題，在外勞持續大量引進後必然接踵而來。

在九〇年的今天，勞工人口比例遠比七〇年代高，就業人口結構又有很大的改變，勞資雙方的和諧亦日趨重要。工人文學宜具備前瞻性發掘問題。進而透顯此類問題，而從事文學創作時，亦應具備前瞻性的眼光，更深厚的人文關懷，以觀照社會，呈現問題。

八、結語

「小說對於楊青矗而言，似乎已不再是駕馭文字以表現或幻想的形象化，而是一種行動化的實踐過程。他夢想著依靠小說來『喚起民衆和政府』，以便有助於改善勞工的生活」[26]「他寫作的目的是希望他的作品能產生一種力量——從同情和悲憫中迸出的力量，促使那些不合理的制度能獲得改善」[27]。這使他成爲深具文學使命感和社會改革信念的典型人物，也成爲鄉土文學運動中的激進角色。

楊青矗的小說大半偏重於反映勞工面臨人事制度所產生的不公以及他在生活壓力下所嘗受到的痛苦和創傷。楊氏的作品尚不足以涵蓋臺灣勞工生活的形貌，他採取的角度集中於勞工辛酸的情緒面，勞動者生涯中或許也有甜美、和諧與滿足的一面，他的小說卻未曾觸及

（也許臺灣的勞工眞的太淒慘了）。但是，他能夠將勞工生活、加工區女工的悲情，這個極具時代意義的素材溶入自己創作的核心，以切身的經驗掌握住藍領階層的生活剖面，確實難能可貴。畢爾・羅逖（Pierre Loti, 1850—1923）在《冰島漁夫》一書中，將自己的海洋經驗和對漁民的同情結合在一起；在《工廠人》、《工廠女兒圈》裡，我們也發現楊青矗運用自己的勞工經驗以及對勞工的關懷，完成了工人的代言人，一部部寫實性極爲強烈的小說。

雖然小說泰半屬於虛構，但其時以寫實主義掛帥的工人小說卻與社會變遷有著十分密切的關係。彭華倫（Robert Penn Warren）說：「小說隨著世界的變遷而變化，每個時代產生它自己的小說。」㉘七〇年代左右的臺灣小說給這段話做了最佳的注腳，因爲楊青矗的小說確實是社會變遷、轉型過程的精髓，充分把握住時代的脈動，也是當時臺灣社會具體的縮影與摘要。

【註釋】

① 蕭新煌，〈對「臺灣發展經驗」理論解釋的解謎〉，《中國論壇》第三一九期，頁一五八。

②蕭國和，《臺灣農業興衰四〇年》，（臺北：自立晚報社文化出版部，一九八七年）

③彭瑞金，〈臺灣社會轉型時期出現的「工人作家」〉，《鄉土與文學―臺灣地區區域文學會議實錄》，（臺北：文訊雜誌社，一九九四年三月），頁一〇三。陳震東，《高雄市人口變遷之研究》，高雄市：高雄市文獻委員會印行，一九八八年六月三〇日。

④英，格麗蘇，〈楊青矗對文學與社會的觀點〉，高雄：民衆日報出版，鄉土文化版，一九九二年八月五日。彭瑞金亦說：「楊青矗的工人小說是建築在轉型社會工廠文化基礎上的的工廠人文學。他的文學記錄了一九七〇年到一九七七年間，以高雄這座工業城爲模型的工廠文化現象，反映了勞工工作法令不周全、缺乏勞動條件保障下勞工的工作現象。」同③。

⑤高天生，〈草地囝仔與都市人―楊矗集序〉，《楊青矗集》，前衛出版社，一九九二年四月，頁九。

⑥同前註，頁一〇。

⑦Thomas B. Gold 著（津民譯），〈楊青矗小說中所反映的「現代化」問題〉，原刊《臺灣日報》一九七八年六月五日―七日，後收入：楊青矗，《在室男》，高雄：敦理出版社，一九八四年。及《臺灣作家全集－楊青矗集》，臺北：前衛出版社，一九九二年四月一五日，頁二二九。

⑧ 許南村（即陳映眞），〈楊青矗文學的道德基礎—讀「工廠人」的隨想〉，《臺灣文藝》第五九期，一九七八年六月，頁二二五。

⑨ 蕭新煌，〈臺灣社會問題研究的回顧和反省〉，收入：蔡文輝、蕭新煌主編，《臺灣和美國社會問題》，（臺北：東大，一九八五年），頁一七。

⑩ 張曉春，〈守法就沒有勞資問題〉，《中國論壇》第二三七期，一九八五年七月二五日，頁二〇。

⑪ 葉石濤，〈楊青矗的「工廠人」〉引，《夏潮》二卷四期。一九七七年五月，頁六八。

⑫ 楊青矗，《筆聲的迴響》，敦理出版社，一九七八年七月一日。

⑬ 袁宏昇，〈楊青矗素描及其他〉，《臺灣文藝》第五九期，一九七八年六月，頁二五五。

⑭ 陌上塵整理，〈工人文學的回顧與前瞻〉，收入：胡民祥編，《臺灣文學入門文選》，臺北：前衛出版社，一九八九年一〇月一五日，頁二六二。

⑮ 李昂，〈喜悅的悲憫—楊青矗訪問記〉。

⑯ 洪醒夫策劃，〈社會的關切與愛心—楊青矗作品討論會記錄〉，《臺灣文藝》第五九期，一九七八年六月，頁二〇七。

⑰ 見 International Encyclopedia of Social Sciences(Macmillan and Free Press), Vol. 1, p.264.

⑱ Marvin B. 'Scott, The Social Sources of Alienation', in Lrving Louis Horowitz(ed.), *The New Sociology* (New York: Oxford University Press, 1965) *pp.* 239－51. 此處轉引自許遠然著（許玲英譯），〈當代臺灣小說的異化〉，《新地》二卷三期，一九九一年八月，頁一七一。疏離一詞，是由英文名詞 *alienation* 翻譯而來，又譯作「離間」或「疏遠」。這個名詞在德文方面和黑格爾（Hegel）所用的 *Entausserung* 一詞同義，又是費爾巴哈（*Feuerbach*）和馬克思（*Karl Marx*）所用的 *entfremdung*（英譯作 *estrangement*）的同義詞；而 *entfremdung* 的中文意譯就是「異化」。又：疏離（或異化）這個觀念屬於一個巨大和複雜的問題，有著長遠的歷史。對這個問題的關注——形式由聖經至文學作品，以及在法律、經濟及哲學等論文方面——反映歐洲發展的客觀傾向，即從奴隸制度到從資本主義走向社會主義的過渡年代。見 *Lstv'an M'esz'aros, Marx's Theory of Alienation*, London, Merlin Press, 4th ed., reprinted 1982, p.27.

⑲ Bernard Mottez 著，黃發典譯，〈疏離與工人意識〉，氏著：《工業社會學》，臺北：遠流出版社，一九九四年四月一三日，頁九一～一〇七。

⑳ 見註一七，頁一七五。

㉑ 以生產領域而言，一九八〇年代中期以前，臺灣的「勞資」關係，假如由下往上看，往往是以父權制的老闆與「工人弟子」這兩種「地位團體」爲骨架所建構的。在楊青矗小說所描繪的所

謂「勞資衝突」，建立於有工廠自然有此現象，實則如以一九八〇年代後期，透過工運的初步發展來看，「勞資關係」才以現代階級的形式出現，主客觀上皆成立的勞資衝突，其實是一歷史建構的結果。

㉒ 〈勞動基準法〉第五條：「雇主不得以強暴、脅迫、拘禁或其他非法之方法，強制勞工從事勞動。」

㉓ 〈勞動基準法〉第六條：「任何人不得介入他人之勞動契約，抽取不法利益。」

㉔ 〈勞動基準法〉第八條：「雇主對於雇用之勞工，應預防職業上災害，建立適當之工作環境及福利設施。……。」

㉕ 見〈勞動基準法〉第九至二〇條，二一至二九條，五三至五八條，五九至六二條規定。

㉖ 葉石濤〈評工廠女兒圈〉，收入：楊青矗著，《在室男》，高雄：敦理出版社，一九八四年八月，頁二七八。

㉗ 何欣，〈七〇年代的使命文學－論楊青矗和王拓〉，收入：李瑞騰編，《中華現代文學評論大系－評論卷壹》，臺北：九歌出版社，一九八九年五月，頁三六八。

㉘ Cleanth Brooks & Robert Penn Warren, *Understanding Fiction* (New York :Appleton—Century , 1979), p.1.

誰是臺灣的主人？

——我看王幼華的小說《土地與靈魂》

一、前言

七〇年代的臺灣文學歷經鄉土文學論戰，創作呈現了「本土自覺」的氛圍，臺灣社會的諸般現實，再度成爲文學作品的眞正主角，非僅傳承了日據下臺灣新文學的精神，也呼喚臺灣人重新自我定位。邁入八〇年代，臺灣社會出現過渡期的變化，隨著民主化訴求的高漲，威權體制鬆動，一九八六年九月在野的民進黨成立，次年七月戒嚴令解除，臺灣作家的思考型態也逐漸趨向於「政治的、經濟的、社會的」解放，存在於臺灣社會政治禁忌的題材被挖掘，對恐怖政治、侵害人權的描述也陸續搬上文壇。無論是出於一種對長期以來政治、文化體制之反動，或是意圖尋求某一族群的認同意識，「臺灣」都已不再是一個地理名詞，而是一個有歷史意義之社會活力的存在體。臺灣成爲當代複雜的思考中心，而此一新的觀點、新的批判，使得八〇年代的臺灣文學出現了嶄新的多元面貌。在有關臺灣的各種描述中，歷史小說儼然成爲臺灣主體論述的重要媒介，小說中的臺灣社會給予了不同意識型態的作者，很大的詮釋空間。此其間，值得注意的是王幼華的小說《土地與靈魂》一作。作者企圖透過一個十九世紀的世界，來證明（或討論）臺灣族群和臺灣主體的存在問題。雖然寫的是以前（早期）的事情，但作者顯然很清楚，他寫歷史小說本著眼於「古爲今用」、「以古寓今」，作者穿越歷史帷幕，即意欲在現代意義上對歷史作一新的解釋，使歷史題材「現代化」（此點與高陽歷史小說顯然有別）。王幼華此作品顛覆了以漢人爲中心的歷史論述或文化論述，其論述語言與發言立場，截然不同於過去的臺灣歷史小說。表面上，他從平埔族的立場寫出他們的歷史，呈現他們顛沛流離以及飽含血淚滄桑的悲運，事實上，背後有其思考的課題和詮釋族群的策略。林燿德（一九六二—一九九六）曾就此發言：「歷史小說的重點並不在重新複述歷史一次，重點在透過史實作爲一個背景，然後把作家的詮釋跟觀點，放在小說裡面，並且在這種詮釋之中，跟讀者進行一種對話的關係。」①此一說法，正體現了閱讀歷史小說，尤需注意其「意在言外」的部分。

二、誰是臺灣的主人？

一九九二年，九歌出版社梓行了王幼華《土地與靈魂》一書，這本書根據歷史事件重新建構了逆反漢人中心敍述的歷史情境。一八六七年英國探險家荷恩（James Horn）因航船觸礁，來到臺灣，在他到達蘇澳時，漢人已大量進入蘭陽平原，漢人是在嘉慶年間，由吳沙率領漳泉粵（漳籍佔十之八九）三籍子弟大量入墾進駐的。漢人的墾拓，使蘭陽平原的生存空間，受到激盪。此後，漢人以他們的力量、規約、智取、經營此地，移民們從泰雅族人和噶瑪蘭人的中間緩衝地帶進入墾拓，逐步建立據點，漸次發展勢力，由頭城而礁溪而宜蘭，進墾羅東、冬山，以達蘇澳，他們以瘟疫和各種藉口，吞併了噶瑪蘭人的生存空間，同時也以武力嚇阻泰雅族人的侵襲。整個蘭陽平原上的精華區可說幾皆爲漢人佔領。Kabarau 的平埔族失去了賴以生存的基地時，當時蘇澳以南仍是「化外之地」，以往漢人的屯墾皆遭「生番」滅亡，荷恩居於冒險發財的因素，組成來自八國的移民隊伍，成功的在大南澳一帶拓墾成功，自組一小王國，然而在漢人的運籌帷幄下，懦弱的英國和其他國政府之間成立協定，最後荷恩死於船難，平埔族的妻子不知所終，開墾的土地再度落入漢人手中。

小說中，最顯著的特點，在於主要的人物，幾乎都不是漢人（除陳大化外），主角是一群外國人和山地人，這樣的分配，及呈現的歷史舞臺，既不是吾人印象中漢人的臺灣，也不是漳、泉、客為主體的敍述，徹底呈現了作者要追問的主題：誰才是臺灣眞正的主人？誰才是臺灣這一塊土地所有者的問題。這樣的寫作觀點可說一貫延續了作者思考多年的結論，一九八九年王幼華參加「第四屆臺港及海外華文文學」會議，發表了〈臺灣外省籍作家的文學及處境〉一文，文中說：「臺灣人口的來源及種族甚為多樣，彼此的恩怨情仇亦交纏不清。臺灣在經歷各種之後，……臺灣已逐漸成為一體。所謂臺灣人的定義已有新的界定『凡對臺灣有愛，關懷此地者皆可稱為臺灣人』，此一定義在八〇年代中期浮現，改變了以往容易引起爭議的，如以語言、血統、生活方式、人種等做為分類區別的狹隘觀念，其意義值得再三深思。」②王幼華在此確定一個觀念，即是所謂臺灣人，在於他對臺灣土地的愛惜、依戀、關懷；是來自於信念，而不是來自血統、語言、生活方式。在談到「臺灣人」認同問題時，他在《土地與靈魂》一書巧妙地引出其觀點：

帳篷內另外站了三位番人，他們強壯的雙臂交叉橫在胸前，腰下一條皮褲，一把鋒利亮白色的長刀，身上發出陣陣的臭氣。他們的眼光深邃而兇狠。他難以了解荷恩這位有名的探險者，為何能和他們一起生活。

「他們是非常理性的，只要您尊重他們，卓杞篤是非常熱情、好客的。」荷恩說。

「我想——我可以信任你的，荷恩先生。」

荷恩笑了笑。

「他們比任何平地人、漢人、洋人更誠實。」（頁三七）

在作者的敍述邏輯中，平地人顯然不是漢人（漳、泉、客），而指平埔族，他把三者並列，到了頁一二八，荷恩握著拳頭堅決的說：

我保證你們不必再走開，不必再逃走。我用我的鮮血保證，你們和我永遠可以在自己的土地上生活、成長，沒有人可以再威脅你們。

請注意「你們和我都可以在自己的土地上生活、成長」，你們是指平埔族，亦即噶瑪蘭的平埔族是土地的主人，荷恩船長也是土地的主人，所以在頁一六四時，荷恩即曾高舉右手，用力握拳：

不向任何人低頭，任何想侵略我們土地、搶奪我們辛苦耕種成果的人，我們將和他們戰鬥到底！

「他們」指的當然是漢人，王幼華在書中一再呈現漢人的奸詐、可恥、侵略土地的惡劣，因此中心與邊陲扭轉的改變在書中相當明顯，開啓了反漢人中心的歷史敍述。在第十六節（頁一九〇）作者發揮了不可思議的想像：

「一隻十字架，很難想像，那些生番竟是基督徒。」愛德華搖搖頭，把刀子在草叢裏擦了擦，插回腰間。

「這是上帝的旨意。」

哈洛德仰起頭，把雙臂伸向湛藍的天空。

美利士在口袋裏掏出另一根雪茄。

「他們的祖先在兩百年前皈依了基督。西班牙的神父讓他們知道上帝的偉大和愛，讓他們受洗——」

愛德華注視那隻丢在地上，沒有人理會的手腕。兩個番人走進樹林去了。

「後來中國政府禁止西班牙神父傳教，從此他們失去和天主的連絡。他們夜以繼日的禱告，希望神父再出現，再搭大船來，來拯救他們痛苦的心靈。他們有幾百人在海邊痛哭、祈禱，希望海船再來。可惜，神父因爲政治因素不能再到這裡。他們的靈魂再度陷入黑暗中。兩百年，兩百年啊。

「教士，你說的是眞的嗎？你淵博的知識令我驚訝極了。」愛德華說。

「水手，也許你不知道，你的兄弟是耶穌會教士中頂尖的人物，曾經拿過兩個博士資格。」美利士噴了口煙說。

「我將照這個式樣造另一隻十字架，這是上帝的旨意。祂向我顯示祂的旨意。」

西班牙教士留給生番十字架，說明了「生番是基督徒」，生番是住最久的，最早來開發的不是漢人，而是西班牙傳教士、生番，作者顯然企圖做一邊陲與中心的扭轉，也強調了移民文化的特質。在本書中，作者對「生番」的立場，並不是把他們置於野蠻頑迷的動物場境，而是可以開發、有人性、有尊嚴的人。王幼華深深覺得漢人本身即背負了移民文化的原罪，眞正的原住民本身是一直受到鄙視和踐踏的。他說：

漢人很可惡，本來就是很可惡，各位你去讀歷史會發現，你把你漢人的立場跳開的話，我們平埔族原住民在臺灣的土地上住了五、六千年，從來沒有發生這麼大的屠殺，你把我土地佔了，強姦了我的妹妹、媽媽，還把我們趕走，這是深仇大恨，什麼人造成的？絕對是漢人，而且漢人很狡詐，因爲他智慧比較高、文化能力較強，他是有計畫的把平埔族消滅掉，有計畫地屠殺，你們現在所看見的資料，都是比較正面的史料，在臺灣早期的開拓史上，都是記載漢人多麼的辛苦，華路藍縷，以啓山林，確實是這樣寫，那爲什麼印地安人要抵抗？他是紅番，好可惡、燒蓬車什麼的，其實白人侵佔他們的土地，祖先的土地呀！你要換個立場來想，漢人眞的很可惡。漢人自己之間好不好呢？漳州人、泉州人鬥，械鬥，也是爲了自己的利益③。

漢族沙文主義在本書徹底被消解了，誠如張啓疆所言：「作者希望透過『漢強番弱』、『外實中空』的『甜甜圈』事實之揭發，呈現一個迥異於『大漢沙文主義』下的母土臺灣。」④當我們閱讀有關宜蘭、花蓮歷代的縣誌記載時，展現吾人眼前的是漢人如何開墾臺灣？如何在墾拓中慘重犧牲？而將原住民趕到深山裡去，更被視爲是一種奮鬥的歷史。臺灣的歷史被當作邊疆開拓的歷史，此一理解基本上值得反省。這幾年，我們也漸漸脫離這種傳統的開拓史學說，愈來愈理解到當今臺灣社會的形成，不能單純從漢人的角度來看，臺灣社會的歷史，基本上要由各族群來共同決定。臺灣文學也應由原住民、平埔族、閩南人、客家人以及外省人共同來創造，進而言之，這五族群的人都有權做爲臺灣土地的主人。對於這樣的主題敘述，王幼華有其一套詮釋策略，也有其背後的動機、緣由。

王幼華是出生於臺灣的山東人，是所謂外省第二代。八〇年代中期之後，外省第二代普遍有強烈的焦慮感，不願（或擔心）本身被臺灣人排斥。如朱天心揮別早期《擊壤歌》、《方舟上的日子》，以憂鬱而沈重的情懷面對本土化、民主化浪潮拆解的大中國情懷，她爲之茫然，小說也自此轉向政治性題材，熱切參與族群議題。可說在臺灣政局的急速轉型重組過程中，此一強大的（被）認同壓力使得所謂外省籍作家有強烈的焦慮，他們擔心外省「鄉土」被排除在「本土」之外，外省作家被排除於臺灣作家之外（當然，也有以中國作家自居，以當中國作家爲滿足的），這是做爲外省第二代的王幼華也同樣具有的關懷。當本土經驗挾帶著強烈的福佬族群色彩，漸形成臺灣文學的主流時，王幼華深刻地反省了過往的歷史敘述。他一方面注重臺灣本土題材，另一方面追求多元移民社會的觀念。因此他把臺灣本土視爲一多元移民社會來處理，尤其是他認爲此一多元移民社會，到目前爲止，仍繼續存在。此一處理技巧在本書應是相當有巧思的，他不直接讓外省人同時變成臺灣的核心裡層，而是將英國人、生番、平埔族放進臺灣核心裡面去，而當這些爲數不多的族群都可以因對臺灣土地有信心與愛，成爲臺灣土地的主人時，所謂第三大族群的外省人，當然也順理成章可以進入核心裡面。這是極簡單又聰明的寫作策略，易言之，如將外省人硬生生地放入閩、客之間，必然遭到極大的排斥。而這樣的策略也說明了：漢人，不管是閩、客、外省人都是臺灣長期移民史的一部分。據此，作者所要追問的題旨：誰才是臺灣的主人？誰才是臺灣人？這些問題的答案顯然是很清楚的。

三、小說藝術的檢討與甜甜圈結構

過往描寫臺灣歷史的小說，很少具有田野調查的準備工作，就早期來說，臺灣本來就沒有很強的口述歷史傳統，作家們通常是以個人的親身經歷爲主，到了李喬、東方白等人才花較多的時間去考證、搜集資料。就歷史小說創作而言，個人經驗與閱讀史料最好是兩者兼備，即使不能親歷那個時代，也需從現在的生活逆推到過去的生活，設身處地神遊於歷史時空中。王幼華《土地與靈魂》即有此強烈企圖，他曾自述撰寫之前的準備工作：「我想寫一個長篇的歷史小說，收集資料是很重要的。大南澳是屬於宜蘭縣，我就去找宜蘭縣的縣誌，……另外再找臺灣銀行……『同治年間籌辦夷務始末』就有關於荷恩的資料很多，另外，我也去查看一些舊的地圖，宜蘭文化中心也印了一本書，……它對噶瑪蘭的平埔族文化有相當詳密的考證，……我也看了很多像『番俗六考』這些東西……。」⑤從這一段自述，可知王幼華的確花了很大的力氣閱讀相關史料，甚至做精密的考證；但從其自述中，吾人也發現王幼華所涉及之資料侷限於臺灣本島，海外資料則付之闕如。在《土地與靈魂》這一部書，王氏有意逆反「漢族沙文主義」下的臺灣歷史建構，爲了達到歷史的反思而以荷恩的立場、視野展現了噶瑪蘭人（平埔族）如何在漢人手下滅族的故事。荷恩（James Horn）是英國人，因此，這樣的一本小說在考證上，勢必牽涉到國外的記載。歷史小說如涉及外國部分，就必須兼通兩邊之史料，絕不能僅考證一方。如以日人作家井上靖《孔子》、《敦煌》等作爲例說明，更能看出此重要性。寫敦煌種種，勢必親自到中國尋覓文獻，到西北觀看古代建築、遺址，體會沙漠情境，否則勢必無法取得好的成績。

此外，本書故事情節原本十分複雜，然而王幼華並不想大費周章去處理，他刪除了一些他認爲不必要的枝節，如第一章「暗礁」寫海狼號商船出事，到第二章「美利士」就出現了很大的跳躍，直接寫荷恩船長和當地土著融合在一起。這些所謂不必要的枝節，雖然使故事的推展頗爲順利簡要，但細心的讀者在閱讀過本書之後，必然覺得意猶未盡，似乎缺少什麼？如果仔細回想，打從故事一開始所描述的十九世紀後半期的臺灣，充滿漳、泉、平埔族、生番、西方人之間的複雜關係及英國東印度公司在貿易往來扮演的角色，都令人對早期臺灣史產生好奇，也因此，當我們發現荷恩船長千里迢迢來到臺灣，然後變成熱愛臺灣的臺灣人，我們會很好奇他如何跟土著接觸，化解敵意，從互相威脅，彼此不信任的情況下成爲朋友？荷恩是英國人，假如他熱愛臺灣是眞的，這中間的變化，作者應該有個交待，包括生活習慣的改變、接受，甚至他在英國的一部分帶到臺灣時是如何適應的？這些情節都省略了，因此荷恩雖友善，但沒有個人面貌（泰雅族人的身影也一樣模糊）。小說缺少眞實的生命，在小說裡，我們看不到臺灣在十九世紀後半期時，是如何穿著？如何生活？易言之，此小說未能眞切掌握那個時代的生活情況，使得小說欠缺說服力，只成了故事大綱，或只以描述表面現象爲滿足，而少了份「眞實」的感覺。我們的疑惑和小說中李仙得是一樣的：「他難以了解荷恩這位有名的探險者，爲何能和他們一起生活。」王幼華對經營長篇小說，尤其過往的歷史，他深知考證細節的重要，如：

> 很多像人物的名字，像噶瑪蘭姓氏的問題，姓潘，姓高什麼的，還有植物、物產、道路、服裝、噶瑪蘭族的人穿怎麼樣的服裝，……像噶瑪蘭的衣服、髮式有他們結婚儀式，……新娘要穿什麼衣服，婚禮怎樣進行，都要花很多時間去弄清楚，還有氣候的問題，……那裏的季風，還有船隻，是什麼型式的船，當時英國、美國來的船是怎樣的型式⑥？

顯然，王幼華也體認到對當時生活情況、習慣，需深入了解，小說才能經營得當。但是很可惜的，小說中有很多情節，包括飲食、居住、結婚儀式、穿著……等，草草「一筆帶過」的情形不少。小說不能脫離生活，歷史小說所營塑的人物之所以讓人感到眞實，是靠小說中生活習慣和諸多細節呈現出來的。小說如缺乏生活細節的描述，僅以事件穿插在小說裡，則小說敍述語氣不免切割得支離破碎，甚而小說角色變成爲事件而設計的工具。第五章「東北角」之描述大量的說明文字，使得小說，幾成作者個人的歷史解釋。小說家必須細膩描述情節、刻劃細節，使其自然而然出現在小說的敍述中，而不是另立一章以補足一些臺灣歷史，此一現象，同時也出現在小說後面的奏摺上，本書結尾或因時間倉卒，或因長篇寫作顯得精疲力竭，使得小說結構頗不均勻，作者在小說一開始即用寫實的手法敍述一則故事，但後面則用暗示方法來解釋官方的文書，而且以硬生生的文言文放置在最後，顯然有點突兀。作者實應在一開始，即將清朝官方有關臺灣海運的奏章、議論與社會發生的事情相配合，適當放進去，如此起承轉合才能流轉自如。

缺乏生活細節、人物性格描述的小說，不免令人飄浮之感，小說人物也呈平面化。本來書名：「土地與靈魂」，其靈魂尤是小說人物生命之所繫，但本書中的人物，從頭至尾，很弔詭的卻是缺乏「靈魂」，人物心理層甚少深掘，致與作者意欲達到的目標南轅北轍，令人惋惜。何以如此？主要的原因在於書中人物性格不突顯，終其書，令讀者會感到難過，並對其產生同情的人物是高春風，而對她同情，並非其性格突顯，而是其遭遇可憐，因此我們對小說中的泰半人物欠缺感動的基礎。小說中唯一的救贖者是陳大化，他代替了所有的漢人去救贖山地人（或少女），小說裡有一段描述他見到喜歡的山地少女被殘酷姦殺而死的慘狀，他那傷心、內疚、自責，文字的描述顯然尚不夠細膩：

> 陳大化的胃不住的翻騰，手還來不及掩住它，就急速的嘔吐起來。眼眶裏湧出來的全是灼熱的淚水，那淚水流個不停，幾乎要把眼珠沖出眼眶。他踉踉蹌蹌，半跌半爬的出了這屋子。趴在草屋前的地上號啕痛哭起來。不停的哭、不停的哭，哭到匍匐在地面上，哭到渾身抽搐不停。他陷入昏迷，神智不清的狀態中。（頁一七五）

作家的想像力、創造力雖然很重要，但有時過分誇張，反造成失眞或虛僞的效果。鄭明娳在《通俗文學》一書裡，曾提及張曼娟〈永恆的羽翼〉一作，在描寫人物的悲傷，作品只是不斷的介紹人物在哭泣；相對的，袁瓊瓊〈爆炸〉中兒子自殺，做父母的自然最悲哀不過，但作品如此處理：「頌良說：『爸。』他扶他站起來，但是他腿一軟，又坐了下去，試了好幾次。他腿軟。頌良放棄了。」表呈出老父所受的重創，因此袁氏所設計的人物形象具有立體感⑦。王幼華描述陳大化所受的打擊、創傷時，直指式語言流於說明性，因此成爲作者個人的言語。然而小說人物之所以生動，是靠其自身扮演，而非作者代之說話。再者，小說中浪漫化之處理不少，如荷恩手握拳頭那一段話，及哈洛德對金色十字架的說明，都顯得有些誇張，過度美化，作者在人物語言、身分、個性等的描繪，顯然是有所忽略。

巴爾札克在論及歷史小說創作時說：「屬於這類小說的好作品，需要許多條件。首先，需要大力鑽研與工作；他必須有藏書家細讀一本大書的耐心，而得到的卻只是一件事或一句話。其次，必須有一種特殊的才能，能根據一大批書的零星材料，創造出來一個已經不存在了的時代的全貌」，如此仍是不夠的，「因爲這一切屬於歷史範圍，作者於此之外，還得添加上小說家的才具、強大的創造力、細節的精確性、對感情的深刻體會等等。」⑧說明了創作歷史小說需具備豐富的歷史知識與嫻熟的藝術造詣。這一段話亦可爲王幼華該小說不足處借鑒。

雖然，《土地與靈魂》不免有一些缺點存在，但王幼華該書仍有其特色存在，值得吾人重視。該書開拓了我們對臺灣歷史小說的想像空間，至少我們體會到外國人在臺灣歷史上扮演了一席之地，宜開拓吾人胸襟，我們不能將一生貢獻給臺灣的外國人，排除在臺灣人之外，不能把臺灣史侷限在狹隘的觀念裡。其次，他刻意使我們了解到甜圈圈結構，過去談臺灣，都是談臺灣周圍之圈圈，未能深入到核心裡面，所以過往臺灣的民間藝術、本土文化，都著重在農村、土地，而山地、海洋一直不是臺灣文學、文化所著重的對象，作者提醒我們應該重新再認知臺灣，不要被過去的傳統敍述束縛了。

四、結語

身爲外省裔新世代的小說家王幼華，以其獨特的敍述方式，對歷來一貫的歷史詮釋，作一大膽的反撥，並以一種新的觀照方式，抗拒、顚覆漢人霸權的論述，此一反漢人中心的歷史敍述，具有寬大的視野，基本上値得吾人肯定。但此一扭轉似乎又過於用力，使得漢人、中國官吏的嘴臉都非常醜惡，洋人則顯得十足美化，使得小說藝術性爲之減弱，作者原本欲傳達的題旨也因之失眞幾許。使得粉碎甜甜圈之餘，又塑造了新的甜甜圈神話，令人遺憾。從《土地與靈魂》一書，我們可以淸楚看到作者的歷史觀與文化觀，根據葉石濤對王幼華的評論，認爲由六〇年代到八〇年代，只有王幼華才表現出深厚的思考能力，反映複雜繁忙的工商社會，才有透視中國和臺灣未來動向的意圖，他讚許王幼華具有「可怕的才華」與「偉大的資質」。筆者亦認爲他是深思好學、有潛力的作家，因此對其苛求也就較多。

最後，願借用文化評論者林燿德的一段話，槪括本文之結論：

對臺灣史不熟的人，也許這本書可以作爲引發他對於臺灣史興趣的入門，而對於臺灣史很熟的人，可以透過這本書和作者之間進行關於臺灣文化、種族、早期生活經驗的對話⑨。

臺灣歷史的確值得吾人關注，在閱讀的過程中，以互動的對話來思考臺灣歷史的獨立自主性，尤爲有趣而重要。

【註釋】

① 林燿德，〈當代文學討論會（二）：原住民的悲歌——王幼華小說《土地與靈魂》〉，八十一年度桃園縣立文化中心年刊，一九九三年，桃園文化中心印行。

② 王幼華，〈臺灣外省籍作家的文學及處境〉，《民衆日報》，一九九〇年十月十三—廿一日。

③ 同註一。

④ 張啓疆，〈擁護李登輝？打倒蔣經國？——晚近臺灣小說的「政治主體旋轉性」〉，《當代臺灣政治文學論》，臺北：時報文化出版，一九九四年七月一日，頁二八二。

⑤同註一。

⑥同前註。

⑦鄭明娳，《通俗文學》，臺北：揚智文化出版，一九九三年，頁四六—四八。

⑧轉引自黃重添《臺灣長篇小說論》，臺北：稻禾出版社，一九九二年八月，頁一〇。

⑨同註一。

山林的悲歌

——布農族田雅各的小說〈最後的獵人〉

一、前　言

近十年來，國際社會對原住民的議題有愈來愈關心的趨勢。一九九三年且訂爲「國際原住民年」，我們可以看到聯合國及世界各國多少在作法和觀念上有一些新的轉變。但在臺灣，落實到現實社會，我們仍不免失望。它似乎並未獲得預期的回響，在這一年（一九九三年），蘭嶼雅美族人親至立法院對核廢料表達了嚴重的抗議，年底復有「臺灣原住民反侵佔、爭生存、還我土地運動」等大遊行，政府忽視的態度，使得它遠不如「交通安全年」、「教孝月」、或者拒煙反毒標識，能讓一般人有清楚的概念，或激起內心眞正的共鳴，甚而有許多人根本不知道一九九三年爲國際原住民年，爲此我深自覺得原住民朋友，這一身居弱勢的族群，仍有很長的路要走。喚起人們去學習珍視每一個族群的文化，肯定其存在價值，是身爲強勢地位的漢民族應該省思的。一個學文學的人終究能做什麼呢？我想也許就是文化的重建、文學的疏通整理吧！

原住民的現代創作，起源並不算早，除了六〇年代陳英雄〈雛鳥淚〉外，要到八〇年代，我們才陸陸續續看到一些。在談到這批作品之前，我想先概略談談原住民的文學。雖然其定義迄今尚不一致，不過，就作品的內容而言，應該包括早期的「口傳文學」，及現代的創作文學。往昔原住民利用口耳相傳，使得他們的神話、傳說、歌謠、音樂、祭儀、禮俗，能夠延續下去，不致斷絕，而這種以「人」爲主體的口傳文學，也正是原住民族文化的精髓。原住民文學的現代創作，除了漢民族的作品，原住民本身的創作，應該是整個原住民文學最主要的重點。這批原住民文學的開拓者，如已結集成書者：吳錦發編《悲情的山林》、《願嫁山地郎》，田雅各著《最後的獵人》、《情人與妓女》，莫那能著《美麗的稻穗》，柳翱《永遠的部落》、《荒野的呼喚》，夏本奇伯愛雅《釣到雨鞋的雅美人》，夏曼·藍波安的《八代灣的神話》；未結集成書者，如波特尼爾的〈請聽聽我們的聲音〉、〈丁字褲悲歌唱不盡〉，趙貴忠的〈給湯英伸的一封信〉，夷將·拔路兒的〈他們爲什麼叫我番人〉

……等，可說是漢語原住民文學成熟的起點，值得我們另撰文討論。漢民族關於原住民的創作也有很具震撼力的作品，令人情緒澎湃。但原住民作品更令人感受到「自己寫自己」，「如實」地描寫出原住民心靈的世界及歷史的文化，讀其作品，使人感覺是進入其心靈世界，是「在裡面看」，而不是「站在外面」，以關懷、憐憫、贖罪的立場來看他們。長久以來，原住民文學、文化一直是沈寂不彰的，四百年來漢人的移入、掠奪，早已將臺灣原住民推向被殖民的深淵，他們在生存上不但飽受威脅，在文化、歷史上也遭到漠視。直至最近幾年，遲來的尊重，才使它的絢麗外綻。有如一塊璞玉，一塊未經琢磨的和氏璧。閱讀原住民作家的創作，我們方能眞正體會到相濡以沫「同胞」的感情，也才能分享到不同族群部落生命中的悲喜哀歡，同時也讓人感受到政治與社會的薄情寡義，小老百姓是很無可奈何的。

田雅各《最後的獵人》以其獨特的觀點切入小說，呈現其抗議之姿態、反省批判之能力，也提出不少問題令人深思。爲了敍述方便，謹以同書名的〈最後的獵人〉這一篇爲論述依據，本文所據版本以晨星出版社民國七十九年七月修訂一版的《最後的獵人》一書爲準，文中有關本篇之引文，爲求精簡，僅標頁數，不另加注說明。

二、田雅各與布農族人的悲情

田雅各，本名拓拔斯·塔瑪匹瑪。布農族人，生於一九六〇年六月廿七日，高雄醫學院畢業後，曾自願放棄醫生的高薪，赴蘭嶼衛生所爲原住民服務，後服務於省立花蓮醫院。一九八三年以短篇小說〈拓拔斯·塔瑪匹瑪〉一作，獲得高雄醫學院南杏文學獎小說類第二名（第一名從缺），並同時入選李喬主編的《七十二年度短篇小說選》（爾雅版）；彭瑞金主編的《一九八三年臺灣小說選》（前衛版）。復以〈最後的獵人〉得過吳濁流文學獎，一九八九年又獲臺灣文化獎助基金。他自言寫作目的在「想藉文字使不同血統、文化的社會彼此認識，以便達到相處融洽的地步。二來以自己粗淺的著作，引出原住民對創作產生興趣。」①由此不難看出他創作的苦心及對自我的使命感。他早期的小說大都以布農族人的生活作背景（近來則跨越其他族群），描述他們的傳統生活觀及現代都市文明、資本主義對他們的生活所引起的不安和壓迫。這位布農族小說家的作品《最後的獵人》（一九八七）、《情人與妓女》（一九九二），可說原住民族群以文學爲發言策略的典型。其創作生命才起步不久，吾人很難據此以評定其小說成就，或專論這位才三十出頭的作家，因而本文主要是希望透過

〈最後的獵人〉這篇創作，了解其作品中所蘊涵的批判性發言策略，和其思想、生活。

布農族原居住在中央山脈西側，分布在濁水溪、荖濃溪東側，新武路溪與秀姑巒溪的支流富源溪兩流域之間，是以玉山爲活動中心的高山原住民。在數十年遷徙變遷下，目前分布：向東在花蓮萬榮鄉、卓溪鄉及臺東延平鄉、海瑞鄉，向西北在南投仁愛鄉、信義鄉，向西南在高雄三民鄉、茂林鄉、桃源鄉一帶。早在民國五十七年政府即公布了發展觀光條例，將許多山地納入臺灣觀光行列，如「東埔」布農族的生活型態，便因觀光旅遊業的入侵而扭曲了。後來玉山國家公園成立了（民國七十四年），他們原本可以如政府所承諾的，帶來生活的改善②，但是當玉管處「依法」嚴格取締各種狩獵及採集中藥材、重修工寮時，農事工作歸來，袋子一律要接受檢查，因此上山回來都得提心吊膽；整建工寮、居所被認爲違反建築規定，這些約束與限制帶來了不便，有些居民甚至還被告上法院，因此民怨不滿日深。他們永遠想不通，活在自己祖先遺留下來的土地，爲什麼不能承襲傳統的維生方式。民國七十六年間東埔布農又因政府產業道路的開闢，致使祖墳慘遭挖掘、祖先屍骸暴露，使得當地布農族的怨恨更加深。

而一向以「小米」爲傳統主食的布農族，現在很少種小米了，這些地區已納入臺灣經濟生產體系的一環，傳統農作方式受到限制，因而普遍種蔬菜、高山茶、李子等，然而又因產銷管道不暢或爲平地人把持，收入並不理想。這導致許多年輕人外出工作。而每年的「打耳祭」祭典，也因政府的禁獵，打獵者「當小心」，而難以再舉行。甚而學校某些老師也不明究理教育孩子，指出這種習俗不好。了解布農族所面臨的變遷悲情，我們可以體會爲何他們於民國七十九年十月十八日、民國八十二年六月十七日要北上立院請願，要求劃出國家公園外，四年來他們的訴求相同，所不同的是他們的不滿日益加深。瞭解了他們生存的處境，再來讀田雅各的作品，我們將有更深的體會、共鳴。

三、研究原住民文學的意義

孫大川先生曾說：

思考臺灣後殖民時期或所謂「本土化」的種種問題時，若不將原住民考慮進去，不但會造成嚴重的盲點，而且也將使我們的反省停留在意識型態、歷史解釋權之爭奪，以及政治鬥爭的層次上，始終無法深入到問題的本質，而失去了它應有的深度③。

今天談到文學亦是如此，我們如欲讓臺灣文學的研究有其深度和廣度，原住民文學是絕不可欠缺的一環。當然原住民文學不一定有多好，但是它的多元性、哲學思維方式、語言運用、創作題材卻令人激賞，有助於臺灣文學想像空間的伸展，對各族群文化、文學也能相互創發、輝映，更可使我們的思考邏輯多元化。臺灣原住民文學與山林自然緊密相連，山巒清溪、飛鳥走獸，原本就與他們的生活、文化息息相關，不論在古老的口傳文學或現代的文學創作，山川飛鳥與海洋大澤的象徵、圖騰，常是他們思考的基點。而此點正是孫大川先生所說：「原住民的文學呈現的是一個山和海的經驗，可能在我們反省臺灣文學的未來時，能夠作出一個更符合我們生存的空間格局的創作。」④臺灣原住民此一強而有力的生活經驗，可說正是一般平地作家在山海文學方面難望其項背的原因之一。百年來臺灣一直處於像「甜甜圈」（林燿德語）的文化結構裡，臺灣本土文學創作或藝術創作，都以農村、土地爲主，而廣闊無垠的海洋，陡峻挺拔的高山，一直都不是臺灣文學、藝術所著重的對象。透過原住民文學的思考，是可以讓我們了解此一獨特的，而過去我們不曾深思的問題。原住民文學除了此一文學意義外，也讓我們省思臺灣文學未來的發展，同時吾人從其作品所透露的訊息，也讓我們了解以自然生息爲法則的生存信念，方能與大地萬物和諧相處，其生態保育的觀念，對森林、土地的認知，都有值得我們效法之處。尤其這些年來，臺灣人對於土地的認知，就如過去對森林原本的認知，只專注在經濟價值上，所有自然美感、歷史文化的情感，都可輕易拋棄，透過其文學的仲介，我們應重新思考人與自然的關係，同時也可了解他們的風俗、習慣、社會結構以及他們的問題與需要，學習尊重他族的語言文化，方可避免種族的衝突，有個和諧相依的生存空間。

四、小說所透露的訊息

〈最後的獵人〉這一篇小說題材獨特，情節卻很簡單，以比雅日和妻子帕蘇拉的爭吵起始，中間以比雅日上山狩獵爲軸，而收場部分則以獵物爲警察沒收爲結。可說沒有起伏曲折的小說情節，僅是樸實地陳述獵人比雅日生活的一部分，但卻呈顯了原住民文化的傳統，及弱勢文化面對強勢文化所呈顯的卑屈、憂思、控訴，只要稍具良知的讀者，都將對原住民因之由漠視轉爲關懷。

(一) 令人玩味的小說篇名

從〈最後的獵人〉這篇小說之命名來看，「最後」兩字，摻雜著「希望」的幻滅，「傳統」的斷絕，它隱含著一種無奈的孤寂感，也是作者內心深處的關懷，是弱勢文化面對強勢文化的凌逼，所提出的控訴與反思。小說結尾，透過玉管處警察的勸誡：「老兄，慢走！改個名重新做人吧！不要再叫獵人……。」（頁七四）道出了「獵人」已不合時宜，已是脫離目前「文明」社會的一種身分，「重新做人」更意味著「獵人」是「罪惡」的表徵。田雅各此篇小說之命名實極堪玩味，文明的價值觀、政治措施，使勇武且充滿英雄色彩的部落族群陷入迷惘、徬徨、掙扎的邊緣。

小說裡的主人翁比雅日「一直固執著他父親傳襲的念頭，不是農夫，就是獵人，他知道他父親就因爲固守這個原則，因此他小時候不曾有過愉快的冬天，皮膚皸裂的情形他永遠記得，看到同年齡的玩伴穿布鞋在草地石堆上玩耍，更加憎恨他父親。……他曾經埋著可怕的想法，父親年老無助時，他要報復，……但他已經沒有機會。」（頁五一）這段文字寫出了比雅日對「獵人」傳統的掙扎與抗議，父親固守傳統，帶給他的是寒冬的侵凌，皮膚的皸裂，然而這抗爭卻是無效的、荒謬的，因在他的潛意識裡，他也早愛上這傳統。現實生活中的比雅日遭遇臨時綑工、整修房屋、劈木材等經濟現實的重重挫折，他是如何的渴望重拾傳統——成爲英勇且強壯的獵人，然而事實說明了他不過是現實與浪漫、原始與文明之間擺渡的英雄。雖然最後他暗想即使沒有獵槍他還會再來，執著於傳統的獵人之夢，但同時似也有著精神勝利法的自我慰藉，就如同阿Q臨刑時仍高唱著「二十年後，仍是好漢一條。」獵人之夢的不可圓，小說中一開始似已告訴了讀者。比雅日對妻子帕蘇拉說：

> 幹嘛發起脾氣？帕蘇拉，你把孩子的椅子摔在地上，上天將會懲罰我們，假使弄斷椅子的腳，可能會咒我們生下斷腳的孩子。（頁四六）

去年夏天，帕蘇拉第一次懷孕時，比雅日就製好這張椅子準備給孩子當禮物，但帕蘇拉不幸流產了。比雅日現在看到這張具有象徵意味的椅子「愈覺傷心，撫著椅子的四個腳，查看是否受到創傷。」（頁四六）此段歷程足以看出比雅日對家庭、對傳統有著深深的眷愛。孩子，往往象徵家族生命、傳統習俗與希望的延續，當他面對曾經擁有過的二個月小生命卻莫名流產時，他內心充滿悲憤與憐憫，正如他的獵人之夢，曾經有過，但最後卻因時代的變遷莫名地幻滅了。孩子有如他後來上山獵得的勝利品，曾擁有過，但很快地失落了。作者在此似埋下伏筆，暗示著比雅日終究不能一圓獵人之夢。這暗示是前後相呼應的，儘管希望逐漸遠離，他仍執著追求傳統獵人之英勇，因而依舊撫著椅子，查看是否受到創傷，就如同小說結尾說他即使沒有槍他還會再來一樣。

這樣的情懷，我們在小說裡仍可再找到其他的痕跡，當他在山谷的第一日，想到自己是十二月分出生的，即是布農族打耳祭的季節，男人帶未成年的男孩操練弓箭，在月光下射樹上吊著的山豬耳朵，他想到他父親曾在這裡說過一則故事：

從前部落有個男人叫拓跋斯·搭斯卡比那日，有一次出外工作時將嬰兒留在樹蔭下，工作做完回來，孩子變得像曬乾的野葡萄，全身紫黑色而且乾皺，那時天上有兩個太陽，他對太陽破口大罵，誓死要報復。出發尋仇之前，他在屋前種植一棵橘子樹，留下他年輕的女人，帶著弓箭前往最接近太陽的山頭，經過若干個冬天，族人不知他的下落，然而他的女人不曾變節。有一天的早晨，天空顯得比以往柔和，原來另一個太陽已被拓跋斯射中了，成為現在的月亮。拓跋斯離開之前，月亮對他說：人類從今以後要以月亮為生活的時間標準。當拓跋斯回到部落，那棵橘子樹正好結果子，他成為族人嚮往的勇士，他的女人也成為族人所稱讚的婦人。（頁六三）

這則神話原型透露出布農族子嗣綿延的課題與父子情深的人性流露，及堅強不屈的部落勇者和貞潔的愛情頌讚。這神話原型即〈最後的獵人〉的母題，它與小說情節遙遙呼應：

1. 比雅日與帕蘇拉流產的嬰孩，呼應了被太陽曬成乾葡萄的孩子。
2. 帕蘇拉對比雅日說：「你家的牆壁應該塡補了，如果春天以前不能整修房子，我眞的會回到我爸爸那裡，到時你別後悔。」（頁四九）反面呼應了拓跋斯妻子的癡癡等待。

3. 後來比雅日歷經飢寒獵得山羌則正面呼應了拓跋斯射中了另一太陽。
4. 最後比雅日打獵勇者的行爲在經過檢查哨時，卻完全被否定，這是反面的呼應。

這篇小說就在這一正一反的呼應裡，寫出了獵人比雅日徒有理想的夢幻，現實的重重挫折，使他終究不可能像勇者拓跋斯一樣。

㈡ 獵人的思維與森林的脈動

臺灣原住民生於自然，長於自然，在文學創作中有清新自然的寫作風格，這與他們終日遨遊於山林有關。吳錦發先生曾說：

> 田雅各的小說，奇妙的是，因爲他特殊的原住民文化經驗，使得他對音律、顏色有特別敏銳的感受，形之於文字時，便使得他的文章處處充滿了音律、顏色之美，因而他的小說使人讀起來，感覺就像聆聽一首山靈的歌聲，抒情而緩慢的調子直沁人心，使人讀罷仍沈浸在那種既神秘又淒美的氣氛之中，久久不能自己⑤。

的確，田雅各小說具有吳氏所說之特質，他對山清溪流鮮亮多彩的顏色是熟稔的；對山川飛鳥野獸的音韻律動是瞭若指掌的，因此田雅各以原住民身分寫其族群的一切，顯得生動流轉，無須刻意雕琢，即能呈顯大地的風采，表現自然無限的生機。

〈最後的獵人〉這一篇小說，與田雅各本身熟稔的環境背景有密切關係，小說一直是圍繞著「幽靜而壯麗」的森林發展的。作者藉由小說主人翁比雅日的耳中所聞，眼中所見，道出族人對森林深深的眷戀之情。山林是充滿生命力的，是所有生命的源泉，因此比雅日對忠實的獵狗伊凡說：「在森林裡你將不會寂寞，那裡的一聲一響都會激起你的野性。」（頁五二）當比雅日在山中狩獵無所獲時，他開始思念他的妻子——帕蘇拉，但獵人的本色使他不屈服於思念，於是他忍不住想：「如果女人像森林多好，幽靜而壯麗。」（頁五六）它可以「幽靜」的聽我的雄心壯志，也可以包容我現實困頓顛仆的不幸生活，可是自己的妻子偏偏不是「幽靜而壯麗」的，男人的自尊使他狂妄地說：「帕蘇拉，你算什麼？你只是像秋天發紅的楓葉，冬天過後就失去媚力。」（頁五六）妻子與森林同是比雅日生命不可分割的重點，而作者運用豐富的想像力，使二者融合在一起，明白而貼切強調了原住民（獵人）與森林脈動的關係。整篇小說的脈絡，可說即順著森林的美好與森林的被濫伐發展，採用交錯寫法，一方面讚頌森林之美，一方面又痛心森林的被摧毀。

在比雅日眼中，森林是活躍的，有生命力的：

> 十二月的清晨，氣候凍寒，樹葉枯黃，山坡多了幾種色彩，由山谷到山峰，顏色由漆黑漸漸棕黃而亮白，像一幅童畫，沒有整齊畫一的設計，看來雜亂，但卻令部落的人不得不稱讚它們美好的組合。（頁四九）

> 從森林內到森林外，尤其從高處俯瞰森林的美麗是綠色和諧的組合，像牧師講道詞中伊甸園的世界。（頁五六）

> 一路上從草叢走過柳杉林、楓樹林，比雅日不再注意火紅的楓葉，也不再注意腳下沙沙作響的落葉。（頁五九）

> 他鑽入藏青色模糊的樹林裡，因爲光線太暗，比雅日慢慢地走。（頁六七）

原來，山林並不純然是綠色的，徜徉在森林世界中，它竟然也是綠、黃、黑、紅、藏青色的，它竟然也是一幅彩色的圖畫。那是眞正長久居處山林，與自然山川聲息相共的人才會有的眞切感受。然而這蘊藏豐富的山林財富，隨著漢文化、時代文明的入侵，狩獵生活已逐漸改爲農耕生活，且因交通方便，山林區成爲避暑、休閒勝地，隨著人群的湧進，山林中屬於原住民的「動產」日漸縮減，當局爲了保育山地生態環境，採取了禁伐、禁獵等政策，對大部分原住民而言，這無疑是斷絕了他們的生機。當漢文化進入臺灣時，原住民被迫退守山林，與森林共依存，後來他們便以森林作爲生存的命脈，就像作者在另一篇小說〈拓拔斯·塔瑪匹瑪〉中的笛安，自認自己「不是在別人的土地砍樹，是在荒山野地的樹林。」（頁二三）烏瑪斯也認爲：

> 講國語的沒來這裡前，那些樹就長這麼高，我們看著他們長大，沒人敢說是他的，它們屬於森林，這點絕對沒錯。祖先砍樹造房子做傢俱，造物者從來不發怒，現在笛安拿造物者的東西，林務局憑什麼，告他罰他坐牢。（頁二六）

原住民從小在山上自由自在生活、打獵、捕魚、耕作，他們愛護大自然的律法，認爲只有天神才有資格懲罰，寧願折服於大風大雨，卻不能被他族征服。

對於山林生態的破壞，在〈拓拔斯·塔瑪匹瑪〉、〈最後的獵人〉二篇小說都呈顯了作者的憂思與抗議：

> 林務局，拓拔斯說的那個機構，一直破壞動物的家園，由蘆葦叢、山谷到相思樹林、松柏林，由

草原趕到峭壁，甚至使它們不得不節育，他們還到處安撫受害的動物，給它們一片保護區。說是獵人濫殺，破壞自然。……他們應該停止砍伐。如果森林沒被破壞，我想不會年年有大洪水發生。（〈拓拔斯·塔瑪匹瑪〉，頁三〇）

烏瑪斯甚至藉用猴子搬家的故事告訴大家，連動物都能感受生存環境被大肆破壞，不得不遷徙，何況是身為萬物之靈的人呢？其中有一段文字，說得眞好：「他們砍走所有的樹木，放倒我們的巢穴，換上一排排人工種植的樹木。從此再沒有安全躲藏的樹幹，斷絕我們的食物，果樹不被允許長在單調的樹林，所以不得不搬到更深山來。飛鼠也不習慣一株株整齊的樹幹，那樣它只能在一個方向飛行，不能自由翱翔。」（頁二九）當森林日日縮減，動物也會因森林的浩劫而滅跡，而「獵人」也即將在部落裡永遠消失。在〈最後的獵人〉裡，比雅日想起「獵人常對年青獵人說當林務局砍走貴重的原木，就放把火重新種植新樹苗，年輕人未必會相信林務局如此愚昧，但相信一定不是獵人造成的災禍，他們曉得森林裡的生命佔了大地生命的一半，其中大部分與獵人息息相關。」（頁五五）森林與獵人關係之密切由此可知，〈最〉這整篇小說，可說是順著森林的所有權抗衡提出討論。當比雅日初入山林時，遇見了已獵畢的獵人路卡，便嘲笑他拙劣的技能，然路卡亦給予反擊：「你這趟打獵，也許像我一樣，背囊空空，只帶一身的疲勞回家，森林已經沒有什麼東西了。」（頁五八）當林管區警察逮到比雅日時大罵「『媽裡卡比』，你膽大包天來違反法律，來破壞森林。」（頁七二）又說「你盜取森林的產物，可說是小偷，法律不容許小偷存在。」（頁七三）整篇小說幾乎是以「森林所有權究應屬誰」爲主題。數百年來，島上的主人——原住民爲了外族的入侵，開始了一連串的遷徙，當他們退守到山林，外人爲了達到征服或開採的目的，都不惜以武器肆虐森林，及至今日，他們生存的空間愈來愈狹窄，生存的命脈則已然斷絕，這對以森林爲生存憑依、心靈慰藉的原住民來說，他可能永遠想不通，活在自己祖先遺留下來的土地上，竟然連傳統的維生方式都不得承襲，連自然界的樹林都不得採伐？他們覺得破壞森林與生態平衡的罪魁禍首是平地人，而非原住民，在〈最〉一篇裡比雅日就曾提到「如果那些人著重的不單單是原木的粗細……」在〈拓拔斯‧塔瑪匹瑪〉中獵人烏瑪思的思維是：「停止打獵是違反自然的」「獵人只是平衡動物在森林的生存」。這是作者對於現行法治破壞獵人生活秩序的一種控訴。

森林是獵人能得到安慰的地方，當比雅日「對著山谷大喊大叫，……或唱自編的罵人歌，甚至對著山下小便或放個屁，他的仇敵都在這裡被他凌辱，然後他的恨意便完全解除。」乍看之下，這舉措似乎是沒有文化、粗俗野蠻的，但細思此宣洩情緒之方式，不是最不傷害人的嗎？較之現今文明人動輒大打出手，相互詈罵，豈不是要好得太多？對獵人而言，森林就是他的家，是他的避風港，是心靈的慰藉。所以比雅日在和妻子有爭執、不快時，他心想「我那女人如果有一天變得令人討厭，我還有這森林。」

從比雅日、烏瑪斯的哲學式獵人思維中，我們可以感受到平地人與原住民，現代文明與原住民文化傳統要取得一個和諧的平衡點，乃是當務之急。

(三) 豐富的生活經驗

生活於森林自然的原住民，很自然地便能馳騁於山林之間，主角比雅日負氣上山時，只帶著鹽、火柴、米酒、檳榔，就可以快樂而滿足地在森林中就地取材求生存，他可以「摘下一片山芋葉摺成漏斗，撈泉水喝。」當他「走過坡度很陡的彎路，空氣愈來愈冰，地面已凍得堅硬，天空像撒下冰粉，迎面來的水氣打得比雅日的兩頰紅痛，陣陣輕微的顫慄從腳底傳到頸子來。」（頁五四）這是寒冬十二月的狩獵天氣，但他竟不需睡袋、帳篷，仍安然度過十二月的寒冬之夜。當他「已饑得失去了控制，破口大罵道：……飛鼠快點出來，不要躲在洞裡，獵人餓死在森林，是森林的恥辱。……」（頁六〇）在餓昏了頭的情況下，他卻能「利用月光的照明，找到一個河水的支流，撿一些樹枝、樹葉與細土，把另一個水道的水擋住，好讓水道的水流乾，不到五分鐘，光滑的石頭一個個冒出來，留下幾處水坑，比雅日很輕鬆地抓了十幾條手掌大的魚。」（頁六一）這種原始而極富巧智的抓魚方法，不是一般有知識、有智慧的平地人所能想得出的！

此外，山中的一切，都逃不過獵人的慧眼，只須細心觀察、判斷，獵人都能完全掌握山中景況。他們了解動物的作息：「晚上正是皮膜動物活動的時間」（頁六〇），他們分辨得出動物活動的叫聲：「比雅日聽到遠處鬼號的山豬，距這山谷至少二公里以上，飛鼠低飛時也發出嗚叫聲。」（頁六〇）他們具備敏銳的目力：「他望見五十公尺遠處的石頭後方，有個黑黃色細長形狀的東西，擺動的方向、頻率與附近的草不同，直覺上那是野獸的尾巴。」（頁六八）他們更可以憑著野獸的足印、糞便、味道就可判斷動物的種類、輕重、大小，及何時路過，這都不是平地獵人所能做得到的。這是原住民一代代傳承下來的生活經驗的智慧結晶，當我們鄙視原住民的無知時，是否也該有所反思，彼此互相尊重？

五、真摯的情懷

臺灣原住民在一般人觀感中不外是「懶散、棄家、酗酒」，就如小說中的警察所說「不知廉恥」、「好吃懶做，骯髒不守法」，田雅各在〈最後的獵人〉藉著比雅日周遭人事，表達了原住民貞摯的情懷、負責的個性，呈顯了原住民人性化的一面，糾正了一般人錯誤的觀念。例如小說中比雅日在妻子第一次懷胎兩個月時，就已製好一張椅子，「準備將來給孩子當禮物的。」此外，小說中對於夫妻間的情愛，也有相當細膩的描述。比雅日和妻子因流產過著吵架的生活，他爲了逃避家裡「快窒息的氣氛」，決定上山打獵。雖然比雅日是帶著恨意離家的，但一離開家，他便開始後悔，繼而由後悔轉成關懷，擔憂「帕蘇拉一個人在棉被裡會不會冷，她是否也想到我昨晚睡不好。」（頁六四）再由關懷轉成深摯的思念：「他邊走邊想著他的帕蘇拉，想到她熟睡時的美態，她的豐滿影姿重新在比雅日腦中浮現，變得動人美麗，且每夜親切地歡迎他回床……。」（頁六七），而且比雅日每見到獵物，心中很自然就想到：「帕蘇拉喜歡吃山羊的小腸」，關懷之情已不知不覺融入生活中；一旦打到獵物便想到：「羌肉可以給帕蘇拉補身體，流產之後，她的豐滿也隨併被沖走，而且她沒有再吃到山上的佳餚，羌肉足夠使她再肥起來。」因此，即使他「兩隻小腿已走酸，但心情一樣激昂。」及至下山遭警察盤查，他請求警察能留下山羌，因「山羌是給剛流產的女人補身體的。」最後爲了避免監獄牢災，能快點回家與帕蘇拉重聚，他只好「忍痛把山羌拿給警察。」從這些描述，我們絕對可以看出比雅日是戀家愛妻的。原住民顧家、顧妻貞摯的情懷於此可見。

六、小說語言

田雅各的小說文字予人一種奇妙獨特的感覺，他本人特殊的原住民文化經驗，使得他的文字充滿自然的想像力，可說其語言具備道地的原住民色彩。他曾多次將人或動物以大自然景物來取譬，如比雅日心中一段氣話：「帕蘇拉，你算什麼？你只像秋天發紅的楓葉，冬天過後就失去媚力。」平地漢人的思維，很少有這樣類似的想像經驗，其實這些對當前修辭學多少有補充發明之用。這樣的例子還很多，如：

△眼神露著老人樣的癡呆，斬斷的木頭沒有以往乾淨，鬆鬆地像老鼠啃過的生豬肉。

△雲靄愈積愈厚，宛如雪崩那般猖狂地從山上滾下來。

△凌晨，雲霧漸漸逃離山谷，向四周擴散，好像害怕人們知道是它們造成冰凍的夜晚似的。

△他個子高大，臉上長了一臉鬍子，像懶惰的農夫整理的草地，高低不平。

△老板把頭伸出門外，露出滿是皺紋的頸子，像烏龜般害怕地問比雅日。

△水道粗如比雅日的小腿。

△摸摸你的耳朵，形狀是不是不一樣?像長在枯木的木耳，軟軟的且沒有力氣。

△他深信沒有夢的寄託，就如盲人在森林走路。

△孩子變得像曬乾的葡萄乾，全身紫黑而且乾皺。

△他被強光驚醒，以爲是螞蟻爬到眼睫毛。

△漸漸進入神思恍惚的境地，像喝過一瓶米酒後的忘我狀態。

△他圓形狀的鼻翼，呼氣時像尋找食物的山豬……。

△鼻樑好像斷崖突然陷落，令人悚然。

這些意象鮮明的取譬在田雅各的小說中俯拾皆是，這是因爲原住民日常接觸的都是大自然的山川景物、飛禽走獸，所以譬喻、形容，都很自然的用上這些與他們的文化、生活息息相關的自然界現象。這些生動的描寫，可以看出「人」和「動植物」是多麼不分彼此。

田雅各小說文字另一項特色是他寫作時，「先在腦中用『布農語』寫好，再『腦譯』成中文寫出來的。」⑥如此費心的創作，無非是希望將布農族的文化、生活風貌、族群的習俗等能更客觀精確的藉文字傳達出來。或許緣於此，他有許多句子及型式令人驚心動魄。如：

△她應該是個女兒，現在應該這麼大了，抱著剛好在兩個乳房之間。

△人類最糟了，而女人又是最混蛋，比起你伊凡，女人沒有你的忠心和馴服，當然我不會與你結婚，我願常與你在一起。

△帕蘇拉不曾爲我出門擔心，有一次我吞下橄欖核，她翻起白眼對我說，明天早上一定會掉在大便坑裡。

△野獸不可能因家庭計畫而被迫結紮。

吳錦發先生曾說：「原來田雅各的小說之所以給人『奇妙獨特』的感覺，乃是……把『南島語系』和『漢語系』的句法，做奇妙的配合。」⑦從以上這些句子來看，田雅各的小說語言，的確具有特殊的風味，更充滿著原始的生命力。

七、結論──〈最後的獵人〉寫作藝術與原住民文學的省思

〈最後的獵人〉一文，篇幅雖不長，但所涵蓋的層面卻頗爲廣泛，所探討的問題也正是臺灣原住民所面臨的問題，藉著文學的描述，我們得以認識不同文化背景的族群思維，由了

解而能達到相處融洽的境界。小說中最具戲劇張力的部分是結尾比雅日受到警察詢查刁難一段。在森林中英勇有智慧的比雅日，能毫無困難面對寒冬森林的幽邃變化，巧智地獵得「他非常滿意牠的肥大」的山羌，並「洋洋得意地想，大獵人是不靠運氣的」。但令人反諷的是當他碰到「矮小的警察」時，竟是「心驚膽跳」的，回話時是「熱汗未乾，現在又冷汗浹背」的；而接受盤問時，更是「嚇得魂不附體的。」在這裡警察代表強勢文化，他開始了一連串對弱勢文化的謾罵：「番仔」、「媽裡卡比」、「你讀過書嗎？眞不知廉恥！」「好吃懶做，骯髒不守法」、應該「好好教育一番」，這一段明快尖銳的話語，可說是作者心中永遠的痛，是強勢文化對弱勢文化的扭曲。作者在小說中展現了原住民比雅日的聰明才智、豐富的生活經驗後，很巧妙地運用這一段以達反諷的效果，表面上被罵的是原住民，其實是作者的反擊。

當然，嚴格說來，田雅各的創作不能說毫無缺點，尤其這屬於早期的創作，有些小瑕疵是不可避免的。作者寫自己族群往往是含蓄、憐憫的，描寫玉管處警察，則顯得較苛較露，其嘴臉顯得醜惡，寫警察「鼻翼呼氣時像尋找食物的山豬，……鼻樑好像斷崖突然陷落，令人悚然。」此「令人悚然」一句實可刪，因前面之刻劃實已令人悚然，作者不必再站出來說話，小說貴在客觀呈現，而非主觀的敍述。故事結束前，作者披露了那個「披著羊皮的狼」——警察的眞正意圖，更將其貪婪的嘴臉反諷一番：「你把獵物留下，這樣我好交差，你就可以平安無事。」此情形極類似楊守愚〈斷水之後〉，農民將好不容易捕撈到的魚，恭謹奉上給日本警察一樣；也與楊逵〈鵝媽媽出嫁〉一作，院長要主人翁獻上孩子心愛的母鵝相同。故事以此爲結，雖透露了被凌辱損害的族群他們心裡的眞正感受，但顯然其控訴立場鮮明，多少削減了小說的藝術力量。個人以爲田雅各處理族群問題，不妨參考魔幻寫實主義的創作技巧，通過魔幻般的人物和情節，讓讀者自己去思索去聯想，深刻得出強烈的現實震撼。無可諱言的，這些技巧能帶給我們相當高度的刺激和新鮮感，但如何於適切處加以應用，而不致令讀者產生技巧之仿作，而失去新鮮度和說服力，也是須考慮的。當然，很多創作技巧是屬於西方的，在臺灣這樣的社會，或許也應努力思考，是不是能產生不一樣的東西？

此外，田雅各的小說充滿了對自己族群關懷之情，這是因自七〇年代以後，原住民社會文化傳統，生存命脈在資本主義經濟發展的橫掃下，喪失殆盡而必然會有的反應。加上向來弱勢族群的作家，總是宿命的必須相當程度地爲族群代言（臺灣作家在日據及戒嚴下的創作亦大多如此），否則其作品難免被冠上遠離現實，不關心自己族群的標誌。亦以民國七十五年至八十年間，由於原住民自覺性的社會、政治抗爭，使得大部分原住民文學的創作主題，大多以抗爭為主，以宣洩心中的憂思與抗議，晨星出版社所出版的原住民文學創作可看到此一普遍現象。吳錦發先生即曾對此類作品的內涵加以歸納，謂其反映的問題有：一是山地弱勢族群面臨平地強勢文化侵凌之後呈現的價值觀的失落；二是原住民對平地漢人所撰寫的歪曲歷史的抗議；三是原住民傳統神話的新闡釋；四是原住民傳統生活習俗的呈現⑧。原住民作家的作品可說大部分以此種抗議的姿態，關懷自己族群的處境。當然目前也有不少作家（如排灣族詩人高正儀）也意識到抗議只是階段性作法，終究須用智慧來化解抗爭情緒，而控訴的激情有時也會阻礙創作視野的拓展，因之呈現自我反省和情感內斂豐富的作品日增。事實上，田雅各本人的作品近年來探討層面已漸寬廣，作品題材不再僅侷限於布農部落，而延伸於其他族群，值得注意的是作者對原住民進入傖俗異化的都市之後被殖民的論述。誠如魏貽君氏在〈反記憶·敍述與少數論述〉一文裡所說：

> 近年田雅各主要處理的比重傾向在描寫原住民的都市移民問題上，偵測原住民如何在都市中自我放逐、如何在資本主義體系中喪失尊嚴與重尋尊嚴，如何在都市中被奴役、被征服、被殖民的整個抗爭經驗。他開始發現原住民因為進入都市而被殖民，殖民的主要發生地點不是盡在部落，因著原住民的離鄉游動，在臺灣社會的位置分佈零散，這使得包括田雅各在內的原住民文學創作者

在取材上、在關懷點上會出現階段性取材興趣的表現不同，因此我們或許應該從這個角度來看田雅各作品取材時空點轉換的意義⑨。

原住民文化、文學在今日都面臨到土地、人口、語言、文學的困境，很多寶貴的遺產相繼快速消失中。原住民應有更多作家發出一種新而獨立的聲音，在此時努力辨識自己的族群經驗、心靈世界，否則曠日廢時的結果，愈至下一代愈難以辨識。面對時空的流變，我們期望臺灣的原住民文學創作，在九〇年代文學更多元化的時代，能有更寬闊的主題、更豐富的創作手法，在立論、視野上都比從前更爲細密，讓其文學也有更爲多元化的樣貌。

【註釋】

① 田雅各著《最後的獵人》一書之〈自序〉，臺北：晨星出版社，一九九〇年七月三十日修訂一版，頁十二。

② 據彭琳淞〈文化重建獵人悲鳴〉一文所報導：「現年六十歲的巴給回憶表示：當時玉管處人員說國家公園將帶來經濟繁榮，輔導居民農作生產、改善生活，由於有布農族的鄉民代表會主席

一齊幫腔，居民也都不疑有他。但國家公園是什麼？布農族村民仍難以想像。」文刊自立晚報一九九三年七月十四日。

③孫大川〈原住民文化歷史與心靈世界的摹寫－試論原住民文學的可能〉，《中外文學》第二十一卷第七期，頁一五三。

④孫大川〈黃昏文學的可能——試論原住民文學〉，《文學台灣》第四期，頁六四。

⑤吳錦發〈山靈的歌聲——序田雅各小說集「最後的獵人」〉，同註一，頁四。

⑥同前註。

⑦同前註，頁五。

⑧吳錦發編《悲情的山林》一書序言，臺中：晨星出版社，一九九〇年七月。

⑨魏貽君〈反記憶·敍述與少數論述〉，《文學台灣》第八期，頁二三二，一九九三年十月。

從困境、求索到新生

——談臺灣新詩中的二二八

一、前　言

臺灣社會在戰後初期的四年中，其變化之激烈，遠超過了幾百年的歷史，即使在近代社會中亦是罕見的。生活不穩定，商人囤積居奇，經濟破產，伴隨高壓的統治，使人民無法掌握自己的命運，失去安寧的心境，臺灣刹時變成現實的煉獄。此一巨大之變動和衝突，其具體表現正在二二八事件上。該事件又不幸以流血槍殺與殘酷迫害的大悲劇收場，（「二二八」一詞遂成爲象徵臺灣集體命運的一個悲劇符號，它造成臺灣知識分子亡命天涯，遠走異鄉；文藝工作者不敢關懷現實，仗義直言，文學喪失了自尊、自信；也促長了日後的臺獨意識和反對運動）。作爲臺灣史上重大的歷史事件，二二八造成了在族群認同上符號系統的逆轉——經歷二二八所代表的殺戮與侵奪，使得中國轉而爲壓迫的「他者」。在閃亮的長槍刺刀前，大部分的人噤聲了，屬於臺灣人的故事，迅即退隱到歷史的暗角，被忙碌川流的後人遺忘，直至時序進入八〇年代，終於有人重塑人們的歷史記憶，將一個被湮滅的理想，一個最嚴峻、鮮血淋漓的時代，歷歷如繪展現在我們面前。

事件不久即撰寫之作品，如葉石濤、吳濁流、吳新榮、葉榮鐘等人之血淚作品重新被挖掘，八〇年代中期以後，從文學角度來觀察、反省的作品也漸出爐，新生代撰寫題材緊扣了此一重大史事，先行代如廖清秀、葉石濤、鍾肇政等人以小說形式重新爲我們勾勒出那個驚心動魄的時代中無言的憤怒與喧囂，那是一則一則用鮮血和青春的生命編織出來的悲傷的故事。被歷史禁忌遺忘的，毅然在文學中再生，綿延到九〇年代的今天，我們還看到李喬先生在九五年出版了《埋冤，一九四七埋冤》，臺灣人共同經歷過的苦難、冤屈，終究會從禁錮幽囚中走出來。　然而相對於臺灣現實政治，二二八被比喻成歷史的傷痕，希望臺灣人以寬容的心遺忘，以「撫平歷史傷口」，避免挑起族群衝突、國家認同衝突。在經過了對受難家屬的賠償和建碑以後，它的確成了一段不再被思考和追尋的歷史。更有甚者，隨之而來的五〇年代白色恐怖，也成爲臺灣人民集體遺忘的對象。如果我們對歷史傷痕的態度是以遺忘來作爲治療，那麼我們對歷史便會蒙昧而不自知，即缺乏面對歷史的勇氣，也缺乏對歷史反省的能力。

二、新詩中的「二二八」經驗

由文學的角度來反省、觀察二二八事件之作品，主要在八〇年代，在小說、新詩、散文上都各有其表現。基本上，作家對此驚天動地的事件都有深刻的感受，他們對現實的變動也非常敏感，雖然時局困厄，動輒得咎，但他們仍有若干的文學作品記錄了那個時代某些眞相、心聲，一如美術工作者黃榮燦之版畫，即記錄了二二八的實況，他們不曾退縮過。臺灣作家從此像張文環所說背負濃重的陰影，殘存苟活下來，乃緣於五〇年代韓戰爆發，美方支援國民黨，扭轉了臺灣面對中共的立即危機，但也使政府在五〇年代展開白色恐怖與戒嚴統治的時期。一九五一年葉石濤被捕入獄，一九五四年才出獄（從此封筆達十四年之久）；同年，吳新榮再度受囚四個月，勇於碰觸現實的臺灣作家，終究無法違逆時代的巨浪，而成爲臺灣文學史的受難者；終究難逃歷史的非理性邏輯，成爲政治、文化壓迫下的無辜者。然而他們有些人偷偷記錄了此一歷史事件，有如良知的守夜凝視，但這些作品在時代禁忌下，不免「陸沈」。（如吳濁流《無花果》在一九七五年時寫下等十年或廿年之後再發表的聲明）直到八〇年代陸續被挖掘、整理，延至九〇年代，此一盤踞先行代心靈的幽魂才釋放、解除，而陸續寫下他們想寫，卻不能寫的二二八題材的作品。在八〇年代之前，事實上是不能正式公開討論、書寫二二八事件的，為了不對歷史交白卷，詩人將如何面對呢？本文僅從新詩所表現的二二八經驗來談。

以詩作享譽文壇的陳千武，雖被目為詩人，但是他最感興趣的文類，事實上是小說。然而，遲至七〇年代末才有《獵女犯》登場，此中緣由，牽涉歷史的荒謬，及詩、小說不同文類之性質，他曾自剖此段心路歷程：

在戰後，特別是二二八之後，政治風氣詭異，而寫小說必須將事情的來龍去脈從頭到尾鋪陳得清清楚楚，簡單的說，就是必須要有歷史性與時代性，如此一定會去觸及到政治的陰暗面，但是在當時的驚恐政治陰影底下，實在很難如實地將這些政治的陰暗面表達得淋漓盡致，更無法表達得合乎自己的理念，如果想要表達得合乎自己的理念，說不定會引來災禍，所以我就想用詩來表達，因為詩的形式比較隱晦，意象比較凝斂，詩可以用隱喻或暗語，不懂詩的人可能看不出來真意，而真正會看詩的人自然就看得懂，所以我開始努力研究如何用詩語言不落痕跡地來詮釋自己的政治觀，就這樣一直往詩這條路走下去，也就無暇也無力回來寫小說了①。

基本上，戰後第一代作家目睹經歷過二二八事件及五〇年代白色恐怖時期，他們的心靈所遭受到的恐懼壓迫，實非年輕一代所能想像。或許也因如此，他們的詩作，大抵都以意象、隱喻手法來傳達其思想感情，林亨泰〈群衆〉、〈哲學家〉，錦連〈鐵橋下〉、〈蚊子淚〉之詩大抵都是以暗示技巧來書寫二二八事件帶給臺灣人民的傷害、痛苦、憤懣，並不做正面而直接的控訴譴責。之後三、四十年的時間裡，對二二八事件具體思考的詩作相當罕見。

八〇年代中期，隨著高壓政治的鬆動，我們得以再度閱讀到反映這事件的作品，（一九八三年柯旗化有〈母親的悲願〉一詩，一九八六年莊金國有〈埋冤者〉，一九八七年三月五日劉克襄撰寫了〈葬花〉（散文詩），雖尚未解嚴，但作家個人的寫作特質，其筆觸已易感知。至一九八八年李敏勇〈這一天，讓我們種一棵樹〉，一九八九年江自得〈從那天起〉、鄭炯明〈永遠的二二八〉，一九九〇年陳黎〈二月〉、林燿德〈二二八〉諸作，可說很明確點出二二八——此一敏感事件，也透過詩作，直接表示他們對該事件的立場、態度、省思）。以下僅就筆者所知之詩作依時間先後之順序，擇要敍述有關二二八事件的新詩。至於吳慶堂〈老鼠〉一作乃近期由呂興忠先生整理吳氏戰後初期遺稿所得，呂氏析論甚爲詳細，本文因之未加論述。（詳見《臺灣新文學》第四期，一九九六年四月十五日，頁二五六）

三、二二八新詩舉隅——作家與作品析論

(一) 林亨泰

二二八事件發生後不久，林亨泰用日文寫下了〈群衆〉一詩，但直到一九七九年二月二十八日出版的日文版《臺灣現代詩集》方正式公開。中文譯文則見林氏所著《見者之言》一書（彰化縣立文化中心出版）：

青苔　看透一切地
坐在石頭上　久矣
青苔　從雨滴
吸吮營養之糧　久矣

在陽光不到的陰影裡
綠色的圖案
從闇秘的生活中　偷偷製造著
成千上萬　無窮無盡
把護城河著色
把城門包圍　把城壁攀登
把兵營　瓦覆沒
青苔　終於燃燒了起來（《見者之言》，一九九三年六月，頁三二）

這首詩完全站在人民的立場來觀看這場二二八事變，以青苔比喻廣大的群衆，呼應詩題〈群衆〉。他們生活在陰濕卑微的環境，是不受關愛重視的衆生，就如同陽光永遠與他們無緣，雖然他們被拋至闇秘的生活中，但他們都完全明瞭事情眞相，看透一切，冷冷地坐在石頭上，長時間地吸取微量的雨滴滋潤生命，以自己的生命圖像，從中相濡以沫地匯成一股需然莫之能禦的力量，綠色的圖案象徵了青苔之生機、希望，及其本質是和平的。雖然他們開始渡河圍城，吞沒象徵權力中心的城池與兵營，但抗禦原是爲了長久的和平安定。面對這場慘絕人寰的屠殺事件，詩人理性地指出人民的眼睛是雪亮的，人民的力量是不可忽視的，反抗不義、不公的潛在力量，終究會形成燎原之火。

這首詩藉著對青苔的歌詠，進而傳達出時代之氛圍，形神合一，是詠物佳作，尤不作直接、憤怒的控訴，和事件及讀者保持適當的距離，其比喻既不過分抽象（甚可說是具象白描的），也不拘泥現實，因而該詩使觀者留下深沈的省思，讀至結尾「青苔終於燃燒了起來」，令人精神爲之振奮不已。至「坐在」、「吸吮」、「製造」、「包圍」、「覆沒」、「燃燒」，都有明顯可感的動勢，一個鏡頭緊接一個鏡頭，第一小節節奏徐緩進行，第二小節承前蓄勢，至第三小節則如快板催進，明顯感受到一股強大力量崛起，喻示著群衆的覺醒。

(二) 錦　連

錦連，一九二八年生，二二八事件時尚未滿二十歲。以〈鐵橋下〉這首詩表達了事件後臺灣人的心情：

彼此在私語著
多次挫折之後他們一直蹲著從未站起來
習慣於灰心和寂寞　他們
對於青苔的歷史祇是悄悄地竊語著
忍受著任何藐視　誘惑和厄運
在鐵橋下　他們
對轟然怒吼著飛過的文明
以亟度的矜持加以卑視
抗拒著強勁的音壓
在一夜之間　突然
匯集在一起
手牽手
哄笑　然後大踏步地勇往直前

夢想著或許有這麼一天而燃起希望之星火
河床的小石頭們　他們
祇是那麼靜靜地吶喊著（《錦連作品集》，彰化縣立文化中心，一九九三年六月，頁三二）

臺灣人在經歷二二八事件，國民黨政府統治後呈現的挫折困境，在這首詩中表露無遺，「多次挫折之後他們一直蹲著未站起來」，許多知識分子、文學家在高壓統治下，已然灰心寂寞，蹲著從未想到能站起來。詩人將臺灣人比喻爲鐵橋下河床中的小石子，當火車轟然價響穿越鐵橋，小石子雖被壓迫震嚇無法站起來，然而屈服只是暫時的，他們終究以極度的矜持加以卑視、抗拒強勁的鎭壓，終究會燃起希望之星火，而慨然奮起。

至於〈哲學家〉一詩應是事變後不久，對現實政治隱諷之作：

陽光失調的日子
雞縮起一隻腳思索著
一九四七年十月二十日，秋天
爲什麼失調的陽光會影響那隻腳？

在葉子完全落盡的樹下!(《見者之言》,一九九三年六月,頁九)

全詩呈現一種天地間的匱缺(presenting the absence)以及凝重低沈的氣氛。渲染出事件的時代氛圍。詩人先寫出秋天裡縮著腳獨立者的雞的姿態,秋與雞之關係,是一種跳躍的語言,詩人在瞬間跳出邏輯之規範,但時空意識確切,美感經驗十足,語言也相當飽滿,短短幾句即刻畫出詩人意欲認知、理解現象世界。縮著腳獨立的雞似在思索什麼,使牠看起來像「哲學家」,然則失調的陽光與單腳獨思的雞並置,讓讀者不得不產生一知性的疑惑,詩題是哲學家,誰是哲學家呢?雞?詩人?雞在思索,詩人也在思索,詩人所看到的客觀事物——雞,事實上可說是詩人的象徵,也是所有知識分子的象徵。風雨晦暗,雞鳴不已,原應奮勇無畏抗爭的知識分子,縮起腳沈思,不敢冒然邁步踏出去,因爲一九四七年此一特殊的年代,加上陽光失調、葉子落盡,歲序入秋,歷史時空的肅殺,讓人不得不謹言愼行。秋士易感,對經歷劫後餘生的知識分子而言,其流露出的疑懼、思索,正是肅殺的節序、失調的陽光所導致。陽光帶來的本是飽滿、溫暖、生生不息,但陽光失調、變色,代表的不就是現實時空的低沈肅殺、匱乏嗎?該詩婉諷了時代的荒謬,突顯了事變後的情景。

㈢ 吳新榮

相對於葉石濤「三月的媽祖」之意象，吳新榮用了「三月洪水」一詞具體刻畫了二二八事變後的慘重屠殺。吳新榮是日據時代鹽分地帶詩人（筆者與吳氏同為臺南佳里人），二二八事件發生時，吳氏年當四十一，在地方人氏邀請下，參與了「臺南縣二二八事件處理委員會」和「臺南縣自治青年同盟」，因而「受難百日」、「坐獄五處」，僥倖未死之後，於一九五二年完成以吳家三代家族史為主的回憶錄《此時此地》。目前前衛出版社《吳新榮回憶錄—清白交待的臺灣人家族史》裡，吳新榮提及「他讀一部二十年前五卅慘案後發行的『洪水』集，不勝感激。當時中國的社會狀態也許和現在的臺灣近似，尤其五卅慘案中發生的種種事態，和這次二二八事變中發生的事態有大同小異。」② 因之寫了「誰能料想三月會做洪水」這首詩，以輓弔事變中無數的犧牲青年。詩如此寫道：

這能料想三月會做洪水！
那突然的巨浪，
竟沖破這樣堅固的防堤；

那無情的巨浪，
竟流毀這樣美麗的田園；
那激怒的巨浪，
竟淹沒這樣平和的城鎮。
誰能料想三月會做洪水！

有一個勇敢的青年，
他曾有過洋的經驗，
但未到防堤被狂浪捲去了。
有一個理智的青年，
他懷抱新進的理論，
但未到田園就被泥海埋去了。
有一個熱血的青年，
他將發無限的純情，
但未到城鎮就被崩山壓去了。

誰能料想三月會做洪水！
洪水一過滿地平坡！
啊！這樣國土何時能夠再建？
洪水一過家散人亡！
啊！這樣民族何時能夠復興？
洪水一過人心如灰！
啊！這樣社會何時能夠新生？（吳新榮，《吳新榮回憶錄—清白交待的臺灣人家族史》，前衛出版社，頁二二一）

在事變中，他親眼目睹無恥之徒「借刀殺人」、「趁火搶劫」、「除異己」、「報私怨」，而「健壯整齊」、「忠實勇敢」、「富有責任觀念，抱有正義精神」的臺灣「救星」、「模範」青年，卻嘗盡苦痛，寂滅犧牲。「眼看大地將沈，誰能默默不言？」（《吳新榮回憶錄—清白交待的臺灣人家族史》，頁二三一）這首詩即是在這樣的創作背景下，以反覆申訴和排比的形式，表達了詩人嚴肅認眞的創作態度，每一行詩都可視爲作者內心深處無限的感慨。吳氏對於事變衝突過程的前因後果不置一詞，著重的是「沖破、流毀、淹沒浪捲、海埋、山壓」所呈露出來的意識蜃影，意在突出臺灣青年爲時代刺穿之痛楚與死亡。讀者閱讀到的，感悟到的是文字所掩藏的情懷。

這首詩呈現了勇敢、理智和熱血的青年，以其洋的經驗、新進的理論、無限的純情，欲維護美麗的田園與平和的城鎮。日本殖民統治者離去之後，臺灣曾在無政府狀態之下，安然又有秩序地度過一段寧靜和諧的時光。然而誰能料想三月會做洪水，那突然、無情又激怒的巨浪，使得堅固的防堤被狂浪捲去，美麗的田園被泥海埋去，平和的城鎮被崩山壓去，使得戰後的臺灣家散人亡，人心如灰。每段句首不斷重複了「誰能料到三月會做洪水」一句，更說明了該事變所帶給臺灣人的意料與驚悚。二二八事變使臺灣人的情懷從頂峰跌至谷底，跳開臺灣本身的民族情感，審視該事件對於臺灣史之意義，我們發現詩人雖面對滿目瘡痍的家園、社會，有悲歎或悲劇的無奈，然而也有著更大的勇氣，試圖從悲劇中走出來，因此末段說「這樣國土何時能夠再建?」「這樣民族何時能夠復興?」「這樣社會何時能夠新生?」這與標舉「覺醒與再生」、「改造與重建」的「四七社」成員李敏勇在〈這一天，讓我們種一棵樹〉此詩的祈願近似。

(四) 明哲

一九二九年出生的柯旗化，筆名明哲。畢業於省立師範學院（國立臺灣師範大學前身），一九八六年曾創辦《臺灣文化》，目前於高雄經營第一出版社。在一九五一年與一九六二年時，曾先後二度以莫須有的叛亂罪入獄，度過十七年的政治黑牢，著有《母親的悲願》一書（一九九〇年三月，笠詩刊社），與書名相同的詩篇原作於一九八三年，詩有附標題：「謹以此詩獻給一九四七年在二二八事變中壯烈犧牲的同學徐仁德兄及諸位烈士以慰其在天之靈」，詩中以受難者的母親爲敘述者，在敘事的安排上相當特殊，雖然本詩有意而直接的批判，不免使詩歌缺乏客觀冷靜的感情效果，但母親此一角色的運用，則發揮了強化激動情感的作用：

請不要燃放鞭炮
鞭炮聲會使我發狂
我的兒呀，我的心肝兒

那一天
你雙眼被蒙住
全身被綁著
在一陣鎗聲中倒下去
鮮血染紅了故鄉的土地
只因爲在二月底
寒流來襲那天
你挺身抗議
他們貪污腐化
他們橫行霸道
他們強暴婦女
就這樣你便一去不復返
傷心的眼淚流不盡
我已哭瞎了眼睛

滿腔的悲憤
日夜使我的心碎又斷腸
他們殺死你
鄉里最優秀的大學生
他們奪走了我的一切希望
叫我如何活下去？
兒呀，我的心肝兒
媽和你相聚的日子
當亦不再遠
在另一個世界
讓我緊抱著你
同聲一哭
讓我撫摸你的創傷
減輕你的痛苦

安息在故鄉山河的懷裏
我們將從此不再分離
永遠活在同胞們心中
我們將從此不再孤單

（鄭炯明、趙天儀等編選，《混聲合唱—笠詩選》，春暉出版社出版，一九九二年九月）

明哲在〈拋棄幻想邁向自主——二二八事件的省思〉一文裡特別又提到徐仁德君，可見此事對他的震撼。他說「長老教會蕭牧師和臺大學生徐仁德在岡山農校旁邊草地上壯烈犧牲。余君胸部中了一槍之後猶跳起來大叫一聲『馬鹿野郎！』，然後頭部再被射中兩槍始不支倒地」。③正如呂興昌先生所說：「痛不欲生的母親完全瞭解兒子之所以喪命，乃因挺身抗議暴政，然而卻無法，也無能向劊子手追究責任，討回公道；她只是無奈地寄望自己死後的母子相聚以及期待同胞永遠的存念。」「這首正是從母親無奈的悲泣中，有力地控訴著當權者無以倫比的淫威。」④

(五) 劉克襄

劉克襄〈葬花〉是一篇有關二二八事變的散文詩，寫於解嚴前四個月——一九八七年三月五日，文末透露的訊息正是做爲文學工作者必然採取的途徑，文學之所以必要，乃在能夠將現象界的泥濘污濁、傷痛憾恨，提昇到一個清澄明亮的境界，爲人類苦難沈鬱的心靈提供些許的庇難場所，甚或超越此一低沈闇暗之困境。作品的內容是這樣的：

> 他們遊行到橋上，投入滿河的菊花後離去。我站在下游的河口，俯視著零落的花瓣緩緩漂抵腳前。二月末了，暖冬的早晨，仍然能呵出一口濃熱的白氣。一艘駁船滿載貨物，亮起昏黃的舷燈，吃重的溯河而上。許多被人潮嚇走的白鷺又盤飛回來，落腳沙洲，梳理羽毛。
>
> 我也看見父親臘黃的臉浮出河面，映過一具具被鐵絲穿綁的屍身，流入死潭的漩渦裏。我瞥過頭去，久久望著黑夜降臨的海岸，等候著記憶慢慢冷卻，凝固成瘦長的岬角，向海投入，化爲無止根的汪洋。（劉克襄《小鼯鼠的看法》，合志文化事業股份有限公司，頁二五）

詩題是「葬花」第一節詩中，作者處於旁觀立場，「我」看「他們」投入滿河的菊花，

「我」站在下游的河口，俯視這些菊花。詩一開始即呼應題目，滿河的菊花當然也與第二節一具具的屍身呼應，這些犧牲者，其人品固稟氣靈和，春茂翠葉，秋曜金華的菊花。零落的花瓣漂抵詩人腳前，往事亦隨之湧現眼前，近在咫尺。究竟發生什麼事，事實上讀到此，我們仍不太清楚；因為作者和群眾（他們）一直保持著若即若離的關係。到了「二月末了」，方才點出時間，但不清晰事件輪廓，也因第一節是如此若隱若現，充滿暗示，所以在第二節非得具體敘述不可，否則整首詩就墮入五里霧中了。河流是生命、時間之象徵，那艘亮著黃燈，滿載貨物，溯河而上的駁船，是「我」在追憶往事時眼前的客觀事物，可能也暗示了「我」在時間（歷史）之流的下游，吃重的逆溯歷史回憶的過程。緊接著，若有所思的「我」又把目光移開，注視著沙洲上的白鷺，被人潮驚嚇之後，又回復到原本詳和秩序的大自然裡——落腳沙洲，梳理羽毛。

第二節詩是全詩的重點，一樁慘絕人寰的屠殺事件登場，但作者以冷靜客觀的筆致，呈現烈士被拋入河流的情狀，一具具被鐵絲穿綁的屍身。面對如此齷齪不堪的歷史，敘述者「我」如何面對呢？時間從暖冬的早晨進行到黑夜的降臨，「我」瞥過頭去，久久望著黑夜和海岸，在等待記憶慢慢冷卻，冀望記憶凝固成岬角，伸入大海，化為無止無盡的汪洋。面對如此殘酷的事實眞象，「我」如何能超越或化解血淚仇恨，「我」如何面對父親以其他先烈同胞的慘死？詩中並沒有交代，而是遠離目下情境，超拔而出，投入一個開闊的世界設想裡，這樣的結尾，對難以忘懷前塵舊事，難以洩恨療傷的受難者及其家屬或有所執者的讀者而言，未必是同一處理方式。然而文學作品原爲作者沈潛反思之結晶，如果一味著眼於群衆之情緒，恐亦不夠客觀、感人。吳潛誠先生〈詩與公衆事物〉一文說：

描寫公衆事物棘手的關鍵在於：如何維持作者、讀者、題材三者之間的距離或張力，形成一個等邊三角形的關係。這三角難題可從以下幾方面看出端倪：第一，詩人若一味逼近事實，又與新聞記者何異？但詩人既爲社會一份子，如何摒除個人的喜惡和利害得失的考慮，保持適當的距離，看待公衆事務？第二，詩人的觀念若與大衆吻合，則與迎合討好選民的政客並無差別，如何可能坦率直言，而不違離實事眞相？再說，小市民一般的見識，小市民恐怕也不稀罕。第三，詩人若獨具慧眼，透視眞相則與庸俗見解必相去甚遠，作品若不獲一般人認同，豈宜稱做大衆詩篇⑤？

活在歷史的記憶與創傷之斑斑血淚中，如何超越歷史傷痕本是不易之事，敍述者僅能心存想願儘量去「慢慢」「等候」。此詩仍寫出沈痛悲切之情懷，結尾或許不似一般抗議之作，充滿憤懣控訴之情，但藝術成就卻相當高，情感相當凝斂，情緒亦不過分誇張，以節制的藝術手法，表現出冷靜而含蓄的效果。因爲冷靜，所以和現實之間維持了一定距離，使情感更爲飽滿；也因爲含蓄，使得詩人低沈深厚情感，把握恆定的節奏，如江河之律動，相當耐人尋味。

㈥ 李敏勇

做爲一九四七年出生的臺灣人來說，猶如二二八亡靈再生者，「四七社」成員李敏勇在〈死與再生〉一文中說明了自己寫〈這一天，讓我們種一棵樹〉詩之意義：「我們所應該要認知的；並不是死，而是生。與其要從統治權力的道歉和賠償追索二二八事件的責任，不如臺灣人自己從新生命的追尋和展開中，確實掌握自己的命運與前途。……讓我們種一棵樹，意味著不斷的再生。再生不須依靠統治權力的賜予，而是臺灣人自己從歷史的共同記憶——死——的現實裡追索族群與生命的時代變局，歷史發展中的理想和憧憬。」⑥這首一九八八年爲「二二八公義和平日的祈禱」所寫的詩，是這樣開始的：

這一天
讓我們種一棵樹

每個人
在我們的土地
在自己的心中
在島嶼每一個角落
在掩埋我們父兄的墓穴
讓我們種一棵樹
聽到叫喊的聲音
看到血流的影像
但
讓我們種一棵樹
不是爲了恨
而是愛
讓我們種下希望的幼苗
而不是流出絕望的淚珠

讓我們種一棵樹
不是爲了記憶死
而是擁抱生
從每一株新苗
從每一片新葉
從每一環新的年輪
希望的光合作用在成長
茂盛的樹影會撫熨受傷的土地
涼爽的綠蔭會安慰疼痛的心
讓我們種一棵樹
做爲亡靈的安魂
做爲復活的願望
做爲寬恕的見證
做爲慈愛的象徵
做爲公義的指標

做爲和平的祈禱
讓我們種一棵樹
做爲一種許諾
做爲一種堅持
樹會伸向天際
伸向光耀的晴空
伸向燦爛的星辰
樹會盤根土地
守護我們的島嶼
綠化我們生存的領域
（同前，《混聲合唱——笠詩選》，頁五八八——九〇）

二二八事變是臺灣人的歷史傷痕，如何從事件的死滅歷史裡汲取教訓，從而克服夢魘與恐懼，以再生、重建的精神，邁出新的歷程，像一棵樹的茁壯成長一樣，以便守護這個受創的島嶼，綠化我們生存的領域，這首詩記錄了詩人永恆的希望、願望。相對於充滿死亡、寂滅的二二八，「種樹」象徵了生的意味，生命的喜悅，這願望不是爲了記憶恨與死，而是爲了愛，爲了寬恕與慈愛，爲了公義與和平。詩人透過排比的手去把這一代臺灣人內心的冀望排山倒海般展示出來。掩埋歷史陰霾下的種子終於發芽、終於盤根、生長、煥發無限的光耀與燦爛，成爲守護島嶼的堅強力量。臺灣新詩中反映的二二八經驗，到新生代已然可以從反省、追思中邁向新生，從怨艾、困厄中奔赴光明的遠景。見證了新臺灣人自信而理智的意志和憧憬。

(七) 江自得

肅殺的時代氛圍，統治者反覆地揉搓和踐踏，影響臺灣人的心靈至深且鉅，巨大結實的文網，東拉西扯，無邊無際，又無形瀰漫在人民前後左右間，他們不敢抗爭，不敢橫眉，毋寧是必然的。醫生詩人江自得〈從那天起〉一詩，呈示了臺灣人此一重創的心靈：

從那天起
溪流失去了森林
不再擁有什麼，擁有的只是

兩岸的退卻
河床的緘默

從那天起
森林失去了天空
不再擁有什麼，擁有的只是
樹的無語
鳥的死寂

從那天起
天空失去了世界
不再擁有什麼，擁有的只是
無所謂的風
無所謂的雲

從那天起
世界失去了我們

不再擁有什麼，擁有的只是
歲月的喧鬧
灰燼的繁華
從那天起
我們失去了語言
不再擁有什麼，擁有的只是
空白的歷史
遙遠的淚痕
從那天起
我們失去自己不再擁有什麼，擁有的只是
淡漠的生
淡漠的死
（同前，《混聲合唱一笠詩選》，頁五九九—六〇〇）

從二二八事件那天起，溪流失去了森林，森林失去了天空，天空失去了世界，世界失去了我們，我們失去了語言，失去了自己，我們擁有的只是兩岸的退卻、河床的緘默、樹的無語、鳥的死寂、無所謂的風、無所謂的雲、歲月的喧鬧、灰燼的繁華、空白的歷史、遙遠的淚痕，以及淡漠的生、淡漠的死。作品以排比方法吟哦出低沈陰鬱的語調，雖無吶喊激動的態勢，但卻呈顯出對專橫凶殘的惡質有毫不留情的批判。詩人以其獨具的敏銳、多感的心靈及深刻的觀察力，對統治當局加諸人民的侮辱、戕害發生怨悱之聲，誠如呂興昌先生所述：「這種心靈深處瓦解莊嚴生命的勾當，迫使生命與生命相互疏離，不再具有親密關係的愛與欣喜，其戕害人性之劇，自是令人永難或忘，難忘江自得要以『紀念可以寬恕但不能忘懷的二二八』做爲此詩的副題了。」⑦詩中呈顯的視界（Visions）事實上是腐朽（scatological）缺乏生機氣息的。環境的險惡、禁忌的森嚴，足以令人驚矍怵目。這使得大部分人難以忘懷傷痛，到了同屬醫生詩人鄭炯明手裡，便成爲〈永遠的二二八〉。

(八) 鄭炯明

鄭氏以樸實無華的筆調，對這場傷痛、恨憾，加以歷歷指證。

揭開歷史的假面
昔日多少怯弱的心
終於走出殘暴恐怖的陰影
向無數含冤的亡靈
坦然吐露誠摯的思念與哀悼
揭開歷史的假面
誰都有拒絕承認死亡的權利（註）
沒有人會遺忘
那失去人性的殺戮
所烙下的巨大創痛
揭開歷史的假面
每一個錯誤都是一條無盡的血河
樸實的子民已然認清
唯有透過愛和犧牲

才能完成最後的願望
渴開歷史的假面
今天，讓所有認識和不認識的你我
互相牽手在一起
用力向天空喊一聲：永遠的二二八
因爲公義與和平即將到來

註：有二二八受難家屬，如阮朝日先生之女阮美妹所言，其家屬仍認定父親生死不明，拒絕承認死亡，故四十一年來未爲其父造墳，也未塗銷户籍。

（同前，《混聲合唱──笠詩選》，頁六六二──六六三）

詩之形式與江自得〈從那天起〉頗爲相似，每一小節五句，但鄭詩則以「揭開歷史的假面」直接說出詩人、群衆內在的聲音，標示了作者的理念、希望和祈望，這一句「永遠的二二八」顯然因詩作的流傳，而成大衆的口語，其間也說明了該詩具有喚起讀者（群衆）情緒、共鳴之功效。然而，作者更進一步說明永遠的二二八並非僅是悲情，而是要認淸「每一個錯誤都是一條無盡的血河」，避免重蹈覆轍，迎接公義、和平的到來。那慘重的殺戮、創痛，誠然沒有人會遺忘（一如江自得詩之副題），但作者在這裡自也有安慰受害者後代之意味，「透過愛和犧牲，才能完成最後的願望」，眞實的理解，方能寬恕與洞察，在揭發政治、歷史的荒蕪之後，緊接著即是在荒蕪的連接之處，讓一切重新開始。唯有這樣的大愛，才能跳出個人感情的泥淖，把愛普及人類，自己的生活也才能詳和，心靈得以受到撫慰。

(九) 陳　黎

詩人陳黎之作品，一向不乏對現實政權體系之批判與質疑，對一九四七年臺灣發生的「二二八事件」，他在〈二月〉詩中，以起伏有致的節奏配合歷史內在的悲情旋徑，作者關注的不是那不可得「最後事實」，亦非孰是孰非的爭議，而是在敍事的脈絡裡，如何用文字再捕捉、再現時代情境——生離、死別、恐怖、存活。因之，本詩毋寧以血肉橫飛的大屠殺場面來呈現，而自然有著對政治暴行反譏的寓意。〈二月〉詩如此說：

槍聲在黃昏的鳥群中消失
失蹤的父親的鞋子
失蹤的兒子的鞋子

在每一碗清晨的粥裡走回來的腳步聲
在每一盆傍晚的洗臉水裡走回來的腳步聲
失蹤的母親的黑髮
失蹤的女兒的黑髮
在異族的統治下反抗異族
在祖國的懷抱裡被祖國強暴
芒草。薊花。曠野。吶喊
失蹤的秋天的日曆
失蹤的春天的日曆

（陳黎《小丑畢費的戀歌》，圓神出版社，一九九〇年四月，頁二四、二五）

詩一開始，我們似乎就清楚地聽見接連的槍響聲，而後在暈黃的時空中，如同長空澹澹孤鳥沒般消失。對二二八的敍述，詩人利用聲音的響起、消失，精闢地傳達極權政治之駭人力量，正深植於一個似乎「不在」「消失」的概念。槍決「只聞其聲，不見其人」，強調了統治者行使權術的方式可以是隱晦、無跡可尋的，使得極權本身的壓迫本質更加突顯。而後以失蹤的父親、兒子、母親、女兒兩組對句，冷靜的傳達出無限的感傷。在這樣一場事變裡，失蹤、死亡的不是父親，便是母親；不是兒子，便是女兒，詩人隱約批判了此一事件對臺灣人、臺灣家庭的深重傷害。既已失其蹤跡，則原已熟悉的腳步聲，不論在清晨，在傍晚，都已杳然難尋。槍聲、腳步聲相互迭現，造成巧妙的雙聲共鳴，既強調了人的存在也烘襯出人的消失。排比的句式，黑色意象的運用，與「芒草」「薊花」等與死亡、墳塋有關的花草，使該詩充滿死寂、血腥、黑暗、壓迫性迴環之景致。（黑色本身就與尋找光明、親人等格格不入）。楊牧在一九八七年出版的《山風海雨》散文中對於二二八事變較爲露骨的指涉是「黑色的春天」一詞。在陳黎這首詩中，他不用白髮，而用「黑髮」，結尾用「失蹤的春天的日曆」，讀者同樣層層伸進事變寓言的核心，也由於「黑色」與「春天」聯繫，落實了詩題「二月」之命題，及「二二八事變」之指涉。然而這樣的描述仍然是客觀冷靜的，影射某些事物的密碼亦非直接明暢的，作者在此用了「在異族的統治下反抗異族，在祖國的懷抱裡被強暴」二句，可說直接、公開呈顯作者本人批判、反抗意識。個人的悲劇、家庭的破滅，天地的不仁，政治的暴行，並置在這短短十二行詩中，深刻地道出一種悲情，爲二二八對當時臺灣社會所造成的傷害，作了廣而深遠的見證。

這樣的作品，基本上是以小襯大，以微示廣，鮮活地圍繞在小人物身上，將人物描寫成歷史與社會中的典型角色，使得過去的歷史變得更明白易懂，這樣的敍述角度，恐怕遠比歷史事物的客觀描述來得更爲深刻，有如「霸王別姬」之影片，透過三人，帶出八十年來中國文化歷史的悲情一樣。從「每一碗清晨的粥裡」、「每一盆傍晚的洗臉水裡」，我們似乎讀到作者隱約表明了，在那段歷史中，即使連最平常的老百姓，都無法倖免於極權的殖民政治，遑論政治異議分子。這樣的敍述也代表了無數家庭在個體的層面上與大歷史的交集。這首詩簡潔有力的語言、自我約制的情感，使得讀者不能不爲二二八之所以發生的歷史與文化原因提出反省思考。

(十) 林燿德

在文學創作的天地裡，早逝作家林燿德生前不斷地進行各式前衛的實驗與探索，透過各種嘗試推陳出新的手法，常令人耳目一新，其跨越當代時空之格局與視野，詩人羅門目之爲「向詩太空發射的一座人造衛星」（林燿德詩集《一九九〇》之序文）。在社會愈趨開放及多元化後，八〇年代初以來的詩壇出現了與其前截然有別的「新」詩，臺灣詩壇引進了後現代主義，舊有的詩觀、詮釋策略面臨了新的考驗與必要的突破。在林氏《一九九〇》年詩集

（尚書文化出版社，一九九〇年七月）最後有篇名〈二二八〉的詩作，在有關新詩中的二二八諸作中，顯然是個異數，新世代作家的思考、創作模式與先行代或戰後第二代作家迥然不同。

〈二二八〉一詩，林燿德在該詩之後，註曰：「拼貼一九四七年二月二十八日《新生報》各版內容。」（頁二〇三）細觀全詩，果如其所言，沒有一句是作者自己的語言，均是拼貼湊合（collage and montage）《臺灣新生報》當天（一九四七年二月二十八日）各版內容：影片廣告路燈改用，解決米荒、臺南天花狀況、遺失啓事、美軍上尉自殺、劉問天相命、酒家續招侍應生、國語杯排球賽……等有關社會、財經、大陸新聞、求職、廣告之事，從1到20均與二二八事件無關，只有在最後0的部分引用了「查緝私煙肇禍，昨晚擊斃市民二名」，有關二月廿七日的流血衝突演變。孟樊在〈臺灣後現代詩的理論與實際〉一文將林氏此詩歸類爲「被發現詩」並說：

> 詩人雖係客觀地予以引用和拼貼事實，其實對俗所稱「二二八」一詞有強烈的反諷，甚至對所謂「眞實」本身起了懷疑：二二八當天究竟發生了多少新聞事件⑧？

林氏眞正意圖，已無法向他本人證實，評者當然也可對詩有不同的解讀。作者引用二月廿七日之事件，自然對泛稱的「二二八」一詞有強烈的質疑，但作者究竟是對二二八事件之各式報導指證質疑或是對政治統治加以反諷？顯然這首詩作同時都透露了這樣的端倪。作者本身是文本主義者，亦即我們對任何事件之瞭解，事實上是來自新聞媒體的報導，而報導本身不僅是反映現實，同時也是參與架構了現實，如果媒體有意欺瞞我們，我們很容易被欺瞞。「二二八事件」所發生諸事，對做爲六〇年代出生的作者來說，是無法親身經歷的，他所知道的二二八是來自各式的報導、口述，這中間所述何者爲眞？何者虛構？事實眞相如何，的確需要再加以釐清。另外，作者運用拼貼，引用等手法，也同時暗示了一個被官方意識形態控制的新聞媒體，客觀呈現「現實」的可能性究有多少成分？反諷了如此影響深遠的歷史事件與政治悲劇被淡化處理之事實。

值得注意的是，作者對《臺灣新生報》各版內容的引用，拼貼及組合，應是精心設計之傑作，他所擷取之新聞，及排列之先後，甚至宋體字、黑體字、楷體字、黑框等的安排，在在充滿支離破碎、缺乏邏輯的現象，這些似乎都與該事件無關，但在看似無跡可尋中，仍可隱約感受到作者對事件本質曖昧又主觀的暗示。因此這首詩絕非僅是一張舊報紙的翻版，它牽涉到作者選擇、設計的美感經驗，而這正是作者自我顯現、主觀意識介入之表徵。在〈二二八〉一詩中我們一開始即被「劍光血影」陡大的黑體字霸佔了視覺，其後又是相同的情形：「天空大破密運」，引用之新聞如較大字體之「米荒即可解決」，及影片「孤兒樂園」（字體特別加黑、加大）和放映影片場所「中山堂」三字亦特別明顯，另外「相命」斷流年好壞等，這些被作者選用之內容，皆有其藝術的轉化過程，有其批判、質疑、反諷之功效。

四、結論

臺灣一向是歷史和地理上的邊陲小島，卻有些盤根錯節之歷史和錯綜複雜之人文，反映在文學作品中的也常充滿深沈的憂鬱和扭曲憤怒。在有關二二八的新詩中，我們看到那些年輕的軀體用生命、歲月書寫的晦黯的個人歷史，在嚴峻的時代面前，一下子變得愚騃起來，他們迅速走過青春，走過生命，也走向寂滅，猶如詩中呈現的心靈的慘痛、迷惘、探求和幻滅。一刀一血印，淋漓而盡致。在那段動盪不安的時期，臺灣戰後第一代作家的二二八經驗是親歷而眞實的，他們的描述記載，使我們的生命不會貧乏空洞，他們的文學創作自然也特別值得吾人重視。八〇年代的詩人雖未親身經歷目睹過二二八事件，但以該事件入詩正反映出詩人對現實動向的敏感，透過詩作，我們也可以看到詩人對該事件的立場、態度、思想動向或意圖，足以豐富和加深我們對二二八事件探索之意義。

【註釋】

①楊翠，《臺中縣文學發展史田野調查報告書，丙篇》，臺中縣：臺中縣立文化中心，一九九三年六年，頁二五八。又見於《臺中縣文學發展史（第四篇）》，臺中：臺中縣立文化中心，一九九五年六月，頁二五七、二五八。

②吳新榮〈震瀛回憶錄——此時此地〉，《吳新榮回憶錄——清白交待的臺灣人家族史》，臺北：前衛出版社，一九九一年六月二刷，頁二三〇。

③柯旗化該文見高雄縣政府主辦的「二二八臺灣文學講座」，頁六。

④呂興昌〈再生與重建——談臺灣新詩中的二二八〉，同前注，頁一五，復收入氏著：《臺灣詩人研究論文集》，臺南市立文化中心印行，一九九五年四月，頁三九三。

⑤本文對〈葬花〉一詩之詮釋，參考了吳潛誠〈詩與公衆事物〉一文，《當代》第三十四期，一九八九年二月一日。此處引文見頁一三〇，該文復收氏著，《感性定位：文學的想像與介入》，允晨文化實業股份有限公司，一九九四年八月初版。引文見頁二一。

⑥李敏勇〈死與再生〉，收入：四七社編，《覺醒與再生》，前衛出版社，一九九二年十二月，

頁三。

⑦同註四，頁一五至一六。復收入：《臺灣詩人研究論文集》頁三九四。

⑧孟樊〈臺灣後代詩的理論與實踐〉，《世紀末偏航》，臺北：時報文化出版，一九九〇年十二月，頁一九五。復收入氏著：《後現代主義詩學》，臺北：揚智文化事業股份有限公司出版，一九九五年六月，頁二六九。

參考書目

一、文獻資料（依出版時間先後為序）

《臺灣青年》，一卷一號—四卷二號，一九二〇年—一九二二年二月，東方文化書局影印出版（一九七三年春季）

《臺灣》，第三年第一號—第五年第二號，一九二二年五月，東方文化書局影印出版。（一九七三年春季）

《臺灣民報》，一卷一期—三〇五號，一九二三年四月—一九三〇年三月，東方文化書局影印出版。（一九七四年春季）

《臺灣新民報》，三〇六號—四〇一號，一九三〇年三月—一九三二年四月，東方文化書局影印出版。（一九七四年春季）

《南音》，一九三二年一月—十一月，東方文化書局復刻本。

《フォルモサ》，一九三三年七月—一九三四年六月，東京臺灣藝術研究會編，東方文化書局復刻本。

《先發部隊》、《第一線》，一九三四年七月—一九三五年一月，東方文化書局復刻本。

《臺灣文藝》，一九三四年十一月—一九三六年八月，東方文化書局復刻本。

《臺灣新文學》，一九三五年十二月—一九三七年六月，東方文化書局復刻本。

《文藝臺灣》，一九四〇年一月—一九四四年一月，東方文化書局復刻本。

《臺灣文學》，一九四一年五月—一九四三年三月，東方文化書局復刻本。

臺灣文學社編，《臺灣文學叢刊》，一九四八年八月—十二月。

臺灣總督府警察局編，《臺灣社會運動史》，（原《臺灣總督府警察沿革誌》第二編，中卷），中譯本，臺北，創造出版社，一九八九年。

《民俗臺灣》，一卷一號—五卷一號，一九四一年—一九四五年，中文版，林川夫編審，武陵書局出版，一九九〇年一月。

新新月報社編，《新新》，一九四五年十一月—一九四年一月，傳文出版社，一九九五年出版。

臺灣文化協進會編，《臺灣文化》，一九四六年九月—一九五〇年十二月，傳文出版社，一九九五年出版。

二、文學集（依姓氏筆畫多寡為序）

王文興，《家變》，臺北：環宇出版社，一九七三年十一月。
王文興，《背海的人》，臺北：洪範書店，一九八一年四月。
王幼華，《土地與靈魂》，臺北：九歌出版社，一九九二年。
王禎和，《寂寞紅》，臺北：晨鐘出版社，一九七〇年十月。
王禎和，《嫁粧一牛車》，臺北：遠景出版社，一九七五年五月。
王禎和，《玫瑰玫瑰我愛你》，臺北：遠景出版社，一九八四年九月。
白先勇，《謫仙記》，臺北：文星書店，一九六七年六月。
白先勇，《臺北人》，臺北：晨鐘出版社，一九七一年四月。
白先勇，《孽子》，臺北：遠景出版社，一九八三年三月。
朱天心，《擊壤歌—北一女三年記》，臺北：三三書坊，一九七七年四月。
朱天心，《方舟上的日子》，臺北：時報文化公司，一九七七年四月。
朱天心，《我記得……》，臺北：遠流出版公司，一九八九年七月。
朱天文，《炎夏之都》，臺北：時報文化公司，一九八七年九月。

朱天文，《世紀末的華麗》，臺北：三三書坊，一九九〇年七月。
吳濁流，《亞細亞的孤兒》，臺北：遠行出版社，一九八六年。
吳濁流，《臺灣連翹》，臺北：草根出版社，一九九五年七月初版第一刷。
李昂，《殺夫》，臺北：聯經出版公司，一九八三年十一月。
李昂，《迷園》，臺北：自印，一九九一年三月。
李昌憲，《加工區詩抄》，臺北：德華出版社，一九八一年六月。
李南衡編，《日據下臺灣新文學》，臺北：明潭出版社，一九七九年三月。
李敏勇編，《戒嚴風景》，臺北：笠詩社，一九九〇年三月。
李喬，《藍彩霞的春天》，臺北：五千年出版社，一九八五年十二月。
李喬，《埋冤一九四七埋冤》，苗栗：自印，一九九五年。
李潼，《屏東姑丈》，臺北：遠流出版公司，一九九一年五月。
林文義，《鮭魚的故鄉》，臺北：自立晚報社文化出版部出版，一九九〇年二月出版。
林亨泰，《爪痕集》，臺北：笠詩社，一九八六年二月。
林海音，《城南舊事》，臺中：光啓出版社，一九六〇年七月。
林海音，《綠藻與鹹蛋》，臺北：文華出版社，一九五七年七月。

林燿德，《一九九〇》，臺北：尚書文化出版社，一九九〇年七月。
林燿德，《一九四七·高砂百合》，臺北：聯合文學出版社，一九九〇年十二月。
拓拔斯，《最後的獵人》，臺中：晨星出版社，一九九〇年七月修訂一版。
夏祖麗，《握筆的人》，臺北：純文學出版社，一九七七年。
洪醒夫，《黑面慶仔》，臺北：爾雅出版社，一九七八年十二月。
洪醒夫，《田莊人》，臺北：爾雅出版社，一九八二年九月。
姜貴，《旋風》，臺北：明華書局，一九五九年六月。
姜貴，《重陽》，臺北：自印，一九六一年。
黃凡，《賴索》，臺北：時報文化公司，一九八〇年六月。
黃凡，《曼娜舞蹈教室》，臺北：聯經出版公司，一九八七年七月。
張大春，《公寓導遊》，臺北：時報文化公司，一九八六年六月。
張大春，《大說謊家》，臺北：遠流出版公司，一九八九年九月。
張光直編，《張我軍詩文集》，臺北：純文學出版社，一九七五年八月。
張良澤編，《鍾理和全集》八卷，臺北：遠行出版社，一九七六年十一月。
張良澤編，《吳濁流作品集》六卷，臺北：遠行出版社，一九七七年九月。

張良澤編，《王詩琅全集》十一卷，高雄：德馨室出版社，一九七七年十一月。
張良澤編，《吳新榮全集》八卷，臺北：遠景出版社，一九八一年十月。
張系國，《遊子魂組曲》，臺北：洪範書店，一九八九年五月。
張我軍，《張我軍詩文集》，臺北：純文學出版社，一九八九年九月。
張炎憲、翁佳音編，《陋巷淸士—王詩琅選集》，臺北：弘文館出版社，一九八六年十一月初版。
張恆豪主編，《臺灣作家全集—短篇小說卷．日據時作》（十冊），臺北：前衛出版社，一九九一年二月初版第一刷。
陳映眞，《夜行貨車》，臺北：遠景出版社，一九七九年十一月。
陳映眞，《萬商帝君》，臺北：人間出版社，一九八八年四月。
陳映眞，《鈴鐺花》，臺北：人間出版社，一九八八年四月。
陳逸雄編，《陳虛谷選集》，臺北：自立晚報出版，一九八五年十月初版。
陳黎，《小丑畢費的戀歌》，臺北：圓神出版社，一九九〇年四月。
楊照，《吾鄉之魂》，臺北：時報文化公司，一九八七年九月。
楊靑矗，《工廠人》，高雄：文皇出版社，一九七五年九月。

楊青矗，《工廠人的心願》，高雄：敦理出版社，一九七八年三月。
楊青矗，《廠煙下》，高雄：敦理出版社，一九七八年三月。
楊青矗，《同根生》，臺北：遠景出版社，一九八二年七月。
楊青矗，《工廠女兒圈》，臺北：遠景出版社，一九八二年九月。
楊青矗，《在室女》，高雄：敦理出版社，一九八五年。
楊青矗，《心標》，高雄：敦理出版社，一九八七年一月。
楊青矗，《連雲夢》，高雄：敦理出版社，一九八七年一月。
楊青矗，《覆李昂的情書》，高雄：敦理出版社，一九八七年。
葉石濤，《葉石濤自選集》，臺北：黎明文化公司，一九七五年一月。
葉石濤，《臺灣男子簡阿淘》，臺北：前衛出版社，一九九〇年五月。
葉石濤，《西拉雅族的末裔》，臺北：前衛出版社，一九九〇年五月。
廖清秀，《反骨》，臺北：遠景出版社，一九九三年七月。
鍾肇政編，《本省籍作家作品選集》十冊，臺北：文壇社出版，一九六五年十月。
鍾肇政編，《臺灣省青年作家叢書》十冊，臺北：幼獅文化事業公司，一九六五年十月。
鍾肇政，葉石濤主編，《光復前臺灣文學全集》，臺北：遠景出版社，一九八一年九月再版。
鍾肇政，《怒濤》，臺北：前衛出版社，一九九三年二月。

三、專著（依姓氏筆畫多寡為序）

王曉波，《臺灣史與近代中國民族運動》，臺北：帕米爾出版社，一九八六年十一月。
史明撰，《臺灣人四百年史》（漢文版），臺北：蓬島文化公司，一九八〇年九月。
羊子喬，《蓬萊文章臺灣詩》，臺北：遠景出版社，一九八三年。
安德烈·莫絡亞著，陳蒼多譯，《傳記面面觀》，臺北：商務印書館，一九八六年十二月。
吳守禮，《近五十年來臺語研究之總成績》，臺南：大立出版社，一九五五年五月。
吳新榮，《吳新榮回憶錄—清白交待的臺灣人家族史》，臺北：前衛出版社，一九九一年六月。
吳潛誠，《感性定位：文學的想像與介入》，臺北：允晨文化實業股份有限公司，一九九四年八月。
呂興昌，《臺灣詩人研究論文集》，臺南：臺南市立文化中心印行，一九九五年四月。
邱坤良撰，《日據時期臺灣戲劇之研究——舊劇與新劇（一八九五—一九四五）》，臺北：

自立晚報社文化出版部出版，一九九二年六月。
孟樊，《當代臺灣新詩理論》，臺北：揚智文化事業股份有限公司，一九九五年六月。
林梵，《楊逵畫像》，臺中：筆架山出版，一九七八年九月。
林瑞明《臺灣文學與時代精神—賴和研究論集》，臺北：允晨文化出版，一九九三年八月。
林衡哲、張恆豪編著，《復活的群像—臺灣卅年代作家列傳》，臺北：前衛出版社，一九九四年六月臺灣版第一刷。
陳映眞，《孤兒的歷史·歷史的孤兒》，臺北：遠景出版社，一九八四年九月。
陳震東，《高雄市人口變遷之研究》，高雄：高雄市文獻委員會印行，一九八八年六月。
黃武忠，《日據時代臺灣文學作家小傳》，臺北：時報文化出版企業有限公司出版，一九八〇。
張玉法、張瑞德合編，《中國現代自傳叢書》，臺北：龍文出版社，一九八九年。
張深切，《里程碑（黑色的太陽）》，臺中：聖工出版社，一九六一年十二月。
張深切，《我與我的思想》，臺中：中央書局出版，一九六五年七月。
彭瑞金，《臺灣新文學運動四〇年》，臺北：自立晚報社文化出版部出版，一九九一年三月。

楊翠，《日據時期臺灣婦女解放運動—以臺灣民報爲分析場域（一九二〇—一九三〇）》，臺北：時報文化出版企業有限公司出版，一九九三年五月初版一刷。

楊照，《文學的原像》，臺北：聯合文學出版，一九九四年。

瘂弦等編，《四十年來中國文學》，臺北：聯經文化事業有限公司出版，一九九五年六月。

葉石濤，《臺灣鄉土作家論集》，臺北：遠景出版社，一九八一年。

葉石濤，《文學回憶錄》，臺北：遠景出版社，一九八三年四月。

葉石濤，《沒有土地，哪有文學》，臺北：遠景出版社，一九八五年六月。

葉石濤，《臺灣文學史綱》，高雄：文學界出版社，一九八七年二月。

葉石濤，《臺灣文學的悲情》，高雄：派色文化出版，一九九〇年二月。

葉石濤，《走向臺灣文學》，臺北：自立晚報社文化出版部出版，一九九〇年三月。

葉榮鐘，《臺灣人物群像》，臺北：時報文化出版，一九九五年。

藍博洲，《沈屍·流亡·二二八》，臺北：時報文化出版，一九九一年六月。

聯合報編，《寶刀集——光復前臺灣作家作品集》，臺北：聯經文化事業有限公司出版，一九八一年十月。

鄭明娳編，《當代臺灣政治文學論》臺北：時報文化出版，一九九四年七月。

羅青，《詩的風向球》，臺北：爾雅出版社，一九九四年。

臺灣文學研究會編，《先人之血，土地之花》，臺北：前衛出版社，一九八九年。

四、單篇論文（含學位論文）（依姓氏筆畫多寡為序）

下村作次郎，《王詩琅回顧——文學的側面を中心として，南方文人第九輯，一九八二年十一月。

尹雪曼、司馬中原等，〈在飛揚的年代—五〇年代文學座談會〉，《聯合報》副刊，一九八〇年五月四—八日。

王昭文，〈臺灣戰時的文學社羣—《文藝臺灣》與《臺灣文學》〉，《臺灣風物》四〇卷四期，一九九〇年十二月。

王幼華，〈臺灣外省籍作家的文學及處境〉，《民眾日報》，一九九〇年十月十三—廿一日。

王夢鷗，〈傳記‧小說‧文學〉，《傳記文學》第二卷第一期，一九六三年一月。

王德威，〈從老舍到王禎和—現代中國小說的笑謔傾向〉，收入氏著：《從劉鶚到王禎和—中國現代寫實小說散論》，時報文化出版，一九八六年六月三十日。

王德威，〈「世紀末」的先鋒：朱天文和蘇童〉，《今天》總第十三期，一九九一年。

王曉波，〈五四時期文學革命與日據下臺灣新文學運動〉，《中華雜誌》總三一一期，一九八九年六月。

杜南發，〈葉維廉答客問：關於現代主義〉，《中外文學》十卷十二期，一九八二年五月。

李　喬，〈寬廣的語言大道・對臺灣語文的思考〉，《臺灣文摘》革新一號，一九九二年一月。

余光中，〈中國現代文學大系，總序〉，《中國現代文學大系》，巨人出版社，一九七二年。

巫永福等，〈臺灣人的唐山觀：兼論巫永福先生「祖國」〉，《笠》一四九期，一九八九年。

呂正惠，〈七、八十年代臺灣現實主義文學的道路〉，《新地文學》第二期。

杭　之，〈八〇年代臺灣的思想／文化發展〉，《邁向後美麗島的民間社會》，臺北：唐山出版社，一九九〇年四月。

林曙光，〈楊逵與高雄〉，《文學界》十四期，一九八五年五月。

林燿德，〈藍色輸送帶—論李昌憲詩集《加工區詩抄》〉，收入：氏著，《不安海域》，

（臺北市：師大書苑有限公司，一九八八年五月）
林燿德，〈環繞現代臺灣詩史的若干意見〉，《臺灣詩學季刊》第三期，一九九三年九月。
林鍾雄，《臺灣經濟發展四十年》，自立晚報臺灣經驗四十年叢書，一九八七年初版。
呂興昌，〈引黑潮之洪濤環流全球—楊華詩解讀〉，《臺灣文藝》改組後第三號，一九九四年六月。
何欣，〈三十年來臺灣的小說〉，《中國現代小說的主潮》，臺北：遠景出版社，一九七九年三月。
邱貴芬，〈「發現臺灣」：建構臺灣後殖民論述〉，《中外文學》廿一卷二期，一九九二年七月。
李美枝，〈社會變遷中中國女性角色及性格的改變〉，《婦女在國家發展過程中的角色研討會論文集》（臺北：臺大人口研究中心，一九八五年）。
李師鄭，〈談楊青矗的三個短篇集〉，《書評書目》第二三期，一九七五年三月。
金泓汎，〈臺灣經濟的「轉型」機制探討〉，《中國論壇》第三七三期，一九九一年一〇月。
花村，〈從《心癌》論楊青矗的文學素質〉，《臺灣文藝》第五九期，一九七八年六月。

季季，〈楊青矗的「昭玉的青春」〉，《書評書目》第二三期，一九七五年三月。

紅花，〈楊青矗與工人文學〉，收入：胡民祥編，《臺灣文學入門文學選二》，臺北：前衛出版社，一九八九年一〇月一五日。

洪銘水，〈楊青矗小說中的「認知」〉，《臺灣文藝》第五九期，一九七八年六月。

洪醒夫策畫，〈社會的關切與愛心—楊青矗作品討論會記錄〉，《臺灣文藝》第五九期，一九七八年六月。

施淑，〈日據時代小說中的知識份子〉，《新地文學》第一卷第三期，一九九〇年。

施淑，〈在前哨—讀楊守愚的小說〉，《國文天地》七卷五期，一九九一年。

施淑，〈現代的鄉土——六、七〇年代臺灣文學〉，《從四〇年代到九〇年代——兩岸三邊華文小說研討會論文集》，臺北：時報文化出版，一九九四年十一月。

英格蘇麗，〈楊青矗對文學與社會的觀點〉，高雄市：民眾日報，鄉土文化版，一九九二年八月五日。

高天生，〈工人小說家楊青矗〉，收入：氏著，《臺灣小說與小說家》，臺北：前衛出版社，一九八五年五月。

松永正義著，葉笛譯，〈關於鄉土文學論爭（一九三〇—三二）〉，《臺灣學術研究會誌》

四期，一九八九年初版。

松永正義著，〈臺灣新文學運動研究的新階段〉，《新地文學》一卷一期，一九九〇年四月五日。

陌上塵整理，〈工人文學的回顧與前瞻〉，收入：胡民祥編，《臺灣文學入門文學選二》，臺北：前衛出版社，一九八九年一〇月一五日。

袁宏昇，〈楊青矗素描及其他〉，《臺灣文藝》第五九期，一九七八年六月。

孫大川，〈原住民文化歷史與心靈世界的摹寫──試論原住民文學的可能〉，《中外文學》第二十一卷第七期。

孫大川，〈黃昏文學的可能─試論原住民文學〉，《文學臺灣》第四期，一九九二年十月。

柴松林，〈眼淚、血汗、豐收─序楊青矗著《工廠女兒圈》〉，《夏潮》第四卷第一〇期，一九七八年四月。

柴松林，〈敲開女強人愛情與事業的標箱，探討企業家標箱裏的人生底價─「心標」與「連雲夢」序〉，收入：楊青矗著，《心標》、《連雲夢》，高雄：敦理出版社，一九八七年一月。

徐秋玲、林振春，〈臺灣地區文化工業的檢證─以文學部門爲主分析與解讀〉，《思與言》

卅一卷一期，一九九三年一月。
尉天驄，〈三十年來臺灣社會的轉變與文學的發展〉，《臺灣地區社會變遷與文化發展》，一九八五年十月。
尉天驄，〈由飄泊到尋根—工業文明下的臺灣新文學〉，《中國論壇》第二四一期，一九八五年十月十日。
野間信幸著，涂翠花譯，〈張文環的文學活動及其特色〉，《臺灣文藝》創新一〇號，一九九二年五月。
郭　楓，〈四十年來臺灣文學的環境與生態〉，《新地文學》第二期，頁九。
莊義仁，〈臺灣「轉型期」社會問題刊析〉，《中國論壇》第三七三期，一九九一年一〇月。
陳思和，〈但開風氣一師—論臺灣新世代小說在文學史上的意義〉，《世紀末偏航—八〇年代臺灣文學論》，臺北：時報出版公司，一九九〇年。
陳芳明，〈百年來的臺灣文學與臺灣風格—臺灣新文學運動史導論〉，《臺灣文藝》第五九期，一九七八年六月。
陳映眞，〈新的閱讀和論述之必要〉，《中國時報》一九九一年元月六日。

陳顯庭，〈我對葉石濤小說的印象〉，《新生報》「橋」副刊，一九四八年七月三十日。

許南村，〈楊青矗文學的道德基礎—讀《工廠人》的隨想〉，《臺灣文藝》第五九期，一九七八年六月。

許素蘭，〈論楊青矗小說裏的人際關係〉，收入氏著：《昔日之境》，臺北：鴻蒙文學出版公司，一九八五年九月。

許達然著，許玲英譯，〈當代臺灣小說的異化〉，收入：臺北市：《新地》雜誌第二卷第三期，一九九一年八月五日。

黃英哲，〈孤獨的野人—張深切〉，收入：《臺灣近代名人誌二》，臺北：自立晚報文化部出版，一九八七年六月。

黃郁城，〈談談《南音》〉，《台北文物》三卷二期，一九五四年八月。

黃俊傑，〈戰後臺灣的社會文化變遷：現象與解釋〉，收入：氏編，《高雄歷史與文化論集—第一輯》，高雄：財團法人陳中和翁慈善基金會，一九九四年四月。

黃得時，〈晚近の臺灣文學運動史〉，《臺灣文學》二卷四號，一九四二年十月。

黃得時，〈臺灣新文學運動概觀〉，《臺北文物》三卷二—三期，一九五四年八—十。

黃拔光，〈臺灣著名工人作家楊青矗〉，《福建文學》第六期，一九八二年。

黃重添，〈臺灣企業家的心路－評楊青矗新作三部曲《連雲夢》〉，《臺灣研究集刊》第四期，一九八八年。

黃錦樹，〈被都市化遺棄的眷村：臺灣－從朱天心新作「想我眷村的兄弟們」談起〉，《海峽評論》十八期，一九九二年六月。

傅怡禎，《五〇年代臺灣小說中的懷鄉意識》，中國文化大學中研所八十一學年度碩士論文。

彭瑞金，〈請勿點燃語言的炸彈〉，《臺灣文摘》革新一號，一九九二年一月。

彭瑞金，〈鳥瞰楊青矗的工人小說〉，收入：楊青矗著，《廠煙下》，高雄：敦理出版社，一九七八年三月。

彭瑞金，〈工人作家陌上塵〉，收入氏著，《瞄準臺灣作家－彭瑞金文學評論》，高雄：派色文化發行，一九九二年。

彭瑞金，〈在激越與囁嚅之間－廖清秀《反骨》的觀察〉，《民衆日報》一九九三年十二月二十五日。

彭瑞金，〈臺灣社會轉型時期出現的工人作家〉，收入：封德屏主編，《鄉土與文學－臺灣地區區域文學會議實錄》，臺北：文訊雜誌社，一九九四年三月二〇日。

彭瑞金，〈歷史文學的掙扎與蛻變—拒絕在虛構，眞實間擺盪的《理寃一九四七埋寃》〉，第二屆臺灣本土文化學術研討會論文，台灣師大人文中心，國文系主辦，一九九六年四月二十日。

張恒豪，〈削瘦的靈魂—七等生集〉，《臺灣作家全集：七等生集》，臺北：前衛出版社，一九九三年。

張漢良，〈傳記的幾個詮釋問題〉，《當代》第五十五期，一九九〇年十一月。

張素貞，〈五十年代小說管窺〉，《文訊》第九期，一九八四年。

張曉春，〈從勞基法立法旨意論勞資關係〉，收入：張曉春、徐正光編，《社會轉型—一九八五臺灣社會批制》，高雄：敦理出版社，一九八七年四月三〇日。

張義雄，《臺灣養女制度之研究》，中國文化大學家政研究所碩士論文，一九六六年。

張潮雄，〈臺灣省的養女問題〉，《臺灣文獻》第十四卷第三期，一九六三年九月。

梁惠錦，〈臺灣民報中有關婦女政治運動的言論（一九一〇—一九三二）〉，《中華民國歷史與文化學術討論會論文集》，臺北：中央文物供應社，一九八四年五月。

游鑑明，《日據時期臺灣的女子教育》，國立臺灣師範大學史研所碩士論文，一九八七年。

游　喚，〈八〇年代臺灣文學論述之變質〉，《臺灣文學觀察雜誌》第五期，一九九二年二月。

游　喚，〈政治小說策略及其解讀—有關臺灣主體之論〉，收入：龔鵬程編《臺灣的社會與文學》，臺北：正中書局，一九九五年十一月。

游勝冠，〈戰後第一場臺灣文學論戰〉，《臺灣史田野研究通訊》第廿七期，一九九三年六月。

游勝冠，〈臺灣文學本土論的興起與發展〉，東吳大學中文所碩士論文，一九九一年六月。

葉石濤，〈一九四一年以後的臺灣文學〉，臺灣新生報「橋」副刊一〇四，一九四八年四月十日。

葉石濤，〈楊青矗的《工廠人》〉，《夏潮》第二卷第四期，一九七七年四月。

葉石濤，〈夢魘九十九序〉，收入：陌上塵，《夢魘九十九》，臺北：前衛出版社，一九八三年一〇月二〇日。

葉石濤，〈接續祖國臍帶之後—從四〇年代臺灣文學來看「中國意識」和「臺灣意識」的消長〉，《走向臺灣文學》，自立晚報社文化出版部，一九九〇年三月。

葉芸芸，〈試論戰後初期的臺灣智識份子及其文學活動（一九四五年—一九四九年）〉，《先人之血·土地之花》，臺北：前衛出版社，一九八九年八月廿日。

葉石濤，〈認同的危機—亞細亞孤兒的啓示〉，《臺灣文藝》新生版第三期，一九九四年六月。

溫振華，〈日本殖民統治下臺北社會文化的變遷〉，《臺灣風物》第三七卷第四期。

楊添源，〈幾點瑕疵－評楊青矗的《妻與妻》〉，《書評書目》第四期，一九七三年三月。

楊　照，〈末世情緒下的多重時間—論五、六〇年代的臺灣文學〉，《聯合文學》十卷七期，一九九四年。

楊　照，〈末世情緒下的多重時間—再論五、六〇年代的臺灣文學〉，《聯合文學》十卷八期，一九九四年六月。

楊　照，〈一顆拒絕衰老的心—評李喬的《慈悲劍》〉，《文學的原像》，臺北：聯合文學出版，一九九四年。

詹愷苓，〈浪漫滅絕的轉折—評朱天心小說集《我記得……》〉，《自立晚報》副刊，一九九一年一月六、七日。

褚昱志，《吳濁流及其小說之研究》，淡江大學中國文學研究所碩士論文，一九九四年五月。

廖正宏，〈臺灣農業人力資源之變遷〉，收入：瞿海源、章英華主編，《臺灣社會與文化變遷》（上冊），臺北：中央研究院民族學研所，一九八六年。
廖祺正，《三〇年代臺灣鄉土話文運動》，成功大學史語所碩士論文，一九九〇年六月。
廖炳惠，〈近五十年來的臺灣小說〉，《聯合文學》十一卷十二期，一九九五年十月。
廖毓文，〈臺灣文字改革運動史略〉，《臺灣文物》四卷一期，一九九五年五月。
劉映仙，〈臺灣經驗論析〉，《中國論壇》第三七三期，一九九一年一〇月。
劉夢溪，〈以詩証史，借傳修史，史蘊詩心—陳寅恪撰寫《如是別傳》的學術精神和文化意蘊及文體意義〉，《中國文化》，一九九〇年十二月。
隱地，〈楊青矗（在室男）評介〉，《幼獅文藝》第三四卷第二期，一九七一年八月。
蔡其昌，《戰後初期臺灣文學發展與國家角色（一九四五—一九五九）》，東海歷史所碩士論文，一九九五年十二月。
蔡英俊，〈試論王文興小說中的挫敗主題〉，《文星》復刊四號，臺北：文星雜誌社。
蔡源煌，〈臺灣四十年來的文學與意識形態〉，《中國論壇》第三一九期，一九八九年元月十日。
蔡源煌、張大春，〈八〇年代臺灣小說的發展〉，《國文天地》四卷五期，一九八八年十月。

蔡詩萍，〈一個反支配論述的形成〉，林燿德、孟樊編《世紀末偏航—八〇年臺灣文學論》，臺北：時報文化出版公司，一九九〇年十二月。

蔡淵絜，〈日據時期臺灣新文化運動中反傳統思想初探〉，《思與言雜誌》第二十六卷第一期，一九八八年五月十五日。

齊邦媛，〈江流匯集成海的六〇年代小說〉，《文訊》十三期，一九八四年十月。

齊邦媛，〈眷村文學：鄉愁的繼承與實際〉，臺北：《聯合報》一九九一年十月廿五、廿六日，第廿五版。

鄭明娳，〈當代臺灣文藝政策的發展，影響與檢討〉，《當代臺灣政治文學論》，臺北：時報文化出版，一九九四年。

鄭麗玲，〈橋與壁—戰後臺灣小說的兩個面相（一九四五—一九五〇）〉，《鍾理和逝世卅二週年紀念暨臺灣文學學術研討會》，高雄縣政府出版，一九九二年十一月廿五日。

鍾　雷、公孫嬿、張秀亞、司馬中原、朱西甯、楚卿，〈五〇年代文學專輯〉，《文學思潮》第七期，一九八〇年七月。

鍾肇政，〈鐵血詩人吳濁流〉，《夏潮》第一卷第八期。

鍾肇政，〈艱困孤寂的足跡—簡述四十年代本省鄉土文學〉，《文訊》第九期，一九八四年三月。

鍾肇政，〈拚命文章不足誇—紀念吳濁流逝世十周年〉，《臺灣新文學》創刊號，一九八六年九月。

鍾鐵民，〈鍾理和文學中所展現的人性尊嚴〉，《臺灣文藝》第一二八期，一九九一年十二月。

龍瑛宗，〈日人文學在臺灣〉，《臺北文物》三卷三期，一九五四年十二月。

龍瑛宗，〈暝想〉，《臺灣文藝》第五十三期，一九七六年十月。

龍瑛宗，〈《文藝臺灣》と《臺灣文學》〉，《臺灣近現代史研究》三號，一九八一年一月。

魏貽君，〈反記憶‧敘述與少數論述〉，《文學臺灣》第八期，一九九三年十月。

蕭新煌，〈對「臺灣發展經濟」理論釋的解謎〉，《中國論壇》第三一九期，一九八九年一月一〇日。

蕭蕭，〈楊青矗筆下的工廠人意識〉，《臺灣文藝》第五九期，一九七八年六月。

邊裕淵，〈婦女勞動對經濟發展之貢獻－臺灣之實證分析〉，《婦女在國家發展過程中的角色研討會論文》，臺北：臺灣大學人口研究中心，一九八五年，頁二五九至二七六。

龔鵬程，〈商戰歷史演義的社會思想史解析〉，《第二屆臺灣經驗研討會論文》，一九九三年十月。

龔鵬程，〈四十年來臺灣文學之回顧〉，《國家科學委員會研究彙刊：人文及社會科學》四卷二期，一九九四年七月。

五、中國大陸研究臺灣文學專書（依姓氏筆畫多寡為序）

王晉民，《臺灣當代文學》，廣西人民出版社，一九八六年九月。

王晉民主編，《臺灣文學家辭典》，廣西教育出版社，一九九一年。

王景山主編，《台港澳暨海外華文作家辭典》，人民出版社，一九九二年。

白少帆等，武治純等，《現代臺灣文學史》，遼寧大學出版社，一九八七年十二月。

古遠清，《臺灣當代文學理論批評史》，武漢出版社，一九九四年八月。

古繼堂，《靜聽那心底的旋律—臺灣文學論》，國際文化出版社，一九八九年一月。

古繼堂，《臺灣小說發展史》，臺灣：文史哲出版社，一九八九年七月。

古繼堂，《臺灣新詩發展史》，臺灣：文史哲出版社，一九八九年七月。

古繼堂，黎湘華等著，《臺灣地區文學透視》，陝西人民教育出版社，一九九一年。

古繼堂，《臺灣新文學理論批評史》，春風文藝出版社，一九九三年。
汪景壽，《臺灣小說作家論》，北京大學出版，一九八八年二版。
封祖盛，《臺灣小說主要流派初探》，福建人民出版社，一九八三年十月。
徐廼翔主編，《臺灣新文學辭典一九一九—一九八六》，四用人民出版社，一九八九年十月。
黃重添，《臺灣當代小說藝術采光》，鷺江出版社，一九八七年十一月。
黃重添，《臺灣長篇小說論》，海峽文藝出版社，一九九〇年。（臺灣：稻禾出版社，一九九二年八月。）
黃重添、莊明萱、朱雙一等，《臺灣新文學概觀》，鷺江出版社，一九九一年。
劉登翰，莊明萱等，《臺灣文學史》（上），海峽文藝出版社，一九九一年。
劉登翰，莊明萱等，《臺灣文學史》（下），海峽文藝出版社，一九九一年。
劉登翰，《臺灣文學隔海觀—文學香火的傳承與變異》，臺灣：風雲時代出版，一九九五年三月。

⊙ 索　引 ⊙

七畫

八畫

九畫

十畫

十一畫

十二畫

十三畫

十四畫

十五畫

十六畫

十七畫

十八畫

十九畫

二十畫

國家圖書館出版品預行編目資料

臺灣文學論：從現代到當代／許俊雅著. --初版. -- 臺北市：南天，民86

面；　公分

含索引

參考書目：面

ISBN 957-638-433-8（平裝）

1. 臺灣文學 － 評論

839.3207　　86010453

臺灣文學論：從現代到當代　　定價新台幣400元

民國八十六年十月初版一刷

著　者：許俊雅
著作權人：國立編譯館
主編者：國立編譯館
發行者：魏德文
發行所：南天書局有限公司
中華民國・臺北市羅斯福路3段283巷14弄14號
☎ (886-2)362-0190　電傳Fax：(886-2)362-3834
郵政劃撥：01080538號（南天書局帳戶）
登記證：局版臺業字第1436號

製版廠：國華製版有限公司
☎961-8805　板橋市中山路2段416巷59弄3號
印刷廠：國順印刷有限公司
☎(02)967-7226　板橋市中正路216巷2弄13號

ISBN 957-638-433-8